怜蛾不点灯

北京上河卓远文化传播有限公司 出品

怜蛾
不点灯

许台英 著

河南大学出版社
HENAN UNIVERSITY PRESS

图书在版编目(CIP)数据

怜蛾不点灯 / 许台英著.—郑州：河南大学出版社，2014.9
ISBN 978-7-5649-1490-5

Ⅰ.①怜… Ⅱ.①许… Ⅲ.①短篇小说-小说集-中国-当代②中篇小说-中国-当代 Ⅳ.①I247.7

中国版本图书馆CIP数据核字(2014)第074543号

怜蛾不点灯

著　　者　许台英
责任编辑　张　珊　谭　笑
封面设计　周伟伟

出　版　河南大学出版社
地址：郑州市郑东新区商务外环中华大厦2401号　邮编：450046
电话：0371-86059701(营销部)　网址：www.hupress.com
制　作　南京紫藤制版印务中心
印　刷　开封智圣印务有限公司
版　次　2014年9月第1版
印　次　2014年9月第1次印刷
开　本　850mm×1168mm　1/32　　印　张　11.875
字　数　237千字　　　　　　　　　定　价　32.00元

版权所有，侵权必究
(本书如有印装质量问题，请与河南大学出版社营销部联系调换)

谨以此书送给

女儿则济利亚·芸

殉道圣女则济利亚(作家许台英摄于罗马·则济利亚故居兼教堂)

目　录

序《怜蛾不点灯》/叶石涛　1

陶俑　1
王者的下巴　41
怜蛾不点灯　65
卡拉 OK　90
月光下，秃光的鸡蛋花树　117

附录

◎ 从《爱在瘟疫蔓延时》看许台英的《陶俑》/张系国　323
◎ 写给明昭的一封信/许台英　324
◎ 我读小说家许台英的大作/蔡石方　332
◎ 坐忘之云——许台英创作观之（一）/许台英　339
◎ 难以抗拒的召唤——许台英创作观之（二）/许台英　342
◎ 许台英作品一览表　344

序《怜蛾不点灯》

叶石涛

每当我读许台英的小说的时候,我总觉得奇怪,她怎知道台湾现实社会各阶层那光彩陆离,宛如万花筒般令人眼花缭乱的世界?我所知道的许台英是规矩的家庭主妇,每天一定会为许多零零碎碎的家庭杂务忙碌不堪,虽然老公和长大的女儿都好照顾,但总得有些事情是必须她亲自料理和操劳才行的。她对现实社会细微精密的观察,到底不是普通的家庭主妇所能胜任的;这是作为作家天赋条件之一,显然她具有这极具优秀的观察力和洞察力。当然她也勤于搜集材料,正如泰纳(Hipolyte Taine)形容左拉用博物学家的方式去搜集材料,弄上解剖台,仔细予以解剖,认真察看哪儿有病灶一样,许台英神出鬼没地潜入欢乐场所或社会阴影处收罗材料,仔细记录它,然后构成了她每一篇小说。从她著名的小说《蟹行人》以来,她底许多篇小说都以精确的写实著称;那背后隐藏着多少她的血泪!许台英的大多数短篇犹如坚石构筑的城堡一样,无懈可击,就是归功于她的小说的现实的确是现代社会现实的一部分,丝毫没有脱节的关系。可是她的小说的写实主义已经不是十九世纪以来的传统写实;这已经是破旧外衣,不足于装前卫的、变化多端的现代台湾社会现实了。兼顾外在环境精致的写实和人类心里的现实,这才能表现现代台湾人的生活现实。在这本短篇小说里,《卡拉OK》正是这样的一篇作品。她一面用铁石心肠的无情冷酷的笔触描写卡拉OK欢乐场各色各样三教九流无所不包的争逐声色、财富之徒,一面又用令人柔肠寸断的同情和怜悯来描绘女主角充满悲愁的遭遇和寂寞的心情;这不正是所有现代台湾人活生生的写照吗?在这篇小说里,许台英仍然发挥了她默默的强烈正义感,不露痕迹地提出了她的批判;这是她所有小说的普遍特色之一。面对这世间的众多不义和不公,许台英不甘缄默,她都要扮演公正的审判者的角色。可是这是天生的意志,不是凡人或一个作家所能背负的重担。因此,不可避免地她会受伤,心肺淌血的是她自己。自从《蟹行人》一作受到无数暗箭和中伤之后,许台英的创伤久久未愈,有一天,她把重担还给天主,这才得救了!这自是后话。

《怜蛾不点灯》,这篇小说倒容易了解,证之以许台英的身世以及来台大陆人第二代的生活历程而言,眷村生活是他们切不断的脐带的一部分。这篇小说较少提起在眷村成长的第二代人,重点放在遵守旧社会、旧伦理的年老一代眷村人物的现况。小说带有浓厚的回忆意味,犹如对旧时代的一阕挽歌。事实上这小说里描写的也尽是跟生老病死有关的平凡事实,特别是凋零和死亡的意象浓厚。小说虽然以打动人心弦的温馨情节展开,可是作者的无情的观察眼却一点也不含糊。凡是有关眷村的景物、人际关系和事务无一能逃过作者的眼睛。作者的利爪只是藏起来罢了,她并没有忘去人生的残酷真实。

大致而言，许台英在小说处理的许多方面都有相当的能力，特别是遣词用辞有独到之美。

这本短篇小说集压卷之件，当然是《陶俑》了。这是八〇年代中期的台湾文学里不可多得的一篇力作。这篇小说里优秀的性格描写树立了一个典范。小说里人物的性格描写往往流于类型化，这是任何一个作家都很难避免的。越多产的作家越免不了这种缺陷；而且突破很难。许台英在这篇小说里创造的几个角色，几乎可以和张爱玲小说中的人物描写媲美。她在小说里创造的这富裕的老人，那复杂的心理，常用内心独白的手法顺利地交代。这不是类型化的呆板的老人形象，也不是卡通化的嘲弄形象，而是有血有肉、承担各种生命苦难的老人。再说她的女儿筝如和女婿醒竹吧，许台英解剖筝如时，不但有心理的，甚至用生理的畏惧来诠释，醒竹的孤傲性格稍微有夸张之嫌，但也相当逼真地描写出现代社会富于理想的年轻知识分子的坚持。不过，最惊人之笔，可能是小说最后一段，那陶艺家荔亚照顾背叛她的前夫朱先生的一幕。这给这篇无情而冷酷的写实小说点上了一盏永不熄灭的救赎之光。

如果让我引用托尔斯泰的话，刚好可以诠释这老人的生涯：

> 决不患病的强壮肉体不存在，不消失的财富不存在，不衰亡的权力不存在：这都是脆弱的、虚幻的东西。即个人认为强壮、有财富、成为有权力的人是人生的目的。把所有作为目标的悉数入手，他仍然免不了一直怀有不安、

恐怖和悲哀；因为他不得不看见他赌其一生获得的东西，悉数离他而去，自己逐渐年老接近死亡的事实。

许台英有些小说的主题在于处理现代忙碌的工商业社会里，人如何得到救赎的问题。救赎只能从炼狱般的受难熬苦中，提升自己精神生活，爱上帝爱邻人，爱所有的人才能获得。许台英其余的作中人物，性格的刻画都很深刻，颇能表现出八〇年代后期现代台湾人只管追求物质生活而漠视精神生活荒废的现实；恐怕救赎的日子离他们还很遥远——这是普世性的、人类共同等待突破的困境。

——一九八八年四月·高雄·左营

（本书限于篇幅，原台湾联经繁体字版短篇小说集，精简割爱数篇，叶老师的序文，特此摘要刊出。叶石涛，"国立成功大学"台湾文学研究所博士班教授，名小说家。）

陶　俑

来吧，从圣火中，盘旋转动，

且教我的灵魂如何歌唱……

——叶慈《航向拜占庭》

1

"这丫头，我就知道她拿学陶当作幌子！她以为我老了，什么都能瞒得过我？还早着呢……"匆匆赶到杨荔亚的陶艺教室扑了个空，真叫我又急又气。找不到她，这样满街瞎逛，有什么用？……女大不中留，人活着，要这群像耗子似的儿孙，到底有什么用？没有一个肯听我的话！

"叭"一声货柜车逼人的大喇叭，差点把我吓成心脏麻痹。这几年特别怕吵、特别讨厌一波波的赶路人潮——乱糟糟的世界，谁也不把我放在眼里。

我的车停在哪儿？糟糕，怎么一点都想不起来？最近老是忘记别人名字、忘记存折摆哪儿、忘东忘西……有些该忘的痛苦记忆，为什么偏又忘不掉呢？天热心急，大街小巷找车找得我一身是汗。

K城高耸的摩天大楼，一栋贴一栋挤成一座大迷宫，简直害我转昏了头！难道是违规停车被吊走了？那也该留个记号啊！路上全是下班往家赶的苦瓜脸。我认识的、友善的脸，十有八九都入了土。如今走到哪儿都是冷冷的陌生面孔。

"哈，在这儿哪！"一眼瞧见我的宾士二八〇，又看见银色Ⓜ商标还在，我才松口大气。

路过公园，痴痴伫立在木棉树下。众蕾齐放的金黄花瓣，盛开得那么亮丽，多像我最疼爱的女儿筝如——不对，像她没嫁给醒竹的时候！我伸手摸摸长满瘤刺的树干，那股惹人厌的狰狞，大概像我这个老怪物吧？

弯腰拾起一朵凋谢的木棉花，不知道为什么，突然联想到筝如的忧郁症，一个可惜的念头迅速闪过脑际：

"她，会不会跑去自杀？"

扔掉残花，我加快脚步找到公用电话，右手边抖边拨号码回家查问筝如回去没有？是她姐姐小蛮接的："爸，您别操心，筝如打过电话，说她人不舒服，改到美容院做全身指压，很快就回来！嗳……还有，汉舟哇，跟国宅处的设计科长话没谈拢。爸，你们老交情，快替汉舟疏通疏通……，别忘啰！拜。"

打到国宅处，吴科长说他晚上有应酬，改天再谈！小蛮跟我一样精明、贪婪、自负，像我像得怪讨厌的！可怜的筝如却跟她母亲一样懦弱，实在不该让她嫁给倔强的醒竹。当初为打散他们的恋情，曾把筝如押送到美国的亲戚家，醒竹居然锲而不舍地追了去！唉，冤孽哟……

大女婿汉舟靠我资助开了K城数一数二的建设公司。他把事业弄得蒸蒸日上不说，最主要的，人家懂得人情世故，不像醒竹那浑小子莽莽撞撞、眼睛长在头顶上！

不知不觉晃到筝如念过的××国中，看见许多家长骑着摩托车来接孩子，使我想起她要参加高中联考的前一个月，为杜绝她在半路跟男生约会，每天都是我亲自接她、帮她扛书包、提便当盒。十五分钟路程，开车没地方停，只好徒步来回。那夏天的梅雨可真烦人，每天浸湿我一条西装裤！为什么不穿短运动裤？赫，我可不要女儿同学笑她有个邋里邋遢的丑爸爸。谁知道她以后会嫁个每天穿牛仔裤破衬衫的丈夫？醒竹就连进出观光饭店，也是那身乞丐装，真是丢尽我们余家的脸！

校园的大片草坪真绿，自动洒水机正在滋滋地喷水。走没几步，就能看见操场的单杠双杠和其他运动器材。筝如两三岁跟我一块儿等公车时，总拿我粗壮结实的手臂当作单杠，要我往前伸直，让她吊着荡来荡去地玩儿——那种咯咯傻笑的娇憨模样，真像个美丽的小天使。可惜，欢乐时光不但短暂，而且一去永不回头……

筝如跟醒竹是C大建筑系的同班同学。若说女儿是朵娇艳的玫瑰，为她的贞洁，我费心拔草除虫，最后却让醒竹这只馋猫捡到便宜。他非但不知感激，反而……恐吓说要杀我女儿……他，简直就是个畜牲！

不能生气，一气高血压就会恶化。医生要我务必控制自己的坏脾气，才不会因为脑溢血死掉！我还不能死，我的巨额遗产怎么分配？虽然已经立了遗嘱，放在陈律师那儿，我却又在盘算要怎么改，才能"修理"到醒竹而且"不伤"我的筝如？！

乌云满天，树叶被风吹得飒飒作响，快下雨了。

把车开回自家巷口，下了车，觉得口渴，索性先到附近小店喝杯果汁再说。从这儿正好可以望见我跟小蛮他们合住的十层大楼，高悬一块醒目的招牌——汉舟建设公司——跟它隔条马路的斜对面，另有一块不堪一比的小招牌：

"纪醒竹建筑师事务所"

醒竹的事务所只有两层，一楼办公，二楼住家，是跟汉舟租的。醒竹的生意清淡，筝如便在姐姐、姐夫这儿帮忙，月薪四万，加班一小时五百。姐妹俩从小就爱比来比去，筝如这么卖力地工作、加班，目的就想趁早买下租的房子。这是K城的黄金地段，自己人，汉舟要价八百万已经算很公道。我帮他们买？门儿都没有！原来有位家境富裕的准医生，姓赵，追她追得很苦，她不听我劝，非要嫁给醒竹——哼，这种恃才傲物的穷光蛋，哪能一下白白给他那么多甜头？

没见过三十出头的男人还这么任性，跟筝如冷战半个月，一气就把公司的铁门深锁，挂出"暂停营业"的牌子。醒竹有棱有角又爱抬杠的个性，使他的生意始终好不起来，再加上经常跟我冲突，他老早就想结束K城的业务，到台北一家响叮当的大公司上班。筝如有点神经质，受不了台北的工作压力和人际的疏离，坚持不肯搬去。两个人才刚刚过完"纸婚"纪念日，每天就吵吵闹闹，甚至上演铁公鸡。我一直到今天下午才听小蛮说起：

"醒竹为了满足他对室内设计的创意，居然在我们租给他的屋里胡钉乱搞！筝如不许他弄，他非但不听反而兴师问罪，盘问筝如切除子宫以后，为什么要让旧情人赵医生去看她？"

"哦？"我心底暗叫不妙，"台湾可真小啊！赵医师也在那家医院妇产科上班？我怎么没碰见过？"

小蛮有些腼腆地为妹妹伸冤："我们是请妇产科主治医师为筝如动的刀，赵医师根本没进手术房——人家婚都结了，自己会避这个嫌，还用他操心？"

"后来呢？"我问。

"后来……哎呀，夫妻还不就是彼此的刽子手？"小蛮愤慨而又略显鄙夷地说，"两人翻出所有的旧账一直闹到半夜，醒竹居然拿刀说要砍死筝如……筝如吓得跑下楼拨电话跟我求救……"

乍听之下，我真不敢相信自己耳朵。于是这才十万火急跑到陶艺教室去找筝如。若非她现在虚弱得不堪一击，得靠指压为她放松筋骨的话，我早就把她从美容院叫回来问个究竟。太担心她，再拨一通电话，小蛮说她还在美容院——男人若要变心，女人再怎么美容，也都于事无补——这话，我怎么忍心告诉她？

所以呀，难怪她要搬到姐姐家住着不走。从小娇生惯养，谁会给她这种粗暴下流的威胁？僵了半个月，醒竹恨她不肯回自己家，又逢他住基隆的父亲染上尿毒症，干脆就歇业躲回基隆老家。他临走我还好心问他：

"洗肾开销很大，你说吧，要多少，从我这儿先拿。"

你猜他怎么说？——不用你管。

真他妈的狗咬吕洞宾。幸亏他今天不在，否则……杀妻？呸！看我不先毙了他！想到这一层，竟有些不寒而栗：老天，可别让我一时冲动犯下懊悔一辈子的滔天大罪！

看看腕表的日历，想起今晚汉舟有个饭局，小蛮也好像说要陪筝如去看场电影解解闷儿，片名叫什么什么……哦，《远离非洲》！回家又剩我一个人吃一桌菜，孤魂野鬼似的烦恼怎么杀时间。人老了，独守一栋空洞的大厦，心里真比蹲在火上炙烤还要难以忍受。没有伴侣的老鳏夫，生命变得多么脆弱啊！

我不想回家，我要再开一段路，到海边透透气。

从小店出来，四周已是灰茫茫一片模糊。淅沥沥的小雨打湿了路面，啊！落雨的黄昏格外使人抑郁寡欢，解不透人世的无常之谜。雨刷单调地左摆右摆，像在讥笑我对女儿的忽爱忽恨。经过水府路，想去看一位周姓老友，犹豫片刻还是算了！这时候去，一定会跟他倾吐满腹牢骚——家丑不可外扬，何必白白落人笑柄？！

老周曾经三结三离，如今年迈潦倒，女人统统弃他而去。独自租间小阁楼，每晚敞着大门睡觉，生怕哪天死在里头，尸体发了臭都没人知道。嘿嘿，我才不像他那么傻呢！那些骚娘儿们对我这种大亨殷勤献媚，绝不是真心爱我，而是另有用心——骗我钱倒贴小白脸——我何苦？何苦添上为钱而被女人愚弄的恐惧？我当然也怕男人跟我开口借钱，所以几乎没有朋友。跟其他富翁人比人也会气死人。

下了车，我脱掉皮鞋、卷起裤腿，踩着软软的沙滩往海边走。雨点敲打伞面，发出清脆的声音。什么海风、岩石、波涛之类的诗情画意，我从不稀罕，只有醒竹那种自命为艺术家的酸腐之辈，才会一来就疯疯癫癫地陶醉半天。

这片汪洋，埋了我最深的创痛——我太太月桑在……在筝如三岁那年某个冬夜，怀着强烈的恨意在这儿跳海自杀……月桑，你的阴魂若要索债，尽管找我，可千万别让你的筝如……

两列古铜色皮肤的庄稼汉和蒙面妇女为了赚点外快，正在海边卖力地"牵罟"。看他们打着赤脚、扯住渔网边绳使劲往岸上拉的模样，就知道一定很花力气。雨渐渐停了。围观的闲人像在看马戏团表演。我常来，知道牵一趟要一个多小时，便坐在离他们约五十公尺的沙滩上，整理那些萦回心底的凌乱思绪……

筝如体质太弱，头胎流产之后才发现子宫长瘤，非切除不可。可能是月桑的遗传吧，手术前后，她的精神几乎濒临崩溃的边缘。谁晓得醒竹会在她开完刀还不满一个月的时候，提出要去台北的要求？我骂他是在打落水狗，他抢白道："正好有缺嘛，哪能怪我？"

往远处想，醒竹是独子，他们纪家若嫌筝如无法生育（目前就连试管婴儿也要依靠母体的子宫），与其等到醒竹在外弄个私生子（这三个字像根烧红的铁钳朝我心口猛烫一下）气坏筝如，倒不如趁早了断。长痛不如短痛！

看热闹的人潮起了一阵小小的骚动，一定是渔网上了岸。我趋前一看：天哪，只捞到一小撮银色鱼苗，哪够分呢？疲惫的渔人全都瘫坐在地，失望地长吁短叹。

拖回什么？拖回一网痛苦的哑谜：人受苦时，老天，你在哪里？我余禄存的人生之网，究竟破了多大的洞，才会跟他们一样，到头来一无所获？渔民的穷困和阴霾的脸色，反映出我心头的巨石：我怕受穷，怕子女因为我没有钱而给我脸色看；我拼命赚钱存钱，为的就是别让自己成为子孙的累赘，而且能够赢得尊敬——为什么？为什么醒竹偏偏把我的财富看成粪土？

他嫌我一身铜臭、嫌我市侩，呸！他该多来看看牵罟落空的悲哀，才知道赚钱不容易，岂敢怠慢筝如这样的富家女？越想越气，索性拾起一枚贝壳"咻——"地掷到大老远，一不小心踩到一堆黑色破渔网——赫，我余禄存一辈子辛辛苦苦拉网、补网、撒网，最后到底抓回什么？

2

"爸爸，请小妹上菜吧，为了醒竹，我们已经饿了一个钟头，还不够哇？"装扮新潮的小蛮噘着嘴在抱怨。汉舟一旁使眼色、制止她煽火。

都是筝如的馊主意，哀求我"以德报怨"摆桌酒菜欢迎醒竹从基隆回来，结果这浑球不但爽约，连个电话也不打！

"小妹，上菜，不等了！"我一声令下，病弱的筝如蓦然把头一低——又哭？唉，真是一场难逃的劫数吗？

"爸爸，"筝如颤抖着微弱的声音，蚊子叫似的，"您别生气嘛，一定是高速公路堵车……"

"你还帮他护短！"我颤巍巍地离座踱步（盼他来的心意越切，我的愤恨就越深），"他算老几？他忙，他是青年才俊，我是个奄奄一息的老废物，该我等他，他还拿乔！可恶，敬酒不吃吃罚酒，看我怎么制他……"

"谁说您是老废物？"汉舟眼明手快，连忙带领大家跟我敬酒、频频布菜："您说过，人退休了，就跟学校放寒暑假一样惬意；来，干两杯，好好享受人生假期！那小子没见过世面，甭理他！"

"什么叫'那小子'？"筝如杏眼圆瞪的责问口气，充满火药味。

怒火中烧再加上饭店的冷气太强，我忽然觉得耳鸣、悸动、心脏有压迫感，赶紧掏出"抗高血压剂"，吞完之后再做深呼吸，帮助血压降低："汉舟，叫小妹把这间的冷气弄小一点，我受不了！"

"爸爸，叫您不要生气，您看吧……"小蛮嘟哝着。

"气死活该！"心里又怕死又觉得活腻了的矛盾，使我禁不住仰天咆哮，"你们统统都在盼我早死！我快点死，你们好瓜分我的遗产哪！"我的表情一定很可怕，他们都吓得噤若寒蝉不敢吭声。因为触到避讳的话题，众人都尴尬地沉寂下来，只剩嗡嗡的冷气声，伴着我急促的喘息声……

机伶的汉舟赶紧另找话题："爸，建筑师公会打算跟'立法院'陈情的事，您听说没？"

"什么事？"我狠狠咬一大口北平烤鸭。

"台湾省住都局承揽太多公有建筑物的设计,公会要抗议垄断,您看呢?"汉舟最讨我欢心的长处就是凡事先征求我的意见,言语之间处处迁就我、附和我。我常想,醒竹既然令我寒心,干脆就把预定给他的遗产拨给汉舟!在他敬重目光的凝视下,我豪爽地拍拍胸脯:"当然应该开放公平竞争!你们陈情缺经费,要多少,我认捐!"

"谢谢爸爸!"他把一杯白兰地一仰而尽。

如此东拉西扯,气氛便缓和多了。我们的家族聚会为了常换胃口,每星期天吃遍K城高级餐厅。费用嘛,讲好由我跟女儿女婿五个人轮流作东,今天该到汉舟,结账时,我帮他付了,他朝我毕恭毕敬地斜肩谄笑。我又花钱买到一次小小的快乐。人老了,第一想图温饱、第二就图顺心——醒竹那个阴阳怪气的混蛋,从来不肯顺我的心。

回到自己豪华空荡的大卧房,翻来覆去都睡不着,只好爬起来求助于电视帮忙杀时间。歌舞女郎的酥胸丰臀虽有看头,而那新潮强烈的索命节拍却令我头疼欲裂。中间有出短剧,是个闹剧演员扮成牙齿掉光的无聊老头,坐在公园拼命回想年轻时候跟女人做爱多么痛快、多么陶醉,逗得现场观众笑得好邪门儿!妈的……

"简直就在侮辱老年人嘛!"我气得"叭"一声关掉电视。

老了,日子可真难捱。一场乱糟糟的人生,哪天才能解脱?走到窗边,视线无可避免地又被"纪醒竹建筑师事务所"招牌刺出锥心的疼痛。四周霓虹闪烁,只有那屋子黑漆漆的像座孤坟。想当初,要他来K城开业,是我批准他们婚事的唯一条件。我闭上眼都能看见他那一楼的隔间、壁纸、工程设计台、吊灯、盆景……全是我挖空心思帮他们张罗添购的（醒竹也因此跟我呕了许多气），难道说，真会发生人去楼空的憾事？

很想过去看看。找出备用钥匙跟手电筒，便悄悄下楼。

因为升起铁门势必惊动睡在我们大楼的筝如，我便蹑手蹑脚从事务所的边门进去。不便开灯，我拿手电筒逐一照射眼前的各式装潢：酒柜没什么酒，摆的全是醒竹、筝如亲手制作的陶器——大钵、花瓶、水壶、陶俑……还有醒竹参加义大利华恩札陶艺展的入选证书等等。

越看越伤感，"冰冻肩"的老毛病又犯了！手臂酸痛无力，肩膀僵硬难受。没带镇痛剂，想用热敷止痛，便吃力地爬上他们二楼住家，房门没锁，我便进去开瓦斯烧水。

等水开的空档，我又瞥见那张筝如过周岁被月桑抱在怀里的照片，使我眼眶一热，泪水便涔涔而下。月桑，为了你的冤死，我更要好好保护我们的筝如……一转身，发现一本厚厚的日记搁在桌上，被两本杂志压着。我当然知道偷看别人日记很不道德，可是，禁不住好奇心的驱使，我还是就着手电筒的光，惴惴不安地翻了几页。扉页里龙飞凤舞写着"纪醒竹"三个大字。其中一页的内容，使我摒住呼吸直往下读：

"……爱自由者能爱别人，爱权力者只爱他自己。余禄存这个专制跋扈的老顽固，凡事只想维护他自己的尊严，从来不顾别人也有自尊。……多少次都为不肯听他指挥才跟筝如吵得天翻地覆，真想离开这鬼地方。泰戈尔说：'感谢上帝，我不是一个权力的轮子，而是被压在这轮下的活人之一。'——我没他那么高段，感谢上帝？赫……我日夜渴望那纸老虎的轮子扎破！他以为每个人都像他一样唯利是图？以为人心都能被钱收买？呸！我要寻找现代中国建筑的风格，我要把理想卖给售屋业主。余禄存老要我修改设计图，要我把商业杂质掺入成品，我为什么要妥协？我纪醒竹只求创新、绝不抄袭，我要留名建筑史……我讨厌缩在K城看他脸色、摇尾乞怜……"

合上日记，我以为我会像电视剧的主角，气得晕倒在地——没有。一种近乎麻木的空白，使我关掉手电筒独自坐在全黑的屋里，脑门发糊。这里有一张床，使我记起筝如出嫁前后，我经常梦见一间黑屋的墙壁裂开、裂开……我……怎么也补不好……

推开窗户想透透气，夜风和喧闹的车声"轰"地灌进屋里。满街跑着被霓虹幻影追逐不休的四轮怪兽……

"碰碰、碰碰……"水烧开了，壶盖俊我虚有其表的苍白生命，被蒸汽推得一上一下奋力抵抗。拿毛巾脸盆做完几遍热敷之后，我才怅然离去。懊悔跑来，已经太迟。

第二天听说醒竹回来，我立刻拨电话叫他过来："怎么，大家等你吃饭，你又黏在牌桌上、下不来啦？！"

他垮下脸桀骜不驯地反问我："我寄给筝如的信，你为什么拦下来不让她看，还那么残忍地退给我？我们是合法夫妻，居然不让见面、不让通电话也不能通信，这算哪门子家规？你别忘了，她不仅是你女儿，更是我的太太！"

劈头一记重重的耳光，把他左脸打出五条红肿的手印。我气得咬牙切齿："是你太太？是你太太你就可以拿刀杀她？啊？

我辛辛苦苦供她念完大学，就该双手捧给你杀？"

他很诧异这件丑闻已经传进我耳朵，原来的挑衅表情逐渐温和下来。我怒声斥道："讲好的聚餐，你凭什么黄牛？"

"我母亲接到你退的信，暴跳如雷，不准我来……"

"她要怎么样？离婚？叫她出面来办啊！"我技巧地斜觑着醒竹的反应，发现他冷笑的眼光里闪出可怕的恶毒："我们纪家是在考虑。穷小子娶富家女，哈，多俗多滥的小说情节，居然发生在我身上？！"

"有钱就该下地狱吗？一开始我就要等如提防你穷酸的自卑感作祟，一点没错！你看不起我的贪婪庸俗，我更看不起你的虚荣心——哼，想留名建筑史……你求名我求利，犯不着五十步笑百步！"

他又黠巧地顶撞我："争名要争万世名、图利要图天下利——你的自私自利，哪一点是为别人着想？"

"我自私？我对你还不够好？上回你这个王八蛋赌博输掉三十万，不是我替你还的？"老天爷，我几乎喊破喉咙！

"你就会拿这件事邀功。提一遍要我谢一遍恩，有完没完？"他炯炯有神的眸子像利刃般直刺过来："等我手头方便，我会还你的！"

"我绝不指望你还钱，我只要你真心爱我女儿！"

"不爱她？不爱她我会气得躲回基隆？我是个有正常情欲的年轻男人，要我对太太保持'可望而不可即'的距离，我宁可避开……再说，你把她藏在姐夫家，让邻居讲闲话，害我们成见更深，也算爱她？"

"邻居……讲什么闲话?"我气得血脉贲张,努力控制声音的颤抖。

"别忘了,筝如是女的、姐夫是男的!"语意充满了妒恨。

"你,根本不相信自己太太?不相信由我一手调教长大的名门闺秀?你……好,姓纪的,你休想得到我一文钱遗产!你滚……"随着一阵激烈的痉挛,我觉得舌头发硬、想吐,然后就不省人事了……

经过急救和调养,我的脑充血才算稳住。没事我就躺在病床盘算:天若假我以年,我该把握时间把自己的大笔遗产花个精光,害他们付不出丧葬费,才能消我心头之恨!不,我不该心怀憎恨而去……老天,改变我吧!……一辈子省吃俭用,哪能一下就学会浪费?就算有心要花,情欲已病重,衰老的身体也不听使唤啊!

能够下床走动以后,为了充分发挥我的剩余价值,我比以前更加积极参与两个女婿的公司业务。女婿发达,女儿才能当一辈子阔少奶奶!有句话说:"青年人想改造世界,老年人想改造青年。"一点不假!汉舟建设公司的二十几名职员,最近连续走掉七八位。为什么?有一次我在厕所上大号,听过职员的抱怨:"那个老顽固简直有点神经错乱,动不动就爱发号施令,鬼才听他的!依我看哪,他这两个女婿迟早要对他谋财害命,那才大快人心哩!"

你听听,不是我得了老年痴呆的妄想症吧?职员偷懒、不顾公司盈亏,我管管他们,就在背后咒我,我才不在乎!大家越是不满,我越要大显威风!

显威风？哈，最跟我唱反调的死对头就是纪醒竹。人家汉舟好不容易揽到一个占地数千坪的大工程，业主不知从哪儿听到醒竹的名气，指定要他设计。你瞧他那股张狂劲儿："这回我要创造一种深奥而又带点野性的突出造型。我要表现中国园林建筑的层次美。姐夫，你看，我在大厦朝东的壁面设计了装饰浮雕，很出色吧？"

汉舟一向不大跟他正面冲突。我一旁心想：狗屁！

果然如我所料，业主对醒竹的期望落空，人家觉得雕塑费用太高，加进工程费里太不划算，而且浪费空间，要他修改设计，他哪里肯？

"出色的建筑就是雕塑，好的雕塑才能改善我们狭促、杂乱的生活空间，你懂不懂……"醒竹啰哩啰嗦想说服业主，商人哪管他的理想主义？好好一大笔生意，又被他搞砸了！这还不够，他还跟筝如挪用一笔私房钱，要开什么"观光窑厂"："想要表现现代中国的建筑风格，就要多用中国传统的建筑材料，红瓦砖墙多美……我们有责任保存龟窑！"

在这种百业萧条的时候，白痴才会投资一年只能烧出四窑的亏本生意："醒竹，你疯啦？你有创造欲，筝如就陪着你捏陶烧陶，还不够吗？窑里一次要堆十万块瓦片，一歪就倒窑，你难道存心要把钞票丢进火坑？换成汉舟，人家才不干这种驴头驴脑的事！"

醒竹嘴一咬，愤愤不平地抗议："我讨厌你拿我跟汉舟比！"他的言外之意是：你疼汉舟，干脆把两个女儿都嫁给他！汉舟有点尴尬，低头一面看报一面冷冷地吐出一句：

"我算老几？十万美金的'普拉兹克建筑奖'已经先后颁给美国、墨西哥跟西德的建筑师，中国伟大的纪醒竹当然指日可待！"

醒竹想回嘴，看我脸色阴沉，只好极力克制。筝如眉头深锁地枯坐一旁，什么话也不讲。她懂我脾气，她若当众帮他顶撞我，事情会越弄越糟。空气很僵很窘，电话铃响的正是时候——教他们陶艺的杨荔亚在那头说：

"醒竹回来啦？怎么不催他到我这儿来呢？陶艺联展帖子发了，场地订金也付了，他跟筝如参展的杰作还没完工呢！我在家等，叫他们小俩口马上过来！"

荔亚去年才收筝如当干女儿，她找他们，不单为陶艺展，也为要劝解这对小冤家。可是，我怕他凶性大发，实在不放心筝如单独跟他出门；筝如自己也说，对他爱恨交加，最近只想避着他、寻求我的庇护。我便告诉醒竹：

"为了陶艺展的事，干妈要你去一趟！"

"筝如一块儿去？"醒竹的口吻带着惊喜与期盼。见我摇头，他像一跤跌入深渊似的，垂头丧气正准备走，又被我唤住："你该换件衣服再去！"他先学我刚刚"摇头"的模样报复我，然后才大摇大摆地走掉。我瞪住他英俊的背影怒不可遏：三十出头的男人，每天穿件花格衬衫、半旧牛仔裤到处乱晃，跟乞丐有什么两样？看他被电梯吞没之后，我忽然明白：这个强悍的情敌最令我憎恶的竟是他的青春和帅气！在我这个惹人厌的老怪物眼中，他的"神采焕发"正代表我生命中一去不返的青春，啊，多令我妒忌啊！这个傲慢嚣张的家伙，让他在我们余家人财两得,未免太便宜他!

3

荔亚的郊区别墅有三层楼,陶艺教室设在二楼,里头摆个大型烧陶用的电窑跟幻灯机。一楼是客、餐厅。女佣吴嫂开门以后,我说有事要跟荔亚先谈,叫筝如在一楼看看《故宫文物月刊》,等我叫她再上去。对我百依百顺的乖女儿挤出一抹酸楚的笑容,哀求道:"爸……醒竹已经不是三岁小孩,你在干妈面前别太叫他下不了台!"

"嗯,"我真的担心——她对他用情越深、越是自讨苦吃,不值得啊,我的心肝儿……

二楼的雕花木门没有关严,醒竹激动愤慨的嗓音从一线细细的门缝直往外窜:"……轮流作东吃大馆子,我可应酬不起!有那些钱不如外出旅行、听音乐会,总比每次都要虐待耳朵,听他重复讲些老掉牙的荤笑话要强!"

我在门外把身子贴在墙上,侧身倾听。荔亚一面在调她胡琴的音,一面柔声劝道:"人老了总难免唠叨些,牢骚一发就不能自止……晚辈嘛,隐忍些,装痴扮聋也算是略尽孝道!"

"我觉得筝如根本就是愚孝,也因此加倍扩张她父亲的侵略性,凡事都要干涉我、统治我!"醒竹越说越放肆:"上回我跟筝如去听黄安源的胡琴演奏,他硬是骂我们太浪费,说是听听录音带不就行了?唉,价值观不同,许多无谓的摩擦实在烦人！所以我才坚持离开，就不懂筝如为什么不肯？"

"筝如刚刚切除子宫，对女人是一种很大的打击，尤其她又年轻、没生过孩子。她的创伤未愈你就提要来个大变动，她会怀疑你也许嫌她不会生、想离开她……我一再跟她讲，夫妻儿女正像琵琶的许多弦线，虽然是分开的，却在同一乐曲下产生颤动；子女数就像琴弦，二胡有二胡的音色、三弦有三弦的弹法——难道没有弦的笙、笛就吹不出美妙的音乐？我不信。筝如说不是她在意，是公婆很在意？"

半天听不见醒竹的回答。当然，这件事，使他夹在父母妻子之间变成猪八戒照镜子，两边不是人。

荔亚又说："她躲回父亲的翅膀底下，可能是想求证爱情的坚硬度……醒竹，你是艺术家，应该比一般迟钝的男人要敏锐些，好像也不见得……"

"我要她搬去台北，就是希望我们的婚姻幸福。"他着急地大声嚷道，"再说，台北这个好机会，最多只能等我三个月……假如筝如态度温和、肯摆低姿态求我，我也许会考虑为她牺牲、留在K城……"哈，我真恨不得给他两拳！

拨弄胡琴的乐音里，夹杂着荔亚的叹息："婚姻就是一种妥协的艺术。筝如说她求过你好几次，你不答应。她既没勇气离开亲人的保护，又不愿意强迫你留下，怕你错失这个机会、以后K城的业务又不景气，你会怪她！肯不肯留K城，要你自己心甘情愿……"

"倒霉碰到这种岳父，谁会心甘情愿一辈子受他控制？"

我的胸部发紧，牵出阵阵痛苦的抽搐："不能倒！听下去……"我咬咬牙,努力克制急欲爆发的怒火,又听见荔亚如慈母般的声音问道:"听说……你情绪不好就去赌博?那玩意儿像鸦片,一沾上就会越陷越深,难怪筝如要生气!"

醒竹连屁都不敢放一个。安静了一会儿,接着传出一阵规律的机械声;这儿我常来,可以想象那是醒竹在制作(为掩饰理亏?)泥坯、踩动旋转辘轳的响声。他那支支吾吾的低沉音调使我窃听得十分吃力:"……好赌的人在现实生活里,多半都是输家……我最恨我父亲从小就要我'什么都听他的'……"醒竹的声音被渐大的辘轳声所遮盖,几乎听不见;等他不踩了,声音才又清晰可闻:"……父母感情不好。妈妈总是包庇我、拉我站在同一阵线对抗爸爸……他?呃,当然,他就更暴躁更专制,经常打击我的自尊。大概因为这样,我才老爱反抗权威……赌,可以满足压倒敌人的优越幻象……我当然想戒,可是受不了被压迫的苦闷。"

"爸!"筝如突然出现在楼梯转角,虽只一声轻唤,却害我差点吓得滚下楼去,赶紧重重干咳一声,推门而入。筝如看我把手背在后头叫她,便也跟了进来。

我注意到,醒竹看我女儿的眼神混合了爱恋、怨责、悲愁跟妒火——好像她要我陪着来,这一回合,我这个情敌便小赢了一场。其实,这么嫩的对手,赢了也没啥光彩。我肯费心挫他的锐气,纯粹怕他脾气不改,将来吃亏拖累我的筝如。我不懂,为什么越为他好,他的敌意就越深?

荔亚笑眯眯地把筝如搂入怀中:"死丫头,艺展的日期就要到了,你好像没这回事噢?!"

"干妈，我不是来了嘛？！"筝如难得有兴致撒起娇来。

荔亚的穿着一向朴素：不烫的长发用条橡皮筋扎在颈后，露出一张慈祥素净的鹅蛋脸，天生的美人胚子。一条花布围裙，系在泛白的蓝色牛仔裤裤腰上，捏完泥巴可以擦手。脚上穿双白色球鞋。她跟醒竹的穿法一个调调，奇怪，怎么就不碍眼了呢？

"碰！"一声，醒竹抓起一团黏土狠狠掷在桌面，再去用力揉捏。无言的挑衅？我想发作，却被荔亚的眼神所劝阻。我颓然跌坐在藤椅上，瞪着眼前这张六坪大的工作台面：特制的光滑木板上头铺了一层帆布，捏陶的人好像都爱站着工作。学生们的半成品、工具、釉药、石膏模型……五花八门地排列在四周钢架上。

醒竹埋头在对付黏土：搓、拉、刮、削、刻、切、扔……他一定在想，这团听他摆布的黏土要是我余禄存可有多好！筝如围条茶色围裙坐在拉坯机上，脚在踩、手在忙。偶尔，她还弯腰拾起旁边的湿海棉，把水滴到黏土上，保持潮湿。我不懂她在玩什么把戏："这是干嘛？"

"开瓶口哇！"筝如头也没抬，只顾把大拇指从圆锥形顶端往下加压，弄出凹陷的缺口。瓶坯搁在拉坯机上转个不停，我正两眼直愣愣地盯着它瞧，却忽然听见"哐当"一声——是醒竹，踢翻了三公斤装的釉药塑胶桶，他的积愤跟这摊溅满一地的红色釉药一样爆发开来：

"为什么？她是我太太，为什么不让我们单独见面？她走到哪儿，你都要阴魂不散地跟着她……我，我可以告你妨碍自由、告她不履行同居义务……"

"醒竹！你疯了你！"荔亚上前捂住他嘴巴、想推他出去，这条蛮牛硬是不肯。笑话，谁怕谁啊？我顺手抓起一把修割黏土用的刮刀，往桌上一插：

"你想怎么样？"

"嗳嗳嗳，别搞错了，这是我家耶——"荔亚伸手把刀拔了藏起来，"坐下，有话好好讲嘛……"

看我气得头晕眼花讲不出话，筝如知道我心脏的帮浦作用再度失调、血压骤升，她红着眼圈申辩道："是我要求爸爸陪着来的。你是女婿，怎么能用这种口气跟岳父讲话？"

"喔，我对你父亲不敬？你对我母亲呢？自以为大学毕业眼睛长在头顶上，你又何曾对你婆婆尽过孝道？"

唉，"纸婚"冤家的唇枪舌剑，不听也罢，我正打算拂袖而去，却又听见筝如边哭边叫（从小到大，没见她这么伤心激动过）："怪我不孝？他们是怎么对我的？我流产、我动手术，公婆不来探病也罢，公公居然还在电话里骂，她不生就干脆休妻再娶……赫，亏他也说得出口！"

"你怎么听见的？"不但醒竹感到意外，连我都大吃一惊。这才明白，她为什么肝肠寸断地避着醒竹！可怜她一直没敢跟我提起。

"楼上有分机，那天电话一响，以为是我的……"看筝如抽动单薄的肩膀唏嘘不止，醒竹大概也觉得他父亲有点过分，垂眼盯住脚尖喃喃低语："可是，我妈对你不错呀！"

"不错？"筝如忽然提高嗓门、咯咯笑得凄凉而又恐怖："爸爸、干妈，你们评评理！上次为他赌博赌得太凶，不听我劝，我只好跟婆婆求救——我以为她自己吃过公公好赌的苦头，一定会帮我劝他。哈，天晓得……"

纪家欺人太甚，我急切想知道下文，连声催道：

"她怎么说？她怎么说？"

"她……她……"筝如哭得又咳又喘，"她却护着她儿子，骂我不够贤慧……她说我不让男人应酬，会妨碍他的事业。还说，醒竹没他爸爸那样赌得倾家荡产，我的命已经比她好多了，还不知足……意思是说，她儿子没变超级赌徒，就太便宜我这个媳妇！她说我该……睁个眼、闭个眼，肚皮不争气还不肯顺着丈夫，迟早会被休掉……"

"混蛋！办离婚！马上办离婚！我就不信我养的女儿这么不值钱，非巴着你们纪家？啊？"

"爸爸，原谅女儿不孝，害你气出病来……"筝如眼泪汪汪噗通一声跪倒在我跟前，求我别再发火，以免……唉，纪醒竹这个混账东西，大概我前世里欠了他的债吧？！

看见筝如的伤痛与自责，醒竹搔着腋窝，带一脸防御性的苦笑，显得手足无措，荔亚扶起她干女儿，怜惜地百般安慰。要他们离婚只是气话，我哪舍得让筝如栽倒在婚姻路上，一蹶不振？有点害怕再度引发剑拔弩张的僵局，我姑且忍让、假装在看"保湿橱"里的粗坯。这是方便远路的学生可以把粗坯寄放在这儿，保持潮湿，下次再接着做。荔亚八成是为化解我的窘迫，柔声唤道：

"余老，麻烦你接一勺水倒进橱底的石膏板，谢啦！"

我依她的盼咐添完水,便静静坐在墙角翻阅《雄狮美术》,由着荔亚对他们苦口婆心:"你们真要一南一北分两头住?"

"大概是吧!"醒竹无奈地耸耸肩。

"放屁!你是纪皇帝呀?什么事都由着你?!"——可恶,我动辄咆哮的老毛病又犯了:"要我女儿,就留K城;不留,就把离婚手续办完再走!谁敢保证你在台北绝不风流哇?"

醒竹的伶牙俐嘴永远不甘示弱:"喔,只有留在K城才是余等如的丈夫、离开K城就什么也不是了——这算哪门子感情?"

"嘘……"荔亚把食指竖在唇上,阻止我再怒吼,然后款款走向唱机旁边放了一卷古典音乐,冲淡不少火药味。她又找出拖把清理弄脏的地面,醒竹红着脸上前抢过来拖。荔亚叹口气,转身坐在拉坯机上,忽踩忽停:

"结婚头几年的苦涩,就像老人茶倒掉的第一泡,熬得过,才能慢慢尝到以后的甘醇,千万不要轻言别离……想当年我就是太年轻太唯美,受不了柴米夫妻磨损爱情的现实生活,才会一头钻进陶艺的天地。对婚姻错误的期待和幻灭,使我对艺术格外专注,根本忽略我丈夫也是个充满情欲的血肉之躯……"

我只听说"婚变"给她很大的打击,不清楚详情。看她眼眶发红、声音哽咽,我低下头不忍多看,听她一句一句很困难地往下叙述:"大概是鬼迷心窍吧,我竟撇下了他、只身前往美国修了几年艺术硕士。等我拿到学位回来,他已经决定要那个女人……功利社会,人与人那么疏离、冷漠,男女感情太难承受时空远隔的考验。这是我的痛苦经验,筝如、醒竹,希望你们懂得惜缘……"

"干妈,"筝如很好奇,"你恨不恨他们?"

"头几年当然会,尤其恨我自己。说不恨,那是骗人的。"荔亚脸朝窗外、背对着我们,"后来我才慢慢相信,再伟大的事业或成就,都难抵偿天伦之憾……"

风把米色百叶窗吹得巴嗒巴嗒响。我小心翼翼地问道:"听说……你先生后来中风了?!"

荔亚转身过来瞪我一眼的眸子里,流露出罕见的悲哀和阴郁,她的语气像个产后的妇人一样疲倦:

"我们不谈这个,好吗?"

大家这才接着默默地捏陶、拉坯、上釉。只有我无所事事,又听不懂他们谈的什么板筑法、圈泥法、古典主义、抽象主义……偷空时,荔亚会关心到我这个"人间废物":

"这卷音乐是巴哈的《布兰登堡协奏曲》,爱不爱听?"

我好像"嗯"了几声,胡里胡涂就在藤椅上睡着了……

被叫醒要离开时,在门口撞见佣人吴嫂端了水盆要上三楼,我好奇地问:"你们三楼做什么用啊?我从来没去过。"

荔亚抢着回答:"仓库,堆得乱七八糟!"

4

汉舟好不容易揽到一笔澳洲的大生意,有家新开的中国餐厅委托他们设计。醒竹这个毛坑里的石头，明知道我是在为他拓展财路，偏又坚持他那套狗屁理想、气势、境界……硬是不肯迎合业主的指示，最后只好让给汉舟公司一位普林斯顿大学毕业的建筑硕士去设计。

没事儿干，他又以父亲病危当借口、拍拍屁股回基隆去了！当然，最大原因还是筝如一时尚无法摆脱对于性生活的恐惧（醒竹不信也不懂，我更不便跟他多谈这些），不肯回他那儿。害我每天站在窗口看见"纪醒竹建筑师事务所"关着铁门、暂停营业，心底的挫败感就越来越深。

他居然任性到连"陶艺展"都不回来。展览期间，我每天换一套昂贵的西式礼服在会场"欣然接受"亲朋好友的道贺跟夸赞。香喷喷的花篮从会场门口一直摆到大街上，盛况空前。可惜，我最怕听的就是人人都问：

"怎么只见筝如，不见你的二女婿呢？"

没办法单独见到筝如，他就拼命从基隆写信来，我就原封不动统统给他退回原址！几番折腾下来，我又经常失眠、晕眩、心律不整，脉搏甚至增高到每分钟跳一百二十下，总有想摔东西、想骂人的冲动。有天傍晚一家伙滑倒在浴室，医生诊断说是血压升高、间接使心脏跟脑细胞都受了伤，怕我会有什么"器质性脑症候群"，去他妈的！

醒竹又在长途电话里跟我顶嘴，我受不了啦，立刻把我律师叫来，说要变更遗嘱，绝不给他姓纪的半毛钱遗产！精明的陈律师说："除非逼他们离婚，而且让筝如对他恩断义绝地死了心，否则，你留给筝如的遗产还不等于就是他的？"

老天，我怎么忍心完全删除筝如的受益部分？动产、不动产、田地、股票、黄金、银行保险箱的钻石……几千万哪！我的妈，我该怎么"鉴别"醒竹这穷小子爱的到底是筝如，还是她即将继承的遗产？

看我跌过之后每天吵要修改遗嘱，陈律师和女儿、汉舟全都坚持要我去找精神科的医生老友，请他鉴定我的脑伤有没有造成病变？以前当然有过几次因为受刺激太深而暂时精神失常的记录，治疗痊愈以后，我比谁都正常！

报上说，日本患有痴呆症的老人，目前有四十六万人住在家、十一万人住在医院和养老院，已经变成严重的社会问题。我不信，不信我会得这种病！他们要我去检查，并不是关心我的健康，只怕我糊涂到一改改成"肥水流落他人田"！

看他们惴惴难安，我去就去吧！精神科的白医师一下考我算术题、一下又问我的生辰年月日……二十个一问一答，我发了几次火；大概是又紧张又觉得羞辱吧，发现答错了一题，我竟然当场号啕大哭！

都是醒竹这兔崽子惹的祸！

接到我的最后通牒，亲家母陪着她宝贝儿子来势汹汹地展开了谈判。我从醒竹又黑又凹的眼眶看得出来，"期待"筝如回信的希望落空以后，他的愤怒已经积聚到最大的饱和——战事一触即发。

纪家的环境跟我们贫富悬殊，难怪鬓发斑白的纪老太太穿件土土旧旧的素色旗袍，比我家佣人还要寒酸。大概烦心老伴的病，她的神情十分憔悴。她儿子侥幸高攀到富家千金，居然不知道珍惜，谈着谈着就把箭头对准筝如：

"媳妇啊，你自己瞧瞧，结婚一年，醒竹就瘦了七八公斤，再这样下去，怎么得了？传宗接代暂且不谈，听说……你不肯下厨，每天在姐夫家吃饭，让醒竹三餐都在外头打游击……"

"嗳，"我极力压抑自己的愠怒，"我大女婿这儿雇了厨子烧饭，现成的山珍海味请他免费来吃他不赏脸，这能怪谁？"

"我要吃我太太烧的，我也愿意帮她下厨哇！"有他母亲壮胆，醒竹可就神气得如虎添翼啦！其实他是讨厌顿顿跟我同桌共餐，只是我懒得说穿罢了！

筝如觉得挺委屈："我身体不好、工作忙又没空买菜。常加夜班也是希望多赚点钱，早点买下跟姐夫租的房子——要八百万耶！"

针锋相对的话赶话，当然越讲越难听。她护她儿子、我帮我女儿……当初双方都反对这桩婚事，真该坚持到底才对！我想起醒竹对荔亚提过，他靠赌来发泄苦闷，是因为父亲蛮横，母亲近乎溺爱地拉拢他站在联合阵线的说法，果然不假。看不惯醒竹仗他母亲撑腰所展现的诡笑狞笑和他翻一双大白眼死瞪我瞧的顽石模样，我气得直哆嗦：

"当我女婿、要我遗产，就得听我的！老子要你方就方、要你圆就圆！"

"那你就找错人了！"醒竹似笑非笑地蔑视着我，"我是人，不是没有自尊没有生命的陶俑，不是做陶用的泥巴，凭什么随你控制？我娶的是你女儿，不是你这个冥顽不灵的老家伙跟你的臭钱！"

"醒竹，你不可以这样对我父亲讲话！"泪眼婆娑的筝如忽然把心一横，"我不单是你太太，更是我爸爸的女儿——我认定两者合为一体。你若硬要分个清楚，想怎么办，你说吧！"可怜的筝如，我知道她手术后变得多疑、缺少自信、很没有安全感——怕纪家嫌弃她，更怕醒竹以后会遗弃她。她这样逼他表明态度，其实是要"求证"醒竹"需要她"的程度，好减轻她的内疚。偏偏迟钝、欠成熟的醒竹根本不解女人心，虽然眉梢挂着踌躇（也许心里舍不得），口气却很固执绝情："人生八苦之一就是'怨憎会'。跟他水火不容，住一起会把我逼疯掉！他跟我，二者只能选其一，你要谁？"

"要我父亲。"

"恐怕是要他的大笔遗产吧？"醒竹单刀直入地戳她。

"纪醒竹！"筝如恨得咬牙切齿。

"算了，咱们离婚吧！"醒竹把脸埋进伸开的一双大巴掌中。

"好，就这么决定！"我们父女异口同声回道。

眼看谈判破裂，令我心痛如绞，索性颤巍巍地站起来，大声反击他的要害："你呀，是眼红姐夫的大楼跟财源滚滚，每天摆对面太刺眼，受不了自己开业生意萧条的心理压力，才想避到台北，不必老拿跟我处不来当作借口自欺欺人！"

"不管怎么说，你都没有资格打我儿子！"亲家母挽起皮包边走边擦眼泪，靠着醒竹扶持，步履蹒跚而去……

"你儿子就有资格杀我女儿吗？啊？"

一切争吵都像嗜血的魔鬼带着它的战利品凯旋归去。钱，一向是我最引以为傲的"控制别人"的武器，这下却栽在醒竹手里，落个阴沟里翻船！

醒竹陪他母亲回家以后，一个多礼拜都没消息。筝如无心上班，每天关在房里以泪洗面，劝她出国旅行散散心，她又不肯。小蛮告诉我："妹妹好像得了厌食症……每天都吃抗忧郁丸，真叫人担心啊！她的心理医师（不肯找我那位白医师）说，根据统计，动她这种手术的妇女去看精神科医师的比率，是一般妇女手术的三倍，治疗时间平均要四年半。"

"是生理因素吗？"

"不是，"小蛮摇头，"这要看当事人情绪的稳定成熟度和她所受的压力，有的女人根本没事儿，妹妹却变得疲倦、性欲大减……醒竹年轻正常、精力旺盛，不太能懂妹妹为什么要避着他。大男孩的热情就是缺少成熟男子的体贴！"

唉，我又夜夜梦见墙壁龟裂的恐怖镜头，吓醒了睡不着，只好不断增加安眠药的剂量。我真想死啊！可是，自杀的话，人寿保险的受益金岂不白白泡汤？为筝如这么操心，大概月桑死不瞑目，暗中在惩罚我吧？连续剖腹生了两个女儿之后，她就执意结扎再也不敢领教生育之苦。弄不清楚，我的外遇究竟是渴望抱个儿子呢，还是禁不住女色的诱惑？总之，月桑一发现我有了小公馆和私生子，她就……唉，真他妈的屋漏又逢连夜雨：月桑她弟弟为替她报仇，竟塞了一百万叫我小老婆带着儿子远走高飞……当然，月桑的死，也使那女人自责、痛苦、始终无法平静（她的善良，也是我疼她的原因之一）。

两头落空的惨痛经验，很令我害怕醒竹会像我背叛月桑一样地背叛筝如吧？他若对她死心塌地，哪会忍心提要离婚？唉，长夜漫漫真难熬哇……

我们都不知道醒竹已经回了K城，并且在荔亚那儿住了一夜。"劝合不劝离"，八成是荔亚逼他来跟我道歉，可恶这小子喝了点酒（给自己壮胆？）眼睛红红的，从头到尾一言不发，只让荔亚呶呶不休地帮他解释、为他那天的鲁莽再三致歉。笑话，我们父女活该被你猫玩老鼠似的任意折磨？

我闭眼轻咳，开始享受"拿乔"的卑鄙乐趣："君子一言既出，驷马难追；男子汉说了要离就找证人赶紧办办手续，别他妈的孬种耍狗熊，我会更看不起你！"

"余老，"荔亚多次设法给我下台阶："大人不计小人过，再给醒竹最后一次机会，嗯？"

我心想，要道歉他自己不会开口？瞧他那股囚首垢面的吊儿郎当，看了真令人作呕！一脸的桀骜，他以为他是电影《天伦梦觉》里的火爆浪子詹姆斯·狄恩？这些日子的烦忧使他原本年轻光鲜的脸色，失掉了应有的红润——这证明筝如在他心里的分量还是很重、很独一无二的。只要他还爱她，我就好办了！可是……会不会还是为了钱？

我像中了邪似的发出一阵残酷的冷笑："敢讲大话，就一定要办。离完婚想要再娶筝如，还可以追呀！"我心底升起一缕可怕的报复的快感：到时候你还得乖乖求我，哼，看谁厉害！

又拖了几天，我看筝如已经人比黄花瘦，而我却爱莫能助。陪她从医院打完点滴回来，我问："要不要搬回去跟他和解？"她一脸余悸犹存的痛苦表情："我……害怕跟他上床。"

"那就跟他先办离婚，省得他鬼叫鬼叫、说要告你不履行同居义务，也顺便考验他对你的感情。万一……你趁年轻不愁找不到合适的……"她捂耳皱眉没有勇气再听下去。我想起无意间看到她摆桌上的《读书笔记》有这么一句："一个暴虐的父亲将造成他女儿将结婚当作奴隶生活的观念。"我不怪她，我承认暴虐是我的性格缺陷——不这样，我哪能白手起家挣得万贯家财？我一只脚已经踩进棺材，不必在乎女儿对我的不满；我最担心的，还是醒竹也跟我犯了同一类型的毛病：

"乖女儿，我们坚持要他在离婚或留在 K 城之间做一个选择，也许他会妥协呢？！他是优秀的设计师，主观和支配欲都比一般人强。你这次要是赢不了他、没办法使他就范，以后他可就吃定你一辈子！"

"我不要离婚……万一他在台北真有了女人，我……我会受不了……"她又嘤嘤地哭了起来。

"他要搞女人，你不跟他离，他也会搞呀！你宁愿跟他苦了十年二十年等他想要儿子再甩掉你吗？"说到这儿，我想起白医师说，我不信任醒竹，多少带点"反射作用"——怕醒竹像我一样荒唐、男性沙文！怕等如饱尝月桑遭我欺压的类似痛苦？怕……很多事，我知道不对，偏就无法控制、甚至"将"自己的军，这也许就是人生最大的无奈吧？我的啰嗦使你厌烦了吗？对不起，我要努力节制些……

找到两个证人、备妥离婚证书之后，我就拨个电话把醒竹叫来，要他盖章。

"爸爸，您真要女儿……能不能再缓一段时间……"没出息的筝如哭得泪如泉涌，期期艾艾地犹豫着。

"不离？不离我就拿棍子先打死你，我再跳楼自杀！你敢试试看……拖这么久，你还没受够？人家身价暴涨，台北挖角要他过去，你不成全他，以后他怪我们一辈子，岂不冤枉？"我一面呵斥筝如，一面暗暗希望醒竹在最后关头求饶，说他愿意留下。偏偏这小子说好说歹都不肯低头。这一赌，我的手心也在直冒冷汗。

"你们不必拿这个威胁我……"他一嘴杂乱的胡楂很久没剃、眼眶又红又湿却怎么也不肯松口认输。

"谁威胁你？你以为天下人都像你妈一样拿你当心肝宝贝儿？少臭美啦！有种就快动手签字、废话少说！"

看见醒竹不甘不愿地签了字，筝如大概害臊，也只好依样画葫芦。至于财产的分配，对我们根本不足挂齿。

一起到"户政事务所"办理离婚登记的时候，小俩口当着外人面抱头痛哭，我也躲到厕所老泪纵横，却无法扭转眼前这个骑虎难下的僵局。我也想过，是不是该我让步呢？晚景孤寂，多么希望儿孙绕膝啊！汉舟喝花酒夜夜迟归、小蛮得人缘只顾往外跑——就不肯早生孩子。我一想到不大出门的筝如也要跟着醒竹远走高飞，我就……真是痛不欲生啊！筝如，我的病势沉重已经来日无多，你可知道，你是我风烛残年所倚所靠的精神拐杖啊！看她越哭越伤心，我觉得自己成了一屋子人都想投石的箭靶：

"哭什么？你爹死啦？他人还活着，又不是送他出殡；想讨你，可以再来求婚哪！"天晓得，我有多么痛恨自己的"刀子嘴、豆腐心"。我讨厌那些假装德性高尚的伪君子。如果我不这么坦白、赤裸无隐的话,大家就不会这么鄙视我了!

站在自己卧房,看他带工人一起拆卸"纪醒竹建筑师事务所"的招牌时,我又哭了。谁都没有把握,他们的感情会有什么变化;万一……筝如会恨我一辈子吧?呵,养女儿真是吃亏啊,让人睡掉童贞,然后弃如敝屣……人说女婿是半子,嫁女儿等于赚个儿子——我呢?

许多邻居的三姑六婆围在招牌附近,交头接耳地看笑话。我的目的就是要惩罚他的骄纵忤逆,如今,我赢了吗?为什么感到加倍空虚,觉得胜利者一无所获?我的特约医师告诉我:"愤怒容易造成'舒张压'(正常时不超过九十毫米汞柱高)的升高,如果因此产生了攻击行为,就会显然降低。可是如果又对自己的攻击性行为觉得歉疚的话,已经降低的舒张压又会增高……"我该怎么办?

过了一星期,筝如听医师的劝(靠工作治疗创伤)开始恢复上班,留我一个人枯守在空荡如坟场的屋子里,闷得几乎要窒息。有位住在国外的老友来信说:"……这孩子不乖,很令二老忧心。孩子是老人头上的冠冕,孩子不成器,最令人有晚景凄凉、多舛的感觉……"

出去逛吧!逛累了,以为钻进人多的地方可以消除无边的寂寞,便走进一家欧式自助餐厅。我的妈,除了人挤人抢着"要菜"、"付账"之外,还有震耳欲聋的流行歌、不锈钢汤匙刀叉的尖锐碰撞、小孩哭大人叫……都在"赶"什么呢?面向地狱狂奔吗?我……实在受不了这个城市令人无暇喘息的速度，像躲警报似的，没吃又跑出来。四顾茫茫，谁肯看我一眼？

我像忽然把桨扔掉的水手，任自己随波漂荡在茫茫人海。瞎逛时，想起日本片《楢山节考》那个炫耀门牙撞掉了的老太婆，那儿的习俗，老人上了七十岁就得上山等死……想到片尾的大批乌鸦，我竟全身竖起鸡皮疙瘩。

对，去找荔亚，只有她能安定我、听我倾诉。进了她的陶艺教室，才知道这个时段的学生正在看幻灯片。因为拉紧了深色的厚重窗帘，教室一片漆黑。荔亚悄声招呼我："你坐一下，快下课了！"她一面操作幻灯机一面讲解：

——中国人一向以活人陪葬，到周朝才用人俑来代替。汉朝开始流行把木俑改成陶俑。

——这是湖南长沙墓中出土的陶塑人俑。

——唐三彩在造形方面最大的改变，就是开始把陶俑的手脚露出来。这是出土于陕西——鲜于庭海墓的仕女像。

……

看完之后，窗帘一开，白花花的阳光刺得我几乎睁不开眼。趁学生逐渐散去的空档，我随意浏览着四周的一片凌乱：黑褐色大团小团的泥土、铜红铬黄的刺眼釉药跟许多刀叉工具……横七竖八地叠放着。

"余老，你真不够朋友唉！"学生走光后，她的眼睛瞪得活像两支利钳，声音冰冷地责备我："这么大的事你都不叫我去……还是醒竹事后才哭哭啼啼打电话来。"

找她去她当然要阻止。如今木已成舟，我只好硬着头皮不吭声，随她嘀咕。没想到她很快又住了口。像她这样善解人意的女人，一定早已察觉到我的沮丧、无助。她又去使劲儿地揉捏泥坯："我经常坐这儿想，老天最早就用尘土捏成人形，在他鼻孔上吹一口气，人就成了有灵的生物；经过人生一场火的熬炼，老天收回人的最后一口气，人又归于尘土。问题就是，熬炼一场，对你的灵魂究竟有没有益处？"

她的话，我未必句句都能听得进去；但是我喜欢看她平静安详的表情。她像一面清澈的镜子，每次都能照出我的某些龌龊、卑贱，使我勇于批判自己。当然，我还缺少某种力量……这间陶艺教室有点像个教堂。什么时候，我才能接受自己？

"荔亚，你的个性一直这样？"我指的是她的仁慈。

"哪里哟！"她笑得好甜好纯洁，"还不都是各种磨难一点一滴改造成的。一切挫败，好像老天在帮我上紧发条。"

"喔，"我心想，像我这种人若背到她的十字架，也许更要愤世嫉俗吧？我又自私地把话题扯到自己身上：

"说到磨难，我发现我越老越像学校的顽童。我痛恨女儿女婿忙得根本不注意我，除非惹恼了或者吓到他们，他们才发现我的存在。所以，一有导火线，我就努力激怒他们，使他们因为恨而注意我，总比受冷落要强。"

她却没什么大惊小怪地反应："老年本来就是人的第二童年。年轻人要是把你当成童言无忌，就好办了！你呀，也该体谅醒竹血气方刚、戒之在斗的难处。至于我们……血气既衰，可就戒之在得啰……"

听她说着说着，不知怎的，忽然有股触电的暖流传递全身，这种早就陌生的异样感觉——究竟怎么回事？

心跳加速。我好像急于掩饰什么，有点慌张地从架子上捧出一个巨型绿色茶壶，惋惜地说："烧破啦？！"

"幸亏是我自己的试验品。"她捧着陶壶细细端详："窑温烧到摄氏五百多度，矽土就开始膨胀。要慢慢加热，大东西才不会烧破。你看，有釉药流到破的地方，就是加热过程出的纰漏；如果破的边又硬又尖，一定是冷却过程有毛病。陶艺啊，就像命运忽冷忽热的拨弄，每一步都要耐住性子撑过去。"

"烧一次得花多少时间？会不会失火啊？"话一出口，我又懊悔自己乌鸦嘴的鲁莽。

"人有旦夕祸福，谁知道？但愿不会吧！焙烧一次最少得照顾电窑八小时以上，挺累人的！"

正聊得起劲，电话铃声大作。听荔亚一开口，就知道准是醒竹。我跟荔亚比手画脚说要下楼去听分机，被她摇手制止。管她呢，我正要一意孤行，荔亚连忙对着电话叫唤："你等等，我去关炉子上的开水。"说罢搁下电话跑来把我拉到门口："窃听电话很不道德耶！"

"你就帮帮忙，我实在想知道他对筝如究竟安什么心。"

"那，你听到他骂你，就挂掉？！不管他说什么，你都答应我装聋作哑不跟他追究？嗯？"

我点点头，连忙冲下一楼（差点一跤跌死），拿起分机，只听醒竹声音哽咽地哀求荔亚："……她的软弱真叫我又恨又怜。我去台北之后，怕她一个人钻牛角尖会得精神分裂症……干妈，你要常常疏导她……我怕留在这里触景伤情，马上就要搭车北上,原谅我不去你那儿了……"

"啪啪"放下电话,我拖着沉滞的脚步一级一级爬回二楼,又在楼梯口遇见吴嫂从三楼下来,手上端一盘吃剩的碗碟。她笑着解释:"上头养了些小动物。"

荔亚眼里噙着泪水:"一对欢喜冤家,离婚之前都来电话大骂对方差劲;离完婚,口气完全变得像在热恋,牵肠挂肚只顾责备自己……"话讲一半,电话又响,以为醒竹意犹未尽,听荔亚口气,竟是筝如!我再度征求她的同意,她点了头我才下楼听到筝如已经哭哑了嗓子:

"……才动完手术,他就吵要另谋高就,我当然起疑啰……一直拖到办手续,看他哭得那么悲恸、那么难以割舍,我才知道,都是我不好……爸爸找人看着,不准我去帮他收行李、送他。爸爸说他在气头上,会杀了我!我……我也有点怕他要求房事……干妈,我担心……他想不开在屋里自杀,你多打几通电话过去安慰他嘛……"

这死丫头,为她好,几个月的考验,她都受不了吗?等她挂了,荔亚见我半天没有动静,便下楼来。我心情沉痛地说:"我要走了。"临出门,她把茶几上一个刻了字的葫芦拿给我——我知道荔亚对篆刻艺术也有很深的造诣。上头刻了几行诗句:

> 来吧,从圣火中,盘旋转动,
> 且教我的灵魂如何歌唱。
> 将我的心焚化;情欲已病重,

且系在垂死的这一具皮囊，

我的心已不识自己；请将我纳入，

纳入永恒那精巧的艺术。

——叶慈《航向拜占庭》

"跟我讲这些永恒啦、艺术啦，简直就是对牛弹琴。"

她噗嗤一笑："帮我送给醒竹，他早就想要，我以前舍不得……人老了，刻小字眼睛吃不消、会掉眼泪……"

"好，希望还赶得上。"能为醒竹做点什么，也好减轻我内心的愧疚。

诗里的"情欲已病重"跟我差不多，所以，我还不大能接受醒竹对我女儿肉体那股"炽烈旺盛的情欲"和无以挽回的损伤！大概户政所跟有关单位没衔接好，醒竹到台北就职一个多月以后，有一天为了"点阅召集"，又回K城。离完婚，筝如一直跟我们住在"汉舟建设"的大楼里。醒竹的事务所招牌虽然拆了，筝如却舍不得打掉里头的装潢。我们都还在期待醒竹回来投降吧？！此路不通的话……我不敢多往下想。

他提早一天来，说怕触景伤情不肯回他歇业的屋里过夜，偏要去住饭店。我们家风一向保守，如果他们能够破镜重圆，在这之前，筝如应该不会跟他上床才对。我也早就通知追过筝如的赵医师，要他们断绝一切来往。醒竹会有性冲动，当然正常，我只怕筝如万一把持不住被他引诱到床上春风一度时，凶性大发怎么办？幸亏女儿听话，一直在家拖到第二天（那一夜，我们三个都通宵失眠吧？）七点才亲自驾车送他到营区。

想必两人又大吵一顿，回来之后，筝如把他的一腔怒火说给我听：

"哼，你父亲那个老奸巨猾的暴君，现在当然得意啰！把我一个人放逐在外，我若变了心，他会跟你说，看吧，叫你当初不要嫁给这个风流小子，你不听，活该！我若没变而且还要娶你的话，势必还要回来'求'他，一切又回到以前的恶性循环，我不干……"

看着筝如眉宇之间的悒郁，我也有点迷惑：她对我百依百顺，究竟是出于孝心呢，还是贪图我的大笔遗产？或是怕我当真打死她、再去自杀？

那天我正在睡午觉，忽然接到荔亚的求救电话，说她的陶艺教室爆炸失火，要我赶紧带人去帮忙抢救。

失火现场闹哄哄的，一片凌乱与呐喊。熊熊的火势已经从荔亚家蔓延到左邻右舍，无情地盲目奔窜不止。我带了公司两名男职员去帮忙。警笛声呜呜作响。消防车已经展开灌救工作，强劲的水柱引出呛人的浓烟，熏得我眼泪直流。玻璃爆裂声、墙板倒塌声、小孩哭叫声……都把这团灼热的火海衬得格外令人心惊肉跳。路上堆了许多荔亚珍藏的字画、骨董和陶瓷精品。

看见我来，披头散发、模样狼狈的荔亚一把抓紧我的手，眼泪就汩汩而下……只一眨眼，她却又吸吸鼻水、挺直脊梁安慰自己："幸好，烧的都是身外之物。以后，要我费心保卫的东西，就更少了，我会更自由……来，看看我浪子回头的先生，姓朱，这些年来，他一直住在我家三楼。"

原来……她表情的无怨无尤像在讲述别人的遭遇……

"他中风以后,那女的甩掉他就跑了;他写信跟我忏悔,我只有原谅他、接他回来……"

白发皤皤的朱先生坐在轮椅上,反应已经十分迟钝呆滞,双眼盯住燃烧的火焰泪如雨下……我退到一旁远远看着荔亚蹲在他轮椅前面、拿手帕替他轻擦眼泪的鹣鲽情深,忽然觉得她这种不断付出的"馈赠生命"才是有源有头的活水。我呢?我只会伸手要!要!要!要!要……

啊,我是陶俑,我是一潭死水。我根本就是个麻木不仁的活死人!死活人!!

后天是醒竹的生日,我要给他寄份礼物、写封长信,表达我对他的思念与歉疚……

(原载一九八六年《联合文学》第二十四期)

王者的下巴

1

"嘎——"的一声,一部黑黑亮亮的官府轿车,十万火急地在雷鸟大饭店门口煞住,险些撞上前面正在起动的灰色金龟车。

穿红制服的侍者眼明手快,立即趋前鞠躬开门。连声说:"请!"

一位富富泰泰的长者领先下了车,赶场式地边擦汗边看手表:

"没有迟到吧?"

"没有、没有!"瘦削而斯文的周科长,挪挪镜片跟上来。

丁总务替长者提着公事包。文书股李小姐捧着各式各样的节目单和宣传照片,三步并作两步地尾随着。

"在哪儿开呀?"长者话刚出口,就看见电梯旁边醒目地竖着一个标示牌:

本市首届文化季第二〇场节目——大地舞展

记者招待会

　　　　　　　　　　地点：十楼孔雀厅

　　　　　　　　　　时间：本日上午十一时

"嗯，好！各报记者都通知了吧？"

"您放心，都安排好了。"周科长胸有成竹地答道。

长者扯扯暗蓝色的领带、揉揉不太舒坦的胸口，虽然有点睡眠不足、轻飘飘的感觉——依旧打起精神，让电梯麻木地、像托盘似的把他送上了十楼。

电梯一停，性急的李恬就抢先去看入口的签名簿，不晓得已经来了几位记者。

在梯字形招待席的左上角，坐着一位神采飞扬的中年妇女，身段纤柔，一头黑发梳成高高的女王式。见周科长进来，熟稔地含笑示意。

科长向长者殷勤地介绍：

"局长，这位就是鼎鼎大名的于青女士——大地舞展的负责人。"

"久仰，久仰！"局长掏出名片给她，又望望她身边长发及肩的男士，留一脸大胡子，年纪与自己相仿，衣着却是迥然不同的洒脱，图案很性格，很新潮。

长者有意无意地理理自己十分平整的浅蓝色西服。

于青礼貌地欠了欠身："这次南下公演，多亏你们帮忙，真是由衷地感激。哦，这位是胡大千先生，我们的舞台和灯光都是请他设计的。"

局长夸张地提高了嗓门："喔……名设计家！名设计家！请坐、请坐！记者们马上就来！"

一番寒暄客套之后，局长走到正中的主持人位子坐下。

丁总务刚坐定，就引颈望望大厅后面已准备好的自助餐——五颜六色摆满了一长桌。他心疼起来：

"唉，办文化活动要有观众，要观众就得宣传，这个月的招待费可真吓人！"

局长点点头："只要能办得有声有色，就值得！值得！唉，文化季一连五十天、将近七十场演出，多少繁杂的筹备工作，都亏社教科这五六个人！你看科长瘦得……"

李恬神色慌张地抱着签名本过来：

"糟了！已经过了十五分钟，还没有一个记者来！"

局长圆敦敦的脸庞闪过一丝疑惧，科长连忙解释：

"不要大惊小怪，记者先生小姐们到处赶场，迟到是家常便饭。只要能来，就很给面子了！"

局长这才宽慰地舒口气："对对对！大家先喝杯水，等等看，等等看……"

从洗手间的方向出来一位年轻小伙子，走到于青身边坐下。局长心想，大概是她的助教吧！隔着桌椅，彼此也就没有再刻意介绍。

局长起身背着手，看看四周的墙壁上，每隔五六尺就悬挂一个金闪闪的五彩开屏孔雀，看着看着，被那份吉祥所感染，不禁暗自期许地笑了：但愿这次的文化季能办得像它一样，圆满成功。

"可是，今天到底是怎么回事呢？"局长从黑褐色的玻璃窗望下去，头又开始发晕，连忙走回座位，无奈地抱着双臂干等。

李恬按照桌上各报记者名牌，将"大地舞展"的宣传照片、节目单等资料一一分妥，不时还自言自语一番：

"奇怪，城报的孟淑英向来准时，今天怎么搞的？"

科长边打呵欠边掏出药丸来，局长关切地垂询：

"周科长，你的身体不要紧吧？"

"没关系，扁桃腺发炎，老毛病。"

"要多休息。"局长想想不太对劲，"嗳，我这不是废话吗？这一阵子，你们白天办公、晚上下了班就直奔演出现场。这样日夜奔波——哪能谈到休息？"

理个平头的丁总务接腔了："就是说，这文化说来就来，可是咱们刚改属，什么都没上轨道，编制还来不及扩大呢，就得在文化沙漠里办什么文化季。唉，难哟！"

"怎么办？怎么办哪？已经过了半个小时，还没有一个记者来——到底怎么回事？"李恬坐立不安地直嚷嚷。

于青等人面面相觑，空气僵了一会儿。

周科长也慌了，连忙把药包塞进口袋，喑哑地吩咐：

"李恬，你赶快拨电话，一个一个催呀！"

"打到每个记者家里？"

"嗯。早上这个时候，日报的在家，晚报的在社里，快！"

"好吧！"李恬在大皮包里翻弄半天，一找出记事本就直奔电话间，手忙脚乱地开始拨电话求救。

周科长招呼侍者替于青等人添换了饮料，再三致歉：

"对不起，劳您久等！地方记者嘛，嘿嘿……"欲言又止的神态，令人莫测。

于青皮笑肉不笑地回说没关系，设计家却已经不耐于被怠慢的滋味儿，拿着白色餐巾，一会儿折船，一会儿折房子——没法压抑自己即将爆发的愤怒。

局长歉然地从公事包里拿出一叠卷宗，全是红色的急件，开始"抢"时间批阅。批着批着又猛然想起：

"丁总，中午除了这儿，还有几个饭局？"

丁总谨慎地翻翻记事本：

"两个。一个在蓝门，一个在永吉楼。"

"都该去一下？"

"都该去一下。"

"两三个饭局赶下来，每次都别想吃饱肚子，唉……"一声长长的、高处不胜寒的叹息。

科员陆续来了三位，凑在科长身边交换工作意见，局长主动过来亲切地一一招呼：

"文化季大家辛苦啦！你们都承办哪几项啊？"

"我办音乐节目。乖乖，一口气将近三十场！"白白胖胖的陈龙首先发难。

挽了发、穿一身碎花旗袍的林大姐苦笑地说：

"我承办美术活动跟十五场的国剧、话剧……从发新闻、售票、打税、安排演出人员吃住、联络场地布置到安排基本观众……老天,琐碎得很哪!"

局长怕他们再说下去没完没了,连忙哄说:

"是啊,第一次办嘛,大家都辛苦,结束以后一定好好奖励大家。科长,都快十二点了,记者们怎么回事啊?"

李恬踩着半寸高跟,一阵风似的跑过来:

"他们都不来了!"

"为什么?"

"为什么?"众人围着她追问,李恬气呼呼地把记事本往桌上一扔,滑到老远:

"天晓得!"

科长急得直冒汗:"你听谁讲的?"

"城报的孟淑英。她很想来,又不敢违背大家的决定。"

局长也紧张起来:"什么决定?"

"惨了,这叫联合封锁!"老科员陈龙在科长耳边嘀咕。

大胡子设计家再也忍不住了,拎起咖啡色豪华型公文箱,在半空中挥舞着:

"于青,走吧!回台北,不要演了!"

于青挽起衣物,左右为难:"这……这……"

"长"字号人物慌了手脚,再三劝慰:

"别生气!别生气!一定是误会。两位都是当今一流的艺术家,请多包涵!多包涵……"

"是啊,一定是临时发生了紧急事件,记者们分身乏术。"

设计家毫不迟疑地朝电梯口走去:

"不必再掩饰了!我跑遍国内外各大城市,这是第一次碰到这种场面！这……这算什么嘛？"

年轻小伙子俯首跟于青低语了几句后，也都坚持要走，局长只好妥协：

"抱歉抱歉，已经这样嘛，就请科长送你们回饭店。今晚，让我做个东，跟大家谢罪，好吧？晚上的演出，请你们务必照常！务必照常！拜托拜托……"

于青竭力保持着脸部线条的优美：

"再说吧！"

"再说？……"

电梯不由分说，一口吞没了所有的尴尬。局长转过身，科长看到他原本强装的笑脸，蒙上一层冰寒，带着满腹的懊恼：

"李恬，他们住哪？"

"红砖饭店。"火大白忙一场，她把沿桌收回的资料，胡乱塞进黄色大公文袋里，沮丧地瘫坐在角落上。

"唉，我……我有没有时间去一趟？"局长急得团团转，总务机灵地翻开记事本——上面密密麻麻早排满了事情。

"报告局长，下午您实在没空。对，您得马上赶到永吉楼去，接待菲律宾球队的选手。无论如何，您得去礼貌一下！"

"喔？！"局长陷入身不由己的茫然，呆立片刻，才清醒地看到满桌丰盛的自助餐：

"这个……"一排排竖在桌上的白色餐巾，像一屋子白牙，对他露齿而笑地嘲弄着。

丁总迫不及待地："只好退掉！"

老远赶来的科员们，本以为可以打一顿牙祭，如今你看我、我看你，挂钟已指到十二点二十。

局长有点于心不忍：

"我看——让科里人吃几份算几份吧！"

"没有记者招待会，不能报销呀！"

"没关系，我们带了便当，嘿嘿，都带了便当，对不对？"陈龙搓着手，朝同事们偷偷挤眼。

局长看出破绽："不一定吧？来，我请客，你带他们吃馆子去！"

陈龙使劲把局长的钱推回去：

"那怎么行？局长，您的好意咱们心领了。那边有贵宾等着，您快请吧！"

丁总也忙敲边鼓："是啊，快请吧！"

局长像个无头苍蝇似的，被拖进了电梯：

"对不起啊！各位。欸欸欸……"电梯门已缓缓关上，他又硬把门掰开：

"陈龙，要科长查清楚记者们到底怎么回事，下午跟我报告！"

"是！局长。"陈龙隐约听见自己的饥肠，咕咕乱叫。

2

厚厚的灰色地毯上，中规中矩地摆着一长两短的黑色沙发，四壁悬着好几幅名家字画。冷气虽已开得沙沙作响，局长依然边批公文边拿手帕猛按鼻头的汗珠：

"这话——到底是谁传的？"

科长坐他桌子对面，托托眼镜架子。他得高举下巴、吃力地将视线穿过卷宗堆，才能望到局长满头的白发：

"不知道。全市的摄影跟文教记者，加起来有二三十位，平常嘛——新闻稿摆桌上随他们拿。碰到有饭局的话，除了发帖子还得请秘书、总务、科员们分头催驾。是谁传错了话，很难讲。"

"笃笃笃。"细微有礼的敲门声。

局长从公文堆里抬起头："请进！"

一位二十七八岁的女人应声而入，乌黑柔美的长发顺肩披落，穿一身轻便的衬衫长裤，使她看来洒脱而又精干。

局长连忙撇下公文，起身相迎：

"唉呀呀，孟淑英——坐、坐！"

科长跟在局长后面，必恭必敬地与她一起在沙发上坐下。局长门外的小妹乖巧地端茶敬客。

"谢谢！"孟淑英朝小妹绽开诚挚的笑意。

"孟小姐，你昨天的特稿，写得太精彩了！"科长竖起大拇指连声称赞。孟淑英淡淡地应着：

"哪里，凑字数。城报的记者不好混呀！"

局长反应很快：

"所以嘛，肚里没几滴墨水，哪能考进去？对不对？科长。"

"对！对！"

知道再应酬下去就肉麻了，孟淑英赶紧从暗红色的皮包里，掏出一份刚拿到的"新闻稿"来：

"局长，我想请教一下，今年的初、高中教员介聘，为什么要改成这种方式？"

"这个嘛……"局长技巧地端起茶杯来，想借润喉的机会，给自己一点思索的时间，对他们讲话可不能大意。

这时候，"晨报"的记者吕铁生推开门便径自大摇大摆地晃进来，挨着孟淑英身旁就坐。门没关上，正好被小张、老许两位记者瞥见，以为有什么大新闻，也都陆续踱步而入。

小妹——送茶之后，才小心翼翼地把门带上。

局长起身招呼大家坐下：

"唉呀呀，你们这些记者先生、小姐们，怎么回事啊？中午又是帖子、又是电话，一个都请不来！现在嘛，嗳……"

吕铁生无视于冷气间的忌讳，点起烟吞云吐雾地抢着接：

"现在又不请自来！哈，这才叫跑新闻、挖新闻哪！什么记者会之类的政治饭，强迫大家去听同样的新闻，尽说些言不及义的话——嗳，不吃也罢！"

科长吞吞吐吐地辩称：

"可是，可是……多少记者招待会，你们都很捧场啊！"

"今天情况不同！谁叫你们找了台北总社记者下来？"

科长一叠连声地："误会！这全是误会！"

吕铁生翘起的二郎腿，在正襟危坐的科长眼前晃荡晃荡：

"谁说是误会？舞蹈家于青分明是带了台北的艺文记者下来，既然有人跟来作全省性的专题报导——我们算老几啊？对不对？"说完朝在座的记者们嘲弄地挤挤眼。

"没有哇……"科长搔搔已经半秃的脑门,"喔,我想起来了!你是说那个年轻小伙子?唉呀,他是于青的小表弟嘛!"

"管他表哥、表弟,你去打听清楚,他分明是城报的总社记者——没错儿!"一口烟圈从吕铁生口中放肆地喷到科长脸上。

孟淑英看不过去,温婉地嘀咕着:

"怪只怪传话的人技巧太差!"

局长开始求证了:"到底是怎么说的?"

个头矮小、双耳奇大的小张说话了:

"说是局里招待于青和台北来的记者,要我们作陪。他妈的,咱们又不是应召的!"

"怎么可能?你们听谁传的话?"科长一脸的不平。

吕铁生按熄了烟屁股:

"嗳,事情过都过了,反正是越描越黑,有啥好追究的?"

科长打破沙锅问到底:"许记者,你是听谁说的?"

"我?听吕铁生说的!他呀,是咱们的包打听。"

见科长盯着自己看,吕铁生狠狠白他一眼,"放心,我耳朵没有毛病——不会瞎听乱传的!"

局长看吕铁生横眉竖眼的模样儿,有点纳闷。想到自己年届耳顺,一生贡献给教育,自己三个女儿比他们都大,虽然人在国外深造,却是家书不断,孝顺得很。现在,嗯,就是现在——必须耐着性子看这些毛头小鬼的脸色,唯恐侍候不周,惹来"欲加之罪",不但脸挂不住,而且威信必将每况愈下……唉,在这个代表四维八德的局长室里,已经跟在议会备询一样,因为自己不善逢迎,有些人爱怎么轰就怎么骂,哪能再奢谈什么"敬老尊贤"?

原来瘦弱的周科长加上战战兢兢的心绪,就更显得弯腰驼背了:

"孟小姐,台北来的记者,也是你们同事啊!"

吕铁生气焰万丈:"同事就更不该抢人地盘啊!哦,他们在台北有多少一手的艺文消息可以写,还要张牙舞爪到这来抢饭吃?"

小张也被煽出火来:

"对,明天全省版捧她一次,咱们地方版就好好修理她三天!"

局长不解地干咳了两声:"咳!……这,这又何苦呢?"

小张站起来,指着四壁五花八门的文化季宣传海报:

"你们看:文化沙漠上有多少艺术家辛苦的耕耘?可是,替他们写的报导,永远都闭塞地只能登在地方版!反观台北呢?芝麻大点的活动,都得强迫全省读者去看!这公平吗?"他顿了一下、喘口大气:"所以,聪明的艺术家都集中到台北,为什么?容易打知名度哇!南部的艺术工作者,是不努力,还是没有天分?不,是鼓励和关怀少得令他们提不起劲儿啊!"

大家朝小张鼓掌叫好,他揉揉因激动而微湿的眼眶,才缓缓坐下。

吕铁生加油添醋又接一句:"所以啊,于青他们就成了远道的和尚会念经啊!"

局长幽幽地提出疑问:"你们的稿,为什么只能见地方版呢?"

吕铁生没好气地："谁叫我们是地方记者？"

小张不以为然："未必吧？！也许……主办单位不懂得制造台北没有的好新闻！"

周科长脸发红了："我……我们的确是缺乏经验。今后，还请你们多指点！比方，我有个好同学，是你们城报的影艺版主编，我也试过把这儿的艺文消息直接寄给他，希望能上全省版。结果……"

"结果怎么样？"局长急切想知道下文。

周科长有些腼腆地低着头："他回信说，很抱歉，为了我好——他爱莫能助。"

记者们都露出了会心的微笑。

局长更迷糊了："这又是为什么？"

"他说，地方的消息，应该由在地记者发稿，送到总社通讯组和编辑部，再由他们分到他那一版，他才能用。否则，他要是登了我寄的稿，他就是不明事理。一来没把通讯组放在眼里，二来得罪了本地记者，反害了我！"

"喔……这我懂了。"局长这才开了窍，"目前的情况就是：本地记者写的上不了全省版；全省版记者也别想南下通吃——唉，这个管道要是不能疏通的话，看样子该自己拿出本事办几份大报，让台北人订来看看，才能翻身啰？"

周科长点点头："也许吧……"

"好了好了，经一事长一智，走吧！"记者们想告辞了。

"嗳嗳嗳——慢点慢点！中午的事，我道歉，好吧？不知者无罪嘛！晚上我补请大家，赏个光。于青的发表会，请大家务必到场,鼓励鼓励!"

孟淑英捏捏手里想问的资料,想发独家的话,这时候就不方便问,只好拿定主意,跟大伙儿先退再说。

吕铁生昂起下巴丢下一句:

"免了!"

"嗳嗳嗳——"看他们都走了,局长只能无奈地缩回满是黑色老人斑的手臂,拖着孤独沉重的步伐,回到卷宗堆里,一面绞尽脑汁、一面合掌祈祷:

"老天,帮帮忙吧!看在我们费了这么多人力财力的份上,答应我们:只许成功不许失败吧!老天……"

3

新的市政大楼还在发包阶段,近百名教育局的科员只好挤在不到八十坪的办公室里。没有冷气,那种又热又吵的程度,绝不亚于任何一个三流的小菜市场。

其中的"社会教育科"有人戏称它是"花柳科"的时候,周科长只能哑然失笑——谁说不是呢?偌大一个城市,各种行业的补习班、电影院、歌厅、查禁书刊、文复会、各级学校音乐、舞蹈比赛、社会风气改善……反正,各种疑难杂症都成了这科的业务。

如今,文化中心正在积极兴建,有关的公文往返且不谈有多杂吧,偏偏又在原有的行政业务之外,来个空前庞大的"文化季"，使这些"公仆"的耐力面临最大的考验。

文化的风、文化的浪，吹得科里七八位科员恨不能长个三头六臂、五张嘴——才"够"应付被文化季这块大磁铁吸来的打字行小姐、印刷厂老板、文具店小姐、灯光电气行的……各种卫星人物。

电话一通接着一通，响个没完。打不进社教科的，索性打到别科来叫人，累得科员们还满屋子东奔西跑四处接电话。居大位的周科长，此时顺手拖了两把椅子，靠在身边，招呼远从台北来的乐团指挥与名摄影家坐下：

"真是抱歉，地方小，委屈你们了！"

硕壮的乐团指挥边擦汗边朝小小的木头椅子望望，这才有点担心地轻轻坐下：

"没关系，科长，我想先看看场地。"

"好的。不过很抱歉，我实在走不开。李恬！李恬！麻烦你陪林教授去看看演奏会的场地，搭公务车去吧！"

李恬迟疑了一下，才搁下手中正在清数的成捆演出特刊，朝科长苦笑：

"我去？哦，那等下印入场券的老板来，麻烦你找人代我签收啊！"

"好。林教授，请！"科长连忙又把探照灯似的笑脸，扫到摄影家这边。那礼貌性的笑容里盛满了疲惫：

"何小姐，久仰您的大名。能请您来开摄影展，真是我们全体市民的福气。"

"谢谢，我，……"

"科长,台北长途电话。"

"对不起。"科长起身绕到别的科室去接电话。

女摄影家挤在角落里,看到李恬引着林教授刚要走,迎面就撞来两位化了浓妆、坦胸露背的风尘女郎,吃吃然笑得花枝乱抖。林教授眉头一皱:

"这是……"

"要考歌星证的。本地土产歌星就这个调调!"

林教授挤出蒸笼样的办公室,到了门口才吹到一股凉风。回头望一眼那些泅在热浪中的公仆们,不禁怜惜地长叹而去。

吕铁生坐在督学室的椅子上高谈阔论,两腿伸出来交叉在另一张椅子上旁若无人地抖动着。小张、老许在埋头翻找离座科员的卷宗,希望能挖到一点新鲜事儿。

孟淑英拿着报夹过来,以老大姐的口吻说:

"吕铁生,你看你——就不能积点口德呀?"

小张好奇地:"他又写了什么?"

吕铁生在众目睽睽下,得意地抢过报夹来念:

"上班的时间迟到早退,经常借出差外勤的名义溜班。留在办公室的,也多半在喝茶、看报、聊天,不务正事。据统计,昨天上午十一时,全办公室只有十九人办公,一科四人、二科三人……哈哈……哈哈……"

吕铁生"唯我独尊"的狂笑,回荡在闷热的空气里,压迫得科员们更是"敢怒而不敢言"地埋头办公、不敢吭声。

老许拿着原子笔在拨电话:"我说呢,怎么摆在门口看报的沙发,今天全撤光了——好,这下上班不准看报,吕铁生,以后对他们的措施是褒是贬,这些官员大概都莫宰羊了!"

吕铁生顺着报夹把报纸卷成一条,"嘟嘟"地在桌上敲着玩:

"没那么严重。中午跟下班时间可以看哪!"

"上帝,十几二十份报吔!"

孟淑英从周科长桌上捧来一本"外出登记簿":

"你们看:廖科员去办文化讲座、林小姐在第二会议室——工程开标。钱科员到妈妈教室观摩会……"

"唉呀,你少来这套妇人之仁!外出理由谁不会编?!"吕铁生嗤之以鼻,甩头就走。

女摄影家满意地挽起鳄鱼皮包,款款而去……

周科长一听又有电话找他,怕得像惊弓之鸟似的,频频摇手,表示不能随便接听。

科员不解,只好将话筒捂住:"为什么?"

周科长憋着嗓子:"问问看,如果是要招待券的,就说我不在!"科员照他的意思去敷衍时,吕铁生正好一屁股坐在科长旁边:

"我听见了!嗳,招待券不能给外人,给我两张,总可以吧?"

科长一见他伸到眼前的手掌心,就傻眼了。半晌才吞吞吐吐地:

"吕……吕记者……"硬着头皮,不敢正视他,"你们那张文化季专用的记者证,不是每场节目都可以通行无阻吗?"

"哟,每场节目一张记者证、一张贵宾证,就想打发我们啦？笑话！谁没有几个至亲好友什么的？他们看我每天替你们写报导、搞宣传，还以为我手上铁有十来张招待券，藏着不肯给呢！"

这番带刺的话，使科长更加手足无措，幸好孟淑英像天降甘霖似的插上一句：

"欸欸欸，吕铁生，你别这样为难人家好不好？每场演出只有百分之二十的招待券，得应付那么多局处、议会等等，还有社会名流跟咱们几十位记者，你算也算得出来！再说，人人都看伸手票的话，那些艺术家没有门票收入，请问你：他们不公演的时候，是不是得去要饭哪？"

吕铁生虽然不悦，却依然嘻皮笑脸地：

"老大姐，干么总是阴魂不散，跟小弟过不去呢？"

"谁叫你先跟人家过不去！"孟淑英毫不妥协地。

科长见她肯解围，心里倒是忧喜参半。怕只怕，他们若弄僵掉，大家都下不了台。于是乎，连忙替他们各端了一杯茶：

"请，请！"

看她站着不走，吕铁生有点恼羞成怒了："好，你清高——你掏钱买给我看！"

"当然要买，这才是对艺术家最起码的尊敬！来，陈龙，我买三张！"

陈龙犹豫着不敢去接钱，看看科长又望望吕铁生，左右为难。孟淑英尖起嗓子吼了一声：

"陈龙！"于是，这才顺利地完成了交易。

吕铁生冷冷地从牙缝里进出："哼，你这阔少奶奶有的是钱，当然不在乎！我们这些穷小子，哪能跟你比呀？喂，周科长，我再问最后一遍：今晚的大地舞展，我们家两个老姐要看，到底能不能给两张招待券？嗯？"

周科长翻遍了所有的抽屉：

"吕记者，真抱歉……实在是……"

"真没有？"

"真没有。"

"我不信！哪个有头有脸的找人来要，你就有了！"

"冤枉哪……咳，咳，我看这样吧，我私人买两张票送你好了！"

"笑话！"

吕铁生"叭"地将茶杯扫落在地，头也不回地走到隔壁科室，冲着小张发牢骚：

"他妈的，周科长这王八蛋，我非找机会好好修理他！"

4

舞台两边，黑丝绒的翼幕一层层地呵护着静立台面的侧灯。于青着一袭落地银灰旗袍，在光圈照射下，从左边翼幕里风情万种地走出来——引起一阵如雷的掌声，久久不息。

"谢谢，谢谢大家！"她微笑而又兴奋地从市长手中接过"文艺之光"的荣誉牌，抽回纤纤十指时，又是一阵喝彩声。市长致词之后，观众席灯光全暗，"大地舞展"就开始了。

舞者们踩着轻柔的配乐，在琥珀色光下，旋转、飞跃……任凭肢体去诉说、去传达一些心灵的悸动。

其实，这个场地是用来赛球的。主政者虽有魄力耗费巨款搭建临时舞台，却无法弥补观众席的缺憾：没有冷气设备，观众只好拿节目单当扇子在挥汗。又硬又窄的阶梯式看台，一眼望去已是黑压压的一片——全场爆满，局长频频开心地点着头，很满意许多学校教职员工的合作，有这些基本观众，场面才撑得起来。

迟到的观众如流水般在前排过道上穿梭，想摸索到自己的位子上。视线受干扰的前三排观众，不时发出"啧啧"的抱怨声，拉长脖子忽左忽右地看节目，不胜其烦。

有人冒火了：

"嗳嗳嗳，这是什么意思嘛？"

"前面的人不要走来走去好吧？你们找位子，我们就甭看啦？整条舞看不到两眼，这是干么呀？"

周科长跑过来一一劝阻："迟到的观众请先站在进口处，等换下一支舞的休息时间，再找位子，好不好？"

少数脸皮薄的乖乖停住；大部分观众却依然我行我素，找位子要紧。

第二排有人站起来厉声斥责，使场面更不文艺了。周科长见势不妙，飞快地往进口处跑，见到被派公差来维持秩序的老师和童子军，连声吩咐：

"把门锁上！锁上！迟到的观众等换舞的休息时间再放进来。"

"是啊，早就该严格执行了！这些人，一点剧场礼貌都不懂。"李恬也尾随而来，不断咕哝着。

服务人员奉命把门紧紧拴上，却惹来门外"咚咚咚"愤怒的敲打声：

"我们买了票为什么不能进去？啊？为什么？"

靠入口处的观众被吵得无法专心看舞，不时回头用眼神抗议。科长见敲声不断，只好又把拴子拉开。李恬紧张地追问：

"科长，你要妥协啦？"

"没有，我跟他们解释一下。"他用自己瘦削的身子堵在门缝、探出半个头，"对不起，各位已经迟到了。现在进去找位子，会影响到别的观众。请大家忍耐一下，等换节目再进来，谢谢！谢谢大家捧场、谢谢大家合作！"

话刚讲完，就被一个愤然掷来的纸团打中前额，科长想发作，又弄不清楚是谁，咽咽口水，无奈地在嘲笑声中缩回脑袋、关上门，虚弱地靠在门上闭目养神。

一位戴黑边眼镜、穿浅蓝衬衫的服务人员，操着北方口音：

"科长，您进去看节目吧！我们会照您的指示，切实执行。"

"谢谢！您是……"

"喔，我是大方国中的训导，敝姓黄，负责带童子军维持秩序。刚才我不在这儿，学生不敢严格执行任务，真是抱歉！"这中年人突然诙谐地来个童子军举手礼，逗得周科长开怀而笑：

"没关系。黄老师，这儿就交给你，我进去了！"

"是！"

童子军们被重新部署之后，不时还蠢蠢欲动地偷瞄一下表演区的节目。黄老师却是心如止水般踱步巡视，和管区派来的警员成双线呼应……

科长举起望远镜看过去，舞台上闪烁着一片橙黄的灯光，淡雅幽冥。男性舞者一转身便托起女主角纤细的腰肢，奔驰、旋转……豆大的汗珠，从他额头、睫毛、顺着颈项如注地滚落着……

吕铁生背着照相机、歪戴一顶运动帽，意兴阑珊地挤到进口处：

"开开门，我要出去！"

黄老师和童子军连忙上前拦阻：

"对不起，先生。外面挤了很多迟到的观众，如果开门让你出去，他们就会冲进来吱吱喳喳找位子，妨碍演出效果。"

吕铁生一掌推开挡路的黄老师，粗声喝道："你少废话，快开门！"

"先生，等这条舞跳完——我们一定开门。"

"你放屁！他妈的，你有眼不识泰山，我是谁你知不知道？"争吵声再度引起观众的骚动。

"不管是谁。既然来了，总该有点风度。"

"好小子。"吕铁生凶猛地咆哮着，"你到底开不开？"

周科长闻声赶来，直朝吕铁生打躬作揖："别生气、别生气！有事大家好商量。"

吕铁生更加如虎添翼了："喔，你们办文化季就这么刁难观众啊？你看看，到处都是牌子：谢绝闪光灯照射——这已经够差劲了，还不准进来、不让出去，这干么？拿观众当犯人管哪？！"

连珠炮式的责难，喷出口沫飞溅到黄老师一脸。黄老师咬咬牙，气得说不出话来。周科长边呵腰边解释：

"谢绝闪光灯是怕影响灯光效果，也为了舞者的安全。您要演出照片，我们事先不都提供了吗？"

"我只相信我自己的技术，他们怎么知道我要什么角度？"

"彩排的时候可以照呀！"

"彩排老子没空！"

周科长四下看看，不便再多谈，便向黄老师低语：

"他是记者，你就马虎点，让他走吧！"

黄老师不甘不愿地："要开你开！哼，大家都这样随便进出，我们这永远是文化沙漠！"

吕铁生一把揪住他的衣扣："你什么东西？敢教训我？"周科长夹在中间，左右为难，索性把门打开：

"好了好了，吕记者，门已经开了，您请吧！请——"

"哼，这种服务态度，告诉你，明天报上见！"

见门开了，迟到的观众如决堤般潮涌而入，童子军都已噤若寒蝉，任由他们往里摸索、移动……

黄老师眼眶湿润，低着头沮丧地坐在台阶上不言不语。

李恬追上周科长，一左一右地护送吕铁生走了好长一段夜路，费尽口舌地：

"吕记者，实在抱歉！实在抱歉！您大人不计小人过，拜托拜托，笔下留情……"

"我们是希望帮助观众养成守时的习惯。可是……可是,对您这样的特殊人物,当然应该例外!应该例外!"

吕铁生跨上一五〇CC雪白的"伟士牌"机车,"不"一声发动了引擎:

"现在说什么都晚了!"

摩托车呼呼地骑远了,留下一团嘲讽的烟雾,喷得周科长目瞪口呆。经李恬提醒,才踏着颓然的步伐,来不及看看皎洁的月光,便得回到人为的灯光世界,去求生、去浮沉……

第二天,周科长打开报纸,怵目惊心的大标题赫然写着:

"文化季中官僚不便民。"

往下细读,全文是这样的:"文化季的大地舞展限制太多,规定观众于开演后不准入场、未观赏完不准离席,同时在场内不准摄影,使观众大为反感。而且,场地管理人员态度恶劣,丝毫不肯便民。这样举办文化季,非但收不到实质的效益,而且是白费心血、浪掷纳税人的血汗钱。"

一团辛酸的泪水,沿着周科长眼眶打转,他勉强喝口水,咽下喉头那份哽咽。锥心的疼痛已经不重要,重要的是:还有四十多场节目,该怎么办?

他搔搔一头早生的华发,苦苦思量着……

一九八〇年八月

(本文原名《蟹行人》,曾获《联合报》一九八一年小说推荐奖)

怜蛾不点灯

"你妈咽气之前,没交代你?"甄嫂咽泣着问。

"没有。她走得很快、很突然……"披麻戴孝的儿子把双眼皮哭成单单肿肿的,声音又哑又累。他父亲万夫子在一旁频频答谢前来吊唁的亲友。

沾儿子位居要职的光,万姐这公祭场面的哀荣可把甄嫂给看呆了……上百个祭奠的花圈从灵堂里——"一路稍息两根竹腿"排到马路上,三歪四拐。四壁挂满了挽联,可惜甄嫂一个字也看不懂。绅士淑女们衣服虽素、质料却很讲究,黑压压的挤满一堂。大家挂朵白花,分团体、照机关一队一队循序跟万姐的放大遗像三鞠躬。

甄嫂看他们鞠完躬彼此寒暄的惊喜样儿,不哀不戚,倒像是凑来社交场合交际的——使她更替万姐感到寂寞。六十多岁的甄嫂穿件灰土松垮的旧旗袍,跟旁人一比,显得既寒伧又不调和。她这是生平第一次、独自包了计程车赶到台北来,本来跟邻居一样"气"万家选在台北公祭、不打算来,临时心软又变了卦。眼看就该启灵出殡了,甄嫂还不死心:

"万夫子,你难道真忘了大伙儿的约定?"

万夫子两鬓皆霜，这几天骤然苍老了许多："你知道我一向不管家务事。孩子们坚持要把她葬在台北，说是住得近好照顾，我怎么好否决他们一番孝心？"

一记闷棍打得甄嫂无言以对。不错，万姐生前独揽大权，万夫子在家除了会找地方藏私房钱外，啥事也不管。听说万姐两腿一伸，他连她有几本存折、钱都借给谁，都搞不清楚。儿女？万姐一辈子省吃俭用，把两男三女全都放了洋。眼前只有长子万翔被高薪礼聘回国。前阵子万姐到美国去探亲，大女儿忙上班丢她一个人在屋里，"三个月，我嘴巴都捂臭啦！"老二、老三都闹婚变。更气坏她的是：几个大的都现实，赚的美金非但不给俩老，也舍不得拿一文钱接济在加州念书的么妹。就这样，害她一回国就病倒了。

奏哀乐时，人地生疏的甄嫂总算碰见一位三年前才搬台北的老邻居胡太太——他乡遇故知、感慨丛生之下，甄嫂又拿哭湿的手帕狠狠捏了把鼻涕："你记得不？万姐这老牌护理长，我三个孩子都是她免费接的生。有一年刮大台风，她自己也挺个大肚子，半夜雨哗哗地下，她照样来替我接生老二！这么好个人……"

胡太太也勾起了往事："我住南部跟你们当邻居的时候，万姐每回有事上台北，都要趁晚自修时间去看我住校的儿子、塞零用钱给他。不收还骂呢！唉……"为免过于感伤，胡太太换了话题，"甄嫂，就你一个人来？"

"嗯。跟万姐相处四十多年，最后来送她一次……"以前聊天，万姐就常说，有钱的妈就是张"弓"——为把儿女这些箭射得又快又远，为娘的迟早要被他们给拉弯掉、扯断掉。她还说，像甄嫂这样环境差点的母亲，就是个"针包"——反正儿女是债嘛，不任他们刺来戳去，又能如何？

灵柩上了山，甄嫂还在跟万翔唠叨："你妈一到台湾就住我们村子，为什么让她一个人葬这儿？阴魂也要伴哪！"

"我知道。我会经常来看她！"

她还能再说什么？毁约的不是万姐，是她儿子。也许，阔少爷根本就认为她们这份约定很愚蠢、很可笑。万姐信教，生前常说她最后要回到父的天乡，甄嫂总是半信半疑地听听而已。

山上一阵乍寒，冷雨不知何时开始绵绵地落着。葬礼在肃穆哀戚的仪式中完成后，甄嫂急着搭车回去，胡太太说："我送你上车。"

"怎么好麻烦你？！"阴湿砭骨的寒意，使她陡地打了个寒噤。想到自己大字不识、看不懂公路局站牌，怎么回去？幸亏胡太太热心，硬是冒雨送她到车站。甄嫂掏钱买票时，瞥见皮包里那一大叠儿子结婚要送的喜帖，很想告诉胡太太让她也高兴高兴。一转念，顾虑到她不可能老远去吃喜酒，既然不愿打抽丰，她也就闭口不提了。

"国光号"坐起来既稳当又舒服。甄嫂偶一抬头，望见那整排装给乘客用的小灯——圆圆的一个洞一个洞，多像那艘小船船篷上、船舱底被子弹打穿的洞洞。哒哒哒的机枪声跟飞机俯冲的嚎叫，一响就几个小时。她跟万姐把破外套拧紧，死命塞住船底进水的子弹洞，半跪半伏轮流摁了一晚上。从头顶掠过的千万发子弹"孖呦呦——"地满天窜，听得人胸口那股子疼与抽呵，简直就是有人拿炷点着的香在心窝上烫穿了无数的破洞，一个比一个焦黑。

"唉，已经过了三十多年，还想它干嘛？"甄嫂怨责自己的思绪太乱，连忙拨开胡太太刚才买给她的罐装汽水，呷了一口，"躲得过日本鬼子，也许躲不过这班车的车祸呢？！前阵子一下掉飞机、一下栽自强号，谁晓得我又能比万姐多活好久？"甄嫂有意无意地摸摸她颈脖上那条一两重的金项链——她告诉过大女儿，妈死的话，这就是留给你的遗物。为什么？她爹因公殉职领了九年的抚恤，这链子是拿最后一笔抚恤金买的。他在甄嫂二十六岁那年就甩下三个孩子，一命呜呼。买完这条项链以后的日子，可就全靠甄嫂啦！

国光号在她旧家附近有站。甄嫂带着"了桩心愿"的释然刚下车，却听车掌在背后催她："老太太，票根！"

"票根？"甄嫂翻遍了皮包跟口袋，都没有。从眼尾瞥见几道回望她的好奇眼光，仿佛在笑她：土老太婆，不懂坐车规矩，以后就少出门了！

"对不起，丢了。"随车掌再怎么哎哎哎，甄嫂拔脚就跑。难不成要我再补张票？她像怕给鬼抓到似的，急呼呼的一眨眼工夫就弯进了旧家的小巷里。

"泥水匠！泥水匠！我交会款哪！"甄嫂看他屋里没人、门也没锁。阴湿低矮的破屋里堆满了铁铲、水泥和砖块。眷村都是老邻居，谁家也没啥值钱东西，门户总开在那儿坦诚相见。甄嫂在这儿如鱼得水地串了三十年门子，半年前才不得不搬到三公里外一间新买的公寓——对那些深锁的铁门铁窗厌恶透顶。

她折返自己空荡荡的旧家换了双舒服点的布鞋。打开冰箱，发现临走前给独子云龙炖的一锅花生猪脚，连动都没动过："这讨债鬼耶，才三十出头，吃什么斋嘛！"

听见隔墙万夫子家隐约传来叮冬声，甄嫂心猛一抽、头皮就麻起来：奇怪，万姐的阴魂这么快回家来？万家有一扇窗对着她家院子开，只隔道纱网，很少把布帘拉上。甄嫂探头探脑透过纱窗没看见人影，而叮冬声却更为清晰。

"是谁？"甄嫂颤抖着声音问。

"我呀！我在他们浴室哪！你从台北回来啦？"要死，是泥水匠！"万夫子还没回来，谁叫你来敲敲打打的吓人？"甄嫂绕进万家的浴室，见泥水匠正蹲在地上把原有的灰色旧砖块全都敲掉了。他娶没两年的太太年轻得像他女儿，背上用布条背了个托婴，趁娃娃熟睡，她也在帮忙和水泥。泥水匠年逾半百，走到哪儿脚边都放一碟花生、一瓶米酒，把身体糟蹋得比水泥还要稀弱。脸皱得像橘子皮，头发斑白、稀稀疏疏地搭在耳边。见甄嫂来，他转过松弛如囊的脖子："万姐生前讲过几次，要我替她浴室换套漂亮磁砖，我老没空。这回赌气没到台北送她，心里越想越难过……万夫子心情不好，何必等他回来再敲得他心烦？早换晚换都是要换！"说着说着老泪就迸了出来。

"喏，望乡会的会款！"甄嫂忍住满眶的湿莹，递给他五百块钱。黑里俏的小妻子是山地人，有点纳闷："我就不懂，你们上的什么望乡会，怎么没有人标呢？"

"你想标啊？哈哈——哈——"泥水匠歇斯底里地声大笑，"甄嫂，你告诉她，告诉这女人……"

"我每次问，他都不讲！"小妻子娇嗔地白他一眼。

甄嫂心想，泥水匠是会头，万一他也……他太太总要善后哇："这会是我们十几个从大陆逃到台湾，当年一起躲过日本鬼子的伙伴，订的约。上会上了三十多年啰！谁死就给谁用。像这个月吧，就算万姐标到啦……"

"哦，"小妻子听得有些毛骨悚然。

泥水匠伸出粗大黧黑的手抓过米酒瓶仰头咕咕两口，再用手背往嘴上一抹："最慢死的拿尾会，嘿嘿，有全猪全羊呢！十六个人已经走了十三个，只剩甄嫂、我跟万夫子啦！等着瞧，看谁得倒数第一？"

小妻子惶惶惑惑地望着他们，没勇气再接腔。万家的厨房就在浴室旁边，甄嫂看见水槽里堆了些脏盘子脏碗，毫不犹豫地倒了几滴沙拉脱就洗起来。

"甄嫂，你怎么老天真穿起球鞋啦？"泥水匠看了好笑。

"还说呢！新公寓那边每礼拜三晚上，不是有流动夜市吗？我那天牵我外孙去买球鞋，那个鬼生意人乱开价，我信口说：三百？两百五都太贵啰！你猜他怎么样？"

泥水匠聚精会神蹲浴室门口听着，没吭声。

"我要他把鞋子拿下来试穿，赫，他才神气呢：'我不卖可以吧！'他硬是不肯拿给我们试穿喔！跩得不得了！"

泥水匠慨叹地摇摇头："人心不古哇，和气生财快成了神话！这年头，人与人除了交易，就没别的了？"

甄嫂气得把声音拨得老高："我一火大，拉着外孙就到隔壁摊位一口气买了十双球鞋，拿纸盒捧着打他眼前亮给他看！"

"示威呀？哈哈，傻婆娘，十双球鞋看你穿到哪一年？"

"等懊悔已经晚啦！怕女儿嘀咕，我把球鞋全摆旧家床底下。你不知道，公寓巷口卖面包那女的也是，大清早跟她买面包，像个只会收钱的机器人，你朝她笑她也不理。那张臭脸每天都结层厚厚的冰壳子。唉，生活越进步、越享受，社会上好像就越少了点什么？！"甄嫂眼里过一丝惆怅，"还是咱们这村子好，送酱油送米、卖豆花小菜的，一来就聊得像朋友。"

"喜欢这儿就每天来嘛！"

每天来？甄嫂跟前夫生了一男二女，改嫁给甄警员二十五年，只替他生了一个女儿莉屏。甄警员满肚子委屈陪她窝在这个处处感觉到前夫阴影的眷舍里，做牛做马帮她把孩子们扶养大。等莉屏出嫁四年以后，女婿拿一百万、加上老丈人退休金里的六十万，合起来买了间新公寓。

"搬？搬去替你女儿莉屏当佣人、带孩子？"甄嫂不肯。

"留在这儿迟早也要给你儿子当佣人、带孩子！我在这儿寄人篱下二十多年，受够了！"

任谁也会喊受够了。旧式木板房子又矮又黑，一刮台风就缩到铁床下打哆嗦，深怕给垮下的屋瓦压死。厕所要上公用的，每天大清早还得捏紧鼻子去倒尿壶。这几千坪眷村的对街，三年前就盖起了豪华的饭店大厦，明摆着是黄金地段。怕军方随时要跟生意人签约改建，甄家可舍不得花冤枉钱翻修厨厕浴室。

每次莉屏洗澡都哇哇叫。端个大盆摆厨房地上洗,得拿大水壶烧热水、提冷水。厨房简陋的破木头门又关不严,冬天莉屏拿长毛巾被挡住门缝还在里头直叫唤:

"冷死我了!你们谁都不准经过啊!"

甄嫂洗好碗便靠在万家浴室门口,看泥水匠把彩色磁砖往地上一块块排。鹅黄底磁砖亮滑滑的烧嵌了稀疏几根咖啡色稻穗花,真漂亮——跟她们新家的差不多。

泥水匠接过甄嫂替她儿子发的喜帖后,刚恭喜完,甄嫂就问:"嗳,你眼睛怎么红红的、全是血丝啊?"

小妻子半奚落他:"每晚都在熬夜当作家呢!"

"还在写书哇?"甄嫂想起来,泥水匠因为三年前躲过一场车祸的大劫,就发誓要写自传。战乱里跟军队到处跑,他根本没念多少书,写十个字总有两三个不会,要不就打圈圈空着、要不就四处请教。神经起来还有魄力到饭店租房间写呢!

"你真是不自量力啊!卫生纸还能擦屁股,你糟蹋的稿纸连卫生纸还不如哪!"甄嫂怕他白忙,算不清拿粗话糗过他多少遍。泥水匠眼神笃定、直勾勾地:"那本书有二十多万字。说不定,过不了多久就可以见报。"

小妻子忍不住背过身去窃笑。

甄嫂放下电话没多久,老伴就应命骑辆五十CC摩托车来载她回家(人老了,大型机车执照考几遍都没通过)。甄嫂人胖,肥赘凸鼓的臀部侧坐在小机车后面,有一大半是悬空没着落的直颠簸。骑到半路,老伴喊要去加油,她马上大叫:"怎么刚加过又要加?"摩托车摆公寓地下室,上回就撞见过邻居小孩偷一铁罐汽油，气得她跟小孩的妈怒目咆哮："不是大人支使，小孩敢吗？你们这些住楼房的，什么缺德事都做得出来！"那夜，她又梦见江南广袤的空地和平房、闲闲的绿草，整年有微风吹拂。开阔的平原迤逦而去，一直接上遥远的穹苍。要说望梅能止渴的话，全是平房的旧家就是她心头的梅子。她喜欢村里敞开的门、敞开的心和唇舌——那里面才有动人的温热。

"妈，旧家那么远，你何必每天让爸爸日晒雨淋骑车送你们？我们公寓转角就有幼稚园，把嘟嘟转过来嘛！"莉屏不知是疼她爹呢，还是疼她小家伙。

"反正我要过去给云龙打扫房间。旧家没人，改建会吃亏的！"退休的甄警员暗笑：她呀，喜欢旧家那些三姑六婆会蹲树底下陪她闲嗑牙。也好，每天除了接送两趟累点，其余时间他一个人守在公寓看报，耳根正好图个清净。

从三个月前开始，甄嫂隔一阵子就跟老伴抱怨："又要去下棋？为什么白天不下，搞那么晚才下？"他总回说："棋逢对手千盘少嘛！人家白天上班，晚上才有空陪我下呀！下完棋再吃吃消夜，晚了你就先睡吧！"

甄嫂忙完家事，等到夜里快一点，老伴回来她才安心上床。叭！惨了。俩老的卧房只有一扇窗挨着后阳台开。两栋公寓只隔六呎空地就是别家的后阳台，每晚一两点，甄嫂他们熄灯睡了、开着窗想透透气——嘿嘿，那家人却老是叭、叭把后阳台的灯开得通亮，正好直射甄嫂的老花眼上。关上窗帘吧，闷得慌；戴上眼罩吧，不但别扭而且担心灯照着，睡姿如何？那心情，宛如逃犯正在越狱，叭一下被探照灯照碎了好梦。

直到最近才搞清楚：那家住个红牌舞女跟她母亲，还有她弟弟、弟媳就在舞厅旁边开家店专卖几万块一件的进口女装。舞女每天神气十足自己开辆大宾士车，凌晨下班，开亮后阳台的灯，洗晾她的内衣裤。要洗澡，把热水瓦斯器开得哗哗叫。她妈也怪体贴，总在这时候动锅动铲替她煮消夜吃。夜深人静，磁盘铝锅的碰撞声再加灯光、热水器的喧哗——简直就要甄嫂老命！每隔几天，还得听她哎哎传来鱼水之欢的叫床声，不知是她姘头或是恩客，只听那放浪淫荡的陶醉叫唤，一声比一声刺耳。电视天天喊"把色情赶出公寓"，也没见"赶"出什么名堂？！

刚搬来，甄嫂就试过跟那太太攀交情聊天，隔着后阳台讲没两句，她总一脸的不耐烦："我还有牌局，失陪啦！"

每晚吵得忍无可忍时，甄嫂开口以低姿态求她们夜里收敛些，乖乖侬的冬，一家四五口像要吃人样的，全体出动到后阳台一字排开来骂她：

"嫌吵？嫌吵你搬家呀！买不起是吧？我们有好几栋房子空着，租给你好了！""我只是拜托你们帮帮忙，人老了，每天晚上被吵得睡不着，滋味难受哇！""难受？你们起得早，我们难不难受？"

天，早上七八点起床也不对了？甄嫂那颗心冷缩缩地直往下坠。人单势薄，偏偏他老伴又是个三不管："唉呀，能做出这种事的人，会跟你讲道理吗？大城市谁拿谁都当不相干的陌生人，他高兴半夜开灯，你干涉她，根本就是飞蛾扑火，有屁用？当心她找流氓捅你两刀。"

多少次露湿栏杆的深夜,她只能硬撑着疲惫、站在后阳台任由那些乒乒碰碰拎着她耳朵锯。她住五楼顶层、俯望两家后阳台所隔的六呎死巷,越看越像一条千年难融的大冰河——漠然得连头顶那轮孤月都森冷无语。

对街黄氏诊所的护士曾经偷偷告诉甄嫂:"你家后头那个舞女真绝,要赚钱又怕染上性病,晚上隔两个钟头就来打一针。你信不信?她连内裤都懒得穿!裙子一掀,打完针就走。"医生也常急救为她争风吃醋而被砍伤的男人。

"嫌吵你搬家呀!买不起是吧……"在这笑贫不笑娼的社会里,她很高兴儿子云龙将娶个纯朴的幼稚园老师——她苦一个月也许还比不上领台、舞女们一晚上的收入。但是,年轻女孩面对物质诱惑能把持,年轻男人肯过踏实、本分的生活的话,社会上抢银行、卖婴儿的罪行是不是就能减少些?!

老伴建议过她:"你要真受不了,就跟莉屏他们商量,换换卧房!"甄嫂溜溜眼珠:"那怎么成?小夫妻俩千恩万爱的时候,老被他们叽叽的开灯关灯,照得有多扫兴?你以为他们卧房靠的巷子就安静啊?"

老伴和女儿女婿不像甄嫂这样神经质,不大有机会能躬逢前面那条巷子入夜以后的盛况。这一带原该是纯粹的住宅区,不晓得为什么,隔壁一楼的屋主会发神经花了几百万的装潢费,把房子改成豪华餐厅来营业,把住家该停巷里的十几辆汽车全逼着每晚停到百公尺外的马路边。喝得醉醺醺的客人们从夜里十点—— 一批接一批直要闹到一两点才能散光。一伙十几个人要离开之前,总会兴致高昂地聚在门口你一句、我一句仗着酒疯胡言乱唱——夜太沉太静,他们是把一户户熄了灯、困极想睡的住家当坟场吧?要不怎会闹得那么旁若无人呢?

"不——不不——"十几辆摩托车在宁静、容忍的小巷里同时发动。一波波放肆的叫嚣声,吵得甄嫂真想破口大骂。冷静一想,弄不好明天就在路上给挨两刀,只好闭嘴。黑夜里,地下室的抽水马达又在"嗡呜呜、嗡呜呜"地提着她耳朵笑她胆小。间或,汽车里装的防盗器还会莫名其妙叫半天呢!

"老伴,你要没退休的话,警员管得着吗?"他总不置可否地劝她忍、忍、忍!甄嫂不是没想过:老伴坚持要住他自己的公寓,而她却深深眷恋住了三十年的村子。分居?临老再让人笑话?"少年夫妻老来伴",一边住了一个,万一谁突然有个病痛岂不糟糕?每回被这大都市的噪音搞得心绪恶劣时,甄嫂都不免想起:当年村里哪家没有收音机?虽然你家我家只隔块薄薄的三夹板,却从没听见过谁被谁吵到的事。天一黑,收音机都开得很小声,一家大小围在一起,手肘撑桌上,翘个屁股、把耳朵紧贴着收音机听。为什么?第二天跟邻居还要"见面"哪!大楼、公寓的铁门铁窗替都市人铸造了一个"不需顾忌熟人"的冷酷硬壳——反正你我都是陌生的无名小卒,爱干嘛干嘛!

"外婆!外婆!我妈打电话来,要你赶快到黄医生家!"

"谁?谁出了事?"

"外公。"

大清早,屋里静悄悄只剩他们祖孙俩。甄嫂匆匆忙忙牵了小嘟嘟就跑。一进诊所,就看见老伴满头满脸是血。女婿颓然而坐,女儿莉屏呶呶不休地埋怨道:"每天都那么晚睡、那么早起!讲过你多少遍,叫你不要天不亮就跑出去!人老眼花哪能摸黑去跑?讲你不听,一跌跌成这样……"

"严不严重?"甄嫂心惊肉跳地问。黄医生摇头示意她放心,继续替甄警员一针针细缝额头的小伤口。莉屏又急又气骂老爸爸的口吻,正像她小时候挨父母训话一个样。她哪知道,人越老越睡得少?甄嫂见老伴平静无声地躺床上随莉屏骂,心想:人老了,很多事就会颠倒过来。大概谁养谁就能嘀咕谁?!

莉屏从懂事起,就知道她在这个家的特殊地位。前夫留下的儿女小时候不懂事,很难适应母亲再嫁的这桩遗憾。哪怕甄警员对他们再好,他们还是从骨子里排斥莉屏。当丈夫面,看在人家出钱出力替她扶养前夫儿女的情分上,甄嫂不得不以加倍呵护莉屏来回报。知道自己得宠而骄纵成性的莉屏,唯一的委屈就是:背地里经常会挨云龙他们的揍,揍完还威胁她不准告状。

如今,前夫的两个女儿早嫁了人,大家都喊忙,甄嫂就算夜里思念得哭湿了枕头,也只能借过年过节的理由烧一桌菜打电话叫她们回家来吃——见见面除了聊慰悬念、总不知怎么样才能解除那条无形的鸿沟?

"妈,我今天轮休,我留这儿照顾爸爸,你送嘟嘟上学去!"女婿赶去上班,莉屏斜靠椅背上,没精打采地说。

"妈,外公会不会死?"三岁半的嘟嘟刚表达了他的关切,就被莉屏捂住嘴、轻拍一下屁股:"胡说八道,上学去!"

甄嫂半蹲在病床边低语:"老伴儿,云龙的喜帖还没发完,我带嘟嘟到那边去，这儿有莉屏，啊？"老伴额头上缝好的部分已经缠上纱布，只闭着眼在喉咙里"嗯"了一声。甄嫂噙着泪离开诊所还在想：他一向有早起做运动的习惯，刚搬来他嫌爬五楼喘，总是就近在自家顶楼空地上跑跑跳跳、呼吸点新鲜空气。谁晓得隔没好久，有位刚搬来的太太也每天那时条穿件透明睡衣到顶楼去。干嘛？牵她大狼狗上去大小便。一堆堆的狗屎尿臭、她从来也不扫。害得老伴只好每天清晨下楼往公园跑。

甄嫂不会骑摩托车，没老伴送，她回公寓弯一下便牵着嘟嘟徒步三公里多，往她朝思暮想的旧家走。冬末的寒风像细细的钢丝，往甄嫂皱缩的脸皮上轻轻鞭打。只要脚步是往那个方向走，外来的轻寒便抵不过她心头的暖意。她左手所挽的塑胶菜篮底下放了些洋烟洋酒，上面拿今天该洗的脏衣服遮住。右手的大皮包里还塞了厚厚一叠喜帖。祖孙俩一拐一拐走了四十多分钟才到。嘟嘟念的幼稚园紧挨村子，看他小手摆呀摆的"外婆再见！"以后，甄嫂从进巷口到进自己旧家，一路要经过十几户敞着门的老邻居，彼此总免不了亲热地聊聊。每当她在新家上下五楼时，眼观那几十层冷冰冰的阶梯，真巴望那是几十户有人味的住家。"恭喜呀！来，那么多帖子，我帮你分一下！"大块头的丁太太眼里闪着欣悦，自动替甄嫂一家家分送。善感的甄嫂看在眼里，暖在心里。

"甄嫂，不容易啊！云龙两岁就没爸爸，有今天，全靠你呀！来，我包个两千的红包，祝他们白头偕老！"邻居们当场就你一封我一包地纷纷往她菜篮里塞——人人都由衷地为甄嫂高兴:"你有眼光,新媳妇又乖又能干!"

"真的啊?!"甄嫂笑眯的老眼中蠢动着感激的泪光。她没料到,这些并不富裕的邻居们,反应会这么热烈。有一次她在新公寓大门边,亲眼看见一位穿着华丽的太太,伸出她涂满银白色蔻丹的玉手,从自家信箱取出一张红色喜帖,冷哼一声就哗哗撕碎了丢进水沟……甄嫂看了好担心,这时候才证明那是多余的。

她跨进旧家,云龙已经上班,床上乱七八糟堆满他换下的衣裤和臭袜子。桌上有副脏碗筷还沾了几根吃剩的白面条。唉,都三十二啦!操烦他的心总算快可以卸给他的新媳妇啦!甄嫂理过房间就把喷水壶灌满水,到十五坪大的院子里浇她心爱的花:石榴、仙人掌、昙花、秋菊……她喜欢这些真真切切踏在泥土上的生命。旧家门口有棵老榕树,树根在土里千回百转地盘错着。近万个宁静的上午,主妇们三三两两端出家里的大盆、小椅子,围在树底的公用水龙头边,洗衣服话家常。对面违章建筑那块地二十年前原是一潭湖水,她们迎着晨曦跪在湖边洗衣服时,还能看见一群大白鹅飘在湖里悠游戏水哪!

丁太太坐甄嫂对面,边拿刷子使劲洗刷衣领的污垢,边告诉她:"你知道泥水匠替万家的浴室换了磁砖?"见甄嫂点头,丁太太灿然一笑,"万夫子昨晚回来,在跟他呕气呢!"

"他给钱,他不肯收!"甄嫂接得倒挺顺口。

"嗳,说起泥水匠,他昨天深夜被送到圣心医院了耶!我还说把这盆衣服晒起来再去看他!"塌鼻子大扁脸的王太太插播了最新消息,"酒喝多了,胃又大量出血!"

"哦，"甄嫂眼神变得阴翳，"洗完一块儿去。"

比云龙大两岁的姜村长推摩托车路过榕树底下，被甄嫂连声唤住："姜巴！姜巴！你怎么上班时间跑回来？"

"刚到社会局办点事，顺便回来拿东西。"姜巴人瘦瘦高高比电线杆好不到哪儿去。讲起话来眼睛总盯着脚尖看。

"你回去，我马上来，误不了你十分钟！"甄嫂说完立即起身把两只沾满泡沫的湿手擦干，径自回旧家去。

五分钟后，姜巴替她倒杯水，很诚恳地把桌上两瓶洋酒、两条洋烟推还给甄嫂："你这岂不太见外了？"

"你不收就是瞧不起我甄妈！"她勃然变色道，"我又不是花钱买的！你知道我女婿在航运公司，这些东西多得很，偏偏他既不抽烟又不喝酒！摆家里干嘛？"嘴巴上这么讲，其实真正爱抽爱喝的是她老伴。莉屏孝顺她爹，每次见甄嫂把这些洋货扣下来要送人，都会噘个小嘴哩哩噜噜："妈，村子改建姜村长又做不了主，你干嘛老拍他马屁？上面怎么规定他怎么办，你别傻啦！"

莉屏甚至故意把整条洋烟拆散掉："看你怎么送人？！"

"哎呀，商场上这些送礼的一点诚意都没有，吃了有啥意思？年节送礼券让邮差寄，送烟酒嘛差个下人赶场式的在楼底下递了就跑——这礼哪有半点情意？前门进来、我替你们后门散出去，在老天的天平上，我们就不欠人家啦！"

最近就要出国深造两年的女婿总在一旁暗笑她的谬论。

"姜巴，云龙是功勋子女，村子改建，上头不应该亏待他呀！"姜巴讲话像蚊子哼哼："听说因为抚恤满了，他又已经成年，可能比别家眷属受的优惠差一点……你别急，我会尽量替云龙争取。"事实上，甄嫂还真担心村子一改建，会不会跟新家那边一样冷峻无情？扫新家楼梯的女人，怯生生的。甄嫂好心陪她去敲各楼的门，收清洁费。天，那一只只骷髅样的手把钱往外一伸，"碰！"就关紧铁门！

姜巴二十五岁那年在黑社会闯荡，杀了人马上失踪，害他守寡的娘不堪警方骚扰，居然活活吊死在自家客厅。就这一棒可把他打醒了：在狱里好像立了什么大功，出来以后完全变了个人。如今当个科长，不但把云龙引进工厂，还经常派班给他，让他赚不少加班费呢！

"云龙幸亏有你照顾，最近，厂里有没有升等的机会？"

"云龙从小跟我玩弹珠一块儿长大，你放心，有机会我第一个报他升！他在厂里苦干实干还帮我不少忙呢！"

"谢谢！谢谢！"有人夸她儿子、爱护她儿子，甄嫂要不是顾到自己是长辈，还真有叩谢的冲动呢！

等甄嫂回到榕树底下，邻居太太早帮她把剩下的衣服洗干净、晾好在竹竿上了。她在电话里听说老伴已经不碍事回家休息了，便交代莉屏自己跑一趟来接嘟嘟，她要上医院去。几个人坐邻居老王开的免费计程车到了病房，看见万夫子早就守在病床边侍候泥水匠用吸管一小口一小口在喝味全盒装牛奶。万夫子自己老年丧偶的悲痛和惨沮还交替在他的红眼皮、锁眉峰之间浮移……

"情况怎么样？"老王关切地问。

"刚输了二千CC！"万夫子瘖哑声音说。

"你这王八蛋,看见酒你就不要命啦你?"甄嫂凭三四十年的老交情,劈头就替大家责备他。问他太太人呢?说是要照顾两个托婴,不方便在医院待太久。

泥水匠刁钻古怪地边笑边挣扎着拖开床头的小抽屉给他们看:"这儿还多着哪!"三包长寿烟、两瓶米酒,气得老王碰一下连烟带抽屉一起拉出去丢到门口:"讨厌你!"

泥水匠嘴唇了无血色、脸色苍白、青筋在额前凸起。他右手朝上伸直了搁在床沿接受葡萄糖的注射,只见他一头冷汗,浑身都不听使唤地颤抖。抖得厉害时,插在血管的针头就跑开来,害护士又得重新撕开胶布替他扎针。

丁太太问:"听说他酒精中毒?"

护士和颜悦色地:"嗯,血里面含百分之零点一的酒精就算中毒。他呀,高到零点五,昏迷了给抬来的!"

泥水匠睁着双反应迟滞的眼珠子:"没……没关系,你们拿走我照样弄得到……欸,我在这医院混了三十多年,会弄不到几瓶酒?笑话!"护士小姐把塞他腋下的体温计拿出来:"是啊,你行啊!天没亮就光个脚,楼上楼下乱跑。再跑把你手脚捆起来。"泥水匠没退伍前,在这家军医院的急诊室里帮人挂号,跟万姐、老王和甄嫂亡夫他们都是老同事:"我查病房呀!"

逗得探病的哈哈大笑——笑得苍凉,笑得无奈。

泥水匠把平躺的身子往上靠靠,瞪着老王喊:"万夫子……"老王连忙纠正地把他下巴转个方向:"万夫子在哪儿哪!""你说,那些编辑……是不是有眼无珠?喔,光登些无病呻吟、崇洋的鬼文章！我……我经过抗战、剿匪写的书，他们为什么不要？啊？"

万夫子正低着头、拿支红笔在修改泥水匠的巨作："你写得是不错，我替你改一遍再寄去试试看！"

乌云罩住了他的脸："没用的！我这次要出不去的话，替我印一大叠，出殡那天每人送一本。甄嫂，别忘了，望乡会那儿也摆一本，让兄姐们保佑它早点碰到伯乐！"

"怎么！立遗嘱啦？"老王按捺住兜上心来的酸楚，"你他妈的就是爱自讨苦吃！你大老粗的手只配糊水泥。想写书哇？下辈子先给老天爷送个大红包，求它让你投胎到书香门第去！今生就死了这条心吧！你那点经历，人家《京华烟云》、《传记文学》里头写得多棒，还轮得到你？一退稿就抱酒瓶，酒能让人用你的稿吗？笨哪！"

泥水匠激动得想坐起来，差点拉断输送葡萄糖的塑胶皮管："我写书，要让满街打电动玩具、吸强力胶、泡酒店的浑小子看看，我们像他那年纪，日子不是那样过的呀！泥水匠就矮人一截？万姐在世经常鼓励我说，耶稣和他人间的爸爸若瑟，还不是只当木匠！"

甄嫂替他拉被单："先保重自己要紧，看你这身皮包骨。"

"怎么样？"病奄奄的泥水匠垂眼望着自己插了针的手臂抽筋抽得好猛，"我这身皮拿到肉摊，一斤多少？能卖个好价钱，我自费出版。"

众人表面上笑吟吟的，骨子里却被死神的魅影纠割得紧。都在这儿穷耗不是办法，大家便分配了时间表，轮班来当看护。甄嫂临走,泥水匠硬把自己那本杰作的影印本往她手上塞:"替我送到那间小庙去。"

陪准媳妇上街买结婚用的衣服鞋子,逛到夜里十一点多才勉强告一段落。甄嫂拨了电话给莉屏:"你爸呢?又去下棋?头上包了纱布还去下棋?唉,旧家明天该好好打扫,我今晚就住这儿啦!"

在旧家喝完茶、喘口气,等儿子护送准新娘走了以后,甄嫂顾不得脚酸腿麻,决心趁黑把"最后一张喜帖"送到那间小小的寺庙里去。小庙跟旧家只隔条马路,夜路虽然暗郁阴沉,甄嫂凭借满腹羁心绊意的事儿,步履倒也还笃定。她掏出钥匙开了庙门进去:一室幽幽的昏冥中,她先在神龛前跪下,合掌磕了个头,再虔诚地划了火柴上香祭拜:

"菩萨啊,对不起,这么晚来吵你。我独子云龙要娶媳妇,我送喜帖来给他死鬼老子,白天怕人看了笑话!"

左边墙壁上排列了一方方蜂窝似的小格子,摆着甄嫂他们"望乡会"过了世的十三个老友的骨灰罐——不,十二个,万姐那格是空的。甄嫂满心遗憾地从皮包里取出一件万姐生前最常穿的衣服,放进她那格里:"兄姐们,千万要原谅万姐,不是她不肯来,是她儿子不让她来呀!"大伙儿约定的,死了摆一起有伴,等哪天再一块儿运回老家去埋葬。

"下有陈死人,杳杳即长暮,潜寐黄泉下,千载永不寤。"这约二十坪大的庙堂里,供神的灯不算,这些方格格上面的小灯——如今只剩三盏还亮着:万夫子、泥水匠和她甄嫂。当初就这么约法,谁的骨灰罐一来,灯就熄掉。眼前亮着的三盏灯，谁最后熄？谁会是望乡会的末会？还有，万姐既然违反约定，有朝一日，万夫子也那个的话，又岂能独留此地？万一，万夫子过几年又讨一个，怎办？忽然忆起爱读圣经的万姐说过，什么什么古时候洋人有种习俗，谁若死了还没儿子，他弟弟就该娶他女人为妻，给哥哥立嗣。有家七兄弟就因此娶过同一个女人为妻。洋人问耶稣："复活以后，她该是七人中哪一个的妻子？"耶稣却回答："复活的时候，也不娶也不嫁，好像在天上的天使一样。"这个说法，能解释她的处境吗？她配上天堂吗？她不懂，一直就听不懂……

最给她触痛感的，当然是前夫的灵位。她站他前面三鞠躬后，便把儿子云龙的喜帖递上："死鬼呀，你看看这喜帖。你知道，替你养大一个儿子，有多难吗？生病惹祸不谈吧，他念高二打架被记过、留级的时候，我头发一下全愁白啦！"她偏着个白发盈颠的头、像在跟活人讲话一样真切，"后来好不容易考上学校，念两个月又糊里糊涂被退了学……幸亏有姜巴提携，才有个正当职业。"

提起姜巴，甄嫂连忙走到也是望乡会的、他父母亲灵位前，再三鞠躬致谢："姜大哥、姜大姐，你们应该为姜巴感到骄傲，浪子回头金不换哪！我没替你们照顾他、他当村长反而很照顾我的儿子跟房子，不简单呢！谢谢你们啊！"

这又回过头来跟她前夫絮絮叨叨："为你儿子吃斋，不晓得有多费神，你怎么不劝劝他？男人不吃荤生不了儿子，我就没孙子抱啦！你知道吗？这么多年光替他相亲就相过十几二十个女孩，累呀！这下好了，我的责任总算了了吧？不对，还有那个旧家……"她对骨灰罐自言自语的神情,可是绝顶认真的。

捧着泥水匠那本《老兵奋斗记》,甄嫂考虑半天,不知道该放哪儿好?最后索性压在万姐遗物下:"你们大家一起保佑他吧!我不识字、不懂他到底写得好不好。可是我懂,是酒精害了他。说他是根蜡烛的话,酒在他火心子边凹陷了一个缺口,害他的烛油乱耗乱滴,当然烧得比别人费。哥哥姐姐们,保佑他想开点吧!"泥水匠还好有村里人照顾,甄嫂想起前阵子她们公寓二楼有个孤老头,居然在浴缸里死了三天才被人发现,多恐怖!

要问,这十六个人怎么会"亲"到这个程度?是战火的爱、是患难的情!甄嫂每次来探望这些隔世老友时,总会缅怀到昔日无情炮火的撞击……

"哒哒——"重机枪的怒吼声夹着"孜哟孜哟……"从头顶掠过的子弹尖叫,轰得人心惶惶。逃难的人潮扛着沉重的包袱、箱笼,经常一天要走五六十里路。拿着镰刀割荆棘、翻山头,多少次饿得眼前出现一大团一大团黑云。白天躲在小山洞里吃没盐的面条、啃干冷的馒头,甚至于吃草、捉虱子。

那回军队走在前面,甄嫂他们这几家人被焚村的熊熊大火耽搁得落了后。眼看整栋整栋的房子坍进河里,疼得河水嘶嘶响半天、冒出阵阵的蒸气……等他们赶到一条必经的公路上,发现我方为阻断日军的追赶,已经炸坏这条公路。没办法,十六个人只好雇条小船走水路。大雨淅沥沥下得河水直往上涨,这伙彳亍在生死边缘的人,顾不得浪高流急和险滩,只拼命催赶船伕要快。

船行到滩宽水窄的上滩，费时费力不说。可恶的牵绳突然被拉断掉，整条船顺着奔腾的河水、疯狂地被急流冲走……全船人的哭喊、惊惶、嘈杂、紊乱……都拦不住在河边盲目拐弯、冲刺的小船。她跟万姐把破外套拧紧，死命塞住船底进水的子弹洞，半跪半伏轮流摁一晚上。

甄嫂和云龙他爹吓得头皮发麻，边想完了完了、边还跪在雨水倾泻的舱板上祈求："老天啊，拜托拜托，保佑我们吧！"等船底刮到河底的碎石和细沙、搁浅到水湾的沙滩上，十六个人才发现那是可怕的"日军占领区"。幸亏天已经黑了，云龙他爹带着大家长途跋涉、躲进层层叠叠的荒山里。每人身上那件臭衣服不晓得被黏黏的冷汗湿透过多少遍、又被烈日烤干后，才侥幸被山区的抗日游击队护送到安全地区。

对往事还心有余悸的甄嫂，冷不防被一脚冲进庙里来的云龙吓得倒抽口气。"妈，不好了！"云龙一百八十公分的身高、突出的颧骨和五官都像极了他爹骨灰罐上的遗照。似真若幻间，甄嫂几乎怀疑是前夫的阴魂显现。吃斋吃得面黄肌瘦的云龙把躲在庙门外捂着脸、号啕痛哭的莉屏拉进来："妈，爸爸被小流氓误砍三刀，死在月宫酒店门口。"

"……"，甄嫂脑袋里轰一阵黑，右脸颊久不曾抽搐的肌肉开始无法控制地抽一下，又一下。莉屏努力把哭声压到最低、惶恐地静观母亲的变化。

"你是说，我又要当一次寡妇？红帖刚发完、又要我去发白帖？……我不信，老天不会待我这么薄。不会的……"虚软的手脚，使甄嫂像团软趴趴的棉絮，跟跟跄跄就跌进椅子里，呆滞、无语，如同被鬼魅给盗走了魂魄。

云龙拿袖子揾揾眼睛、吩咐他同母异父的妹妹："我担心妈到现场会受不了。你留这儿陪妈，我去料理一下、马上来接你们。"莉屏关不住自己"隔依隔依"迸出的哭声："好。"

云龙走后，甄嫂举起索索乱抖的手，搔她如银鬓发："他，他不是去下棋吗？怎么会在月宫酒店门口？"

"我也是刚刚才听说，爸爸每天晚上在月宫酒店门口，表面上在下棋，其实是在替酒店把风。他们利用爸爸退休警员的身份，坐门口挡驾临检的警察同事和老部下……没想到小流氓酒喝多了，动刀子打架，爸爸去拉……"

"这个老糊涂，怎么会去干这种傻事？他没有留话？"

"有，"莉屏哭得肩膀一耸一耸，"爸爸说，他把酒店赚来的外快和所有私房钱，已经……在佛光山买了个鸳鸯墓……他在那儿等你。"

"天！"甄嫂神昏目瞥这许久，才突然让那阵悲苦的呜咽声从她喉咙里挣扎出来。她凝望前夫灵位边、属于她的空格子：该如约摆这儿呢，还是随第二任丈夫上山？他们都是好人。好人不长命，独留她这罪罚未满的祸害在尘世受苦千年？

"妈，"莉屏带着沉甸的悲戚求她，"他马上要出国深造。爸爸这一死，我一个人住公寓好可怕！你以后不要再住旧家了啦！婆媳不太容易处得好的。"

今后要她独自陪莉屏长住公寓？每天干数那几十层冷冰冰、没有一点人味的楼梯上上下下？每晚忍受后阳台扰人的"叭、叭"的灯、被楼下深夜"不不"集体发动的摩托车折磨到死？可是呵，莉屏从小胆子就小，能不理她吗？

彷徨无助的甄嫂把泪眼移到墙上那盏"属于自己"的小灯上："老天爷，要我那样过日子，还不如可怜我、早点熄了我这孤老太婆的灯吧……"

她是飞蛾，是一只扑向工商文明那盏冷漠冰灯的飞蛾。她的祷词，时髦的莉屏是听不进去的。

她迈向老伴的脚步，滞重如铅、如泥、如上了脚镣……

（原载一九八二年《文学界》第四集）

卡拉 OK

> 天主的忿怒，发显在人们的各种不敬与不义上。他们冥顽不灵的心陷入了黑暗。他们颠倒是非所得的报应便是去行各种不义、贪婪欺诈、侮辱人、无情……他们不仅自己作这些事，而且还赞同作这些事的人。
>
> ——《罗马书》第一章十八至三十二节

*

周末客人多，营业时间比平常早，下午两点就得打开店门，恭候财神。尤其这种阴雨潮湿的大冷天，没地方跑的人越多，我们越是生意兴隆。缩着脖子，我把白色风衣拉紧，穿过E市闹区一楼的商店走廊，来到高悬"星船咖啡厅——雷射伴唱"招牌的楼梯口。踩过铺着金色地毯的阶梯，匆匆赶到店里。这是一栋大厦的地下室，占地两百多坪。我收拢水渍渍的雨伞，插入门边对号伞架。

"张经理好！"见我喘着气进来，十几个男女服务生嘻嘻哈哈跟我打招呼。我半开玩笑地皱着眉，伸手在鼻子面前虚虚地扇动："好大一股霉臭！空气调节器开了没？"

负责替演唱来宾拍照的 AB 大声回道:"刚开。你放心,地下室的臭味抵不过你身上的香水啦!"说罢,大伙儿穷开心地咯咯直笑。公事之外,他们看我随和,没人怕我。本来嘛,这世界谁又比谁高?我径自掏出钥匙先进经理休息室,把沾雨的风衣脱了挂好、皮包锁进抽屉,才笑咪咪地走出来。

还没有客人。每天一上班,服务生照例得列队站在吧阱旁边,由我主持十五分钟的"检讨会"。他们已经脸向吧阱、一本正经地等着——公事我可是一板一眼的。推开只有半个人高的小木门,我坐在吧台里的高脚凳,先瞄一眼昨天招考来的男服务生,再润润嗓子:

"大家好。很高兴本店又添了两位生力军……"我招手请他俩进来,先指着二十多岁、文质彬彬的高个子说:"他叫罗文,喊他小罗好了!另外这位,你说喜欢大家叫你什么?"

"春仔。"他憨然一笑,两只手别扭得不知该放那儿才好。他们来接替两名因为懒散而被解雇的家伙。两人做了简短的自我介绍以后,当着新人的面,我再把店规重复一遍:"本店待遇比别家高,要求的就是敬业两个字。上班时间,男服务生一律要穿黑色西装、打黑领结,不许抽烟、喝酒、嚼槟榔。用你们风度翩翩的仪表去吸引女客人。我们不作色情生意,但是,欢场女客来得多,男客自然会像苍蝇一样跟来……"

解散后,播音的播音、调酒的调酒。我坐在吧阱里抽烟提神,远远望着正在跟人学习布置桌面的小罗——青春的脸、乌黑的发、优雅的举止……跟三年前赌场那个冤家,长得真像!那时候我跟当警察的丈夫已经离婚好几年,为了扶养女儿榕榕和凑钱买房子，狠下心到酒廊陪酒，每天跟男人用粗鄙字眼调情厮混。花钱买醉的大爷们，当我们是一群无耻的贱民，把男人的邪恶，在我们身上发泄个够！小心伺候之余，我唯一的安慰就是白天跟他耗在赌场，反过来被人公主样地伺候着。一会儿点烟、一会儿泡茶、递热毛巾，乐得人飘飘欲仙。他叫金牛。想必前世里欠他的，跟他才半年多，就输掉两百多万。见我山穷水尽，妈的，这小子居然就翻脸不认人啦！

帅？帅有个屁用？以后我见到小白脸就躲得远远的，生怕再被薄幸男子弄得人胆俱裂。输光以后，继续在酒廊卖了一年皮肉。再有身分的男人，到酒廊都会拆下道貌岸然的假面具，行动得像禽兽一样，令人作呕。不甘心任凭这些色鬼凌辱，我就离开那鬼地方，跟人合伙开设时髦的卡拉OK店。前后被人吞掉两次，倒闭再他妈另起炉灶——这回已经是我身兼股东、经理的第三家啦！

"星船"连装潢带伴唱器材一共花了将近一千万。十股凑四百万，不够的先开支票应付，再从每个月的盈余填补。大楼楼主把地下室租给我们，收八十万租金，算他两股。

最近合法舞厅的年费跟税金太重，大家纷纷转向地下舞厅。上个月，我们也把隔壁一百多坪地下室装修成地下舞厅，财源滚滚可真好赚哪！不过，警察局抓得紧，舞客进出的秘密门，像武侠电影的层层关卡，不是熟客甭想摸到门路。负责带路、核对"识别证"的男服务生只有两位，是我精挑细选的心腹人物。给的薪水比旁人高出一倍。客人愈来愈多，很缺人手。昨天我私下跟小罗讲好，让他两边兼，他很乐意，笑得合不拢嘴。地下舞厅男客要收钱，女客免费。小罗长得英俊儒雅，由他带路，可以吸引一些无聊的家庭主妇或细姨之流的女客。

"嗨，趁客人才，我带你进去开开眼界！"靠近小罗耳语两下，他就机伶地跟来："张经理，我人生地不熟，你可要多教教我。"赫，瞧他嘴巴甜得！我冲着他嫣然一笑："舞厅另有大门进出，挂的是西餐厅的幌子。有熟客在这儿唱腻了要去蓬拆，就由你带路从这个边门进去。这么着，务必要把识别证上的照片跟本人对清楚。万一有证的带个没证的来，就来找我。"

小罗神情专注，边听边点头。推开休息室一扇伪装保险柜的铁门，迎面就是一整排全用镜子拼成的隔墙。我指给他看，要走到第几扇镜子前面，揿某一个按钮，"哗——"电动门就缓缓敞开。蓦然惊见把风的王老头，把小罗吓一大跳。王老头原来坐在摇椅听收音机，见我来连忙起身："张经理，又添新客啦？！"我把小罗的身分告诉他之后，再转两条长长的弯道，才真正进入豪华的舞池。

煽情的迷人灯光幽幽照在一对紧拥的男女身上。两人舞得如醉如痴，对有人进来丝毫没有感觉。小罗见过播放音乐的阿津之后，便瞠目结舌张望舞厅的华丽吊灯。他一脸迷惑指着堆在墙角的桌椅问："这是干嘛？"

"紧急应变呀！活动桌椅可收可放，万一把风的按铃通知警察来了，舞客随时把桌椅端到中间一摆、饮料一端，他逮谁去？"说到这儿，我忽然冷下脸认真警告他："你要敢出卖我们，细心店里雇的保镖要你的命！"

他抓耳挠腮急忙回道:"我哪敢哪?"

回到卡拉OK现场,客人已经来了三成。台上有位白发老先生在唱费玉清的《梦驼铃》:"……攀登高峰望故乡,黄沙万里长……天边归雁披残霞,乡关在何方?"他是个孑然一身的外省人。一星期大约会来一次。歌声的老迈苍凉,既特殊又叫人心酸。你歌我伴他们聊天——"伴"唱的,永远只是机器,不是人。台下客人自顾自地谈话,除非上台的是个美女,否则谁也懒得注意。为了盖住人声的喧哗,我们总把音量调到最大。唱的人"幻想着"人人都在注意他、重视他,就能发泄积郁、填补寂寞、自我陶醉一番。

大股东鱿鱼坐在第八桌跟我招手,我会过意,把新来的小罗、春仔带去拜见他。他边抽雪茄边竖大拇指夸我:

"嗯,有眼光!"

我也回捧他两句,讲给小罗、春仔听:"邱老板长袖善舞、八面玲珑,大家才封他叫鱿鱼。他呀,关系企业跟小老婆一样多!又开歌厅又开布行,你们年轻小伙子真该跟他拜师学学。"

鱿鱼被米汤一灌,脸红得像块煮老了的猪肝,捧着肥肚子笑得晕陶陶的。几个人天南地北瞎扯了一通,鱿鱼便离开座位,登台表演他的吹牛术:

"欸,各位小姐先生,欢迎光临!本店的伴唱设备是全市最贵最好的,保险让你的歌声美上加美。本人经营的孔雀大歌厅,每天都派了星探坐在下面,希望能发掘到歌坛巨星,到本歌厅签约驻唱,还可以介绍你上电视喔!请大家告诉大家,多多捧场,谢谢!谢谢!"舞台顶端的七彩转灯轮番扫过他秃了一半的脑袋，滑稽得像个小孩玩的彩色皮球。他在如雷的掌声下，迈出国王出巡似的步子，从台上下来。

我正偷空躲在吧阱喝柳丁汁，小妹就来报告有位小姐要跟我谈。小妹带来的名片上写着："银河酒廊经理吴川香"——我离开这家酒廊已经快两年了，以前跟她也没什么交情可言，她找我会是什么事呢？顺着小妹所指的第三十桌，我趋前坐下，为她点了烟。她穿件墨绿色针织套装，领围和侧边开叉的地方，镶了咖啡红的皮边，上面钉满装饰用的铜扣。

"听说你在这儿得意，早就想来看看你……"她眼神充满蛊惑力，喷出一团缭绕的烟雾，四下打量着问："地方不小，一共有多少桌啊？"

"桌号是一到四十。跳过第四跟第九，总共三十八桌。"

她噗嗤一笑，双肩淫荡地乱抖："四，死；九，狗（台语）……这年头，人人都想图个吉利。偏偏呀，我就他妈的老走霉运！唉……，大姐，快救救我吧……"

人在江湖少得罪人为妙。我好奇地问："你这么神通广大，还有我能效劳的地方吗？"

"你上班忙，我就开门见山直说了吧！"她坐直身子，把那张浓妆艳抹的脸凑近我鼻尖，小小声说，"你知不知道？新调来的管区警察就是你离了婚的丈夫胡文涛！哼，居然一上任就罚我们勒令歇业。幸亏老板后台硬，没多久又重新开张。可是他……跩什么呀？听说他老婆肺病住院，我们特地拎篮水果、里头塞个大红包，他老兄竟然臭个脸退回来！"

"哦！"我悚然一惊，没想到世界真这么小。当年，他在外头跟那女人有了私生子，我哭死哭活求他留下，愿意把那野种接回家来，他不肯，说什么也要离婚娶她。发现情缘已尽的那段日子，要不是为了榕榕，我简直就没办法撑过来……二十来岁的弃妇，手上没有房子、没半文钱。一晃六年，就像一首歌里唱的，曾令我哭过笑过，如今一切都已陌生……吴川香看我愣住没吭，伸手过来摇我手臂：

"一夜夫妻百世恩。大姐，帮个忙，咱们老板会重重谢你的！"

"笑话，"我凄苦地冷哼一声，"他要肯念旧情，还会跟我离婚？我们泥菩萨过江自身难保，你又不是不知道。"

"我当然知道，"她脸色忽然从哀求转为凶狠，"你们卡拉OK只是个幌子，隔壁就有间地下舞厅。要抓，一块儿抓，总不能厚此薄彼，袒护前妻。这年头哇，不怕官怕管，我虽然认识好多上头的警政要员，可是碰到这种扫帚星……"我懒得再听。可恶，想掐我脖子？威迫利诱手段再狠，我没把握就是没把握："你……不至于这么不上道吧？！我连他人都没见到，话又从何说起？祖奶奶，你先别火，有机会我一定试试。"

"这还像句人话。同一个管区，等着瞧，很快就会上门的！"

小罗毕恭毕敬弯下腰在我耳边通报："鱿鱼说，跟他在聊的苏董事长请你有空过去坐坐！"

我移动视线搜寻片刻，发现姓苏的拆船商正在离我们不远的桌上对我张嘴在笑。我友善地点点头，表示很快就来——一半也在提醒吴川香，我没空再陪她耗。小罗走后，她妖媚的眼睛盯住他背影不放:"嗯,这小子挺不赖!"

我当然懂她话里的含意:"这容易。小罗刚来还抽不开身,只要你喜欢,过一阵子我叫他陪你跳舞,没问题。"

"好,就这么说定啰?!"有了猎物,她眉开眼笑而去。

搞拆船的苏胖子虽然腰缠万贯,却是个经常更换同居人的老光棍。他打我主意,少说也有一年半载。骗骗他荷包可以,同居?老娘可受不了他那副猪猡相,看了就倒胃口!见我含笑走来,他连忙为我斟了一杯白葡萄酒:"想死你啰——"害我差点没吐出来。

骨嘟骨嘟连灌三杯,虚情假意地敷衍了一阵,鱿鱼说手上有张票子快要到期,想跟他调个头寸。他活像被开水烫到似的惊呼道:"我还正想跟你调呢!你不晓得,咱们这些没有码头的拆船商,现在可惨啦!大的码头业主坐地分赃、联合垄断。我操,大鱼吃小鱼,老子非要狗叫火车去陈情不可……"我听不懂也没兴趣听。见我偷偷在打呵欠,他才顿住。

鱿鱼不甘心白碰一场钉子,先在桌底拿膝盖撞我腿,然后偷偷塞过来一叠东西——一摸就知道,又是一本五十张的歌厅入场券,要我替他推销。替他卖一本,我赚三百。见我在伺机开口,他苦着脸又跟苏胖子哭穷:

"还是你们好啊,拆船做一票就上百万,那像我们永远猜不准今天会有多少客人上门。卡拉OK,每个月光电费就二十万、给客人照相两万……唉,全市两百多家在竞争,生意难做噢……"

说到电费,的确耗得惊人。他们聊,我抬眼凝视舞台后面电动升降的布景，几乎每换一位来宾上台，布景就变个新花样。有幻灯有山水还有花七万多买来的魔镜。站在台上唱日本歌的，是个人老珠黄的落翅仔，经常来这儿钓凯子。她沙哑的破锣嗓有点接不上乐谱，正眯着眼倾身向前细看打出歌词的萤光幕。刺眼的摇头灯不断往观众席上扫射，照得人眼花撩乱——为营造气氛，二十万电费，每天就这样白白泡汤。

苏胖子问："你们平均一天进账多少？"

"三万多，"鱿鱼比出三只粗短的手指头，"扣掉开销，一天赚一万。十股，每个月一股能分三万。"

"听见没？"我用手肘撒娇地推推苏胖子，"咱们拿酒当汽水灌，每天苦十二小时才赚这点，喏，大老板，买一本捧捧场找点乐子，包你越活越年轻！"

"没问题，看你面子，我买了请员工看，一共多少？"他人豪爽，立即伸手进裤袋掏钱。我得意地斜睨了鱿鱼一眼，嘴里回道："一张本来两佰捌，算你两佰。五十张，一万！"

"小意思！"

成交后，我正在咕噜噜仰着脖子干杯谢他，角落一桌小混混莫名其妙"轰"一声把桌子掀个四脚朝天，茶杯烟灰缸摔着乒乒乓乓响。

"有种的亮家伙！"一名二十出头、衣服不男不女的混小子挑衅地低吼道。我眼尖，认出另一帮的头头，不正是赌场把风的铁三？一个箭步上前，我把双臂横张，隔开两帮怒目切齿的家伙："铁三，不认得我啦？我是这儿的经理，你……"

铁三歉然一笑，转身对他手下人耳语几句，他们便乖乖把踢翻的桌椅扶起来。鱿鱼眼明手快,早就唤来保镖把挑衅那帮人劝离了战场。虚惊过后,鱿鱼一边安抚受惊的来宾,一边找人上台唱唱跳跳遮掩掉一屋子火药味儿。

苏胖子过来拍拍我肩膀,表示他要走了——这个当我是红粉知己的老光棍,一向颇能体谅我工作上的难处。

铁三这一桌总共有四男二女。我想起来,他以前跟我借两万没还,我也没当回事儿。他叫小妹拎来两打啤酒,说要恭喜我当了女经理。在赌场,他眼见我为金牛痴狂、眼见我被金牛诈赌诈掉所有的积蓄、眼见我遭金牛遗弃后的颓唐不振……难怪他今天高兴:

"大姐,我服了你!从烂泥堆东山再起可真不容易啊……"酒杯后面,我看见他眼里为我闪动的泪水,充满真诚的喜悦。他比我矮十公分,我们之间没有情欲的瓜葛,却有一份亲如手足的温暖。我关切地问:"刚才怎么回事?"

"谈判破裂……唉,不提也罢,来,再敬你一杯!"

"金牛……他还好吗?"割心的伤痕虽已结疤,想起来还是隐隐作痛的。

"老样子,凭他那张小白脸,骗尽天下傻女人!"喝到送他们走,已经晚上九点多,我才匆匆吃碗火腿蛋炒饭。

往事不堪回首。这晚,我东一桌西一桌少说喝了有二三十瓶啤酒。另外还有绍兴、洋酒……喝得面颊滚热、眼皮泛了桃花。不喝,客人会垮下脸:"哟,经理端架子,瞧不起人啊?"只要看不顺眼的男人不敢对我"张经理"毛手毛脚,喝两杯有啥关系?今朝有酒今朝醉,至少独自躺回冰冷的席梦思床上,不必再"醒"着苦恼：真心相爱的、寒夜里用他热热的体温熨平我心底皱纹的男人——在哪里？

经营卡拉OK店，每桌光靠一杯咖啡，哪能赚钱？啤酒一瓶成本二十卖八十。一瓶倒两杯，我捏住鼻子每干一杯就等于替店里赚进四十块。劝客人喝得越多，我们越赚。我是个夜夜拿胃袋当钱袋的女人——喝进来的酒就是钞票。生意好、酒销得多，我每个月除掉两万月薪还能分到百分之三的盈余奖金。再苦一两年有了积蓄，就能洗心革面找个白天的事做做。晚上可以陪在榕榕身边看她做功课，不必再每晚把她托给别人，像个没爹没娘的孤儿。

晕晕忽忽已经分不清酒味是甜是涩的时候，胃里猛一阵翻腾，酸味直往喉咙上涌。我飞快奔回洗手间，"哗……"地一呕，酸臭酒菜渗着刺鼻的酒水，黄黄黏黏吐满一地。擦擦眼泪，用小妹递来的温开水漱过口，我便抱住绞痛的胃，躲进休息室。拿出皮包里的胃药，纠紧眉头一口气吞水灌下。医生说我的胃已经溃疡，叫我多喝牛奶、严禁喝酒——怎么可能嘛？

怕哪天酒精真把胃部侵蚀成穿孔，我定期拿药，每天服它一包才八十块，一个月两千四，先熬一阵子再说！

"笃笃笃！"敲门进来的是鱿鱼。他脸色十分凝重："新的管区警员来了，姓胡。我跟他关在小房间谈了半天，打算给他每个月十万块油水。妈的，他居然不收。这种难缠的死脑瓜，只有看你的啦？！"

哈，可真是说曹操，曹操就到。鱿鱼不知道他是我离了婚的丈夫，看他急得团团转，我一边对镜补妆一边劝他："别慌，带我去见见他。"穿过大厅嘈杂喧腾的走道时,我心里七上八下像发了疟疾,不免暗暗捏把冷汗:乌龟过门槛,但看此一翻。可是,多变的世事,谁又能预料呢?

六年不见,胡文涛变得又瘦又老,穿件半旧的黑色皮夹克。还不到四十岁的人,头发怎么会白掉一大半?他看到我,先是一愣,继之露出一抹僵硬、无奈、凄楚的微笑。寄望于美人计的鱿鱼借故离开后,他低头研究我递给他的名片,喃喃念道:"星船咖啡厅经理张素弦。"在掩饰尴尬吧?欢场打滚的女人,十有八九用的是假名。我香烟一口接一口猛抽,静静打量眼前这个知道我真名的男人。

"乃莹,这几年,你跟榕榕……过得还好吗?"

眼眶一酸,想哭,却又闭眼强忍回去。我故作潇洒地耸耸肩:"好歹都得过……榕榕已经念小学二年级了。"他追问榕榕念那个学校,我说完校名又有点懊悔——不愿他去打扰榕榕稚嫩脆弱的小心灵?!

"你呢?听说你太太身体不太好?"我听出自己的语调还算平静。

他悒郁的眸子浸满泪水,有心回避我的视线:

"她的肺病要找地方疗养,而我的工作……"也许一时感慨丛生,他显得激动而又语无伦次,"我……造孽太多……活该吃点苦头……"

*

新买的摩托车摆大厦骑楼被人偷了。我憋一肚子气,趁客人少，独自坐在僻静的角落里借酒浇愁，听着台上传来的靡靡之音。小罗外型抢眼，我无聊的视线难免跟着他转。他来上班这一个多月表现良好，几乎成了我的得力助手。在店里，只要他服务的客人跟我在一桌聊天，他一定恭恭敬敬为我点烟、夹咖啡的糖。凌晨四点下班，为笼络人心，我也经常自掏腰包请几个服务生一起吃消夜——这种时候，我不再是他们上司而是个三十出头、娇媚的单身女郎。为小罗这样英挺的男士点点烟，不也挺有情调？他五专毕业，在学校念美工，出来却英雄无用武之地。不过，他的一举手一投足倒是充满雄性美的韵律。跟金牛不同。金牛外型粗犷豪迈，眼睛白多黑少，天生的淫邪之相——当年鬼迷心窍才会被他勾住。对小罗，我却宁愿保持距离等于远远欣赏一件鬼斧神工的雕塑，不涉邪念，生怕一碰就失掉那份罕有的神秘，也怕再度陷入牵肠挂肚的折磨。

善于察言观色是小罗的优点。他利用控档溜到我旁边坐下："张姐，眉头皱那么紧，有心事？"

"摩托车每个月还在付分期贷款，就被偷了。半夜三更打烊，我一个人搭计程车可真提心吊胆……"

他瞪双黑蝌蚪似的大眼睛："那还不简单，以后下班坐我摩托车，我顺路送你，既方便又安全。想开点，财去人安乐！"我说了声谢谢，他突然握住我搁在桌面的手，紧张兮兮指着带女友进门的一位彪形大汉，低声说："你看，那不就是胡警员上礼拜指着照片说的通缉犯？"室内灯光幽暗，我怕弄错，起身假装绕了一圈，看清他模样。为确定起见，又踱步到自动门外去核对照片。小罗忙不迭地跟着出来，也想求证。

这一扇墙，少说挂了两百多张来宾照片。上头一街横写的大标题是："歌唱名人排行榜"。鹅黄色绒布衬底，用压克力板隔成的相框里，塞满各式各样的嘴脸。客人跟着伴唱机上台演唱，我们一律替他拍照留念。底片冲好就挂在这儿，客人为了要拿照片，下次还会再来，咱们就不愁没生意上门。为避免客人自己拿了照片就走，还特别加上一层大玻璃罩，用钥匙锁着。客人得先"入座"点完饮料，才好意思吩咐服务生把照片拿来。

　　没错，胡文涛指着照片说的通缉犯，就是那家伙。打发小罗进去跟牢他以后，我立即拨电话通知胡文涛。他在忙，回说尽快赶来，叮咛我可别打草惊蛇让他给跑了。看看挂断的电话，想到刘文正唱的"热线你和我"，情绪又被隐藏的恨意所浸透、所啃蚀。多可笑，分手多年以后打的电话，不再是情话而是硬邦邦的……而我们爱的结晶——榕榕，此刻却正孤伶伶留守在家。带她的太太这两天回乡下办事，无人可托。我满怀愧疚再拨电话回家给榕榕，哄了她一阵，才含泪拜拜。

　　没注意到吴川香什么时候已经坐在第二十桌，叫了杯果汁。我路过，小罗用银盘替她端来一瓶"约翰走路"。开瓶后，她要求小罗坐下来陪她喝两杯。小罗彬彬有礼跟她一鞠躬："抱歉，我们店规很严，服务生上班禁止抽烟、喝酒。"

　　"笑话，你知道我是谁吗？"她一把将我拖倒，我只好顺势坐在她大腿上。小罗接过她名片，看完抿着嘴笑。吴川香故作亲昵、歪头跟我脸贴脸："我呀，是你们张经理的结拜姐妹，她今天特准你陪我喝酒——对不对？"

我心想：她在酒廊侍候男人侍候得不厌烦，跑这儿来要男人侍候她？！想找午夜牛郎，恐怕摸错门了吧？

"对不起，别桌客人在叫我。"小罗怕我为难，机伶的企图躲开。"嗳嗳嗳——"她趁我起身的一瞬间，索性伸手硬把小罗拉了坐下："不喝酒，喝杯水总可以吧？"说着掏出一张千元大钞压在白开水下面，"敬我一杯水，赏你小费一千。"

"敬你可以，钱我不要。"小罗面露不悦，带着三分睥睨，仰头把白开水喝了。

仿佛我有小辫子抓在她手上，她又开口胡缠："大姐，你答应过，要他陪我到隔壁跳舞的——你忘啦？！"

"我是正正当当赚钱的服务生，不是舞男。在这儿陪你跳，让同事知道会笑话我。你慢喝，我还有事！"小罗刚出校门，说话太直，把吴川香丢那儿，气得脸上青一阵白一阵、牙齿忒忒打颤。

坐柜台负责算账的陈小姐过来求救："经理，有人要签账。你看，他签的名像鬼画符一样，以后找谁要啊？"

"川香，你坐啊，上台唱条歌嘛！"我柔声劝了一句才往柜台走去。三个流里流气的陌生男人，一看就是黑道的。领头那位嚼着槟榔，满嘴血红地用下巴对准我："老子是你们股东白老板的亲戚，怎么？不准签账？"店里虽然雇了保镖，不到万不得已，犯不着以暴制暴。鱿鱼又不在，我只好强颜欢笑慢慢哄他："很抱歉，我们小店实在需要现金周转……先生，您贵姓大名？"

他说他叫山猪。我灵机一动，拿起电话随便乱拨了一个号码。没人接，我故意说给山猪听："什么？白老板出去了？什么时候回来也不知道……"股东们交代过，就算是熟人，一提签账，最好来个六亲不认。何况他是不是熟人都很难讲。搁下电话，我表示爱莫能助："白老板不在家，我也没法证明他能不能替你做口头担保。"拿过账单看看，连酒钱一共三千多。我露出讨好的笑容，低声下气："小数目，您就高抬贵手，行个方便吧？"

山猪腮帮子两块肥肉咧塌着："那我们就不走了。叫小妹再拿一瓶VSOP，老子今晚要疯它个够！"说罢狡黠大笑，露出一排红红的、鬼样的暴牙。播音小姐在喊："第六桌来宾要为大家演唱的拿手歌曲是台语歌《心事谁人知》，请上台。"舞台正前方顶上有个ENG摄影机，可以透过闭路电话把来宾的演唱立即转播给观众看。这么一来，坐在任何角落的客人，都能看清演唱人的正面表情。

一共装了三台闭路电视。一个挂梁柱上，补偿视线被遮的观众；一个挂最后面这扇墙，方便背对舞台的客人；一个挂一楼刚要进地下室楼梯的入口处，希望能吸引路人进来。有一回，一位寂寞的胖太太路过，正好从闭路电视上看见他夜不归营的丈夫，搂着风尘女郎又唱又跳。她气呼呼冲进来——那场面的可笑，让大家免费看场人间闹剧。

我背对舞台，陪一桌经常捧场的熟客在聊。从荧幕上看见，跟伴唱机美妙回音唱得浑然忘我的，正是通缉犯带来的女朋友。她穿西服打领结，短发梳成流行的庞克头。神情透出一股泼辣劲儿。大概酒喝多了，她嗓音有点荒腔走调。唱完一鞠躬，电脑评分打出八十二分。

"嘘——嘘——"对她喝倒采的嘘声，由山猪那伙醉鬼领头，此起彼落地响起。被通缉的彪形大汉站在位子上对他女友大喊："安可！安可！再唱一条，不要下来！再唱一条！"

那女的像在跟嘘声赌气，站在台上，大大方方背转身去告诉播音间，挑出她下面要唱的伴奏录音带。通常我们都照来宾填写歌单的顺序，请人上台。有人意犹未尽唱了还要唱，只要没有急着上台的客人抗议，我们也不便太过干涉。"嘘嘘——"山猪借酒装疯在底下嚷嚷："唱得像杀鸡还要唱！该我唱啦！我歌单填了半天，为什么还没轮到？下不下来？不下来咱们合唱一首情歌算啦！"见那女的坚持不肯下台，山猪果真咚咚咚跑上去亲密地搂着她合唱。

我意识到情况不妙，暗暗捏把冷汗。只一眨眼工夫，揎拳捋袖的通缉犯像头被激怒的雄狮，纠住山猪衣领往台下一拖——挥拳的挥拳、喊打的喊打，瓜子壳、烟灰缸、蜡烛台统统被当成武器，咻咻乱射……现场一片混乱，我夹在里头拉架，冷不防被个破酒瓶割伤手臂，鲜血直流，疼得我缩在地上爬不起来。

等胡文涛他们给通缉犯戴上手铐时，小妹已经帮我伤口做了止血的急救。不知从哪儿冒出来的鱿鱼，哭丧着脸满场跺脚："妈的，砸烂我这么多装潢跟桌椅，谁来赔哟？嗳嗳嗳，你们谁先送张经理到医院去呀……"

临出店门，我用一双充满怨怼的眼见白了胡文涛一眼："你就不会早来一步？"

"我、我……"他脸上掠过一丝怜惜,"嗳,你是受害人之一,麻烦你看完医生到局里做个笔录,拜托!"现场嘈杂而又紊乱,抓那么多人,今晚够他忙的。我心又烦又痛,便由着小罗半扶半搂护送我上医院。他怕我坐不稳他的摩托车,特地叫辆计程车去。

伤口缝了八针以后,小罗陪我到警局办完事又送我回家。走到我住的大厦一楼,等电梯一开,我就跟他挥手拜拜。没想到,电梯门已经合上只剩条缝时,他又用力把门掰开,挤进来,就压住我嘴唇疯狂热吻:"张姐,我想你想好久了……你的成熟美才是女人中的女人……"哈,这个小我将近十岁的大男孩,难道也不过是头觅野食的猎犬吗?等新鲜劲儿一过,自然要嫌我老而无味。他嫌恶主动的吴川香,好奇的只是我肉体——何不让他永远好奇下去?我虽非守身如玉的处女,却已是"曾经沧海难为水"啦!电梯到了我住的六楼,他跟着出来。我虽被吻得心跳加速,却不再有少女式的昏迷:"你回去吧!我手受伤,屋里又有小孩……"

他退回电梯里。关门时,投来一瞥失望、羞赧的眼神。我站在寒气袭人的大厦窗口,往下俯视他的背影踽踽独行在黑暗的街灯下,像我生命的小小逗点,我清楚,不会再有空留余恨的大风大浪——一头栽进去、出不来的痴迷,我尝怕了。没错,俊男美女人人爱看。与小罗互相都喜欢多看两眼,并不表示就有爱情。嫁给胡文涛,是出于年轻懵懂。婚姻失败又尝尽沉沦的痛苦,我变了。变得渴求真爱。愿为真爱奉献肉体,不愿再为金钱、为找刺激而出卖肉体。出卖肉体只换来无比巨大的空虚。问题是，像我这样的女人，还能找到不是只图我诱人躯体的真爱吗？男人的天性多半比女人更接近动物呢！不管是不是良家妇女，只要是女人，总得心里先真正爱他，做那件事才不会敷衍、才能享受高潮的快乐吧？！

想那么远干嘛呢？

开门进到屋里，床头亮着一盏紫色迷你灯。榕榕搂住她那只玩具熊，睡得酣熟。一条腿压在被子外面，我轻轻替她塞进去。怕弄醒她，我不敢扭开大灯。坐在床边，瞧见灯下的闹钟已被榕榕定在早上六点。钟底下压了张铅笔写的纸条："妈，这次月考我得了第二名，你高不高兴？我在电锅煮了你爱吃的绿豆稀饭。好困，晚安。榕榕。"

想到刚才跟她爸爸面对面做笔录的形同陌路，想到这孩子的孤单早熟……汩汩的泪水把纸条滴湿成一个洞一个洞。大人感情的千疮百孔，为什么总会连累无辜的孩子？老天让胡文涛伤我，又补我一个乖巧的女儿，算不算公平呢？裹着纱布、麻药已退的伤口疼得厉害。单手不好卸妆，我到浴室打开灯，用化妆纸擦掉脸上的红红绿绿。面对镜里那张嘴唇发黑、布满鱼尾纹的沧桑黄脸，我岂止劝过自己一百遍：不要再做了吧！夜生活过一年老三年，身体迟早会完蛋。不过自己也该为榕榕着想：她已经没有爸爸，多么希望寒夜里有个妈妈陪在身边。可是，房子贷款、生活费都贵得吓人呢！工厂当女工，事情刻板不说，一个月薪水这里三天就能赚到……

在床上睡意正浓时，隐约听见闹钟响，我奋力把眼睛睁开，看见榕榕霍地跳过去按掉。她两眼惺忪，回头瞥见我包扎的手臂，大吃一惊："妈，你的手怎么了？"我心头掠过一丝被人关爱的温暖："切水果不小心被刀子割到，没关系。"她漱洗过后，一边扒着绿豆稀饭一边自得其乐："嗯，香喷喷热呼呼的……"我眼眶忽然一阵酸涩——这么冷的天，我凌晨下班面包店没开，早餐多半随她带钱出去买了吃。也许她对早上的热稀饭已经渴望很久。而我却一直疏忽了？

实在太困，我缩在被里舍不得出来，只撑住上身靠在床头看她。吃完，她抽出手提袋的蜡笔盒时，有几个"沙包"一起掉出来。我问哪儿弄来的？她吞吞吐吐说是她爸爸到学校看她时送的。

"妈，我要走了，快迟到了啦！"怕我责问下去，她急着要走，我连忙掏几个一元硬币给她："到了学校就拨电话回来。"路上交通太乱，想到就怕。晚上若把她托给王太太，从她家直接上"早上班"的话，榕榕也一到校就拨电话回来，我才能安心再睡。

冰箱已经空了几天，为了想到市场买菜弄中饭给榕榕吃，我把闹钟定在十一点半。被吵醒时，发现外面正在哗啦啦下着大雨。猛然记起榕榕没带雨衣，我赶紧匆匆收拾一下，抱件雨衣撑把伞就直奔她学校。校门口静悄悄还没排放学路队。下了计程车，我站在学校对面的骑楼下。有个三岁左右小男孩，没大人陪，独自坐在电动747玩具飞机里面，前后左右随它摇摆。一双落寞失神的小眼睛，空洞地瞪着前方某一点。飞机停了，他低头从口袋掏一枚五块钱硬币，丢进黑洞。飞机匡匡启动之后，吃钱的铁盒里传出录音带播放的儿歌："夕阳斜，晚风飘,大家来唱采莲谣……你打桨,我撑篙,欸乃一声过小桥……"没人当他玩伴,也没人跟他合唱采莲谣。他不笑也不开口,只像个机器人,呆呆的一摇一晃。看得出来,并不是白痴。

刺骨寒风穿过倾盆大雨,掀起阵阵白烟。这种天气,小男孩若非难忍屋里的孤单,大概也不会坐这玩意儿取乐吧?我们小时候都是人手一根长竹竿、几十个小孩聚在草地上大玩骑马打仗呢!冰冷重复的儿歌录影带,使我想起店里那几百卷卡拉OK伴唱带子。这世界,没有活人陪你一唱一和,就只剩伴唱机是人的朋友?很多孤独的现代人,都会买个电脑或伴唱机回家共度长夜。听说时髦的电脑中毒病就是不跟人来往,只跟机器结为知己?!

顶雨跑过积水的马路,才喘着气找到榕榕的教室。已经下课,学生像蚯蚓似的挤在走廊上打打闹闹。我探头探脑找了好一阵子,才发现榕榕正在垫起脚跟,吃力地想拨公用电话。她人比墙上的电话矮,原来每天打回家给我——都这么艰难?见我送雨衣来,她笑得像朵盛开的小百合。

母女俩钻进计程车,狂暴的大风大雨就被暂时阻隔在窗外。搂着女儿温热的身子,再回味刚才伫立廊下、直打哆嗦的凄冷,我忽然满足地喜极而泣——我不是机器人,我还有热泪可流。脑间映出小男孩寂寞的眼神和榕榕求我别上夜班的无助……你歌我伴……滂沱的豪雨在唱,我以无声的泪水相伴。

*

对银河酒廊和我们店里想塞的红包,胡文涛依旧拒收。他建议过,我若缺钱可以私吞,谎说是他收了。我回说老娘若是那种人,当初就逼他先付赡养费才会签字。话说回来,他若肯看我份上庇护着点,不也等于置身在台风眼里?

连续几次,吴川香对小罗的纠缠被拒后,她人不来,却每天让花店送一束艳丽的玫瑰,指名献给小罗。她个性要强,弄不清还会耍什么花样?

最近,倒是有个气质高雅的年轻美女,经常光顾。这位江小姐是个画家,很欣赏小罗五官轮廓的立体感,要他当模特儿,让她作画。正好小罗也学美术,她一来,小罗就想尽办法亲近她。眼看小罗魂不守舍的模样,八成是"来电"啦!我私下庆幸,还好没跟他上床,不必吃醋。某晚,他端的盘子里,放了十几盏罗曼蒂克的加罩小蜡烛。他的任务就是一桌一桌去分送。也许神魂早被女画家迷人的秋波给勾走了,他居然一不留神把蜡烛打翻在一位女客身上,害人家新买的裙子烧个大洞!鱿鱼看他最近老出纰漏,气得要解雇他。我帮着说好说歹劝老半天,鱿鱼才息怒作罢。

一名身穿国际牌制服的电器工人一手提个大纸盒,跟在胡文涛后面进来。工人听他吩咐,把纸盒寄在吧阱就走了。他用眼神示意我过去。坐定后,他愧疚地说:"你的伤口……拆线啦?!谢谢你帮忙抓到通缉犯。我用破案奖金买了两台空气清净器,一台送给你跟榕榕、一台摆在吧台里。"

"何必客套?下次再这样,可别怪我'拒收'!"以子之矛攻子之盾，我故意冰冷地回道。离婚时既曾被他伤透过心，何必再让无常的柔情软化？好马不吃回头草，他没道理再用"我"来伤"他"现任太太。见他受窘，我径自点了根烟："嗯。闹区的空气污染的确严重。"

"我……原来为了孩子能念好学校，舍不得离开大都市。最近想通了，决定搬到空气新鲜的乡下，房子都找好了。"

"那你工作呢？"我吃惊自己竟在依赖他的庇护？

"哼，"他苦笑道，"这里是肥缺。我承认当年离开你是被贪字迷昏头，是自作孽。如今为赎罪不肯收贿，别人就嫌我占着毛坑不拉屎，百般排挤、找碴儿。想想，唯有下乡！"

被他说到痛处，我垂下眼皮，生怕一开口就会崩溃得号啕大哭。要不是他，我也不会沦落到这一步田地吧？

嘈切喧哗的人声歌声弥漫在四周。耗电的七彩灯光闪电般全场扫射。夜夜灯红酒绿，是否都在躲避面对命运的作弄？三个混混你推我、我撞你、怪腔怪调跟着电子琴伴奏大唱：

"火车行到呀伊都阿莫伊达丢嗳碰孔内……丢丢铜仔伊都阿莫伊达……丢仔伊滴落来……"此时，我宁可望着陌生人在台上疯癫，也不愿跟他四目相对。心想：他要离开，想必是抓也不好，不抓也不好。他端起酒杯呷了一口："卡拉OK变成心灵空虚的现代人的鸦片。唱的人外表像在胡闹，其实都是最怕寂寞、最要人关怀的可怜虫……他们跟我当年一样，只图眼前及时行乐的感官享受。就像树林里的穴鸟，喜欢颜色鲜艳的东西，看到人们丢弃的香烟头，为贪那一点红红的火光，就带回巢里。哪知道，不但烧毁窝巢，更使整片森林着火……"

我私下叹息他的悔之晚矣:"你今天怎么了?"

他识相地起身:"以后我不会再来了。今晚……我想唱一首歌……"他没穿警察制服,穿件深蓝色棉袄,果真填了歌单交给小妹。大概卖他身分特殊的面子,很快就轮到他上台:"南风吻脸轻轻……星已稀月迷濛。我们紧偎亲亲,句句话都由衷……恋着今宵,把今宵多珍重……"凄绝的音符和他低沉喑哑的歌声,使我克制已久的泪水终于劈哩叭啦迸了出来。经不起黯然销魂的心痛,我离座跑到店外的公园去透气。

一星期后,该我轮休的日子,我足不出户睡它个日上三竿,没吃没喝。晚上十点多,店里小妹打电话来:"张经理,不好了,我们被勒令歇业啦!小罗带那位女画家到隔壁跳舞。原来……那女的是中央派来的女警。"

该死的小罗!

有人传说是吴川香告密陷害我们。鱿鱼正想报仇呢,隔没两天连他自己也被抓走——原来早被列入警方"一清专案"扫黑运动的黑名单里。

足足等了半年多,星船咖啡都没半点重振旗鼓的迹象。资本额一股四十万,鱿鱼独占三股。他一垮,树倒猢狲散,股东大会终于宣布倒闭。股东里面就我一个女人。我简直不敢相信,他们居然又把我那股给吞了!这批混帐、禽兽、王八蛋啊……你们可知道那是……那是……唉!

除了自认倒楣,还能跟谁控诉?被颓靡的情绪啃蚀了一阵子,仿佛滑过生命的黑色琴键,为了榕榕,日子总得要过、要往白色琴键上移。我的心境由于胡文涛的歉意而不再被恨字捆绑。是那个"穴鸟"的说法，使我脱离了自暴自弃的深渊？以前翻报纸征人启事，老盯在欢场那一栏打转，现在却不了。

报上登，有人要征管家，只做白天。我特地穿件素净洋装，脸上不施脂粉的跑去。面谈时，男主人友善，女主人却露出"女人看女人"特有的敌意。她说他们夫妻上班，两个小孩在念国小。管家只要打扫房间、买买菜、中午给小孩送便当就行。男主人听说我离了婚要独自扶养小孩，便跟他太太说："给她一个机会吧！"女主人犹豫着，上下打量我半天，又问了些无聊的问题。她年纪比我大些，是对我皮肤细嫩、身段苗条存有戒心吧？自从离婚以后，我的闺中密友也常这样，生怕我会勾引她们丈夫似的，跟我保持距离。男主人在这个家大概还能掌点权，便一口气决定了："你明天开始上班吧！"

"谢谢！"仿佛一线曙光照亮我黯淡的生命。其实，真令我高兴的，是能"突破"多年沉迷在华服、面子里的虚荣吧？跟女主人看过附近菜市场，我便一路幻想新生活远景，踏着轻快的脚步回家。榕榕当然也跟着开心。她依偎在我怀里撒娇："妈，为了庆祝，你带我去坐海盗船好不好？新开幕的大大百货公司顶楼有好多新的电动玩具，同学都去过了！"傍晚，我们母女刚刚穿戴整齐准备出门，电话铃响。女主人变了卦："真抱歉，我们找到一位五十多岁的孤老太婆，能日夜在这儿吃住，比较方便。你明天就不用来……对不起啊！"

搁下电话，脑际闪过女主人眼中那抹敌意——我觉得可笑。怕什么？只要我肯正正当当吃苦，报上征人启事多得很，明天再找也不迟。榕榕站在门口，怯怯地观察我电话前后有没有变脸？我怜惜地搂住她吻了又吻："乖，妈到大大帮你买玩具、买故事书，然后我们上顶楼大吃一顿。"看她露出欢悦的笑容，是我精神上最大的报偿。

最后一笔标会标来的钱（目前还得上会）被卡拉OK吞掉以后，我们母女一直依靠典当首饰在维持。就算难为情，又能如何？等于在跟这通电话赌气说：我自己不倒，天底下没有人可以把我打倒！于是我脱下浪琴手表，没有一丝眷恋地送进了当铺。拿到一叠厚厚的钞票，证明"天无绝人之路"。大大百货一楼全是进口的昂贵首、化妆品。我失去往日的兴致，甭说买，连看都懒得看。"嗨！"有人突然从背后拍我肩膀，回头一看，是以前酒廊女友挽着一名肥嘟嘟的冤大头，跟我炫耀他替她买的一条黑珍珠项炼："张姐，美吧？最时髦的呢！"说完又把我拉到一旁，嫌我寒伧："你不打扮，我简直就认不出你啦！女人嘛，年轻貌美就是本钱，何必暴殄天物哪？"

我沉默一笑。别人的话，不会再搅乱我心底的平静。

陪榕榕东吃一碗蚵仔煎、西吃一碗当归鸭之后，我们母女便换了硬币，搭电动的海盗船。我紧紧抱住榕榕，坐在船头最边边的位子上。"哗——哗"船身摆荡在漆黑冰凉的夜空里。我第一次高高在上，俯瞰脚下霓虹闪烁的工商大城：一栋比一栋冷酷的高楼大厦，有多少是充满魅力的陷坑？里面住过抢我丈夫的女人、住着吞我股金的男人……，哈，他们才日夜坐在一艘隐形的海盗船里，张牙舞爪。我跟榕榕坐的是一弯明月。摇摆到最高边的弧度时，我感到自己已经幻化为尘土，回到我真正的故乡——天边那颗被黑暗衬得最亮的星星。船身速度减慢时,榕榕不再惊慌,开始唱起儿歌:"世上只有妈妈好,有妈的孩子像个宝……"我跟着她哼,想到我过世已久的母亲,必是天上某一颗星,正在温柔地看着我笑。

卡拉OK的你歌我伴,只是一堆喧哗的冰冷机器;今夜与我相伴而歌的,却是热情的活人的嗓子。

(原载一九八五年《联合文学》第七期)

月光下，秃光的鸡蛋花树

许台英摄于屏东的百年鸡蛋花树。

1

在压服一切的真实中，人们惊奇地记忆着这种不安和嘈杂的梦。而这种生命的寂静却一点也不像是一种"和平"。那是一种难以和解的力量之沉寂，在沉思着一种不可测的意向。这种寂静以一种复仇的形貌注视着你。我以后就习惯它的注视了；我不再看到它的注视了；我没有时间。我必须继续推测水道的位置……我得勇敢地咬紧牙关、用锚爪刮掉可怕而又老奸巨猾的暗礁，这种暗礁会夺去脆弱船只的生命，并且淹溺所有的朝圣者……

——康拉德（Joseph Conrad，1857—1924）小说《黑暗之心》

灯下阅读好书，或为了在大学开的课、"需要备课"时，女作家荷一，总有个几十年都省不掉的小小嗜好：喜欢用最笃实的、拙朴的、回归昔日师范院校受教所学的最简单而又勤劳的方式，故意暂且不用电脑，只"气定神闲"如练书法般，缓缓摊开纸、笔，禅定般耐住性子，"无所为而为"的，像在画素描或写生，或，京剧学员艰涩漫长的角色培训；也像是"法国军团"去非洲出任务之前，严苛的"基础"体能、纪律与耐力……种种的操练；又有点儿像是，三岁小娃儿糊里糊涂却"很认真、很当一回事儿"的，在大人面前哇啦啦背诵唐诗那样，专注、喜乐、忘我地，把经典小说里的好句子，"爱不释手"地，一小段一小段"下苦功"抄写在笔记本里，甚至于背得滚瓜烂熟；等自己提笔创作时，再去酝酿及寻找"自己内心所渴望表达"的——独特的创意、字句与风格……这就是孜孜矻矻、傻瓜傻瓜写了一辈子的、孤独而又饱受轻视的女作家——曾荷一！

世代的差异，加上大环境面临：优胜劣败、投机耍诈、速食当道、见利忘义、对人对事对未来都不信任不确定！不少弱势族群又穷又被逼债，只好一家人烧炭自杀……的，种种歪风盛行！荷一有时在课堂也劝学生，别太羡慕泡沫人生，在台湾，尤其台北，虽然走不到十家八家商店，几乎就会有一家卖彩卷、卖乐透的；威力彩头奖，可以"独得"十几亿台币（却多半只有头几年快活、神气、弄不清自己是谁一阵子，之后，又常"无聊"到变成越来越没有真朋友，钱也莫名其妙都没了……等等，人生路上虚晃一招、沦入更悲凉的下场）。

所以啊，喜欢居高临下、冷嘲热讽的人，就会无法理解或难以苟同，人类科技都进步到上太空了、火箭核武也越来越厉害，干嘛还要"死脑筋"一个字一个字研究康拉德、杜斯妥也夫斯基或乔哀思、艾略特、莎士比亚？还有什么杜甫、冯友兰、陈寅恪，再加上小说《围城》啦,《骆驼祥子》啦……"一堆人"的思想或句子？

笔耕四十多年没停过，荷一虽然动过许多次大手术，但出于对人、对文学的热爱，仍然经常日以继夜、不眠不休地瞪着电脑狂写——她这年纪，实在太费眼力！写累了，或在构思场景及人物塑造上，遇到自认还沉淀不够、或仍有瓶颈时，反正她书房摆了三四张大书桌，有一张是用来画画和研究她所酷爱的甲骨文（她很感谢已故法国籍雷神父等人的带领）及"圣经考古"的专用书桌，荷一就把"画画"当成写作之余的消遣和休息，颇能自得其乐！

2006年7月，她注意了很久的、大陆河南安阳殷墟的考古遗址，终于又"获准"进入联合国世界遗产名录（投入资金2.5亿元，陆续完成申报、保护遗址、建造博物馆……等等）——成为大陆第33处世界遗产。不知道为什么，她一面看这"33"的数字报导，一面又瞥见书桌右上角贴的、教过的学生里，有一位以色列大男孩——范六六，每年都会从大老远寄来一张漂亮的圣诞卡片，荷一想起在往来的简短书信中，跟六六讨论过的：圣城耶路撒冷，几千年来，已经前前后后总被一批又一批骠悍的、温良的、无知的……"各路人马"，在枪炮弹药的烽火战乱中，征服、蹂躏过39次啦！荷一默默含泪感叹着：啊，那人类历史上，唯一的、亘古常新的"圣地"，一次次，毁了又重建、重建又被摧毁；因爱而被托付羊群的、屹立不摇的磐石，如圣伯多禄，天上代祷、却更加殷切依旧……

而台湾呢？台湾想跟联合国提出申报的世界遗产，在哪儿呢？只因为"台湾"不是一个国家吗？不是会员国，就八字儿没一撇吗？荷一虽然不是专家，但因浓厚兴趣的支持，最近又跟一群朋友、同好，傻乎乎地开始忙着西班牙人在基隆·和平岛的考古挖掘，以及，有关的、荷兰文件的手抄本和翻译等等的搜集整理……

达文西1483年所画的《岩窟中的圣母》——两幅同名的画作，分别收藏在巴黎罗浮宫和伦敦国家画廊；这一幅稀世珍品的名画里面，刚好"区隔了"《新约》和《旧约》的两个划时代的伟大女性：圣母玛利亚和洗者若翰的母亲、也就是圣母的表姊；画里的两个纯真可爱的小男孩，一个是已开始会降福人的小耶稣，一个是为祂作前驱、预备道路的殉道者若翰。荷一年轻时，除了在校学水墨画，另外还拜师跟一位溥心畬的入门弟子学花鸟、工笔、画仕女图（荷一常抽空细读画册，深知水墨画的哲学基础：物我两忘、致虚静、游于艺……等等）。她反复看了又看、也临摹的有：清朝费丹旭画的《好消息图》、《罗浮梦景图》（表情恬淡的优雅仕女背后，以水墨画技法所画的《万梅竞艳》，好简洁、好美啊！）；清朝王素所画，女子溪畔洗衣的《湔裙图》；清朝冷枚所画的《连生贵子图》……

画男性的，荷一也常暗自揣摩：十二门徒或四部福音作者，怎么画？她喜欢边看边沉思：清朝贾全所画的《十六罗汉图》；清朝余集画的《梅下赏月图》或清朝黄慎所画的《苏武牧羊图》、明朝昊彬所画的《达摩图》……等等。

荷一不只画画和创作，她也常警惕自己，尘世生命虽然短暂，灵魂却不死不灭，人死后还要"复活受审判"！她生命里所扛的某些十字架，使她越来越懂得，如音乐家江文也所作曲调感人，那背后的生命沧桑、颠沛流离、穷困悲凉、近乎绝望却又永不放弃的呐喊……与，上天常常赐下的"赏报性"的、来自"神慰"的内在甘甜！她常想，等日子稍微安定一点，是该加快脚步，把西方大师们恭画《圣经》人物的经典画作，"转化成"中国式的人物画法？生涯规画里，她一直渴望能有机会再去罗马定居几年、正式进到一所基督圣像学院就读（那是她今生最最奢侈的一个"似远还近"的渴望与梦想）。有一位在罗马某大学任教的香港籍白修女，再三鼓励荷一加油、早一点去义大利及欧洲开画展……午夜梦回，她都会笑醒过来。

嗯，人生嘛，天无绝人之路；荷一长叹，纵然花谢无情、纵然叶落入土、秃光的鸡蛋花树，不管迎面而来的是"无常的"掌声、或是恶意抹黑地乱吐你口水，忍忍忍，唾面自干；种种无情的迫害，纵比狂劲粗暴的风吹雨打更凶猛更狡猾，擦干眼泪之后，总因有祂活着，而还幸能奄奄一息、那样兀自战战兢兢且喜悦地还没倒下……

这学期，荷一除了在两家大学附属的"华语中心"教许多外国学生之外，还兴致勃勃在一所国立的某艺术大学"通识中心"开了两门课："现代小说欣赏与创作"，还有"文学・电影中的两性关系"。虽然不是编剧课，但学生们听说曾荷一老师得过几座大报的中短篇小说奖、出过几本书又写过多出叫好又叫座的电影电视剧本——自然吸引许多电影或各类艺术科系的学生，来选她的课；得天下英才而教之，她当然也很开心，全力以赴地准备。其实，跑过船的小说家康拉德，很少描写女性；女性特殊的、幽微的内心世界，也不太是他小说艺术的独到之处。但是，为了阐释"现代小说的欣赏"，荷一关掉她所深爱的、刚才听了半小时的巴哈《无伴奏大提琴协奏曲》，安静无声地、独自在灯下预备下礼拜要教的课，除了要学生分组口头报告有关乔哀斯、福克纳的代表作（上个月，才谈过 Marcel Proust——普鲁斯特，年轻学生们还算很用功，这年头很不容易了）之外，也打算开始让学生"精读"康拉德在他经典小说《黑暗之心》里的某些动人的篇章！

嗯，荷一心想，写得真棒耶："这种寂静以一种复仇的形貌注视着你。我以后就习惯它的注视了………"——只是，荷一已经模模糊糊记不清楚，自己二三十年前，囫囵吞枣读这书时的心情如何？已逝的、苍白的青春年华阶段，到底曾经"领悟了"、"认同了"或者"追逐了"些什么真有价值的东西吗？

前前后后，跟这一所艺术大学的几班学生，算是相处得非常好、非常有感情了！好几名学生毕业离校之后，无论是找到了工作或还在待业，都还常跟她联络、很兴奋地用 e-mail 写信告诉荷一老师，在网路上买到某数位出版公司帮她出版的好几本电子书，读完很受感动，要老师多加油，再出几本新写的、好的长篇小说！或者，会常寄些精致的、写了几句感恩辞的小卡片来问候她……等等，让她觉得活得很踏实，也常为这些可爱的年轻人祷告并由衷给予祝福！

　　一样米养百样人，多么不同的、潮起潮落的"人生无常"却是，难免碰到康拉德所说："可怕而又老奸巨滑的暗礁"——荷一所任教的某知名大学（华语中心），每三个月一期；有一回，班上除了有一名乌克兰大美女模特儿——诗诗丁之外，居然一口气有八个从东欧来学中文的女生，一起通通编在荷一的班上，哇塞，人多势众、嚣张得很，一来就"摆明了"非拿八十分以上不可——因为要申请台湾"教育部"发给的奖学金，当生活费跟房租钱啊！偏偏这几个年轻洋妞儿，又很个人主义、不懂中国文化的核心价值、目无尊长、爱耍大牌，外表五官虽然很立体、衣衫用布却极少且常穿着透明诱人料子的女学生，几乎每次上课都姗姗来迟、总会比老师晚到个七八分钟（打铃之后）；下了课，呵欠连连，"东倒西歪"地斜靠在走廊栏杆上，卷起衣袖和裤腿晒太阳；乜着眼、香烟一根接一根地抽个不停！期末，荷一给全班口考听写时，其中五六名女生，竟然大喇喇"公然"当着荷一的面，边写边你偷看我的、我偷看你的，舞弊得毫不羞怯或手软；荷一逼不得已，只好柔声规劝道："哎哎哎，拜托，小姐们，会让你们及格、拿得到奖学金的，别这样嘛……我对其他花很多时间 K 书、准备考试的同学，不好交代呀！"——谁知道，她们这就怀恨在心，为报复荷一而编谎话"集体告状"告到教学组。唉，荷一心想，打个小比方，就像人在大树底下乘凉，爱看雨后碧绿葱润的青草坪吧；又何必在意树上无知小鸟"狂妄且不可理喻"地拉大便、胡乱拉到你头上? 跟不明究里的教学组,有什么好争辩的? 人凭良心,小鼻子小眼舞弊的事,荷一连讲都懒得讲,掉头就走。

"唉,人生苦短,就当被蚊子小小叮了一口而已——尽量保持'平心'吧!"诸般劳苦中,荷一眼眶里噙着泪水,觉得辛酸当然难免,但还是劝自己豁达些,先放宽心,暂且休息一阵子再看吧!

班上倒是有一位甜姐儿——乌克兰美女模特儿、当红的丁诗芸、外号叫"诗诗丁",正巧跟荷一老师住同一个附近的社区,有时碰巧搭到同一班社区巴士,会凑一起开心地随便聊聊! 她总是穿得露出肚脐或袒胸露背,或穿很短很短的热裤什么的;弄得平常穿着较偏爱典雅型的荷一,跟诗诗丁并肩站在一起,有时会被人看得脸红、不太好意思,却也不便讲她什么,那是她的特殊行业嘛(她最近要去大陆拍两岸合资的电影,急着要学中文)! 这年头,连大学部女学生的服装,都不好劝、不好管,更何况是"标榜"多元、自由、如小联合国样的华语中心的各国学生? 荷一只好睁个眼、闭个眼,装没看见。

诗诗丁的俄国帅哥男朋友,名叫施高尚——不知道是谁帮他取的名字,乍听怪怪的、令人有点儿想偷笑! 施高尚一面念某大的博士班,一面在广播电台主持俄语节目;有时候上下车,两个人公开搂搂抱抱的亲密模样儿,应该是未婚同居吧? 可是,在荷一班上,那位叙利亚男孩张玺,倒是十分迷恋这一位乌克兰的美女模特儿,经常对诗诗丁献殷勤,帮她买可乐、点香烟、拿包包……经纪人样儿地跟前跟后,张玺私下告诉过荷一老师,只要能有机会贴近她、看看她美丽深邃的大眼睛,他就可以乐上一整天!有一次,张玺又对荷一老师说:"诗诗丁答应要带我一起回她老家乌克兰,帮我介绍厂商,我要买乌克兰的重机械——又好又便宜,转卖到中东各国,稳赚的耶!"

"咦,不是听说诗诗丁和俄国博士男友施高尚——打算一起先回她家提亲、要论婚嫁了吗?"荷一不好说出口,只在心底暗自嘀咕了两句。诗诗丁捧着厚厚几叠书,在校园跟老师荷一面对面互相看了对方一眼——荷一宁愿相信,诗诗丁这虔信东正教的乌克兰美女,社会经验丰富,八成会排除虚荣、节制淫欲、找到自己的幸福的!

2

下定决心,终于辞掉台北部分兼课工作、好挪出时间多写作、也方便多去南部 K 港住住、照顾失智母亲的荷一,前一阵子,听说自己已经八十多岁、1949 年从大陆逃难到台湾就一直住在 K 港的母亲——张应兰,多年前就被诊断确定罹患帕金森又兼有败血症,很快就被住 K 港的家人,硬性送进"港边护理之家",心疼母亲被迫离家、在外受苦的荷一,事后想阻止、想挽回,却已经寡不敌众、来不及了。住 K 城的家属们,不同意让母亲转往北部,而且母亲很黏她老公——郭爷爷也坚持不肯离开 K 港老窝,都高龄八十七了,每天还不辞劳苦骑着摩托车来回大约一个小时,到护理之家陪老伴儿应兰大半天,推她坐轮椅出去晒太阳、散步,等喂她吃完中饭再离开"港边护理之家",让那儿的许多看护和医师们,都很敬爱年纪这么大的郭爷爷,对老伴儿如此深情的无怨无尤和"不离不弃"(都快九十了,两个老的每天都还经常无言地"你看我、我看你",而且喜欢"手牵着手"——旁人看来,可真是老天爷的大恩赐啊!)。

但是啊,最令荷一心碎和牵挂的是,母亲有一次跟女儿荷一及外孙女源源,一起坐在计程车上时(她们要带老人家去公园晒晒太阳,顺便到美容院帮她修剪那一头"稀稀的"白发,然后大家异口同声夸她好漂亮、逗她开心),她竟然满腹委屈、结结巴巴地诉苦说:"我想回家!可是我先生不让我回家!我好可怜,你们带我回家住,好不好?我要回自己家住……"

荷一知道,母亲失智多年,表达能力时好时坏,能这样讲,已经算很清楚很难得了!但母亲深沉、无边的哀伤,听在女儿荷一耳朵里,当然像"万针扎心"一样的痛!一样的淌血!但又对她一百个愧疚、一万个爱莫能助!能怎么办呢?继父的公寓没电梯,荷一考虑是否卖掉台北一间,来K港帮父母买间有电梯的?但是,以后呢?一买一卖,搬家好辛苦,她可没工夫当投资客啊!荷一与源源母女,只好紧紧左右各一、握住母亲(外婆)粗粗干干、多皱抖动的手说:

"妈妈,护理之家有人欺侮你、打你吗?唉,以后再看吧……叔叔老了(荷一跟兄妹一直都这样称呼郭爷爷,五十年来,没有叫过他爸爸,他也丝毫不介意!应兰奶奶先夫留下的这三个孩子，连'姓'也没跟郭爷爷改过），妈，你住在家的话，每天洗澡、大小便、你吵要下楼梯，叔叔都抱不动你耶！你不要怪他，他不会把你丢掉的，嗯？"母亲很胖，挤在她身边，像个小乖女孩似的，努力睁着瞎了一只的独眼，对着女儿温柔地点点头——荷一豆大的泪珠，忽然"一滴比一滴"更为泉涌地滑落到脸颊上，她急忙闪躲着，把她忧伤无助的脸庞迅速转向车窗外面，不敢让母亲看到她哭！

但是，护理之家经常人手不够、会客探访又没有保护隐私的空间……等等负面因素，荷一还是很替母亲难过！令人鼻酸的是，二楞子小哥笃雄既然是独生子，他家拿了"国防部"拆除慈田路眷村所赔的三百多万台币，在市中心 PKPK 公园旁边，买了一间中古的、自家有一二三楼的"透天厝"，媳妇儿慕金既然吃得住老公，说什么也一天都不让两个老的进她们家门一步；连除夕，郭爷爷都只好拜托"港边护理之家"让他"出高价"勉强住一晚，冷冷清清、认命地陪着老伴儿委委屈屈过个大年夜（当时荷一的丈夫罹癌作化疗，她实在自顾不暇却又逼自己疲于奔命地两头跑）！

荷一在 K 港租的房子，是个没有电梯的旧公寓三楼（来一起过年？两位老人家可是爬不动的），夏天嘛热得像个大烤箱，冬天呢冷风飕飕"鼯鼯鼯……"地往屋里头猛灌，好冷！荷一每个月平均南下两次，一次住它五六天，像个苦行僧一样爬上爬下，每天花不少时间等公车去"港边护理之家"探视年迈病弱的父母亲（笃信天主教的、荷一的心态是，为她们做，就是为耶稣做；耶稣永远在穷人、病人、罪人和弱势人……的身上）。K港的房租钱每个月一万多，房东怕有油烟味儿，不许她用厨房，屋里既没有冰箱、电视，也没有洗衣机和冷气，荷一"奢想"带两个老的上去，谈何容易？丈夫约帆不但癌末、且已扩散，多年含悲忍泪持续在作化疗；她自己还要教书、写作、替儿女操烦祈祷，难免觉得"心有余而力不足"，自己也几乎随时快倒下啦！

所以，近两年，荷一在K港几乎跑断了腿（脚底筋膜炎，每天睁开眼一下床踩地就痛死人，她只能哈里路亚，献给主！），大街小巷打听行情，一直盘算着如何能在K港找间新盖好、有电梯的，或是预售的大楼？有一间差一点都要付订金了，实在想买（至少父母逢年过节可以带回住处享福、帮他们弄点想吃的可口食物……他们还能有多少日子呢？），但眼前笃雄一家人又常莫名其妙拿她当出气筒，怀疑她、排挤她——又偏要挤在一个城市，何苦来哉？不换房子嘛，又总要两头跑，自己丈夫癌症末期、老妈在K港失智又常接到病危通知……昏天黑地地赶赶赶，荷一的脊椎也开过刀，自觉体力上已经有点应付不来了……听说大陆有将近"两亿"的高龄人口，衰老多病、急切需要人照顾、又是一胞胎（听说最近有限度地改了），将来……可真不容易啊！

荷一的亲妹妹荷春，从小到大不肯离开故居K港，跟母亲之间的关系，彼此又爱又恨、分分合合；身材高瘦苗佻、长相艳丽脱俗的荷春，虽有过她自己惨痛、挫败、不堪回首的破裂婚姻，却又悲剧重演、管不了独生女的任性骄纵，只好"随"她到台湾中北部四处闯荡，嫁了离、离了又嫁……荷春她自己五十年来，倒是一直住在Ｋ港，没离开过老爸老妈——荷一嫁人嫁得早，几十年都跟丈夫、子女住台北或者国外（逢年过节，当然会返乡探亲），心里很"感激"妹妹荷春，肯留在父母身边；但继父郭爷爷唯一的亲生女儿——荷语，六年前罹癌过世不久，伤心病倒住院的老妈又被医师开了张病危通知，心碎沮丧的荷春，一时想不开，竟然冲动跳进Ｋ港的艾露河自杀……，救起来送医时，全身瘀青暗黑又肿胀成三四倍大，吓死人哪（荷一以前任教学校一位很优秀的外省女校长，虽守寡却仍经常雍容华贵地穿件落地长旗袍，听说她儿子去大陆做生意把她退休金全倒光了，她跑到艾露河一跳就死啦，好惨……荷一很喜欢她、敬爱她，伤心之余常为她的亡灵祈祷，求主施恩宽赦……）。

伫立在母亲病榻旁，荷一叹息着，暗自频频落泪又不敢让母亲看见，嗳，要不是每天再忙，仍会"拨出固定时间"祈祷、默观静坐、读《圣经》、读神哲学书籍……这些像呼吸一样支撑着荷一的、不断寻求自我超越的习惯的话（包含古生物学家、人类学家德日进所探讨的"成长能"和"折损能"等等的著作，如《人的现象》或《神的氛围》），荷一大概也早就被压垮压扁了！只见母亲她老人家松垮浮肿、日渐老去的身子，一天天急剧地衰微下去……手，一直不听使唤地震颤抖动个不停；口齿不清，又老想说些什么讲不完的话；要人喂饭，食物却又总是停留在舌头上，"吞咽"，对她变成一件很困难的大工程；经常认不出家人谁是谁，一会儿叫荷一是她姐姐，一会儿又叫荷一是她妹妹……大小便都失禁，搞得一屋子臭……为母亲伤心难过、心疼她老人家的荷一，除了日夜埋头赶写新的长篇小说之外，每次在"华语中心"兼点课、遇到这种自私自利污蔑她的黑心学生，或她们出于骨子里"去不掉"的种族歧视，就难免兴起"归隐山林"的渴望！越来越羡慕熙笃会那一位又加入修会团体、同时又被长上"命令"他一个人独居在会院内较偏远的某个角落小屋、每天不断祈祷也不断继续写诗的"作家神父"——曾就读纽约哥伦比亚大学文学研究所、硕士毕业的多玛斯·麦纯！

　　落叶归根、想远离台北，真的辞掉一部份兼课工作之后，荷一多次跟辛苦从纽约念完博士、已经返台教书多年的女儿今源（源源）多次商量，是不是把台北两间好地段、房价直直往上狂飙的房子，卖掉其中一间，搬去故乡K港，另买一间有电梯的大楼（或许，请个外劳，让父母住进去？但后来连继父也受伤、逐渐失智，不可能请两个外劳一起住，开销太大太复杂，何况整个情况，也由不了她荷一……）。是啊，人生许多无解的难题与生命瓶颈，理想归理想，谈何容易呢？健康情况已经欠佳、病情危急的丈夫——约帆，工作在台北、台中及被硬心的生意人拖到世界各地（造船签字？）……荷一已成年的一儿一女，也都各有自己的十字架……再加上，她二楞子小哥笃雄与嫉妒心重的嫂子慕金，在K港也都住了一辈子，早就拿她当外人！慕金对荷一全家大小的不友善，甚至于一见面就对不愿口出恶言的荷一冷嘲热讽地百般刁难！荷一渴望多陪伴父母（不是找寄托，她十几岁就离家住读在学校），尤其喜欢推着坐轮椅的高龄母亲，到PKPK公园晒晒太阳、喂她慢慢吃点流质的小点心；荷一跟她亲爱的娘，虽像"鸡同鸭讲"般，对话上似通非通、但能听到母亲咿咿啊啊胡乱哼上几句，也很好！

以前一直都陪父母住K港的亲妹妹荷春，去年已下决心迁往台北，帮她二度离婚的女儿、带两个三四岁的小外孙和外孙女，可真忙死她、累坏了她！这也造成荷一手边的许多燃眉之急的工作，当然很受影响！她每次去匆匆、来也匆匆，赶着搭高铁、拖着行李和电脑，台北住住、K港住住，算来很惊人，从母亲"被强迫"（当时，家里人，只有荷一不知情被蒙在鼓里）送进K"港港边护理之家"开始，她已在K港租房子租了有六七年——连车费（高铁又涨价了），可都是一大笔开销哇！荷一连她老公断气前（幸好女儿源源陪在爸爸身边）那天早上，都还在K港忙着替母亲到医院办的护理之家再三登记，希望早日排到好一点的；等女儿通知她、搭高铁赶回台北，最后，就只见了亲爱的老公几个小时而已……

*

荷一在某大学附设的华语中心另外一个梯次的班上，除了几名东方学生,如一名娇小美丽的日本新娘子,已经嫁来台湾当媳妇许多年,却说什么也"不肯开口"讲中文,只肯应付笔试及一切纸上的作业,情况很特别——难道是不想跟住一起的台湾婆婆对话吗?很疼爱她的生意人老公姓巫,经常"亲自"等在教室外面,来"当面拜托"过中文老师荷一许多次,对爱妻的忧郁和自闭,忧心忡忡,不知道该怎么办才好……,另外还有六名学生,分别是:一位以色列男生,中文名字叫范六六;一位叙利亚男生,名叫张玺;一位西藏的喇嘛,还有一名德国女医师和一名土耳其小姐,一名时下正为媒体当红模特儿的乌克兰美女叫丁诗芸、外号诗诗丁(她个子高、身材棒,正巧在跟与荷一同住一个优质社区的俄国播音员兼又攻读博士班的帅哥——施高尚,在热恋当中……),上课时,教室活像个小联合国一样,既多元又热闹。荷一进了教室,就不许他们讲英文,一律用中文讲到下课为止;实在有人急得眼泪汪汪苦于讲不通、弄不懂的时候,还是可以用"写"英文的方式沟通、救个急。

荷一曾经和英文说写都顶呱呱的老公约帆(那时候他还很健壮、生龙活虎,他在工作上每天都要用英文;又经常出国,结交许多外国朋友),大约有一年的时间,夫妻俩还一星期两次免费帮隔壁班一位年轻的、老跟不上、考不及格的墨西哥神父——孟一久,课后补强,变成夫妻俩家庭的好朋友。每期三个月要缴给华语中心的高额学费,对"守神贫"的各修会长上而言,都是个很沉重的负担,但外籍神父修女来台工作或往返两岸，又非学中文不可！

学业告一段落，离台返回以色列的范六六，还有，来回叙利亚和中国大陆与台湾之间、经营军用武器生意的张玺，和有时回墨西哥但也不断奔走在世界各个穷乡偏僻地区、关爱贫童、到处跑的一久神父，倒是都会常用学来的或字典查来的"简单中文"，跟老师荷一亲笔写写信、报个平安，荷一跟约帆也几乎拿他们当自己儿女一般疼爱，经常鼓励且夸赞他们！

当然，全球绝大多数"学华语的外国人"，都去了中国大陆或在各国居住地的"孔子学院"里学中文。在台湾，某些角落，如此欠缺"品质"和"尊严"的大环境下，除了甲方授课与乙方要学分、要文凭、要奖学金之外，坦白讲，不少人私下倒十分羡慕有同学"有种"敢在"立法院"（被政客操盘、利用）当面"辱骂""教育部长"的"颠倒黑白、以恶为荣、越老越恶"的黑色潮流席卷之下，眼看时下许多年轻的"宅男""宅女"花大把时间耗在超商等地打工、不念书；在电脑跟手机上，找陌生网友聊天；迷电玩、拼网购……文化差异太大的师生之间，彼此还有多少可以充分沟通或共融、传承中国文化与美德的可能性呢？

"言者谆谆，听者藐藐"——荷一内心只有"干羡慕"作家丰子恺颇受日本著名画家竹久梦二的影响，在战乱的创伤里，仍能写出许多动人的小品文、画出无数感人肺腑的亲情漫画，以他苦难的升华、滋润人间与大地的干旱、邪恶或冰冷。

哎，人际疏离的柏林围墙，寸步不离地"阻隔在"每一个戒备森严、期待被爱、又怕受伤的心灵中间，紧闭着心门……的，冰冷当下，多少人"为了要被别人所肯定"而"削尖脑袋"钻营作秀、死命搏版面、荒唐走捷径、见利忘义出卖灵魂……而狠下心搞小圈圈、排挤弱势、迷信达尔文的优胜劣败而沦入"拜金年代"里（连荷一所熟悉的某些行业、某些人都免不了），人生的漫漫长路，荷一数十年"知其不可而为之"的悲剧性格，不是不懂，她选择默默K书、笔耕、孤独的"逆向修行"——种种不合潮流的笨拙，与，今生今世几乎"终日劳苦、一无所获"的苍凉，原是圣神带领着荷一，自己清清楚楚选定的道路。

荷一"牵手"几十年的丈夫罹癌、且又含冤蒙难那几年，快哭掉她半条命，造成她视力越来越差、仿佛已接近失明状态的荷一（啊，波赫士曾经遥问苍天：怎么会把写作和失明一起赐给他呢？），在先夫黑白大张遗照的陪伴下（他——荷一最最亲爱的江约帆，永远那样几乎"对每个人"都笑容可掬；才六十出头就罹癌蒙主恩召。快断气前，荷一深情看他最后一眼：那样俊美，慈祥亲和如天使般的脸庞上，仿佛没有一丝皱纹……嗳，怎么可能？荷一越看越不敢相信，因为，他在世"受过"那么多折磨和痛苦……怎么可能脸上还没有皱纹，就被天使和圣母玛利亚"簇拥着"离她而去？）她只能坚强地擦干眼泪尝试着，一小步一小步地尝试着，重生，慢慢练习独自"享受"余生这无边无际的、宁静无声的孤灯夜读、埋头书写或就着水墨画画——排遣人世的苍凉无奈。当然，存在的正面价值，还是有的……

虽然她从小就酷爱孤独、沉思和阅读……但丈夫的英年早逝，与，人们眼中、她身份上的骤变，为她带来曾经是"少女少妇"、如今又是"寡居岁月"——这一前一后两种迥异的生活，在她深居简出、更能大量阅读与写作时（每天洗衣服、做家事，也得耗掉她许多的时间体力，她却甘之如饴），情境上、心态上、条件上，简直就有天壤之别啊！这就是尘世里的短暂人生吧？所以，她喜欢在每天参加完平日弥撒后，一个人静静坐在教堂的圣体龛前，边朝拜圣体、边虔心低声诵念《又圣母经》：

> 母后万福，仁慈的母亲，我们的生命，我们的甘饴，我们的希望。厄娃子孙在此尘世向你哀呼，在这涕泣之谷，向你叹息哭求。我们的主保，求你回顾怜视我们。一旦流亡期满，使我们见到你的圣子，万民称颂的耶稣。童贞玛利亚，你是宽仁的，慈悲的，甘饴的。天主圣母，为我们祈求，使我堪受基督的恩许，阿们。

有时候，长夜漫漫路迢迢，"考验期"实在太长太久太严酷，她恍若感到生命中四顾无人，只单单深切渴望主所应许的："我的轭是柔和的，我的担子是轻省的。"（玛十一：30）——荷一会找一个无人打扰的地方，专注而又安静地，把《又圣母经》，很慢很慢、小小声地，一口气连续念上九遍……

虔心念完经文，荷一坐在书桌前，翻阅了几页美国小说家约翰·厄普代克（John Updike, 1932—2009）所写的《兔子歇了》，掩卷长叹之后，定睛"凝视着"书房墙壁上高挂的两幅她自己用隶书恭录的《圣经》经句：

> 我是"阿耳法"和"敖默加"，那今在、昔在及将来永在的全能者上主天主。

还有，字画右下角旁边挂的，"与母亲的合照"是：荷一与母亲个子差不多、高高瘦瘦的。生她，养她，1949年战乱中跟生父一起从南京随着部队"撤退来台"到K港（战场上，生父已被打伤肺部、经常吐血……），母亲才二十八岁就守寡，吃尽苦头带大他们三个小萝卜头的"恩重如山"，如何回报？啊，照片像摄影机除掉了盖子，如烟往事，竟然历历如绘地一一呈现脑际：

荷一的生父过世五年后，她风韵犹存的美女妈妈张应兰，才嫁给"第一次"结婚娶妻的继父，个子高大、天性温和的湖北人，也是陆军通信军官（参谋大学毕业，曾经在金门出生入死，打过八二三炮战）——郭保乡、郭爷爷。不得不改嫁之前，荷一的娘年纪轻轻、伤心守寡的空窗期那几年，大哥生病夭折、哭断娘的肝肠；二楞子小哥笃雄才五岁；她三岁，妹妹小荷春才一岁，摇摇摆摆还走不稳路哪！K港慈田路眷村的破屋子，又小又挤、陈旧不堪，每次外头下大雨、屋里就下小雨——得要大家手忙脚乱赶紧"对准"天光透入的屋顶破洞，摆上七八个脸盆和水桶，叮叮咚咚吵一晚上所接住的漏水，荷一他们兄妹三个，都得揉揉睁不开的厚重眼皮、克服瞌睡虫的侵袭，帮着家里一桶又一桶抬出去倒在自家院子的小水沟里，谁敢玩水嬉闹、铁又挨娘大吼着扯掉他湿衣服当皮鞭，狠抽两下、一顿臭骂！

老爸走后的抚恤金少得可怜，人人都劝守寡的张应兰（尤其等着拿红包的媒婆），何必那么辛苦呢？女人嘛，该放聪明点儿，干脆把三个"小讨债鬼"送进孤儿院，不就结了？荷一的娘张应兰，虽然日夜以泪洗面、不知所措，却说什么也狠不下这个心，好歹总是自己怀胎十月、辛苦生下来的亲骨肉啊！生死同一条船，苦就大家一起苦呗！

但是，柴米油盐酱醋茶，每天张罗四口人的三餐，就真比登天还难！度日如年的困窘、兜头罩下，碰到实在连续几天都"没钱买米下锅"，怎么办？欠债太多，小店老板娘见她眼泪汪汪脚步迟疑地走过门口就怕，再也不给赊账。肚子饿得大声叽叽咕叫，孩子们还不知天高地厚、追追打打惹应兰生气时，她发起脾气就尖声怒骂他们三个小混球："三个死讨债鬼呀，还吵、还吵？这个要吃麦芽糖、那个想喝汽水，当老娘会印钞票、抢银行是吧？怎么不跟你们死鬼老爹一块儿早点死光光算了？就只'磨'我一个不识字、前辈子欠你们的苦命女人哪？"——张应兰的父母在南京大屠杀时双双遇害，她自小就被送给人当养女，弄出癞痢头、把头发掉光光（真亏她一辈子总能忍住闷热、戴着假发）！要不然，她看起来会更美，很多人夸她长得很像蒋宋美龄，雍容华贵。

但是啊，荷一相信的是经上说的话："姿色是虚幻，美丽如泡影；唯有求智慧……"、"一切都将消失；唯有爱，永存不朽……"

*

没想到，母亲当年守寡的痛，如今也发生在荷一身上。荷一含着眼泪、忍住悲恸，凝视着先夫笑咪咪的遗照，心底喃喃告诉自己：

"是啊，'妻以夫为贵'的幸福岁月，已经离我而远去，永远再也追不回来了！时光，不会倒流……"她叹口气、缓缓起身，去洗手间拿毛巾拭泪时，心无波澜地闲闲望着自己的鬓边白发，和，眼窝的松垮凹陷与厚厚两团浮肿的下眼袋——所呈现的苍老、无奈与疲惫，而告诉自己："不能再哭了呀！上主，求祢大发慈悲、擦干我的眼泪吧……"幸好，常安慰她、帮助她不必自怜的，正是吃过"人间至大巨苦"的圣母玛利亚（荷一很难忘怀，曾经在罗马亲眼看见，活到89岁、1564年过世的大艺术家米开朗基罗所精心雕塑的《圣母殇子图》，当场所受的强烈震撼，久久挥之不去——人哪，有什么痛苦，能"大过"圣母玛利亚那样"无私无悔"的人间至苦？）

又好笑又可敬的是，荷一某个学期，曾应邀在宜兰某大学的电机资讯学院兼课（她正统科班教育，学的是美术和神哲学，开的是"数位艺术设计"方面的课），曾经把米开朗基罗在选教宗的西斯汀教堂所绘壁画、大格局的旷世杰作：《最后的审判》中——嗨，老天爷，这位举世无双大师本人的自画像，居然是一具可怜兮兮、早被"榨干"的狼狈、破旧、多皱纹且又"扭曲"的臭皮囊（因艺术的重压）。幸好，还能很惊险地"悬空"被抓在"殉道者"圣巴特罗谬的手中，一起冉冉上升天庭，勉强得到了救赎！

几十位学理工、电机、电子的学生们，专心看了三四十张作家老师荷一精心制作的投影片，也听了她深入浅出的费心讲解，师生之间有问有答、互动得很热烈，一种对"终极关怀"及"最后审判"的余音袅袅的温馨，和，对人生"有光"的盼望，回荡在教室内外………

虽然透过读书、读画及创作，荷一不断激励自我、超越极限，但有时候，躲不开、避不掉的巨大挫败当前，又会"小信德"的像多默（十二门徒之一）一样，软弱地疑惑着："日本电影《楢山节考》，叫年纪大的穷苦老人，不要拖累家人，时候到了，自己识相地背起衣物、跳进山谷里自杀了断……当然不对！当然不对！人不是自己生命的创造者、不能操生杀大权！主啊，祢带约帆走了，我还能重新振作、闯荡出一片'新天新地'吗？告诉我，主啊……"

万籁无声。寂静中，眼前没有任何声音回答她（心底却仿佛有个声音，来自圣神的呼召，小小的、很微弱、很温和……）。迷茫的黑雾当前，是圣十字若望所指的"心灵的黑夜、照亮灵魂"吗？她求"神类分辨"，她还听不太清楚，主对她"未来生命计划"的"旨意"何在？"内省"很重要；"圣化自己和别人的工作、自渡渡人、修德成圣"也都要顾到……她还在寻寻觅觅地找、找、找……

*

先知厄里亚被人追杀，走上崎岖山坡、直达西奈山巅。强风、地震、烈火……天主都不在其中，最后却在山谷里、轻微细弱的风声里，吩咐厄里亚去完成一项使命，预示南国犹大王敖默黎和北国以色列王阿哈布两人的败亡（《列上，十九：11—13》）！

她呢？她已经走到路的尽头了吗？

3

嗯，她逼自己牢记着，圣保禄说的："忘记背后、忘记背后……努力面前的……"深沉的寂静中，荷一摊开书和笔记本、安心背起她生命里小小的十字架，将她无奈的、"寡居岁月的悲凉"，默默搁置一旁，如同"珍藏"在屋顶无人知晓的秘密小阁楼里的"瓦器中的宝贝"，因为她相信"人生苦短"——已在天上痴痴等她的约帆，去世后，多次在她梦中容光焕发地显现给她，笑咪咪地亲吻她、劝着她：

"荷一，加油喔，孩子们长大了、各忙各的，也都有自己的压力！我知道委屈你了，你可要好好照顾自己喔！人在世上的岁月是天主赏的，你要珍惜、满心喜乐地活在当下！放心，荷一，我每天都在帮你跟孩子们祷告，天主会给你'永生的赏报',我俩很快又会永远相聚在天乡……"啊,他话还没讲完呢,梦一醒,又是一场甜蜜虚幻的来无影、去无踪……枕巾,却常被她哭得湿透透的……

*

大概每隔三五年吧,荷一都会反覆反覆"重读"那几本心目中的经典文学作品,一次次一年年,随着自己人生阅历的增长,虽是青春期早就念过的旧书,却总会有些历久弥新的了悟:

"唉,康拉德呀康拉德,天底下的好句子、好场景、好小说与各种各样一流的人物塑造……是不是都被你写光啦?"嗳,就像每次"爱不释手"地、"需要懂得节制"地读上几页法国亨利·柏格森(Henri Bergson)的著作,像是她1981年左右,虽然还年轻,却痛下苦功、研读一本又一本厚厚的一大套《诺贝尔文学奖全集》;尤其一知半解地深深爱上柏格森的《创造进化论》及《材料与记忆》或《道德与宗教的两个来源》……等等,每次读到许多令人惊喜的哲学创见时,荷一边赞叹、边还真有点难以想象,其他世代的哲学家们——还会"动脑筋"另起炉灶、思考些什么更加富有创意的、跟"人"和"人的处境"有关的、更深更渊博的奥秘吗?世界上,还会有比《若望默示录》更深奥、更实际、更充满对人类的慈悲与大爱、或者更有启发性的"篇章"或"创见"吗?昔在、今在、永远常在的主啊,赏赐我们有幸"分享"祢的创造力吧!

*

自从母亲张应兰被硬性送进K港某私人医院所办的港边护理之家以来,有些机构几乎经常上演常态性的强势刁难住民及家属,说穿了,最近的十几年来,由于"外省来台"上一辈有权有势的人物,都逐渐凋零老去、人间蒸发……再加上,许多原本是"外省人群聚"的军眷眷村(荷一的小哥与嫂子一家六口人,住过六十多年的美好记忆,最近已被"怪手"和"吊车"毁于一旦,真是情何以堪?),可怜这些老眷村,一个接一个都被"执政党"勒令打散、拆迁以后,K港自然变成掠夺者的铁票区——当然,也有些对荷一她们夫妻很好的闽南人。其实,想想也真怪,荷一明明就是出生在K港的台湾人耶,却只因为父母1949年从大陆过来,就需要"被贬"成弱势、遭人投石的"在台外省人"?尤其荷一的二楞子小哥曾笃雄——常当着荷一的面,捶胸拍脑袋、骂自己瞎了眼娶到一个横冲直撞、处处耍泼的台湾老婆(当然别人家贤慧的台湾太太,还是很多)——孙慕金,从进他们曾家大门以来,不但很快怂恿荷一的二楞子小哥把"慈悲为怀"照顾这个家"五十年如一日"的郭爷爷、女儿郭荷语跟婆婆张应兰,软硬兼施,三十年前就一起统统以强势驱逐的狠劲儿,如轰走乞丐般活生生"赶出"眷村慈田路的老房子;而且,找一堆借口,把长子曾铁生从生下来就几乎一毛不付、白吃白喝地交给爷爷、奶奶"隔代扶养"长大。笃雄和太太慕金他们自己身边,还有铁生的弟弟、妹妹各一,名叫铁池和铁秋,当铁生偶尔回自己父母家时,多多少少总难免遭他弟弟、妹妹排挤,彼此水火不容。铁生对人的敌视与戒备，跟这些原因，大概都有关系吧？

铁生在自己父母家时，随便吃点小亏或有半点不如意，就会像狮子、老虎、小皇帝一样发飙，怒声呵斥他的弟妹：

"吵什么吵？多大啦？都二十几岁的成年人，还看那个什么狗屁电视节目，真他妈的乱没水准！又不让我转台，遥控器给我，听见没、听见没？……好，是你家的东西……我走，我马上回爷爷、奶奶家，我警告你们喔，以后'不许'再帮爸妈打电话叫我回来！为什么你们都爱把脏东西'堆在'我床上？爸妈有给我留一张床啊，为什么胆敢侵占？啊？讨厌死啦，蟑螂到处爬，三餐外面'买便当'回来吃，这哪里还像个家啊？连狗窝都不如，呸、呸、呸！"

"滚滚滚！要滚快滚！是爸妈要我们打给你的，你以为谁'稀罕'你回来？臭美，少跩了啦！"铁生他弟弟铁池，正沉迷在电脑游戏的高潮起伏当中，看都懒得看他一眼，只拉大嗓门儿、十分嫌恶地凶了他"有名无实"、光会酸人的哥哥两句。

妹妹铁秋已念某专科学校夜间部一年级，哪有空翻翻书？每天大部分时间花在"打工"赚点零花钱、学杂费跟银行办助学贷款，若能鬼混混到毕业，一离开学校就欠银行好几十万的债务，年轻人的失业率直往上飙，前（钱）途茫茫……"还"多少年才能还清？不敢想，只有老天爷晓得！

整天嘀咕自己是"爱美又没人爱的丑小鸭"的小姑娘铁秋，正逢寂寞的十七岁，挥霍青春之余，每天最令她心花怒放的消遣，就是边用手机自拍、边一道一道在眼睫毛涂上又黑又浓的眼线液，边涂边斜着眼、不屑地斥责他老哥："啃老族！啃老族！当一辈子寄生虫的啃老族！大学只差一年，为什么就不肯把它念完？等爷爷、奶奶都走了，看谁养你？神气什么？要滚快滚，少噜嗦！你一回来就闹翻天、吵死人，动不动乱发脾气，吓唬谁？纸老虎一个，你吓唬谁？"

收起小镜子，铁秋一转身，不小心，及腰的长头发刚好甩到铁生脸上，他趁机报复性地把妹妹头发死命揪了一把，在他妹妹"尖声"、痛楚的"唉哟……"声中，铁生洋洋自得地"碰！"一声把门狠狠关上，就消失不见了——他要摘天边的月亮，从小把他溺爱到大的爷爷、奶奶，都会"想尽办法"摘下来给他！

婆媳间既然同在Ｋ港、又共有铁生这"为所欲为"的任性小子，因了这一层"剪不断、理还乱"、错综复杂的纠葛关系，上下两代间，天翻地覆"恶性循环"了一甲子。二楞子笃雄是独子，夹在母亲应兰和妻子慕金之间，几乎完全"瘫痪"、无法处理，只是老跟妹妹荷一电话里嚷嚷，他要马上离婚、又舍不得已被慕金"全盘掌控"的女儿铁秋，很想再另外讨一个比较孝顺公婆的女人；荷一总要他为了孩子、别轻举妄动，劝合不劝离。

荷一自己嫁人嫁得早，二十出头就离家边读书边工作，与新好男人约帆成家立业在北部或国外，费心生养了一儿一女——出国念完博士的姐姐江今源和也送到英国念完硕士的弟弟江今图。人浮于事、年轻人大量失业、工作又十分难找的年代里，每一步都很不容易的！每家每家各忙各的，其实这四十多年来，荷一住北部，笃雄他们和父母住K港，大家少有深入的互动。这也给了泼辣的媳妇慕金大好机会，日夜顶撞、凌虐婆婆张应兰。直到年近九十的应兰、约七年前被绑住手脚硬生生送出家门倒下，还不甘心，还在挑拨、分化已经守寡的荷一与小哥笃雄。天晓得，笃雄有一份国营机构的稳定工作，已经做了将近三十五年，当初还是荷一她老公约帆动用关系、鼎力介绍进去的；现在呢？尤其见荷一守寡之后，嫂子慕金见缝插针、出于妒恨，干脆"率领"家中几个成年的"小红卫兵"（这些新世代的啃老族们——就算已经失业很久了，也不肯出去闯，只肯缩头缩脑死赖在祖父母家、使性子称霸王……等等），把对她婆婆的"积恨"与"旧帐"，连本带利，全数一箩筐一箩筐、"龙卷风"似的欺凌、刁难到读书人荷一母女的头上（旁人看了不忍心又帮不上，都看戏样地穷嚷嚷说，哎呀哎呀，糟了呀，可真是"秀才遇到兵"哪！），其实，小哥笃雄一直多多少少都以荷一这样的妹妹和妹婿为荣——有些女人喜欢跟别人家孩子比孩子，笃雄不小心对源源任何一句夸赞，听在太太慕金耳朵里，都很容易"走调"走成吃醋啊，嫉妒啊，骂老的、怪小的，于是乎私下趁笃雄不在，就猛替孩子们洗脑、挑拨，明的暗的任由孩子们"当众"对荷一和她辛苦念完学位返台教书的女儿今源，大骂她们母女"不要脸"、"下三滥"等等三字经的脏话，还发疯似的"拼命乱写"一则比一则下流、瞎凑的许多侮辱性简讯，传了又传、传了又传，每次一家几口蜂拥着围剿而来，连续六七通简讯，不"塞爆"荷一的手机，不肯罢休……

*

大家心里都有数，在地的台湾人看护，多多少少在意识形态上，多半"很不情愿"服侍这位以前颇受老公宠爱的、有点任性的"外省失智老太婆"吧？有时运气不好，有时逼不得已，常常在全K港被迫、被驱赶，而这一家那一家地颠沛流离、浪迹天涯！八十七岁失智老人，生病也不是她的错，在K港的费用，一个月要三万块钱；可怜郭爷爷再怎么省吃俭用，他退伍军人的终身俸，每个月就只有四万多元左右。伤心孤单的郭爷爷，眼看自己年老体衰的老伴儿，一次次很难适应新环境、新看护……真是好心疼好内疚啊……

怎么办才好呢？每隔一两年，经常被高傲强势的护理之家当成人球，踢到东又踢到西，有时候想想，悲从中来，这跟街头露宿的流浪游民，真没什么差别啊！两个老的，游魂似的，经常手牵手卷着铺盖、抱着衣物，在K港老泪纵横（却从没想过要自杀），到处转来转去，已经被迫换过好几家，荷一当然也为此吃尽苦头——啊，一转眼，南北南北跑啊跑、哭啊哭，前前后后，几乎没有"人的基本尊严"可言，处处饱受轻视、辱骂与煎熬的日子，"主，求祢作我的力量与盾牌吧！求求祢，彰显祢的慈颜……"

刚开始，她会跟几十年来很少交谈或互动的继父郭爷爷大吵："你为什么要送我老妈到养老院、不先告诉我？你凭什么啊？我多想在K港买一栋有电梯的大楼，请个有爱心的外劳照顾你们俩个，现在弄成这样，老妈可怜，我还能怎么帮她呢？"继父跟妹妹荷春都"铁了心"说："无论如何，一定再也不会让你老妈回家住了（理由是失智，又弄不动她）！"偏偏住K港的又都坚持，不许张应兰离开K港，只要笃雄一家人探望她、地点近、方便就好……真有一点像是把她老人家当成"腐坏了的废物"，送进当铺，这一辈子、就这样"死当不赎"啦！小哥笃雄曾经冷漠心硬地酸她妹妹荷一："老妈每天吃饱等死、白花钱的老废物一个，你忙你的，何必大老远来看她？看跟不看也没差！"

那一夜，从青春期就迷上史怀哲（尊重生命）的人道主义者——荷一，独自在屋里嚎啕大哭、搥胸自责、怪自己的无能和有限！……哭得她头昏脑胀、无法休息，只好就着孤灯重读《诗经》里的《泉水》：

"毖彼泉水，亦流于淇。有怀于卫，靡日不思。娈彼诸姬，聊与之谋。……女子有行，远父母兄弟。……驾言出游，以写我忧。"

唉，荷一简直不晓得该怎么解释，人是有灵魂的，母亲不是废物和垃圾啊，却由于心疼母亲卧床受苦、昼夜口齿不清地唉唉叫唉唉叫，只写了一张小纸条抄录《圣经》的话，放在书桌玻璃板下：

"你们为小兄弟、小姐妹（老弱残疾……）所做的，就是为我（主耶稣）做。"

*

如今，夜深人静时，她一个人泡杯热茶、安安静静地坐在书桌前，重读所爱的柏格森的作品。有时候，荷一有兴致画西画时，也喜欢把塞尚与柏格森的某些共通点（例如对时间的思考……等等），连接在一起，思考、玩味……尤其渴望理解——如此强大而孤独的塞尚，究竟"放进"多么深、多么强烈的感情，才能画出一系列庞大无比的《圣维克多山》？那沉默且又能安抚人心的圣山？

她虽然没有塞尚那样得天独厚的艺术天份，但是，她自小就热爱大自然、喜欢远离尘嚣……K港许多熟悉的海洋、树林、渔船、湖水、天空、艳阳、堤岸、海浪……有一天，是否能将对母亲的爱与愧疚与无尽的牵挂，"转移"到画出迷人的港口、无常的船进船出？或者，创作时，能否精准写出她所爱的K港这一片"孕育"她艺术生命的"土地"？或山河的肥沃？或人心的某些可怕的贫瘠？或是她母亲从南京来、继父从湖北来……的，遥远、永恒的乡愁与思念？或是，根源性的——伊甸园？天乡？

是啊，荷一继续思索柏格森所谈的："'智能'指向无生命材料，而'本能'则指向生命……然而，'直觉'（intuition）却将我们引向了生命的最深处。这里所说的'直觉',指的是一种本能……"对于向来沉默寡言的荷一,外人看来,仿佛是"晚年丧偶无伴"的苦涩中,却"真实涌现"幸福的、常流喜泪的、耶稣经常临在她身旁的宁静、平和与喜悦,谁又相信,她看似独自一人的寡居寂寥岁月,无时无刻不在的、极深的痛苦,痛苦到一筹莫展(尤其对于人的邪恶、无知与自甘堕落……所感到的心痛,使她更加了解,为什么圣母到处流泪显现、警告人类不要再继续犯罪,甚至于千真万确地流下血泪……)、近乎绝望的同时,居然"和谐并存"着,又美又甘甜又无限感恩的、来自"神慰"的高峰经验与果实!跟谁说,才能被了解呢?

*

荷一在大学教的,虽然是研究现代小说的课,她也常提醒学生们,除了打工赚钱、谈恋爱、玩手机和迷上网外,对各卓然有成的大师、小说里的思想流派、创意手法……等等的人文、历史与哲学背景,也要下功夫多研究、推演出自己的一套人生哲学!例如,近代哲学家梁漱溟所谈的"理智"和"直觉",和佛教的唯识思想及柏格森的生命哲学思想,都有密切关系——其中的"中西文化"异同又在哪里?肯不肯动动脑筋或只图有钱就好、一辈子"死于安乐"呢?

为找资料、也是兴趣,荷一经常独自逛书店找书买书,沉浸其中、自得其乐!啊,有一两次,身陷在书店四壁都是高到屋顶的、密密麻麻的中英文书柜前（她在义大利的老朋友——修女夏教授说，每一本书都像一具躺在棺材里的死尸，"等待着"天涯海角的伯乐、知音，伸手去爱它、读它、让它喜悦地"复活"起来……），看不完、买不停的书海茫茫，对人自身短短一生、数十寒暑的"有限"与"渺小"，竟然会有点伤感地、深深"想念"起曾经亲如姐妹般、跟荷一全家大小都很熟悉的、专门研究康拉德小说的一位奥地利籍梅修女！她在台湾教书教了一辈子（荷一跟她，还曾经在另一所学校，同事过），像荷一的女儿一样，源源，目前十天有两三天，总拖着"行李"奔走在飞机上、高铁上、图书馆、研究室……团团转团团转，忙着、赶着参加世界各地学术研讨会（现代版的苏武牧羊？），几乎很难见到她一面啊……很好，女儿深知母亲荷一颇能谅解她的工作与人生方向，因为经上说："你们要为那永不朽坏的操劳；不需为一切会朽坏的衣食等操劳（爱你们的天上慈父，知道你们需要什么，这一切自会加给你们！）。"是啊，有一段很美的祈祷文说："寡妇借着恒切的祈祷与行善，减轻并'圣化'了自己的寂寞；主，求祢因她们的转求，使祢的教会把祢'爱的奥秘'显示给世界……"

奥地利的梅修女与另一位创办台北"辅大"护理系的中国籍崔修女，曾经一起到荷一和约帆夫妻位于基隆山区、景色宜人的"楼中楼"家里，开开心心做客时，梅修女坦言：

"如果问我自己的话，我宁愿只做一名在大学管理女生宿舍的舍监修女就好，多照顾住宿女生的灵魂与贞洁（尤其大一新生)、帮助她们着眼于未来长远幸福的生涯规划……而不只当个老在写论文、指导学生论文、跑遍全世界去开会的大学教授;但是,既然入了修会,出于'超性的服从',我愿意放弃己见、答覆天主的召叫、跟天主旨意配合,教教我的专业:英美文学、比较文学、东西方文化交流……"他们在汉语的表达能力上,可都是一流的!

言犹在耳,真所谓人生"聚散无常"的"动如参与商"(杜甫诗)啊:

> 人生不相见,动如参与商;
> 今夕复何夕,共此灯烛光。
> 少壮能几时,鬓发各已苍;
> ....
> 明日隔山岳,世事两茫茫。

怎么忽然有一天,梅修女不吭不气就从大学英文系默默退休、人就不见了(听说是换另一位外籍教授来台、递补她的职缺)!惆怅之余,人生既已过了半百(俗话说,访旧半为鬼?不,不是的,人死后不是变成鬼耶!这,说来话就太长了……),许多人、许多事,越来越变成陌生得很无奈、很如烟,横竖总结两个字——除了"接受",还是得"接受"!所有再也看不见、摸不到的尘缘已了啊……除了"超脱"、或是所谓的"放下"——否则,还能怎样?

年轻时侥幸得过几个小说奖,如今,荷一却因人事全非,似乎变成没有舞台、没有伯乐;小说奖,难道真的"误"了她这一生?该怪谁呢?有时心想,果真"封笔"的话——她的人生会是什么样子?

嗳,荷一独自在孤灯下掷笔三叹时,常在记忆的生苔古井中,浮现出这一位优雅斯文的修女穿一身白衣的音容笑貌,人呢?听说是回她外国老家(阿尔卑斯山下)景色幽美、人间仙境般的修道院,从此就很难跟梅修女再联系上了!如今,荷一心想:"儿子今图(图图)大了,娶妻生女、自顾不暇;女儿今源(源源)虽然孝顺,也好像打算选择独身守贞过一辈子!儿孙自有儿孙福,只要平安走正路,别的,就随他们高兴吧!源源平常在外县市教书,没跟母亲荷一同住台北;约帆被天主带去享福之后,荷一在精神层面之外,现实世界里,她最大的功课,就是要把自己照顾好,别累到病倒,才能让处于"高度竞争"压力下、忙碌不堪的女儿源源,减少内疚、没有后顾之忧地全力在她的人生跑道上冲刺、勇往直前!

源源在学术圈,出国一向需用英文发表论文,可真忙坏她了!学成归国、返台任教之后,老天,每年几乎一放寒暑假(这一次去纽约开会十天,就在学期中间),经常连学生成绩都还来不及算、还得要带上飞机赶呢,就匆匆应邀到世界各国开会、发表论文……看她写简讯来说,无论是到瑞典啊、挪威啊、伦敦啊、德国啊、西班牙啊、纽约啊、南非啊、新加坡啊,或者,日本的京都啊……每场次,几乎都有一两百位学者们参加!母女之间,只能纸短情长、写写简讯、通通 e-mail,互祝平安,聊慰挂心之苦。

父亲过世后这几年,对于寡居的母亲,女儿源源每次从国外寄回来的各国风景明信片总多了一句既真诚又无奈的渴盼:"亲爱的妈妈,好吗?甚念。感谢天主,也谢谢你和爸爸当初肯让我出国深造的远见、苦心栽培和养育之恩……真抱歉,这一趟太赶、来不及办手续,希望下次能陪妈妈一起来法国,看看巴黎圣母院、罗浮宫、西堤岛和一起到清幽的塞纳河边逛逛;还有,我后天要去发表论文的西班牙巴塞隆纳……巴黎是个很美、很有气质的城市,欧洲夏天晚上十一点,天都还没黑呢……亲爱的妈妈,你的脚痛好一点没?记得去看医生喔……"——荷一当然感谢天主,赐下源源这样贴心、懂事的好女儿(只有做母亲的荷一心知肚明,善良如源源,所受过的痛苦与磨难,也不是一般人能够想象或扛得下来的)。只是,人过了某个年纪,除非事业上另有什么鸿图大展(会有多少真友谊吗?),真的越来越不容易交到新的、知心的益友啦!荷一除了教教书,还能跟谁去促膝长谈康拉德或伍尔夫(Virginia Woolf)、莫里森(Toni Morrison)或《白鲸记》等等的小说呢?也许,这是她经常想念热爱文学的梅修女的原因吧?只有加油、坚持到底,让自己新写的、更有创意的新作,公诸于世吧?

*

有一年,艳红的满树凤凰花陆续开始掉落的晚秋,荷一在某博物馆所举办的读书会讲座上,很知性地跟热情的听众们谈到,创作时,若涉及比较"深度的、形而上的阅读"(如柏格森所谈,绵延是"深层自我",人应以直觉去洞见"深层自我"的动态变化,而不是只对"表层自我"做表象的分析……),与,为了增进"深层自我"的"意识进化"过程的各阶段蜕变阅读与思考,或者严肃的小说家,在作品"人物刻画"上所探讨的深层心理分析,也许,创作过程中,本来就是很个人、很孤独、很要甘于一辈子"千山万水我独行"吧?自我训练、调适到"习以为常",就会跟呼吸一样,一呼、一吸,透过神奇莫测的、分享天主的"创造性",把种种看似"矛盾"的元素、却又能"统合"得那么好,正如画家塞尚重视"宇宙和谐"的自然观;又如神父们在庄严的弥撒圣祭中,把代表"人性"的水,与代表"神性"的葡萄酒,经由神父画了十字圣号的祝圣,掺合在一起,所彰显的、"天人合一"的救赎奥迹!

4

"英国杰出的小说家格林(Graham Greene)在小说《权力与荣耀》里,描写一位看来一无是处的酗酒威斯吉神父。"——这是荷一在演讲的内容……她如玉树临风般,站在K港W图书馆的会议室演讲厅演讲。讲题是:"圣经文学与莎剧中的人物",内容涉及达味王与哈姆雷特……等等,K港市长及当地大学校长……等人,送了许多祝贺的花圈摆在门口,饱经沧桑的荷一只"平常心"地看了一眼,雨很大,对辛苦撑伞陪她进场的工作人员,露出她特有的、一抹甜美的友善微笑。事前并没有去动员听众人数（K港教会也很少有人来），倾盆大雨中，现场只能坐两百人的座位，居然爆满！对许多站在走道听讲的热情听众，荷一心底一面感到抱歉、一面又默默先画个十字圣号，希望对得起"天主临在"的标记、恩赐与护佑！

女作家曾荷一边放她亲手制作的PPT、边跟聚精会神的听众们讲解："威斯吉神父第一次见到混血墨西哥人的时候，早就意识到，这个负伤者有一天会出卖他！果然，那人用'垂死的枪击要犯'做饵，带神父去听最后告解，而酿成神父被捕、被枪决！这一位浪子神父的大彻大悟，在监狱里发生——这监狱，也就是宇宙的世界缩影（microcosm）……类似的背叛，也曾经发生、记载在《圣经·撒慕尔纪下》里。达味王被自己儿子阿贝沙隆造反、迫害与追杀，怎料这逆子反而惨死在先，为父的达味王得知噩耗，却又为儿子的死、大声悲伤哭喊：'我儿阿贝沙隆，我儿！巴不得我替你死了！我儿啊……'"

开讲前，应邀提供她的作家手稿、照片与资料展览时，她就跟图书馆馆长"协调"了好一阵子，不愿意被录影、全程po上网——也许，她在想，以后会"不得不"开设她的个人网站的话（逆向修行？死于自我？她很挣扎，还需要"神类分辨"……），如果媒体萎缩、势在必行呢？例如，帮出版社多多露脸，有益于出版新书的行销呢？噢，一辈子羡慕陶渊明"采菊东篱下"、渴望低调隐修的她，一时间跟自己似乎还有一大段"讲不通"的距离、有待跨越……

＊

咬紧牙关，荷一强忍住双脚已因为几乎无药可治、只能吃止痛药的剧痛、折磨了她一两年的"脚底筋膜炎"而深深皱了一下眉头，赶搭从K港返回台北的高铁，匆匆北上。

车已发动。荷一松了一口气，安心稳坐在靠窗的位子上，瞥见窗外的绿树、小溪、浮云，还有都市里难得看到的大块大块如画如诗的美丽天空……一格格倒退，又美又悠闲，节奏也很匀称；但脚底"猛然而来"的抽痛、扭曲、变形……一种噬心、无助而又难以言传的痛楚，逼着她，只好缓缓收回视线，闭上眼睛、歇一会儿、与痛共舞……习惯了，夜里经常脚底抽筋、痛醒过来，冒一身大汗，每次一抽就一两个小时，只好独自"呆站在"床边呻吟、几乎什么都"不想"或"没办法想啥"——完全像在"苦等"巨大肆虐的龙卷风，虔心拜托它赶快刮过去一样，完全没辄儿哪！

痛归痛，她总有一夜安眠的恩宠，真好！两脚不抽不痛的夜晚，就很知足、很格外地谢天谢地了！

"唉，我又不是对天主忠心耿耿的古圣约伯，主哇主哇，干嘛让我'从头痛到脚'呢？"如风般呼啸、飞驰的高铁上，车身还算稳，荷一赶紧把电脑打开，轻轻放在座位前的小桌上，准备利用这一两个小时，好好写稿；偏偏，断了一节骨头的小脚趾，又开始"雪上加霜"地隐隐作痛，她叹口气，在骨折红肿的脚趾上，薄薄涂了一圈止痛凝胶，继续开心地在车上专注地读读写写！

上礼拜吧？荷一又在屋里跑到另一个房间接女儿电话时，

平衡感退化，一不小心狠狠"踢撞到"床板的棱角，痛彻心肺，造成她第五根脚趾头骨折，打了几天临时包护的石膏。她独居，不便打骨科正式的石膏，医师说，那就起码要小心保养四五个月，别在台北拥挤的捷运车上，又被人一脚踩伤"断掉"的地方！慢慢养伤，是的，像是约帆离开她、离开这个家以后，给她留下的孤寂与悲恸，慢慢养伤，才能有希望平安"长得回来"——小心保养？是啊……她坐在高铁第七节的残障车厢，脸朝车窗外明亮的蓝天白云，展开一抹谜样的微笑！她想起旷野独居隐修始祖圣安当会为她主前代祷（还有她的主保圣女大德兰……等等），也就踏实、放心了些！看书看久了，眼睛吃不消（有时边念书、边用电脑记笔记），荷一又静静放下手边已看过好几次的、小说家奈波尔（V.S. Naipaul）写的长篇小说《大河湾》。头靠椅背、闭目养神时，脑中又浮现——圣母玛利亚，在丈夫圣若瑟和爱子耶稣受难、死而复活、回到天父身边以后，她被受儿子所托的门徒之一圣若望，带回他家、安养余年的另一种"圣家"情景所感动——忽然间，一股很大很柔的"神慰"力量，翩然降临，让她汩汩的"喜泪"（Tears of Joy）滴滴飘下，真实的、圣爱的神妙抚慰中，湿湿热热的泪水，涤净灵魂，先是流满她一脸，接着又带来极大极深的内心平安。

　　天性体贴温良、满头发亮银发的约帆走后，晚年丧偶的荷一的白发，随着春去秋来、快速的时光流转，快下车时，对着皮包里拿出来的小镜子一照：哇呜，一根根白头发冒得好快，才惊觉岁月可真的不饶人啊！

荷一从K港搭上高铁的路程上，本来就一定会"经过"当老师的儿子图图，与，当中医的媳妇儿家利和一岁多的孙女——小尚洁，一家人所住的C城，从这儿再搭高铁到台北，十几分钟就到了，但是……他们好像比住在加拿大或非洲，离得还要远！一小滴辛酸委屈的泪珠，如北极星陪伴着明月，安静无声地滴落在荷一有鱼尾纹的眼角。目前，由于媳妇儿百般刁难、暗地里从中挑拨作梗、儿子小图嘛又冷冷的没什么肩膀；寡居已有三四年的婆婆荷一，每个月"照约定"就最多跟儿子小图、孙女尚洁见面一到两次，还"不许"留宿，下令离老妈越远越好！儿孙来探望母亲荷一时，九成以上，媳妇儿家利都找借口不肯一起来；逢年过节，不得不硬凑在一起时，如现代版慈禧太后的家利医师，就一定有办法弄得婆婆荷一尴尬、落单与懊恼："为什么要碰面？"不要再给她们机会羞辱自己吧！

有一回，丈夫既已过世，因为太久没跟儿子、女儿碰到面（见面三分情，源源跟弟弟小图也三四个月没见过面，天伦之乐嘛，当然也会"关爱"小家伙尚洁——最近怎么样了？好不好？），荷一她人又刚从K港兼课教完书并照顾了父母一阵子之后，像今天一样，她傍晚时分，虽然双脚发麻，仍打起精神扛着电脑和行李，风尘仆仆地，反正高铁会路过C城，又正好女儿源源出国到挪威、瑞典开完会，搭机返台；桃园中正机场离C城很近的地方，有一个高铁站，大家就约了在CQ高铁站聚聚——很宽敞、很舒适，也有几间餐饮店可以坐坐、聊聊。

荷一做梦都没有想到，这一回是儿子小图先带孙女小洁到了高铁站。这不到一岁的漂亮小姑娘，每次乍见陌生人，都先惊吓得大哭一顿！新手爸爸小图千方百计、着急地哄着哄着，孩子慢慢才能破涕为笑。荷一当然很开心，小洁已经会有点害羞、轻轻涩涩地喊她"奶奶"、让她抱在怀里"亲亲"了（历经沧桑的荷一，对小洁没什么欲望，只希望小孩多得到一点爱与祝福，大了好带一点）——几乎次次吧，荷一总难免眼眶湿润、泪水频频打转，"惆怅地"心想，最最喜欢小孩、会逗孩子玩儿的老公约帆，要是还活着的话，看到、抱到孙女这么灵活甜美、牙牙学语的小可爱模样儿，该会有多么高兴啊！假如他还能多活一天的话……

没多久，家利晚上的诊间打烊了，她罕见地停好车、高跟鞋砢砢砢砢……轻蔑而又疲累地走近婆婆荷一与老公小图身边（十分钟前，大约九点半左右，女儿源源已经打过电话说下了飞机、领到行李了，很快会搭上从机场来的"接驳车"过来）。

家利垮着一张臭脸、像在指责婆婆做错了什么："妈，还好吗？图图，你看，小洁想睡了；妈，我们就先走一步啰！"

儿子小图不说话，眼神里闪过一丝对妻子"心硬"的不以为然，大概是怕吵到孩子吧，却又无可奈何地、"匆匆"把刚闭眼的小洁，放进娃娃车绑好……就这样，冰冷无言地，儿子一家三口，走出了身为人母的、荷一含泪带雾的视线……

源源还没有到，荷一神情落寞地环顾四周，这么大一家餐饮店（约有五十坪吧），只剩她和另外两个男的，其中一个色色地猛盯着她看,她有点尴尬不安,很快拿起皮包走出店里,在24小时营业的超商附近,对自己叨叨骂了几句:"省省吧!干嘛要来呢?源源出国来回机场,从来也'不需要'我接送;天晓得,成年的儿女们懂不懂老人心理学啊?有时候,我还是很希望自己是'被需要'的!我像圣保禄说的,像似个人间废物一样、傻呆在这儿,只为了太久没看见小洁吗?唉,说也奇怪耶,小家伙要睡,就在这儿睡一下,会怎样?让奶奶多看两眼,谁吃亏啦?多陪陪老妈二十分钟、等到姐姐来,不行吗?竟然会把我这含辛茹苦生他、养他的寡居老妈,深夜里,孤伶伶丢在这人间旷野?不,我永不自怜(撒旦走开)!……"

不管荷一对儿子多好、做过多大多久的牺牲,由于姐姐的力争上游,儿子就一定要误认她偏心姐姐?(荷一内心无助的呐喊,那是身为女性、源源洁身自爱的果实,源源优秀、有爱心奉献,是天主的工作,并不是她这做妈的做了错事、犯了什么滔天大罪吧?)嗳,"高处不胜寒"的女儿源源啊……

嗯,每次遭遇这样荒谬、违背伦常的无数"挫败"时(大概是家利妒忌源源吧?),荷一就在祈祷和流泪、并奉献泪水之后,安静地(几乎一无所求的)透过用圣经祈祷的灵修方式,翻阅随手带在皮包里的小本《圣经》,再度默想动人的《创世纪》37章到50章:

——在人类历史中真实的、受苦的若瑟,因父亲送他"长衫彩衣"等等因素遭忌,而被十个哥哥们出卖给依市玛耳人,带去埃及;饱经磨难的若瑟,又入冤狱,出来了又神奇地当了宰相,受法郎王所托,智慧地应付埃及全国的七个大荒年!在民间饱受饥荒所苦的十个哥哥们来找他，他不但没有报复，而且"宽宏大量"地热情接待他们，以"圣爱"善待出卖他的一堆子人。（真像教宗若望保禄二世，带伤去监狱拥抱"射杀他"的凶手——荷一经常怀疑，短视渺小如己，怎么可能办得到如此的"爱仇"？）

等父亲雅各伯死了，兄弟们怕若瑟还心存芥蒂，就到他面前请求宽恕；乱世里，天灾人祸虽然可怕，但伟大的政治家若瑟却说："我是属于神的，天主把你们邪恶的计划，变为丰富的祝福（他活到一百一十岁，十七年在父亲家，十三年受苦，八十年在全盛中治理国家）！"

四顾无人，荷一活像置身于"无雨无骆驼又无绿洲"的荒漠旷野，孑然一身的她，依旧感恩地缓缓收起《圣经》——夜晚冷清寂寥的 C 城高铁站，耐心等候女儿下机回家的母亲荷一（其实是为了跟儿子、孙女碰个面），有那么几分钟，蓦然被虚妄笼罩住，哭着哭着，觉得眼睛干涩、有点累得睁不开，就起身到院子里绕了两圈，看到几株"月光下，秃光的鸡蛋花树"，很美，就用手机拍了下来。

再度进到 C 城高铁休息站，荷一喝口水后，默默换到一台提款机旁边、灯光较亮的椅子坐下。她喜欢随身带几本书，又顺手翻开每日必读的新诗或旧诗，有一首杜甫的《宿府》，她低声喃喃朗诵着：

清秋幕府井梧寒，独宿江城蜡炬残；

永夜角声悲自语,中庭月色好谁看?

风尘荏苒音书断,关塞萧条行路难;

……,强移栖息一枝安。

杜甫啊杜甫,荷一欲哭无泪地心想:"一个人过,只要健康还勉强可以自己洗澡、做饭、洗衣服、走得到教堂……不是也挺好的吗?"——身为寡居婆婆的荷一,除了祷告,还是祷告;她相信,上主"亲近"心灵破碎的人;只要祂还愿意"用"她,将熄的灯心,祂不吹灭!

*

新手爸爸小图总是很狼狈的,独自抱着一岁多的小娃儿尚洁赶高铁来台北,手忙脚乱,常得哄着尚洁别发飙、在车上大哭大闹找妈妈,害小图这新手爸爸当众有点儿仓皇失措,还要加上手机、尿布、奶瓶、玩具、故事书、娃娃车……也真够他累的!媳妇儿家利白天晚上都开诊——荷一健康欠佳,不可能替儿子当全职保姆,却也"珍惜"能有些机会,让小尚洁觉得被爱、受到好的教养!孩子白天交给托婴中心,一天八百块钱,说是评鉴优等的,两个保姆得顾十个婴儿,可怜这小的孩子们,就被陷于人人争宠、想办法"抢"着要保姆抱他——只有两只手的保姆,有多少爱心很难评估,至少很熟悉,人类从小到大,没被好好教育的话,就容易相似残暴的尼禄王爱看的、在罗马斗兽场的厮杀、格斗、弱肉强食,要能因祂活着、而有能耐"为天国来临人间"——豁出性命、竞争夺胜,又要时时克己、真心谦让（如殉道者，受迫害时，肉体上悲壮的圣洁奉献），还要一点一点学会"分辨"什么才是"纯洁如鸽、机警如蛇"的最佳时机？

小图在姐姐各方面表现优异、攻读美国长春藤名校的小小压力下（小图师院一毕业，考取教师证，就在小学当专任老师了，后来还"留职停薪"出国念完硕士回来；姐姐虽从台湾的研究所毕了业，却因为找不到合适的固定工作，才"不得不"先出国念书再讲），荷一常觉得，小图虽然从小就叛逆、自我中心、不大跟父母亲讲话；而且，令人难以置信的，又万般不服气——老爸约帆高高帅帅、加上在他那一行人人佩服的一身真本领、人际关系也颇受他那领域专业人士高度地推崇（小图的脸部表情，对深爱他的慈父，总是"有意无意"地泄露出：呕！你是爹？你什么东西嘛？我不干你那一行，总可以吧？）——但是，荷一很清楚，小图虽然懒懒散散、爱耍小聪明又不肯用功，上天对小图却已经"够好"啦！他为什么永远都不知足呢？他教小学轻轻松松，没有大学老师的升等压力，月薪和以后的退休金，都不比姐姐少，每天下午三四点就下班了；姐姐源源呢？备课、教书、做研究、指导学生论文、一天到晚世界各地赶飞机跑来跑去、总是累趴趴的睁不开眼睛……嗳，荷一长叹一声："真是人各有命啊！上主，求祢垂怜我们……"

*

儿子小图原是专业的、台湾花东一带、风景纯朴秀丽的〇〇师范院校毕业的小学老师（毕业后，考上证照被一家伙分到北部偏远的某山区小学任教），没娶家利之前，由于全球"少子化"的风气当前，小图害怕山区并校被裁员，又很想调来市区上班，父母亲眼看他一天天瘦成个皮包骨（大男孩，一个人住荒山里，大概没什么兴致买菜、做饭吧？），荷一气起来叨叨念着儿子："嗳嗳嗳，傻小子，你懒到成天只吃泡面、酱瓜，怎么行呢？我寄给你的人参茶和鸡精，你到底喝了没？"

小图总臭张脸、凶狠地驳斥他老妈："我早就是大人了、不是小孩，吃什么、喝什么，关你什么事儿啊？你把爸爸照顾好，就行了！"

——逼不得已，自己省吃俭用的约帆与荷一，只好咬紧牙关、束紧腰带，拿出大把大把的新台币换成英镑，供儿子小图到国外念了个"英语教学"的硕士……如今，懊悔又有什么用？

现在，小图不但在小学专任，也在某大学兼了几节课，还不够？全球年轻人的失业率飙涨，他却"人在福中不知福"、"见刺不见玫瑰"，老喜欢跟姐姐源源处处比个高下，做母亲的荷一，自己科班也是学教育的，苦恼之余，心里清楚她反正也改变不了谁，干脆只好转移注意力，往自己的专业领域发挥潜能、光荣主名！各人头上一片天，否则——还能怎样？圣曼尼为儿子圣奥斯定的执迷不悟，而天天哭、月月哭、年年哭……直哭（她把眼泪奉献给天主）到儿子浪子回头、变成大神学家。可惜，渺小如她曾荷一，既然"不是"圣妇曼尼，儿子小图也不大可能会是第二个圣奥斯定吧？一切，求主引领吧！

*

很难理解，儿子、儿媳都出社会做事做了十几年，仍然成天嚷嚷孩子缺奶粉钱，只租一间偏远的、十来坪的破旧老屋。家利明知她娘家母亲坐轮椅已有七八年、都由她年迈老爸在苦苦照顾，还是故意租了一间没电梯的一二楼，姻亲之间，当晚辈的——若放聪明点，能省很多事儿哪！

媳妇儿家利个性专断霸气，跟谁都处不来，只好一个人吃力不讨好地开一间中医诊所，有了小小孩，两个为人父母的，哪还能那么白天黑夜的穷忙？但家利坚持既不去大医院赚月薪、朝九晚五；又不找同学合伙轮班，一个人要付诊所的庞大租金、还请了一男一女两名护士、中医药材又天天涨价——哪还能赚得到几文钱？

唉，小俩口谁也不让谁，一天到晚在不到一岁、可怜的小家伙尚洁面前，为钱吵架、砸碎东西，大概把小洁这才几个月大的小丫头吓破了胆——秋高气爽时分，荷一跟女儿源源、儿子小图，难得一起聚个餐，抱着小孙女在阳明山一家很安静的餐厅里吃饭；玩着玩着，小尚洁从玻璃窗里面往外看见——阳光下，风把树吹得摇啊摇的，可怜这娇嫩的孩子，居然被"摇啊摇的大树"吓得放声大哭，躲进喷喷亲她小脸蛋儿的奶奶荷一怀里，再也不敢多看一眼外头那令她"觉得十分恐怖"的、陌生的大树。荷一哼唱着《圣咏》的小调儿，慈祥温柔地"轻轻拍抚"她小小的、因哭泣而起伏不定的柔软背脊……

*

北上的高铁,疾驰如飞地掠过田园、走过鱼池,眼看就快到C港。荷一这一趟会自己下高铁、再"换车"到照顾她孙女小洁的千千托婴中心,顺道去看看这小宝贝儿!唉,家人太难相聚,她自己跑这儿来,托婴中心又规定,除了孩子的父母之外,别的人都不许带小孩出门一步!是啊,荷一有点儿鼻酸——她生儿育女一辈子,也不过是个"别人"而已!她当然了解,这总是很尴尬、很万不得已的下下策;因为,生日贺卡最好别过了才送,她要低调拜托托婴中心的主任瑟圆,帮她把大女儿源源写给弟弟小图的生日卡"转交"给孩子小洁的爸,荷一就走人,不想看到他们,脸那么臭又恶声恶气的没一句好话……家利见了面就顶撞她,她不便造口孽回骂,只相信老天有眼;儿子站旁边冷冰冰的像个活死人,又仿佛是高高在上的君王,蔑视着生命里这两个重要的女人,沉默不语,从不声援母亲一个字儿!所以,人生短暂,何苦呢?荷一告诉自己,保持一个安全距离,少给家利羞辱她的机会就好!

*

家利每晚九点打烊。从诊所开车回家,听说要四十分钟(天晓得,她不肯让家和诊所近一点、好彼此有个照顾,不晓得她脑袋瓜里到底在想些什么?);小图白天教小学,如今社会歪风是,家长至上,学生吵翻天也不能打骂,在家又多半娇纵、沉迷网路或是乏人照顾的单亲子女;小图上一天班累趴了，晚上在家，洗完碗、拖拖地，还要自己父兼母职带个女婴，尿布奶瓶忙不停，累得他当然说不出话来！小俩口也故意不让家利的娘家人过来，自然，租来的破房子，休想有什么"孝亲房"可言，一年 365 天，荷一没有一天能被"请去"儿子家住住！他们结婚五六年了，当然也从不在荷一台北的屋子过夜！来嘛，也顶多"敷衍"个二十分钟就吵要赶车走了！

　　他们家故意不装室内电话，几支手机又都是关机状态，晚上若有急事，叩一次儿子小图的手机，他总是"爱理不理的"，隔上两三个小时，才懒洋洋、要死不活地嗯嗯嗯回你个"只讲单字儿"的电话（有时干脆整夜不理不睬，听说小俩口又天天吵离婚，孩子还那么小，老在吵要归谁扶养？）。唉，深知人生苦短、日后人人都要面对"公审判"的荷一，很清楚，心爱的约帆走后这几年，自己的健康情况一直在急速地走下坡，不愿意、也真的"无力"再多"操"这些心。脱下医师服、就爱穿袒胸露背、卖弄性感的名牌衣服的媳妇家利，离过一次婚；跟她儿子小图结婚时，双方父母都不知道，他们就"我行我素"去公证结了！时下，全球不是有许多同志们，管你父母知不知道或同不同意，就跑去结的吗？荷一有时候以"疼惜自己女儿之心"疼惜家利时，也尽量从她的角度替她想，也许她害怕这第二次的婚姻再度失败吧？躲着自己娘家、躲着婆婆、躲着老公，避免冲突吧？（与小图在一起时，家利多半都不发一语、"低着头"在手机上快速且刷刷刷和面似的滑啊滑，忙着上网什么的⋯⋯小洁多半只一旁跟爸爸玩儿，偶尔可怜兮兮叫两声妈⋯⋯）躲，虽然不是个好办法，但是啊，荷一默默在日记里写道："唉，求求上帝保佑可怜的小洁吧——主，原谅我，祢知道我'没有体力'帮忙带聪明可爱的小洁，她父母也总霸着不放、好对我示威神气！天晓得，除了祝福，还是祝福，我根本不必贪图什么呀……小洁的爹娘、自己选的结婚对象，无论是不是祢给的十字架，就让他们夫妻俩自己扛、自己'看着办'吧！肯不肯跪求耶稣基督帮忙一起背十字架，就看他们有没有智慧，谦不谦虚，与，造化啰？"

*

有几次，寡居的荷一突然小中风，手脚都抽筋、扭曲、僵硬得变了形，痛彻心肺，台北无亲无故的，只好咬紧牙关忍痛自己叫了部计程车，到医院急诊室，跟许多愁眉苦脸、七横八竖的各类呻吟病患，一起躺一整夜。疼痛难眠的夜晚，心底十分十分想念过世的好老公约帆："亲爱的，你为什么不等等我？"——荷一豆大的泪水，泉涌般汩汩而下，又不想让其他陌生好奇的病患，看到她的虚弱与无助……经过好几个小时的静默无言与枯等，医师给她吊完点滴，问道："曾老师，有家属电话吗？怕你起来头会昏、人太虚弱，走走又跌倒，我们请家属来接你回家，有电话吗？"

荷一手里拿着一串玫瑰珠（当时女儿源源人在国外），已经暗自念过 N 多串了：

"我没有家属……他们……都很忙！"就歪歪倒倒，含着眼泪克服虚弱，硬撑着软绵绵的身子，爬起来下床，赶紧支靠着一把直立伞，当拐杖；天蒙蒙亮，她就独自叫车走了……

*

高铁 Q 城站到了。荷一先把行李锁到寄物柜,再换接驳车、计程车,前往照顾小洁的托婴中心去探望这小宝贝,抱抱她、摸她头为她祈祷(孩子生下来两天,父母都同意,就已经领了洗)!大热天,气温飙到 38 度,难为做娘的荷一,还得忍住脚痛、亲自跑一趟 C 城;理由是,要把她女儿源源写给弟弟小图——祝贺他"过两天"生日快乐的卡片,想办法找人转交给儿子(母子间,居然"排不出"一起吃顿饭庆生的时间……)。

*

眉毛又黑又浓又长的漂亮宝贝——小洁,看到她来,一跃而起,笑咪咪投入她的怀抱!一岁多,已经会慢慢地、羞答答地、用"两个音节"喊她"奶、奶……"了,荷一边亲她粉嫩粉嫩的小脸颊、边有一种很幸福很满足的喜悦感,油然而生。(保姆与她,又一起赞叹地细看小洁的两条那么长的黑眉毛,整个盖过她一双水汪汪、乌黑乌黑而又炯炯有神、充满智慧的大眼睛……荷一心想,这孩子,真是上帝恩赐的礼物啊!哈里路亚!)

时间已近中午,"千千托婴中心"里,"塞满"数十位大大小小的男女小娃儿;保姆们哄完这个、哄那个,有胖有瘦的小婴儿们,横的竖的、哭的笑的,都各据一方,已经一一准备躺在地板上、要睡午觉了!托婴中心张姓负责人的女儿,人很亲切，主日在基督教参加礼拜，叫张农，在这里帮她母亲实际上照料一切，荷一就把源源写给弟弟的生日贺卡及小礼物，托张农"转给"每天会来此接送小孩儿的儿子小图。（张农也顺便把她自己两岁女儿托在这里。她若正好有空，会跟荷一老师聊上几句，讲讲小洁的生活点滴、e-mail小洁在中心拍的小可爱照片，让奶奶荷一开开心！）

虽然"千千托婴中心"门前就是一大片绿色草坪，草坪尽头有一条清幽的、潺潺流水的诗意小溪……但是，荷一怕碰钉子、"不想"打电话拜托儿子或媳妇儿来电给托婴中心的张农，让她有十分钟时间可以抱孙女到外面草坪上透透气、晒晒太阳……她们祖孙俩，囚犯似的被关在里面、透过玻璃门向外张望，就只好乖乖坐在靠门口的两张幼稚园小小的矮板凳上，一老一小，面对面傻笑。先夫活着的时候，因为是航运界的大佬，她陪老公走到哪儿，都人前人后被许多人"尊称"为夫人长、夫人短……唯恐对他们贤伉俪招待不周、有所怠慢！

如今，处处被冷落，每天看人白眼，荷一觉得有点委屈和悲哀，忍了忍，泪水在眼眶打转……模糊的视线不断"游移"在玻璃门外的蓝天白云、碧绿草坪，和，孙女小洁星星般闪亮的黑眼珠之间，来来回回……荷一边喂孙女小洁一口一口吃着刚削好的小块苹果，边想起，上个月还曾经"请求"陪伴她们全家人近三十年的西班牙籍VV神父，多多主前为她代祷（约帆和她和女儿源源，都大概平均每隔两三个月，会定期"见神师"一次、做灵修上的请益或跟他办"告解圣事"），可别被自己不完全"意识"到的**次人格**所捆绑——妻以夫贵的"◎◎夫人",是她的次人格？"寡妇",是她的次人格？"贤妻良母",是她的次人格？"大报得奖女作家"的光环,是她的次人格？……这些,都不是她曾荷一生命的价值所在,也不是她的"超我"或"真我"吧？该怎么样因圣爱和圣神的引领而"返璞归真"、"修德成圣"呢？

不少男人也是,退休前原是独当一面、大权在握的校长、教授、工程师、董事长、神父、医师、将官、导演……甚至于是公车司机、餐厅厨师或清洁工……若无法在跟职业（或角色）说拜拜时,妥善接纳次人格或清楚意识到它的话,余生哪,将更是一条漫长无边、说不定偏到晚节难保的荆棘路耶……

一岁多的小洁,人见人爱,但是啊,发飙哭闹时,真像只呲牙咧嘴会抓伤人的小野猫；运气好、碰到她安静稳定时,不但甜甜的老爱对人笑,而且讲起话来小小声咿咿呀呀,活像一头驯良无比的乖巧小绵羊！荷一正在一口一口喂她吃苹果时,负责照顾中心这么多婴儿的张农,不知何时悄悄来到荷一身边,递来贴有小洁名字的专用水杯。小丫头立即欢欢喜喜抱过来就仰头靠吸管咕噜噜猛喝白水。"曾老师,你还好吗？要不要我搬一张高一点的椅子来给你坐？"荷一谢谢她:"不用了！跟小洁平着坐,祖孙俩四目相视,觉得很亲、很好、很难得！"

里头又传来几个娃娃"一齐"放声大哭,尖叫嚎哭成一团,如失火灾难现场求救的可怕声音,张农匆匆走后,在小洁可爱爽朗的咯咯笑声里,荷一警惕自己、也如此"祝福"眼前这讨人喜欢的小宝贝:"是的,感谢上帝,我有某些不舒服的感觉(被囚禁、不受尊重、没有自由的窒息感……),但我却不是我的感觉;我有满腔的期待、抱负,但我却不是它们……我不是我的思考,但这思想却是我的;我不是我的身体,但这身体却是我的……记住,你并非你所观察到的现象,试着与那'观者'、也就是'自我意识的中枢'认同。"

在每天很固定的、早晚各约二十分钟的静坐、默观祈祷前后,荷一透过深知耶稣"临在"的踏实感,就算面临种种挫败、不如意和羞辱、遭嫉与打击,总提醒自己妥善跟自己的各种"次人格"和睦相处,也别忘记"本我"的限度,牢牢记住"超我"(高层自我)的存在与能量之大。

把小洁送还给照顾她的保姆之后,荷一面带微笑地走在C城要搭接驳车往高铁回家的路上,轻轻松松地哼唱着《圣咏》的动人曲调:"我要在天主面前,生活于人世间……"——她已经"不在乎"刚才因源源好心打电话给弟弟,说老妈在托婴中心探望小洁,儿子小图才来电!做妈的荷一说:"小洁这孩子很爱吃苹果。"新手爸爸小图只会"心不在焉"地重覆一句:"是啊,小洁是很爱吃苹果!"唉,难道就不会问问她:"妈,你吃过中饭了没?"

嗯,都下午三点了,荷一真的还饿着哪——她问自己,在等什么?等有人关心她?错误的期待吧?圣方济的"和平祷词"是怎么说的?"不求他人安慰,只求安慰他人。"想来好笑,她刚才居然"稀有的"打电话去媳妇儿家利的诊所(一年也没有一两次），护士说，医师家利两点半才来看诊，荷一留下自己电话（没有家利的手机号码）："我是她婆婆曾老师，明天是我儿子生日，请你转告我媳妇，她一来先回个电话给我，或者下午五六点休诊以后，也行，就说我人在C城……"

家利却始终没回电话。荷一早就料到，多年来也习惯了，跟小图讲也没用——"我在等他们夫妻摸摸良心，主动开口说，妈，你人已经在我们住家附近了（开车十几分钟路程），你脚痛，别一个人又跑回台北，就留下来，一起庆生，请你吃顿晚餐吧！"

没有。儿子、儿媳都没有开口问她："妈，你饿不饿？要不要留下来一起聚聚？"——他们都当她是铁打的女强人、海啸停电也照样能启动自备发电机的超人吗？哈，荷一感到这有点荒谬的前前后后，真像她二十多岁就开始写的、电影剧本的对白——那讲究亲情、伦理、秩序、尊崇、美德、辈份、互助、"发乎情、止乎礼"、"富有人情味儿、实践爱德"的温馨年代，早已消逝得无影无踪啦！难道她来看孙女小洁，是要索取回报吗？她自嘲地暗笑自己老天真："不是昨天才寄出去一篇专栏稿，文章里引用了'超个人心理学'大师的建议，也千叮万咛地提醒杂志的读者们，'中心有主的爱'常是客观而无私的，这种爱是自发的、没有恐惧、也没有期待，它充满了智慧，不会以'期待'和'罪恶感'来束缚别人，更不会执着于某一个人、为之心力交瘁。对未知的一切，充满信心和勇气——这种'中心有主的爱'，表现于高等意识层面时，常能由'整体'着眼……但是，另外一种'边缘游离的爱'，却是基于自身的需要、容易流于幻想以满足自己，经常执泥于浮面表象，很可能以'不当'的期待、负担、罪恶感，来禁锢对方。它常自我设限，而无法顾及大体……"

*

荷一步履轻盈地搭上了回台北的高铁，也虔心把"饿一顿饭"的刻苦与祈祷，奉献给孙女小洁的主保——无染原罪圣母，求圣母"保佑"这孩子平安喜乐地长大、成年之前盼能保有父母亲完整圣善的慈爱照顾！祈求天主赏赐"圣德高超的"、"爱她教她的"好牧人，有幸得到高尚良好的培育和教养，有智慧，以后对社会对人类有正面的卓越贡献，相信"天主是爱"始终坚定不移……荷一看着小洁在K港海边沙滩上、一步一脚印、独自惊惶奔走的傻样子照片，再度喃喃祈求、且祝福她的心，就更加殷切："知我懂我怜悯我的好圣母啊！你曾经大发慈悲，要你儿子主耶稣在'迦纳婚宴'席上，第一次显灵迹'变水为酒'，就是为祝福创造、延续生命的家庭，主，可怜我们吧！你一定会为我们罪人转求你爱子的宽赦，求祂俯听、求祂垂允……"

就像俄国伟大诗人普希金在诗中的歌赞：

> 我从不想用许多古老巨匠的名画，
> 　　来装饰我自己的住家，
> …………
> 　　…………

在我的朴素的一角，当我在缓慢工作时，

　　我只想永远看着一幅名画，

就只有这幅名画，最圣洁的圣母和我们神圣的救世主，

　　他们从画布上，好像从云端里望着我——

....

....

普希金1830年写信给他太太说："我感到安慰的，就是一连几个小时站在金黄头发的圣母像前……假如它不是要价四万卢布的话，我就把它买下来了……"

*

车过板桥、快到台北之前，托婴中心的张农好心打电话来，说不知道荷一老师已经离开，聊了几句、挂掉之后，荷一又想到刚才跟张农一起短暂祈祷的温馨美好片段。荷一有习惯送给碰到的合适的人一两张圣像及金玉良言，小洁虽然不懂，但却鸭子听雷般、在一旁安安静静听她奶奶和张农，一句句低声读着圣五伤毕尔神父生命经验的分享："我们不愿意接受我们的灵魂需要痛苦，而十字架是我们的日用粮这个事实。正如身体需要营养，同样，灵魂每日都需要十字架来净化自己、**使它放弃对人的依恋**……

"……我们不愿意明白的是：当天主愈想吸引某人接近祂，就愈会以十字架来净化那人。"

5

虽然是刚过完圣诞节喜庆的冬日,但是,跟学生乌克兰美女诗诗丁约好,要在离她住处不远的本笃溪见面散步聊聊的荷一,总喜欢从容的先到个十几二十分钟,好悠哉悠哉独自安静坐在溪边石椅上,抛却凡尘,专心念念好书。最近,她正在重读普鲁斯特(Marcel Proust, 1871—1922)所写的长篇小说《追忆似水年华》——有点惊讶,怎么以前都一本接一本、只赶着读小说本身,今天才发现,啊!竟是她很仰慕的法国小说家莫里亚克(Francois Mauriac, 1885—1970)为他写的序?在序的结尾,如此写道:"作者普鲁斯特简单的、个别的和地区性的叙述,引起全世界的热情!这既是人间最美的事情,也是最公平的现象。就像伟大的哲学家,用一个思想概括全部思想一样;伟大的小说家,通过一个人的一生和一些最普通的事物,使所有人的一生,涌现在他笔下。"——是的,荷一不但自己爱读莫里亚克精彩的心理分析小说《黑天使》、《爱的荒漠》……等等,洞悉人性纠葛却又渴望救赎的小说杰作,而且苦心引领大学里不少年轻善良、虽然涉世未深、但勤奋向学的"准"艺术家们,再三研究讨论作家莫里亚克和普鲁斯特深入挖掘人性的、耐读好书里的异同……

＊

乌克兰美女诗诗丁准时来到荷一身边，荷一微笑亲切地收拾起读得津津有味的书本。阳光下，两人不约而同都戴着时髦、神秘的宽边帽和大型太阳眼镜，一起低头沉思地沿着河岸、听着潺潺溪水、边散步边聊——近一两年，诗诗丁总把荷一老师当成"传道、授业、解惑"、亦师亦友的倾诉对象。河边，如茵的青草地上，诗诗丁拿出手帕、边拭泪边幽幽吐露：

"荷一老师，怎么办？我好恨自己，为什么那么笨那么软弱，跟那个俄国浑小子，同居这么多年？他说他边工作、边念博士，用中文写论文、压力很大，迫切需要我'温柔性感'的女体，要我救救他、陪着他，让他在床上尽情放松、忘我、充电！他那么帅，声音很有磁性，真的很难抗拒；他激情地对着我耳边喘息……搂着我的胳臂壮实、手指动作又轻柔，也真的很能满足我肉体上的饥渴，很会带出我的性高潮；如梦如幻，啊，你当然有过经验，对不对？又舒服又让我变得很有自信，庆幸自己被爱、被人珍惜！

"但是，事后又都是那么深那么深的空虚、争吵和懊悔，反反覆覆，一次又一次，重复'掉进'更深更黑的深渊大洞，活像是人间地狱！后来，他越来越敷衍我，跟我过一天算一天地拖着，只图眼前，次次都像露水一样的狂欢、幻灭……我们完全没有未来，好可怕的日子！我见面吵要结婚，为堵住我的嘴，他有时候一天要'来'个两三次耶！他一直笃定地说，他爱我、真的爱我，一定会娶我……"

荷一很惊讶，诗诗丁在台湾工作、当模特儿，才三四年，竟能用这么流畅的中文表达？又对她如此信任和坦率，实在难得——经上说，你们要善待异乡人！荷一就边听边用自己双手放在背后所持的一串玫瑰珠，暗暗帮她念经、求圣母指引……这异乡女子本性善良、是东正教的教友、也信圣母，圣母最了解女人的痛苦与"创伤后的平安"是从何而来。

在荷一住家附近，有一位希腊籍的东正教神父，人很优雅圣善、满头白发，在这一栋大楼里买了一间房子当教堂；主日，许多台北俄国的知识分子、来这儿参加弥撒、唱圣歌、聚会、也疗愈乡愁。

"曾老师，你知道吗？上个月，我们本来是一起搭机回我乌克兰老家见父母，准备好要欢欢喜喜进教堂结婚的，怎么知道那浑小子临时变卦，忽然莫名其妙取消了筹备许久的婚礼！"（荷一"啊？"地惊叫了一声！然后抱了一阵子痛苦啜泣的诗诗丁，轻拍她一起一伏、伤透心的背部。）

美女诗诗丁哭累了，颓然沮丧地坐在河边石椅上、喃喃自语："他居然很快硬着心独自飞回台湾，我母亲不放心，心疼我受这么大打击，要我留在乌克兰家里一段时间，休息一阵子。曾老师，你是知道的，我父亲过世以后，我一个人远在台湾，趁着年轻漂亮还有本钱的时候，熬夜受苦拍片、走秀、当模特儿，赚的钱多半都寄回乌克兰，让母亲扶养一家大小，我下面还有六个弟弟妹妹……跟那浑小子撕破脸分手以后，觉得前途茫茫、心情太沮丧，有一晚，鬼迷心窍吞下大量安眠药……感谢圣母妈妈保佑，却也吓坏了我母亲；自杀获救以后，大伤元气，以前班上那一位叙利亚男同学张玺，不是到乌克兰做军火生意、买武器吗？他正好就近照顾我、帮助我在乌克兰的医院住了半个月，出院以后，我就跟张玺订了婚！我母亲也很喜欢他，他现在人在叙利亚……"——荷一心底浮起了心疼这一对年轻男女的问号，如此的结合，会不会太草率了呢？交情没那么深，只能欲言又止地守住界线、暂且保持静默与聆听的专注吧！唉……

荷一只关切地回应着："噢，叙利亚内战打了很久，反抗军跟政府军打得没完没了，死伤好几万自己人耶！唉，好惨，造成国内许多孤儿、贫童沦落街头挨饿；许多难民苦哈哈流亡到约旦……我看新闻说，政府军用'化武'跨越了红线，美国总统欧巴马已经同意授权军援给反抗军，双方还在磋商。埃及登高一呼，也跟叙利亚政府断交——诗诗丁，战乱里，张玺的安全，还好吗？"

美女无奈地耸耸肩膀、眼眶泛红，关于她在叙利亚的未婚夫张玺，生死未卜，跟荷一老师同样的心情，既免不了牵肠挂肚，而又要勇于面对人生千万种的不确定……

*

荷一的手机响得很急，家人惊恐地告诉她，年近九十的继父郭爷爷凌晨失踪，寒流来袭的大冷天，可能他一个人骑摩托车到海边的深山里，迷了路……

荷一又马上提了行李和电脑，匆匆搭上高铁赶到 K 港；听说失踪的郭爷爷的手机又没电了，警方接报、出动多名员警在四处寻找，听说有可能在一处海边或深山里。

回想这些年来，自从六年前，继父郭爷爷与荷一母亲"亲生的"女儿荷语，还不到四十岁，就得了痛苦万分的胰脏癌，躺医院一年多过世以后，老夫妻俩所受的打击太大，使郭爷爷原本就有不少老人失智的前期症状、更是雪上加霜地日益恶化！家人也陪他去看过病、拿过药，却无人三餐盯着他吃药（听说吃药也顶多失智得暂缓一些而已）！

荷一五岁父亲过世，她念小学五年级那一年，当军官的郭爷爷才三十出头，生平第一次结婚，就娶她带三个小孤儿的老妈应兰，夫妻恩爱一甲子，郭爷爷对老妻不离不弃，实在是应兰这一家人的福气，也真是上帝特别恩佑的眷顾吧？从1949年撤退来台之后的穷困潦倒（荷一生父随部队从南京撤退到K港时，被人用枪杆打伤肺部，听说当场大量吐血；来台后，只过了两三年困窘离乱的家庭生活，接着就生病吐血而英年早逝……母亲应兰还不到三十岁就当了寡妇），要是没有郭爷爷"慈悲心肠"把这个破碎的家一肩扛起的话，二楞子小哥跟荷一，都会更惨；但是，荷一先入为主、十分怀念爱她却又早逝的生父，始终很排斥继父郭爷爷，总离他远远的（又因此，荷一小时候常被生气的母亲拿棍子打得全身是伤……）。

*

打归打、骂归骂，沉默寡言而又惯于独处（马斯洛所指，创造性的孤独）的荷一，从来不跟母亲顶嘴、也没跟她母亲记过隔夜仇。自从继父把阿兹海默的母亲送离家门，近十年来，她好心疼她老妈啊！因此，荷一就再也没有去过继父郭爷爷旧公寓的住处。这几年，荷一单身的亲妹妹荷春（悲苦、贫困而又无助的单亲妈妈），毅然决然地离开老父老妈，搬到北部去帮她又离了婚的女儿带两个稚龄幼儿；K港这里，多半都是二楞子小哥大学没念毕业的儿子铁生跟郭爷爷同住（有人叫这是"啃老族"）；二十多岁年轻小伙子，每天穿戴得很时尚很奢华（从小要什么有什么），一下上"早班"、一下上"晚班"、一下又"失业好几个月"找不到工作，爷孙俩看似住在同一个屋顶下、同一把钥匙，其实经常几天都碰不到头，几乎是谁也不理谁！一向好脾气的郭爷爷是不是常被失业"宅"在家里、听说会乱发脾气的孙子铁生辱骂，哑巴吃黄莲当成出气筒，才伤心地离家出走、迷了路？或是看老妻久病，厌世、感觉活得太累了，打算去跳海自杀？

连"协寻"的警方，都只能边做笔录、边揣测，一时却不容易找到真相或答案。

至少，这孙子铁生确曾经常当面"辱骂"早已得奖成名的女作家荷一、跟她在大学任教的女儿"不要脸"、"×××"……等等脏话（孙子铁生对源源学成归国的博士学位，妒恨入骨吗？到处造谣丑化她们，一家几口趁父母都病倒了、群龙无首之际，由本省二嫂领头，全家同心合力"矮化"、"霸凌"荷一她们母女！铁生是否意识到，这对女性，也是另一种身不由己的、扭曲变态的性骚扰？）——正是他们父子联手自我膨胀、骄傲地幻想自己"高人一等"、自欺欺人的、来自魔鬼的谎言吗？好吧，秀才遇到兵，随他们怎么骂、怎么公然侮辱，为了替天主争取双亲的灵魂、渴望她们能得到"永生的赏报",看样子,这一场艰苦的、"属灵的战争",荷一是躲不掉的——二楞子小哥全家都常到小巷里民间私设的神坛,乱拜些这个那个,且一口咬定荷一她们信的"天主教"是邪教、迷信邪神……

*

荷一心里清楚"真福八端"的价值观,所带来的超性生命:"为义而受迫害的人是有福的,因为天国是他们的。"无论怎样被二楞子小哥一家人迫害或丑化、污蔑,荷一她们母女都忍耐着保持沉默、不屑于回呛(相信无所不在的天主,迟早要为她们公开辩护——孝敬父母的无所为而为,怎么不行?);主说:"你们在小兄弟身上做的,就是为我做!"衰老贫病的、不再有利用价值的、被冷落的、边缘人的老父老母,就是主耶稣所爱的小兄弟、小姐妹,与年龄大小无关。只是,十分感慨时下年轻人有多少已经腐化成像二楞子小哥的儿女,如此嚣张、狂妄、无法无天地目无尊长、颠倒黑白?

以前,郭爷爷有手有脚、生活还能自理、所有钱财(每月平均大概有四万五左右退伍军人的终身俸,但母亲一个人住晓园护理之家,一个月就要三万)继父自己提领、掌管时,二楞子小哥一家开开心心拿到"国防部"收回慈田路眷村所补偿的几百万,在公园附近买了间中古的透天厝,有院子和一二三楼,不但平常365天不曾有一天让两个老的进他屋里坐坐、或住一晚,近几年,自从妹妹荷春离开K港之后,荷一的老公又罹癌多年，她自顾不暇、没办法离开台北；二楞子小哥一大家人，居然每年过年除夕到初一，都让郭爷爷厚着脸皮、拜托老伴儿所住晓园护理之家的医院医师，发发慈悲，让孑然一身孤伶伶的继父郭爷爷除夕陪母亲在那儿一起过夜……怎么一下子，郭爷爷受伤了，小哥笃雄被荷一"默许"由他替继父每半年提领一次、掌管继父那一点"刚刚够付"俩老安养费的钱——怎么就开始"耀武扬威"、总是暴君似的死命抓住郭爷爷、据为己有，"不放心也不准许"荷一母女一起、每隔两三个月带继父去教堂或医院看病、把握断手救医的黄金时间、快找专精的医师处理郭爷爷那只断掉、疼痛的手。小哥跟护理之家签约时，瞒着两个妹妹，就跟老板娘严太太明写，不许把郭爷爷带出"港边护理之家"一步；荷一不懂，小哥凭什么不许？受"卫生局"督导的奇怪老板娘，又凭哪一点有资格不准？大哥虽已过世，大嫂人在新加坡，长嫂若母，有时她也写信给荷一，问候并关切老爸老妈的近况——台湾是民主自由社会，也"由不得"二楞子小哥受他太太怂恿而"只手遮天"吧？应兰奶奶是荷一的亲妈，郭爷爷是她亲娘恩爱一甲子的老公，为什么荷一不能共同签约，或自己帮母亲签约入住、选择"优质些"的护理之家？

台湾是自由民主社会，家属带住民外出，只要"照规定"填假单、按时平安把人送回机构就好，怎会如此大开民主自由的"倒车"，而且奋斗了十个月，都还在原地踏步、毫无进展？每次荷一去探视父母时，眼睁睁看着继父像囚犯一样被"妨碍自由"关在港边护理之家，而且女儿源源又是教这一行的教授,也常去各种机构到处作评鉴,居然"一步"都不能跟母亲一起"填请假单"带外公出去晒晒太阳——连非洲也没有这么落伍、这么漠视人权吧?想想实在很讽刺、很荒谬、很无法无天!

如果绕个大圈子,辛辛苦苦回到台北找"立委"陪同、去找"国防部"或"退辅会"或"中央"新成立的"卫福部"陈情、争取,会有效吗?父母受苦被囚,继父郭爷爷写过"很多张很多张"亲笔签名的志愿书,也跟K港市府挂了正式的"公务陈情文件、领有编号"的申诉函,交给了卫生局相关单位,表明他老人家"渴望"每两三个月一次、跟机构填假单让女儿荷一及外孙女源源带出去透透气、晒晒太阳,或去教堂望弥撒祷告——却一直无解、行不通!这护理之家老板娘,以恶为荣,不管是议员办事处的主任出面去协助,或局里回应民众陈情、派人来看,这老板娘严太太(能言善道、后台硬吗?)**说不行就不行**,帮的人态度又摇摇摆摆,立场站在哪儿?究竟在帮谁?好像已经有点儿模糊不清(荷一也傻乎乎的、从没有送红包的习惯,不清楚是不是欠周到?)——由于那老板娘打扮艳丽、练就一张三寸不烂之舌!要不几十年下来,哪管得了一大屋子"本劳"、"外劳"等等的看护、住民、家属、厨子、药材批发商……还要应付各种来打考绩、来做评鉴的学者官员们,好方便机构配合住民、跟政府申请补助款?找人一起去协调嘛,老板娘常会跟坐她旁边的男人咬耳朵、讲悄悄话"示好"的肢体语言,利用"女人的媚功与本钱"、利用"美丽动听的谎言"所会"骗得好处"的那几招,"君子有所不为",荷一都不会、都认输！但是，二楞子小哥几乎也被她处处捏在手掌心，一时也无心帮父母转到别家较有慈悲心、服务品质较好的机构！"消基会"的朋友也说，郭爷爷是一位又能表达又神智清醒的"消费者"，又没有被法院判"禁治产"——劝荷一积极写申诉函去，请律师回函……唉，天哪……

*

反正老板娘横竖就跟荷一母女来个"认钱不认人"，好像小哥笃雄跟她签的约，是父母当奴隶的卖身契，或，像国家"宪法"一样神圣不可侵犯，只要让外型看来高贵优雅的荷一吃鳖、吃苦头、多受点难堪和羞辱，她就爽！大家居高临下的，好爱看他们"外省人家里内斗"的笑话，顺便很骄傲地苛责荷一，念那么多书，有啥用？怎么不好好跟当工人的小哥好好"沟通沟通"呢？自己一家人嘛（耶稣不是被自己犹太人钉死的吗？），唉，……经上说："麦子归麦子、莠子归莠子"，又说："人不能侍奉两个主人（'天主是爱'的**爱**，与，**钱**——二者大有冲突、背道而驰，忌讳同时当一个人灵魂的主宰）"！

每天忙着数钞票的、老板娘的人生哲学是"有奶就是娘"，谁付钱谁就最大，管他什么狗屁"印度德蕾莎修女"、能值几文钱的、会笑掉人大牙的什么尊严、尊严——"史怀哲的人道关怀、尊重生命"！在她心目中，一床床气切的、大小便臭死人、不断要换尿布的、坏脾气的不男不女的畜牲，日夜痛苦呻吟大喊小叫的、明明在等死却又老死不了的狗屁废物们，浪费粮食而且真比厕所或臭水沟垃圾还臭还脏的满屋子鬼味道、日夜哎哎哎没完没了占她"港边护理之家"床位,怎么还不赶快呜呼哀哉早点归西,才是她每天最不耐烦的心事与苦恼!幸好她爱漂亮,舍得血拼花大钱,买过千百件时髦新衣服当消遣,活该"气死"那些白天黑夜"吃了睡、睡了吃"、活死人"横尸躺着"跟猪没两样的、这一辈子"再也没机会"穿漂亮衣服的恶心老太婆们!

每天涂脂抹粉、细心打扮、一天换一套漂亮衣服穿的老板娘(别家的护理长,都乖乖穿白色护士服;为了卫生起见,尽量不擦口红的),当然是需要"有男人"看啰!也难怪她十分"挺"二楞子小哥呢——身高一百七十八公分、高高帅帅、笑脸迎人,成天在公园抱着不同的、卖弄风骚的舞伴,狂跳国标舞,炫耀他壮硕结实的好身材!

在老板娘严太太眼中,毫无利用价值、往她旁边一站又会抢她风采的荷一,与她亲娘的母女关系,仿佛是偷来的,或是骗来的。荷一的朋友都替她愤愤不平,为什么近乎违法、昧着良心的合约及内容,不能一起重签?有一位很明智的神师听完这样心术不正、陷荷一于不义的苍凉故事以后,边为荷一叫屈、边纳闷:

"为什么大家都要盲目地被你小哥的邪恶、自私、无知与狂妄,牵着鼻子走?怎么不能在他跟机构写的合约上,由其他子女附加'但书'文字?大家都是好意、一番孝心啊!这机构老板娘不但刁难得太离谱太奇怪,而且实在也太狠心啦!"

荷一也在电话里跟关心她的、教会"病患之友"的姐妹,恳请主前多多代祷:"我小哥在父母床前,一碰到我,就凶我,要我贴钱，叫我把母亲或二老带走（钱统统他一家人拿去花……），唉，我先生活着的时候，小哥不敢这样对我，他国营公司稳定做了近四十年的工作，还是先夫介绍进去的！

"'上主使邪恶的人心硬。'——他又不是不知道，湖北人继父大陆的家乡，已回不去，至少他喜欢留在住了六十年的K港，就尊重他'最后的'心愿吧！他们俩老夫老妻感情又好，虽然都快九十了，每天各坐各的轮椅上（同一层楼、不同房间），还很亲密地喜欢手牵手、互相打气！我怎能自私地只带母亲离开K港？断一只手、越来越消瘦苍老、日子寂寞、痛苦、无聊、难以打发的继父郭爷爷，每天吵好几次，要看太太，见了我妈的面，他人才安定些！"——"病患之友社"那位姐妹在电话那一头温馨回道："我懂！我懂！真难为你了，荷一，约帆走了，你自己要多保重，别再生气、伤心，把自己累倒！我们过两天陪你去探望伯父伯母，好吗？"

*

荷一带着油画的画笔和画具，趁人少的时候，独自安静坐在本笃港海边的木头小房子里，痴望着无常的船进船出，画画、停停，对着潮来潮往的沙滩，沉思着：

——是啊，在这两性常态婚姻越来越变成是罕见、稀有、非主流的人间神话，相爱的两个人一辈子排除万难、"牵手"走到底，已经像地球上许多快要濒临灭绝的动物一样，值得珍惜保护，真是感谢天主的恩赐与保佑！护理之家的安养费又不是小哥在出，用的全是继父郭爷爷的钱；他老人家意识清楚、失智没那么严重，既无法定传染病、在法院也没有被判"禁治产"宣告，为什么要被限制行动自由、不许荷一和女儿一起带他去教堂或医院、或跟母亲一起到公园晒晒太阳？他老人家能言能写能表达心意，怎么会……弄成这样？机构与二楞子小哥串联起来，罔顾伦常、千方百计想羞辱荷一母女，凌虐八十多岁、断了手的退伍军官郭老爷爷？母亲应兰前几年同样在K港住过的晓园护理之家，医护人员素质很好、彼此也相处融洽，全院上下都"心服口服"郭爷爷对老妻的呵护与不离不弃、对每个人都彬彬有礼的湖北老好人风范，护理长曾跟局里科长讲过，欢迎俩老回去住，也当然会让荷一与小哥一起签约——都是为人子女的，已经什么时代了？当然应该男女平等嘛！

如今，俩老依旧被荷一小哥的霸道与无知、老板娘的没常识与姑息养奸。可怜几乎算是已被囚禁十个多月的郭爷爷，连圣诞节都不许他去教堂；当年豁出性命打过金门八二三炮战、保卫台湾的他，还在努力"忍受"外省老兵在K港普遍受歧视的痛苦与寂寞，苦苦咬牙撑着，等待上天早日沛降甘霖，也许还有机会能"被释放"？嗯，像历史上心硬的法郎王，带着大批的马和战车、骑士，一路追杀；天降十灾，法郎却死也不肯放掉以色列奴隶，直到上主大显神能，一夜之间把海水刮退，使海底成为干地；水分开以后，以色列子民便在海中干地上走过，水在他们左右好像墙壁……天主为救赎子民而让惊天动地的、"过红海"的奇迹出现（《出谷纪》第十四章、十五章）。老天有眼，郭爷爷有一次问女儿，这跟目前造成人心惶惶的狂犬病，冥冥之中，有没有关联呢？

眼前这荒谬瓶颈所在地的K港，监督上，属于地方上的权责单位与"中央执政党"，所谓不沾锅、自我感觉良好的XYZ"总统"，只会因为部队上虐死一名服兵役的大学生，而带着"国防部长"拼命道歉、下台；对于不少像郭爷爷这样贫病可怜、最需要关怀的退伍老兵和眷属，又怎样照顾？简直就跑断腿都申诉无门哪！荷一曾在报社记者陪同下，低调找过K港的"退辅会"，也是被连连打官腔、不了了之！有人劝荷一，干脆直接告那无知而又可恶的老板娘——爆料之后，K港的护理之家还敢收容她父母吗？或者，索性把母亲转到其他县市，再安心提告呢？地方与"中央"的衔接，能不能在这一类侵犯人权的、"虐待老人"的不公不义事件上，好好"尊重人性与基本的天赋人权"而开好花、结善果——谁会有把握？

*

月光下，秃光的鸡蛋花树——依旧萧条孤单地耸立着。还不是世界末日，阳光仍旧普照大地。

荷一不懂，护理之家的老板娘又怎能如此教坏二楞子小哥——虽然幕后是小哥的老婆在操盘——老板娘替小哥撑腰、理歪气壮，连荷一再三要为自己亲生母亲签约，也不行？惊动了热心的市议员找卫生局"长照科"负督导之责的人员出面协调，也一直没什么进展，完全当郭爷爷是囚犯般看管着，强迫他老人家任小哥控制和摆布，这叫不叫妨碍自由？有谁当郭爷爷是个活生生的、有灵魂的人呀？

荷一在"港边护理之家"陪在母亲身旁、为她代祷时，母亲慢慢睡着了……全口无牙，有一线口水自她嘴角缓缓流下，荷一拿手帕替母亲温柔地擦拭嘴角；趁母亲安然熟睡，荷一坐她床边，翻到随身携带的、《圣经》里的《雅歌》，也跟圣伯纳多的诠释，对照着读：

——请为我们捕捉"毁坏"葡萄园的小狐狸（《雅歌二：15》）……

——狐狸贪吃的不是花，是果……

6

笔直的马路上，绿叶浓密、阳光下迎风招展的阿勃勒树，站在乐乐路一整排的安全岛上，隔没两步就种了一株，开满一树丰硕肥大的嫩黄色花串时，像挂满一树嫩黄的、大串大串诱人的甜葡萄，实在美得很浪漫、很迷人！五月中旬，荷一在屋里跑着去接电话时，一不小心踢撞到床板边上凸出的硬角角，猛然撞断一根脚趾骨头，又觉得打石膏太麻烦，医师说那起码要忍痛熬它四五个月，折断的骨头才能长得回来，要她自己多多保重！

那一天刚好是"耶稣升天节"——若能修德成圣，人人都有希望像耶稣基督一样头在上、脚在下、直直地冉冉升天（不是以睡姿、横躺着升上去耶……），也许是一次小小的神秘经验（心理学家威廉·詹姆斯谈过很多）吧？升天的耶稣，仿佛带着她往上、往上："别怕，荷一，只管信、不用怕！脚痛，忍一阵子就好，升天的时候，脚不会走路没有关系的！"——那一整天，她满心喜乐得把脚痛完全不当回事儿了！边在脚趾上擦药、她边劝自己，生活里，多学学圣五伤毕尔神父吧，每当"忧伤痛苦"与"喜乐平安"同时并存时，因为有永生的盼望，就让"复活"的喜乐"大过于"尘世的创伤与忧患吧！

荷一独自忍痛拖着一大堆行李、才回台北没两天，又被她二楞子小哥用手机写一堆骂她怪她的难听话、叫她立即搭车来K港，说是母亲高烧不退、已经紧急送医……老天，好像她搭高铁来回跑、完全是免费似的！

二楞子小哥一家人，不但不能了解荷一的写作是需要在一个地方和固定的书桌上写的——而且为了毁灭她、嫉恨她，都认为她若不"赶紧"变成女佣、把娘家失智父母带在身边把屎把尿，就是犯了该被天打雷劈的滔天大罪！以前，郭爷爷每个月的四五万元终身俸，都是妹妹或小哥家的人（尤其孙子与爷爷、奶奶同住）一起花用近三十年——怎么一下子全是她荷一的错了呢？荷一的"于心不忍"，是觉得母亲以前一直与老公一起住，不愁吃穿，算是很幸福了！而她又都在北部教书。难道说，母亲被送出来吃尽大苦头这七八年，她开始在K港租房子、常去护理之家照顾母亲，做错了吗？

荷一与父母之间的关系，从来也没有金钱上的来往；那个年代的眷村，家家都穷，荷一念中小学时成绩优异，每年双手捧着一两笔"功勋子女奖学金"和"嘉新水泥奖学金"给父母亲贴补家用，从来"无心"说跟父母要点回扣零花。还记得有一位小学五六年级级任魏老师，国语课爱跟学生补充讲《西游记》、《三国演义》等为人处世之道；他又知道荷一家境清寒，每个月瞒着同班同学（顾虑到她的自尊心吧？）不收她二十元的课后补习费（那时代，全班留校参加，全班偷偷用"自修"要跟督学捉迷藏），那是大环境；而老师的教育爱、善意鼓励弱势小孩，却令荷一终身感激，也深深影响了她日后的人生哲学观。后来，荷一去念全公费的师范院校（吃住都在学校，还发每个月的零用金，也没跟父母伸手要过钱），一直到她初出社会当老师、工作稳定，也嫁了高薪有钱、有专业技术的好老公，生养孩子之余，自己又数度再去进修；荷一教书的最初几年，每月会寄钱给父母亲，后来常跟着老公搬家换房子、加上子女的教育经费……等等，就只有能力逢年过节尽点孝心而已；荷一心里当然很惭愧，但怎么样也不可能在她儿女都辛苦念完硕博士、都有了当老师的正当职业以后，还被亲人怀疑她来K港是在对父母亲做坏事？

荷一最近几年，还同时要面对老年丧偶、孤雁落单的人生至恸等种种严苛的考验！但是，能看到照顾他们这个家五十多年的继父郭爷爷，虽然自己断一只手、且又没得到应有的医疗照顾或用心帮他装个义肢，他却能在荷一正转身帮母亲到桌上拿布丁、准备喂她时，郭爷爷居然使劲儿用他两只瘦干的脚，像头老牛一样使劲儿拖着自己轮椅、靠进母亲身边，把他手上端的、荷一买来的半碗南瓜汤，艰难地凑到母亲嘴边，让她仰头咕咕咕地喝它个够！

——看他们俩老鹣鲽情深的那一瞬间，被深深撼动的荷一热泪盈眶的流满一脸喜泪，知道耶稣真实"临在"他们中间

（天主是爱）；知道父母亲肉体虽苦，但精神上却因信仰而生活得平安、幸福，她所有的付出与被误解、被丑化，好像都变成"算不了什么"啦！

*

尤其，女儿源源去年分期付款买了一部新车，是荷一再三叮咛女儿下决心买，她都学成归国教书六七年了，许多地方遗传的像她老爸一样，自己省吃俭用、处处替别人着想、尽心支持家里一切大小开销，但她服务的校园又大又晒，几乎每天忙到深夜，才能回学校宿舍休息。——老天，一个年轻女性学者，几乎每天凌晨从研究室独自骑单车大约要半个多小时才能回到学者宿舍，当然早该有车代步了！有一回整夜下大雨，女儿被困在研究室（忘了带雨衣），让荷一独自在台北因为心疼她而哭了好一阵子。（而且，她每个主日去市区望弥撒，车程一趟也要四十多分钟。）源源买车时就讲好，尽快帮忙老妈整理打包东西，将K港租的房子退掉，省的钱刚好够她缴汽车贷款，五年，每个月七八千——之后，荷一每个月来K港看父母，就辛苦些住女儿宿舍；源源有车，来回开到车站接送妈妈，也方便些。

但是，孝顺贴心的源源，深知母亲荷一对K港老家、对外公外婆的孝爱之情与出于基督徒悲悯之心的牵肠挂肚，真的就一直善意地拖着、拖着……，没有退租。女儿尽全力支持妈妈荷一，这样的诚挚、这样的无怨无尤，也是荷一深切感受到天主"神慰"之情的人间因缘之一吧？

偏偏，二楞子小哥的老婆、二嫂慕金却常给她几个孩子们洗脑，说荷一跟女儿常来K港住，是为了"有利可图"（这种以小人之心度君子之腹的丑化、抹黑伎俩，荷一直到最近才稍稍警觉到），错愕之余，倒是更加觉得常跑K港是对的、没什么好后悔的（反正她也不是为了怕孤单，来寻求托靠，而是为耶稣，无私的付出……）——如果二嫂胆敢如此率领全家大小、盲目地自以为趁火打劫就能"修理"到荷一，荷一"要是"只顾自己的得失与好恶、轻易就被吓跑了（无法为耶稣的名而宠辱不惊的话），人生在世，独一无二的父亲、母亲，岂不要被子媳孙辈"贪图""享受"虐待老人之爽，而剥削凌辱得更加悲惨？"不，天主是我的力量与盾牌！……靠着加强我能力的那一位，我能应付一切。"荷一在心底频频呐喊，求主这盾牌为她派遣圣弥格尔总领天使，迎战并抵挡魔鬼透过血肉之躯、飞射过来的恶毒的火箭。正如伯多禄对一群刚刚皈依天主的奴隶说："若因行善而受苦，能坚心忍耐：这才是中悦天主的事。"（伯前二：20）

无论苦闷或平静或"渴望"过程中、"漫长的等候"时，"阅读好书"、与作者神交，都是荷一"教学相长"的最佳伴侣。她也爱读英国学者路益师（C.S.Lewis）的作品，当然很佩服他对乔伊真挚高尚的爱情。他在1956年（学者路益师58岁、乔伊40岁时）只为"帮助"乔伊，方便她移民，而"技术性"地跟她公证结婚，不涉任何性生活；但旋即发现她罹患骨癌、行将入土，却"神迹"式的发生真爱！路益师说："我对伊的爱与我对神的信心，本质上，竟有许多相同的地方……虽然她肉体的存在已将被撤回，我们仍须**学会'忘我'**——爱她本人，而非退缩回去爱自己的过去、哀愁、无忧，甚或爱情！"

路益师也出版过一本《四种爱》，荷一最喜欢他写的《地狱来鸿》和一些为儿童写的寓意深远的童话故事；以《四种爱》里的"男女爱情"与"亲情"最动人。换句话说，荷一也以此自勉——对父母、对家人的爱，也当是"忘我的"、"无条件的"爱，虽然很难很难，必须克己、必须努力自我超越……

*

那高难度，就像她二嫂慕金是个十分讨厌外省人的本省女人，偏偏又嫁给小哥这样的外省第二代！她是个没上班的家庭主妇，孩子都是成年人，父母都已经过世很久，算是轻松的，但她永远都对病倒、神智或肢体残缺的公婆——帮她带大"丈夫和孙子"的郭爷爷和应兰奶奶，冷冰冰地袖手旁观、好像完全没她半点事儿；反正她每天瞎吵也吵了几十年，动不动就说要离婚要赡养费（小哥常打电话跟荷一诉苦，说想离婚调台北总公司，希望荷一台北多出来的房子租借给他；荷一当然都是劝合不劝离）。没想到，住他们眷村四十年不必付钱缴房贷、只顾猛存钱的二嫂，在俩老最需要她在K港就近照顾的时候，如此对凋零贫寒的外省婆家人恩将仇报——当继父受伤、断手，在医院的加护病房"推进推出"背后开刀时，二嫂终于可以毫无顾忌地，如慈禧太后、如恶婆婆骂童养媳妇儿那样，在病房门口率领子女们，对着荷一泼妇骂街，破口大骂许多脏话！二嫂还命令她女儿把关，挡住加护病房的门，不让荷一与母亲进去，而且不需要理由！荷一手里正推着坐轮椅的母亲，虽是二嫂以前不敢随便得罪的强势婆婆，如今活该已因老病而变成弱势，既失智又像个傻瓜哑巴，当然可以狠狠"报复"她们母女！手一直颤抖的应兰奶奶，只能含着泪、张着口、如待宰羔羊般，默默的乞怜的看着老公跟女儿受苦，她却无言以对，正如**路边凄凉的、秃光的鸡蛋花树**，每一节每一节无花无叶的枝丫，都伤痕累累，仿佛心在淌血……荷一除了想到"先知在本乡本家不受欢迎"之外；也才慢慢看明白，她从没惹过这一家人，为什么要在她"排除万难"放下自己家许多事不管，为"侍奉耶稣"而来K港照顾年老体衰、病危蒙难的老爸老妈时，要拿她当成眼中钉、肉中刺？原来啊，听郭爷爷说，二嫂后来操盘、鼓动丈夫二楞子小哥，想要偷偷把郭爷爷唯一的一间没电梯的旧公寓，很快卖掉，私下吞掉所有房产，不分半文钱给法定继承人配偶——母亲应兰，也不跟两个妹妹讲一声，且听说是分一半给孙子铁生（大约能卖个新台币三四百万吧？又不是三亿、三兆，荷一真的有点儿累，心底冒出一股淡淡的虚无感，眼前懒得到"户政事务所"调阅资料……）是啊，一家子人对一个文文弱弱的寡妇集体围剿、凶她骂她恐吓她跟踪她，就是要"逼"荷一"识相"点儿，当继父的房子被这一家人不讲什么合法继承、只偷偷耍些海盗掠夺手段去侵占的时候，你最好站远一点，别吭声！"别嚷嚷"什么小哥若退休卷款潜逃、人不见了、把俩老丢给你每个月付钱的话，你还活着的母亲的权益在哪?

奇怪啰,就算如果继父先过世的话,还活着的、退伍军人的配偶,"国家"还是会依法以继父的半薪养她到最后,该是老妈的抚恤金,谁还能昧着良心、贪心诈领?但是,荷一早就"默许"小哥管继父的账,希望他公开大的账目,他不理不睬;只鬼叫鬼叫、叫荷一赶快把老的带走……带去哪儿?

这一切,二嫂狠下心在幕后不断指使(深知老公疼女儿,常利用对女儿的掌控来制衡、紧紧捏死没肩膀的老公),存心利用荷一对母亲的诚挚感情,与,对继父郭爷爷的亏欠感及孝爱之心,见不得荷一母女社会声望的蒸蒸日上,就是打算斗争、拖垮她们母女!怎奈女作家荷一跟女儿源源的人脉虽广,却一直很坚强地忍、忍、忍!同时,也很"低调"地静观其变、伺机而行,绝不轻举妄动。

*

医师已因败血症而对奄奄一息的母亲应兰奶奶,发出"病危通知",伤心的荷一,哭得晚上回住处打电脑写稿时,眼睛都睁不开……孙子铁生在病房无理取闹、耍小霸王,大声骂荷一这长辈,且故意骂给邻床的看护们听,完全"不尊重"荷一对她母亲是个有探视权的自由人。唉……无业的"啃老族"非理性的胡搞,造成荷一母女俩活生生的"爱别离"之苦,荷一暂且就当是为父母亲献刻苦、做补赎,只好无奈却坚信耶稣必将拯救地独自在公园散步、念经、等候医师或护士的消息……

她从医院回到住处的半路上,有时候独自走进童年的故居——慈田路眷村。啊,老天,是哪一天发生的事啊?原来一户户大门都已贴上叫人心碎的封条的破矮房,竟然、竟然……全拆光啦?紧邻"象牙国小"旁边这几十户人的眷村,眼前只剩一台挖土打墙的怪手(机器)、一大片郁黑郁黑的烂泥巴地,还有一棵乘载他们1949年从大陆来台至今、已有六十多年美好回忆的芒果树,竟如此孤孤单单地独自耸立在无房为伴、无人疼惜的空地上,等着很快会有财团跟军方(还有"国有财产局"?)一拍即合地"平地起高楼"……"葬掉"的是什么?嗳,荷一颓然跌坐在旧家一片荒芜之上——"所有"眷舍房屋都被铲平掉、打光光的泥土地上,像个走迷路、回不了"家"的小女孩,好伤心好伤心地嘤嘤啜泣起来……没有人听得到、没有人安慰她、也没有半个人会"在乎"眼前这悲凉苍郁的无常画面!

忽然一阵干干的、轰隆隆震耳欲聋的雷鸣声,在天际响起——是天主在回答她吗?荷一擦干眼泪、笑笑自己:再说一遍,"葬掉"的是什么?哈,这年头,只要有大把大把钞票可数就好,谁还会有那个闲情逸致去探究"葬掉"了什么?

——大约是1958年左右吧,荷一他们村子里念小学的孩子们,每天带球鞋上学校,都是为了"朝会"老师要检查球鞋;小家伙人人怕把球鞋穿破穿脏了,回家要挨老妈一顿臭骂,大家都一面摇头晃脑大唱儿歌、一面开开心心把自己的宝贝球鞋提在手上,上学放学,一队二三十个小朋友天真活泼地走在慈田路的小碎石路上,没人喊脚会疼或者小石头很烫,只要有一双球鞋没丢没破,大家就很知足、很快乐啦!

——破旧的眷舍，虽然每次一有台风来，第二天家家户户几乎都得爬上屋顶去换瓦、补上破洞；穷，却无碍于荷一他们慈田路67号这一排小木屋四户人家的守望相助，与，孩子们乐观进取的性格，多么珍贵啊！第一家的孟阿姨，是医院的护理长，退休后还每天搭一小时火车到别的县市护理系去教书、供孩子们出国深造；当时不懂，等荷一自己结了婚，就越来越懂，却再也联系不上孟阿姨一家人了！第二家姓江的大姐姐念台大，妈妈是幼稚园老师；放假时，江姐姐回到K港的家，每天到很晚都还亮着灯的书桌，隔着纱窗，就紧紧靠在荷一家院子的菩提树边上，小小的荷一总爱踮起脚跟、伫立老半天、"偷看"江姐姐念书那么专心，让她很羡慕、也很想学她！第三家是荷一他们家；第四家的韩国太太是医院的牙医（丈夫大概是韩战时，在战场被打死了），有两个很优秀的儿子，姓朴。比较小的朴哥念大学时，荷一大概才念初中吧，十六岁少女的荷一，水汪汪的大眼睛和甜甜的、很害羞的笑容，常没注意就被朴哥用相机拍成艺术照去参加什么摄影比赛……荷一生平第一本《圣经》，就是朴哥送的，圣诞节也会送她漂亮卡片——连他出国留学都会越洋寄来有小马槽的圣诞卡片、写了许多字、贴上漂亮的美国邮票，每年都大老远寄给荷一，她虽懵懵然从来没有回过信，但每次搬家都会把那一本朴哥送给她的旧旧的《圣经》，带在身边念（荷一等到二十多岁教书以后才领洗，但她相信善良、纯洁的朴哥，很早以前就经常为她和她家人祷告了）。

　　荷一如今回想，那些年啊，人心惶惶，1949年大家前程未卜、刚来台湾的军眷们"远亲不如近邻"、伤心地跟大陆亲人被迫隔离几十年，跟当地台湾人要练习相处的种种陌生与认命，混杂着还没被资本主义"完全物化"的人心与风气上的善良纯朴，仿佛是从遥远的星球上移居而来的另类老老小小……

如今，天涯海角、生死两茫茫、音讯全无，几十年老邻居们的老交情，全都被执政者只顾"寸土寸金"的、"向钱看"的盲目策略（也为了选票吧？）、一竿子把你们这一堆异类族群统统打散掉！

——家里若有"破铜烂铁"的话，别丢，小孩子们一听到摇铃、耍小鼓、推车叫卖的男人大嗓门儿的叫唤声，就知道能跟这喜欢小孩的、收破烂的男子，换到几根甜滋滋黏腻腻的麦芽糖，边走边吃——眷村童年小小的惊喜，有那么一丁点儿年节的欢乐，与，可期待的下一次！

——荷一在慈田路67号老家院子里，除了有自家人亲手种的菜、大人小孩辛苦合搭的丝瓜棚、全家白天黑夜悉心合养的鸡、鸭、鹅……之外，院子里还有一棵高大硕壮、枝叶茂密、长到三层楼那么高的菩提树，日夜随风摇曳生姿，荷一经常摸摸它粗壮的树干，觉得它一直在庇护着这个家，很灵气的！有关系吗？荷一心头忽然浮起法国的生命哲学家（life philosophy）柏格森所说的："自我在绵延，宇宙在绵延……"，种种的"形而上"，是否有助于"减缓"如今K港的故居不再、什么都没了的失落与难以弥补的伤感？……幸好，两年前知道眷村非拆不可的时候，趁军方要求院子里的大树一律要马上锯矮的机会，荷一早已经找人砍下三小段古朴的、她从小到大所挚爱的、在自家院子里跟它偷偷"讲过许多心事"的菩提树的树干身躯,放在K港租屋的客厅观赏,打算以后用木雕艺术的手法刻上圣家三口(耶稣、玛利亚、若瑟)的圣像等等……今生今世,确定再也摸不到、见不到那一棵院子里的菩提树的荷一,轻轻拭去眼角无以名之的、近乎乡愁的悲哀泪水,漫步到不远处、她上幼稚园曾经念过的一家基督教的礼拜堂,驻足祷告片刻,又弯到旁边的天主教堂,进堂安静"朝拜圣体";之后,也从经文里再次读懂圣保禄所说:"我们的家乡,原是在天上"(斐三:20),以及,"你的财宝在哪里,你的心也必在哪里"(玛六:21)。

这里是一座纪念圣母曾到人间多次显灵给三位小牧童(这三个亲眼目睹的小孩,总被人怀疑、迫害,日后为作见证而吃尽苦头……但也经罗马教会审慎调查后,公开向全球信众承认此项灵迹)的法蒂玛圣母堂。荷一手拿玫瑰珠串,边念也边更加深信,小说写得那么好的普鲁斯特,要求死后在他遗体的手指上,放一串诵经的玫瑰念珠……法国小说家莫里亚克也在场,普鲁斯特遗体的胸膛上,搁了一束紫罗兰,旁边有黄杨树枝与圣水,莫里亚克不高兴,说他胸膛上该放个十字架……帮他送终的友人感叹着一代才子住屋的简陋:"看来如此凄凉的小房间,证实他不在乎安逸生活;他活着跟别人不同,死,也不一样……"

——小时候全家住慈田路的一幕幕的温馨回忆,始终带着K港泥土母性的芳香,不停滋润着荷一到处搬家,"漂泊不定"的游子情怀;有一年刮台风淹大水,好像叫八七水灾吧?那时候"省办高中、市办初中",荷一第一志愿当然是"市立女中"——急性子的母亲,等不及慢慢听收音机的播报,十分罕见地花钱雇了一辆三轮车,紧张兮兮地带着十二岁的荷一要去学校看榜。三轮车外面风狂雨骤,车夫很吃力地在大风雨中踩啊踩,拼了命地踩……与母亲并肩挤在车里的、小小的荷一,伸出手死命"扯住"冲刷雨水进来的塑胶雨棚,但全身仍然被狂风暴雨淋得湿透透了!风雨无阻的奔走,让荷一稚弱的心灵却真切感受到,母爱的温热和期许,实在是"大过于"那风、那雨、那外在微不足道的冰冷与刺痛……

当时,三轮车好像等在校门口吧;母亲不识字,但确定荷一真的考取了最好的、离家近的市女中,当场就欢喜欲狂地"许诺"荷一,等天晴马上送她一辆脚踏车当奖品,开学好骑去上学!自从母亲改嫁、荷一很生她的气以来,那一次风雨中与母亲难得的"亲密"经验,使荷一觉得那一辆永难忘怀的、又破又旧、载着她们慌慌忙忙去看榜……来回途中,满载着母亲对她的关爱与肯定的"三轮车",像是她们母女共筑的一座"豪华古堡";又像是当年全家住在纯朴的眷村,屋子对面是一大片宁静的湖,湖水很绿,湖里每天有天鹅戏水、有害羞的睡莲、也有人划小船采莲藕……湖对岸,有一座日式古堡,很神秘,荷一的童年曾经为那美丽绝伦的古堡编织过许多王子公主美丽而动人的故事,自己却从来没机会真的跑进去看看。(荷一到英国巴斯罗马温泉遗迹去住了一阵子英式古堡时,还曾经如痴如醉地梦见过慈田路旧家门前那一大片超凡脱俗的宁静小湖——这湖的神秘与美好,可能是她后来喜欢读诗、画画、深爱文学艺术的原因之一吧?)忽然间有一天,湖跟古堡就不见了、被土填平了,害得荷一伤心恸哭了好一阵子……(游子重回到母亲的子宫?不,荷一不相信福洛伊德那一套,人都是天主按祂自己肖像所造的——十诫之一,就是要人孝顺父母……),可惜,所谓尽点孝道,荷一"悔悟"得很晚,一直到她自己也做了两个孩子的母亲,有时孩子们的忤逆、顶撞、呛她难听话……送他们衣物却毫不领情,或,冷冷的不理她时(压力使人冻结?台湾这么小、资源又少、存活不易,党派政客之间又只顾内斗……荷一当然深知,儿女们在现实生活上都有很大的、她无法全然了解的、高度竞争的种种压力),荷一才慢慢相信、慢慢懂得,母亲辛苦守寡五年后、在她十岁那一年改嫁给郭爷爷,不是因为"不爱她和她死掉的亲爸爸"才要改嫁;年轻无助的母亲,肝肠寸断,拖着三个那么小的萝卜头,她是一万个"不得已"啊!荷一"越来越看见"自己青春期的叛逆、任性和"自以为是"的幼稚、愚蠢、经常伤透父母的心,以及,出于偏见而不肯接纳他们的爱……

*

人因"原罪"(《圣经·创世纪》)而使感官、感觉都受损扭曲……正如荷一所十分喜爱的《不知之云》书中所阐述的:"人的感觉原是意志的仆役。在人类未犯'原罪'之前,感觉是个忠仆,它的一切好恶井然有序,符合实际……受'原罪'损伤之后,被讨厌的纪律约束、无法满足淫乐时,便深感痛苦;意志必须靠圣宠的支持,才肯平心静气地接受'原罪'的恶果，去约束感觉、不溺于快乐，而接受良好纪律……；若没有圣宠的帮助，感觉必任性地委身于享受肉身生命（过分贪图许多异性或同性的恋爱都会），有时难免会使有灵性的人降格：不像人而像兽。"——第二亚当耶稣来，帮助人在"得恩宠"前，会有创伤；人谦卑地求，主也会赐下"创伤后的平安"，使人在得恩宠时，无可夸口（也许有幸，能变成"负伤的治愈者"，成为祂的肖像、光荣祂的圣名！）。

——啊，眼前这只能"追忆似水年华"的黑土一片，又让荷一深深回味起艾略特（Thomas Eliot，1888—1965）在《荒原·四首四重奏》里的诗句："……唯独一样智慧我们有指望可以获得/那就是谦卑的智慧：而谦卑是无尽头的。/桑田都已经变作了沧海/跳舞的人儿全赴了黄泉。"在四首之一的《东柯村》里，艾略特又写道："我跟我的灵魂说，**安静**，任由一种黑暗把你笼罩/而那须是**出自神的黑暗**/就仿佛，在戏院里……"荷一教书跟学生开讲"宗教与文学"的时候，她想，艾略特所写的"那须是出自神的黑暗"，多多少少跟天主教"加尔默罗会"的诗人圣十字若望所著《心灵的黑夜》是有密切关系的，正如先知耶肋米亚泪流如注的悲叹："……他拉开了弓，瞄准我，把我当作众矢之鹄……我成了万民的笑柄，终日受他们嘲笑……"；更像约伯一样，灵魂被一步步炼净的严酷考验，使耶肋米亚几乎难以相信"天主正在他心灵里工作"。《心灵的黑夜》第十章，圣十字若望用"火怎样使木柴转化成火"的比拟，说明炼化过程；天主"圣化人灵"的工作，如火已把它的性能，通传给木柴。因而，默观所引发的圣爱，对灵魂也是如此——这与中国传统文化的孟子所说"天将降大任于斯人也，必先劳其筋骨、苦其心志……"的关联性，荷一倒是有时候会跟儒家学者、朋友们，交换意见，也一直陆续开过几次董事会的筹备会议，很想努力在东西方文化交流上，成立"jj基金会"，其中的辛酸与挫折，当然也很难免……

*

长久以来，很熟悉的心境是，先知耶肋米亚沮丧时，几乎怀疑祈祷未蒙垂听："他用方石堵住了我的去路，阻塞了我的行径。"（哀歌三：1—20）

诗人圣十字若望，曾因与圣女大德兰合作改革"圣衣会"，而在公元1577年左右，遭同会保守派的弟兄们绑架，被囚禁九个月，受尽折磨和痛苦，写出《灵歌》一书——只是，圣十字若望的生命与作品，太难太深奥，除非是应邀去做专题演讲，她跟一般太功利太现实、只想混个毕业文凭的大学生假来假去、"言者谆谆、听者藐藐"，是不轻易提起的！

*

荷一也注意到，有一位著名的西方学者在作品中阐述："很少有人知道，诗里，什么时候会有意义重大的感情的表现，这种感情的生命是在诗中，不是在诗人的历史中。艺术的感情是非个人的。诗人或作家，若不整个地把自己交付给他所从事的工作，就不能达到非个人的地步……"嗯，荷一举头痴痴仰望浮云片片及眼前摇曳生姿的、像她老朋友的芒果树的枝叶，太多太多以前老邻居的点点滴滴，涌上心头，令她欲哭无泪……无论是个人的或整个大时代的感情，最最让她觉得遗憾的是，荷一如今竟然"没有"对父母弥补青春期不孝之罪的机会？连单独靠近病危母亲床边，都被亲人恶意阻挡、破坏？从小到大、被爷爷奶奶隔代扶养的、二楞子小哥的儿子铁生骄纵成性、宅男宅到不懂"爱要付出"！回自己家，又怀疑父母不爱他——为什么弟妹可跟父母住，独独偏心、把他送出去、弃养他？

不相信"人间有爱"的28岁孙子铁生，只相信"钱"能带给他安全感、有钱才证明自己有价值；有钱走到哪儿都可以很神气地呼风唤雨（管它什么法律不法律、该那些人合法继承？反正，我们说了算，郭爷爷房子的遗产完全是爸爸和我、两人要平分的！其他人，统统给我滚远一点！）；他不相信，不苟言笑的荷一大姑来看她父母，会是为了"爱"。这世界，无利可图的事，还有人会做吗？他当然也不愿意相信，天底下还有什么"君子固穷"等等伪君子、伪淑女"乱编"的谎言和屁话！"小人穷斯滥矣"？——嗨，敢怪我是小人？孙子铁生，一面帮奶奶换尿布，一面啪啪啪使劲儿嚼着口香糖猛吹大泡泡："烂又怎么样？工作那么难找，多少无业游民想'故意犯案'去吃牢饭啊？至少，把荷一大姑骂走吓走，我今天白天照顾奶奶，省了请看护的钱，老爸每天给我1500元，我不就赚到啦？"

*

应兰奶奶跟她过世、葬在K港天主教墓园的女儿荷语一样，在天主教领洗，已经有十多年了，她很喜欢去教堂望弥撒，坐轮椅上恭领耶稣体血；如今，既有病危通知，就该赶紧请神父到她床边举行临终的"傅油圣事"。台湾的神职人员圣召越来越少，从1949年以后，外国来台的老神父们，都八九十岁了，一个个急速凋零……如今，神父又少又都身兼数职，很忙，很不好找；幸好，联系上一位难得的、台湾本土圣召——余德森神父，肯抽时间到医院来帮荷一母亲应兰奶奶施行"终傅圣事"。对于母亲劳苦、坚忍、为子女们牺牲一辈子、如圣曼尼般流尽了慈母泪……天主慈悲，愿意透过余神父的手，赏赐母亲如此宏恩，荷一内心激动，感到极大的安慰——虽然很自责，以前太自私，没有抽时间陪老妈回过南京老家（俩老自己回去过几趟）；也没能把握机会报答继父，跟老公约帆一起陪继父郭爷爷回他朝思暮想的湖北老家（荷一只看过照片，曾外公、曾外婆面相慈祥和蔼，是湖北乡下勤恳善良的种田人）。战乱中，只因规定家里要有个儿子出来当兵，郭爷爷还小，傻瓜傻瓜以为很快战争就会结束，就可以返乡，岂料糊里糊涂当了通信电报军人，跟着部队到处跑、到处打；谁又会知道，这一跑就回不去了？……

唉，生死两茫茫，怎会保家卫国一辈子出入枪林弹雨、养家活口带大几个孩子、孙子们，竟被当成囚犯关在这"护理之家"？他曾亲笔签名、写过许多次"抗议信"，说儿子笃雄也许为省钱，没好好陪他去"彻底"找到好医师治疗他断掉的手（每天痛，痛起来真要人的命！看护又常不小心或弄他上床时，嫌麻烦故意摔挤到他疼痛的手，唉……）——都是子女，为什么女儿荷一跟外孙女源源都很孝顺、常常来，怎么乱来，就"不许"她们母女也能帮他请个假、带他去看看好医师或去教堂祷告或去墓园看看去世多年的乖女儿？干什么关他呢？老天有眼，公道与正义在哪儿？谁来关心他、救救他，为他这曾经为国效命、如今只是个可怜的被囚禁的退伍军官——"伸冤解困"呢？

*

余德森神父知道，站一旁的荷一心里很难过，屡屡遭到晚辈铁生"小红卫兵式"的蛮横对待，神父却只能无奈地边替病危、奄奄一息的应兰奶奶行圣事，边听她孙子就是不肯"应姑妈荷一之请"，暂时离开一下。他若不在病床旁边骂人也就算了，问题是，他对应当尊重神父及圣事的无知与恶质潮流当道的、个性上的目无尊长、骄傲张狂，使他在"羡慕"某大学生能到"立法院""公然辱骂"教育部长的嚣张与神气劲儿，而"以恶为荣、越老越恶"地一直从旁对神父正在施行的圣事干扰、指挥，以他所不自知的"宗教迫害"长辈荷一及神职人员的高姿态，叨叨叨叨地辱骂不休……荷一心想："这孩子病了吗？躁症发了吗？"

余神父"气定神闲"地帮应兰奶奶行完"傅油圣事"之后（荷一颈椎骨刺开过大刀，自己有过领此圣事的宝贵经验，深知"圣油"真能减轻病人的痛苦！），神父又将一片白色圆圆面饼、祝圣过的耶稣圣体，缓缓放进应兰奶奶嘴里——这一位充满渴望的老人家，虽然热切地张大了嘴、欢迎耶稣，但她无法吞咽，圣体只停滞在她的舌头上；荷一虔敬地从母亲嘴里把耶稣圣体捧出来，放进自己口里，满心欢喜地吞了下去！那神奇的一瞬间，她清楚"感应到"耶稣如此深爱她们母女，上智安排，让她们在此险恶的人世间，克服万难，因这"体血圣事"，在主内合而为一、永不分离（荷一喃喃祈祷，求主恩赐一生爱她、养她、耐心教导她的父母亲，能得永生的至高赏报）！

平安把余德森神父送到医院门口时，神父劝她："别跟他们斗吧，白耗自己力气！多祈祷，交托给天主。那孙子不让你靠近母亲床边，你就少来！把这痛苦奉献给天主，结合主耶稣和圣母、圣若瑟所受的苦难；天涯海角，许多你不认识的罪人和苦人儿，因主慈悲，可能会因此而得到救赎！你配为耶稣基督所受的苦，是有意义的！要相信，天主比你'更爱'你父母亲的灵魂，你尽力了，就好！别急，慢慢来！"

心不甘情不愿地离开医院之后，荷一眼里噙着对母亲极深的、思念与愧疚的泪水，独自漫步在海边、在草坪、在田野……忽然灵光一闪，她记忆深刻地想起俄国作家杜斯妥也夫斯基在名著《卡拉玛助夫兄弟》卷首语，所引用的《若望福音十二章》：

"我实在告诉你们，一粒麦子，不落在地里死了，仍旧只是一粒；若是死了，就结出许多籽粒来。"

第二天清晨，整夜担心母亲病况是否危急、却又被迫不便前往探视的荷一，虽然没睡好，仍然硬撑着红红的眼睛，早上六点半去参加平日弥撒。很好，境不转心转，仁慈的天父，再一次深深"碰触"到她内心深处，让她更上一层楼，比较能

"多理解一点"当天读经的《路加福音十四：25—33》：

"耶稣转身对跟着祂的大批群众说：'如果谁要跟随我，他应该爱我，胜过爱自己的父母、妻子、兄弟、姊妹，甚至于自己的性命；要不然，就不配做我的门徒……凡是不背着自己的十字架跟随我的，也不配做我的门徒……你们中间不论是谁，如果不舍弃他拥有的一切，就不能做我的门徒。'"——是啊，好难好难，天国可真是个窄门！对照"天主十诫"，最大一条诫命就是："爱天主在万有之上，并爱人如己。"这中间看似矛盾的统合智慧，练习"分辨"，人生苦短，"时间不够用"或"日子太无聊"的无常摆荡间，人一生之中，什么才是重要的（价值观的排列）？什么是紧急的（真那么要紧吗）？该如何选取或删除呢？除了生活经验的沉思与领悟，实在也需要有圣德的"好牧人"的讲经、互相切磋与能结出好果实的带领。荷一常苦中作乐，庆幸自己性向所趋，喜欢像颜回或像圣方济亚西西的勇于"割舍"（人为的、"修德成圣"所牺牲的各类割舍，也不是只有钱吧？很多很多割舍与炼净，如老子说的"大仁不仁"，怎么可能不痛呢？不痛才怪！），他父亲想留给他继承的庞大家产，只为要答复天主圣召，选择"神贫"、"克己"修道生活（圣施礼华，在西班牙内战的惨烈炮火中，筚路蓝缕创办主业会，鼓励人们从日常生活中成圣、圣化工作，也帮助遇到的人走向成圣）。——这些树立了《灵修史》典范的圣人们，一直都与"昔在、今在、永远常在的天主"一起，如瑞典大导演柏格曼所导《第七封印》名片，源自《圣经·若望默示录》的启发，等候那个永恒的、"新耶路撒冷"、新天新地的降来，必将出现一个"天人合一"的美好世界:"祂要拭去他们眼上的一切泪痕;以后再也没有死亡,再也没有悲伤,没有哀号,没有苦楚,因为先前的都已过去了……已完成了!我是'阿耳法'和'奥默加',元始和终末……"(正如《若二十一章16节》所说,那城是四方形的,长宽相同,天使用芦苇测量尺测量了那城,是个立体正方形[cube],它有12座门,门上写着以色列的12支派的名字……)

荷一戴着墨镜和宽边遮阳的草帽,光着脚,独自坐在K港海边的沙滩地上,任由蓝白相间的海水与线条美丽多变的波浪,潮起潮落,神奇地冲刷掉她心底一波波深沉的忧伤:"是的,在旧约中的'至圣所',也是个立体正方形(cube)——'预表'现今在每一间天主教堂里的'圣体龛',照默示录的解释,将来的新世界就是'圣体龛'、耶稣的圣体宝血……"——正如四部福音书里,四位作者不约而同的同一见证;也像虽然想念家乡佛罗伦斯、却在米兰一家修道院画出那一幅动人心弦的《最后的晚餐》伟大壁画的画家达文西,所要刻画、表达的深远内涵!

7

英文说写都算很好的先夫约帆,活着的时候,曾经花了一两年的业余时间,帮修女们办的全球性的出版社,翻译过一本心理学的书:《交会——独特的你我》,销得还不错;荷一每次到这一家"达达书店"来，都会"情不自禁"从书架上拿一本下来，再翻它几页，对先夫那不断查字典、埋头灯下勤勤恳恳翻译的过程，很节制地回味片刻……像是永远不会腐烂的一种甘甜美果。

荷一最喜这一家书店特别在角落里隔出一小间全木质的祈祷室——还能独自在里面安静地朝拜圣体（人很少，多半是修女们依照会规，自己每个小时进去祈祷一段时间）。今天祷告近半小时以后，知道书店里几乎没有别的客人，也跟胡修女先讲过，若有人想进祈祷室，她随时可以出来……手边正好有一本叶慈（William Butler Yeats）的诗——他有些诗，不但读来在美学上是一大享受，而且很帮助灵修上的默想，可当材料。眼前这一首《蜉蝣》，就很令荷一感动："从前你的双眼从不厌看我的双眼……群星看上去是多么遥远；多么遥远呵／我们的初吻；啊，我的心多么衰老／……情热常常消损我们漂泊的心／树林环绕着他们；枯黄的秋叶陨落，就像夜空中暗淡的流星……'啊，别伤心，'他说／我们的面前是永恒，**我们的灵魂就是爱，是一声连绵无尽的道别。**"

——是啊，是一声连绵无尽的道别……**我们的灵魂就是爱，就是爱**……

荷一抬头凝望着墙壁上高悬的十字苦像，心想，叶慈如此神妙动人的诗句，真有点接近爱默生的说法："人的灵魂，是一条'源头'藏于他处的溪流……灵魂的成长，不是数学式的累积；是一种蜕变，如毛毛虫变成蝴蝶那样……超灵魂……"荷一再度跪谢圣体、画完十字圣号，从安静的祈祷室刚走出来，不料迎面却正巧碰见她以前在华语中心教过的墨西哥年轻神父——孟一久。

"嗨，是你呀？你不是在澳门吗？"荷一有点惊喜地笑问。

"嗨，曾老师，好久不见……你瘦了！你，还好吗？"一久神父伸出手，热情地紧紧握住他一向敬爱且思念的荷一老师。

听说也曾协助荷一老师一起课余教他中文的帅哥师丈约帆已经过世好几年了，一久神父一阵错愕与悲伤之余，一脸肃穆，眼眶湿湿的无言以对，只站在书店柜台，当着修女的面，把他敬爱的老师荷一当众拥入怀里……随着这样一个圣洁、怜悯的拥抱，又轻轻拍了几下她的肩背，喃喃地安慰她："Sorry, Sorry……"

年轻英挺的墨西哥神父一久跟荷一，在书店的角落里，找了两个木头椅子坐下。蓦然陷入思念先夫之情，荷一低着头不言不语。一久神父又笃定地说：

"荷一老师，放心，师丈人那么好，天主爱他、召他去，一定早已经升天，继续在天上工作、为我们大家祈祷！只是，我也好想念他！我这次在本会台北的堂帮忙一个月，之后，还要回澳门及非洲（荷一知道，本堂江神父返回美国奔丧探亲）；什么时候，你们母女一起带我去他坟上献花、洒圣水、看看他？喔，他葬在三峡？不远啊……"

经营这一家书店及出版社的余修女，在柜台清点完新书旧书的数量之后，也走来跟她们打招呼：

"我认识你，你是'耶稣圣心金邦尼会'的神父——孟一久神父，对不对？你以前带的儿童主日学的小朋友跟爸爸妈妈来买书的时候，都说你很棒、很会讲好听的故事给他们听；神父，你去哪里学那么好的中文？"

"就是她！就是她！她是我'终身感激'的中文老师！"一久神父不居功，说得很诚恳，荷一却羞红了脸，在修女面前愧不敢当。

荷一赶紧"竖起大拇指"转移焦点："一久神父，你们修会会祖——圣·金邦尼（Daniele Comboni），才真是个了不起的先知圣人，他很早就投身到把一生完全奉献给饱受压迫的非洲人民；你看，他2003年被封圣的时候，你们修会发的纪念卡，有他照片，我都一直珍藏在皮包里……"

"啊？"一久神父感动得惊呼一声。

荷一照着纪念卡底端、有圣·金邦尼亲笔签名的几行字，低声诵念道："无论是白天或黑夜、晴天或雨天，我都会为了你们的需要，而把自己给你们；你们的喜乐就是我的喜乐，你们的痛苦就是我的痛苦；你们为生命奋斗的目标，也将成为我的目标；我为你们奉献自己的生命，这将会是我一生最快乐的日子！"

喜泪（Tears of Joy），一滴滴一行行……如山巅清晨沾满露水的、美丽的大蜘蛛网，爬满修女、荷一和一久神父俊秀的脸庞……

修女起身说："一久神父，你是墨西哥人，又很快要去非洲为耶稣受苦、传扬喜讯；我这里刚刚进来一卷巨幅的瓜达露北圣母像，送给你，让你带去非洲，求圣母保佑非洲许多苦难贫病的破碎家庭，还有许多在饥饿与死亡边缘挣扎、得不到援助的悲惨儿童们!"

"谢谢!谢谢修女!好美啊,曾老师你看……"

荷一也带着万分崇敬的眼神,仔细看着慈祥的瓜达露北圣母:"我自己也每天求圣母代祷,念一本九日敬礼的小册子——著名的'迦纳婚宴'里的变水为酒,是圣母邀请她爱子耶稣,在人间所行的第一个奇迹!圣母在1531年12月9日,曾经显现给'把活人当祭品'的印第安人,劝他们放弃对邪神的崇拜;这就是印在使者若翰底艾高斗篷上的美丽圣像……我们'笔会'的墨西哥作家来座谈分享时,也见证墨西哥边界至今还常滥杀无辜的乱象,令人毛骨悚然,几乎完全没有人性耶……"

大家说着说着,居然又进来一位乌克兰美女——

"啊,曾老师,你怎么也会在这里?"

"诗诗丁,我还正想问你呢!你拍片、拍广告那么忙,还抽得出时间来买书、看书?可真难得耶!"

荷一不大忍心看到本来人就瘦瘦高高的诗诗丁,如今不知又有怎样令人心酸的打击,让她变得像幽灵般更瘦更憔悴更轻飘飘的,简直有点吓人!每次看到她,荷一都难免会在心底浮出一串悲哀的、近乎不祥的问号:

"唉,'天生丽质难自弃',跟'红颜薄命',是不是该画上'等号'呢?"

帮乌克兰美女诗诗丁跟一久神父彼此介绍完,一久神父说有急事要先走,荷一就应诗诗丁之邀,一起到附近找了一间还算典雅清净的咖啡厅,坐下来各自点了杯自己喜欢的饮料。

"荷一老师,我未婚夫张玺是反抗军,在叙利亚激烈的内战里,被政府军打死了……我前天才接到这个可怕的坏消息!"诗诗丁豆大的眼泪,一颗颗了无顾忌地滴落在她美丽的脸颊、下巴,肆意滑入她丰满微露的胸前乳沟……荷一匆忙为她递上几张卫生纸,自己竟然也哭了……

"怎么办?我唯一的弟弟在乌克兰经营重机械,常跑中东,来回做军火生意;唉,他又是个死心踏地的穆斯林,谁劝也没有用!最近他人在埃及,老天,报导说,为了要求恢复穆西的职位,我弟弟傻瓜也加入他们埃及穆斯林兄弟会,号召抗议群众攻击政府大楼……"荷一知道,这样险恶的国际局势,已经造成全球石油飙涨、美股重挫:"我看到CNN电视新闻说,埃及清真寺已经清出638具尸体,实在很恐怖!"

"唉,情况再恶化下去,苏伊士运河又要关了!荷一老师,你们优秀的团队,不是说要成立一个什么什么基金会,关怀世界各地的弱势和边缘人吗……?我想到叙利亚、约旦那一带,去照顾我未婚夫家里为他而伤心哭泣的人,还有父母在战火中被牺牲的几十万个可怜的孤儿。"乌克兰名模美女睁着一双哭得红红肿肿的放电大眼睛,诚心问道:"荷一老师,你们基金会募款,我可以号召国际一流的男女名模,在港台星马及大陆或日本各地,登台走秀,帮点小忙!要我拍公益广告片,也都OK,别客气——也许可以为我去世的未婚夫,或生死不明、可能是杀人凶手的穆斯林弟弟,求主宽免罪过,为他们、也为我自己的罪,给我机会多做点儿补赎!"

"谢谢你的好意,我会放在心上!基金会开过几次很感人很热烈的筹备会,"荷一跟她一起结完账、离开咖啡厅,师生两人慢慢走到台北淡水渔人码头边上,看夕阳、听波涛、边走边聊:"成立基金会,有一部分原因,也是为了纪念我热爱海洋的过世的老公;名叫'圣若瑟海洋文化·科技·家园基金会'——不知道哪天才能美梦成真的迢迢路,似远又近,祈求天主圣三的带领,最要紧……过一阵子再说吧!"

两人低头走了一阵子,诗诗丁要去拍片,互说再见后,荷一还想独自留在海边漫步、沉思……

她安静地"慢活"在海边,在堤岸;心想,她无论细读小说家伍尔夫写海,或研究康拉德如何写海,都难以抹灭那海港在2001年,9·11纽约"世贸大楼"被恐怖分子炸毁时的恐慌记忆;那一晚,荷一正在睡梦中,被朋友来电叫醒——老天,女儿源源当时正在纽约攻读博士学位,离出事地点也近,可把荷一跟疼女儿的老公给吓坏吓傻了!两个穿着睡衣的、焦虑的老伴儿,轮流抢电话,急急忙忙往纽约拨的室内电话,怎么打也打不通!两个快疯掉的老爹老妈,像在比赛或演卡通片,把桌上电话和手机,换过来又换过去,死了命地打……偏偏,源源的手机也完全没有回应……拨不通再拨!拨不通再拨!当时,两人真恨不得把电话吃掉算了!

正在荷一害怕而又惊惶失措的眼泪,从她眼角大颗大颗往下滑落的那一瞬间,终于,源源自己"心电感应"到父母强烈的不安与恐惧,她也惊魂甫定、声音有点颤抖地打回台湾:"妈,你告诉爸爸,我还好,请你们放心啦!但是,纽约停水停电,到处是救护车呜呜叫跟破瓦残片,很凄凉,大人小孩满街哭得好伤心……妈，大家都忙着挤到店里抢购粮食，我要下楼去买点面包，听说电梯都故障，二十几层楼，要用走的爬上爬下，需要一点时间……我回来再跟你们联络！喔？别再打了！"

她爸爸不放心，接过电话，又跟女儿源源千叮万咛地叽咕了几句，劝她要小心（媒体都猜，恐怖分子有可能一不做二不休，还要回头再继续轰炸纽约其他重要的大楼或机构……），要跟家里多保持联系、报平安。

等啊等啊等……荷一与约帆夫妻俩都极为罕见地在家踱步、坐立难安，好几次忍不住拨打源源手机，都没回应，真急死人！纽约市内电话，大概被全世界紧急打去询问状况的电话给塞爆掉，怎么打线路都打不通！

那漫长惊恐的一夜，一直"煎熬到"源源买了吃的回到她曼哈顿的博士班宿舍，回电给父母报平安，说累趴掉想睡了，荷一夫妻俩才"感谢天主"松了一口气！

如今，荷一更能深刻感受到，无论是埃及或叙利亚……或纽约的9·11……等等的动乱、内战或死伤无数的冤魂，造成家家妻离子散的种种悲惨的"爱别离"，对她而言，都是痛，都是刻骨铭心的、需要代祷的"诸圣相通"与"万事互相效力"。

啊，纽约、纽约……对去过几次的荷一和女儿源源而言，在那儿的长春藤名校念了、住了、辛苦奋斗了七八年的、有深厚感情的城市，如《圣经》所说，巴贝尔塔一夕之间倒塌了……哈德逊河畔小教堂里，曾念过哥大硕士的隐修士麦纯神父的手稿；难忘的美国自然历史博物馆；曾写过《大亨小传》、《夜未央》的费滋杰罗（F.Scott Fitzgerald）曾在此举行过婚礼的圣派崔克大教堂；亨利·詹姆斯（Henry James）所写的小说《华盛顿广场》；时髦奢华的第五大道；令人如醉如痴的歌剧院；……都令他们终身难忘。公元1997年8月，源源从T大研究所毕业后、刚去哥伦比亚就读时，校区旁边哈林区许多餐厅门口，围着伸手乞讨的黑人凄苦饥饿的面庞；慢慢走过布鲁克林大桥，沿河步道，可以看到下曼哈顿优美的景致，荷一曾经两度跟她热爱海洋的老公约帆，手牵手在纽约亲密地逛到富尔顿渡船码头——看船、看美丽灿烂的夕阳缓缓沉入地平线……还能到码头另一边的"河岸咖啡"（River Café，瓦特街1号，和，布鲁克林大桥的交会处）……这一切一切滋润浇灌过他们生命与灵性的良辰美景，不只有纽约，而是……超越之后，迟早都会是过眼云烟吗（不指虚无……）？荷一跟神师虔心学过三四年的圣伊纳爵《神操》，除"平心"之外，还能怎样更深地领会那"尘世的无常"、而只看重"永生的恒常"？喔，荷一边感到自己如尘土般的渺小，边还试着沉思默想"真理与爱"——在这些日子以来的坎坷遭遇中，慈爱的天主一直在怎么样看顾她？她在天主眼里、是个怎样的子女？中悦祂吗？如果纽约的恐怖大轰炸与使许多人的余生支离破碎的9·11后遗症，发生在她荷一身上，她的"灵魂"——"预备"好了吗？

*

是啊，她一生一世所要追寻的形而上的一部分答案，可能不只在瑞典名导演柏格曼的《第七封印》中，更在《圣经·若望默示录》第十五章、十六章所记载：

"……那时,四个活物中的一个,给了那七位天使七个满盛万世万代永生天主义怒的金盂……第二位天使把他的盂倒在海里,海水就变成好似死人的血,因而海中的一切活物都死了。第三位天使把他的盂倒在河流和水泉上,水就变成了血。那时,我听见掌管水的天使说:'今在和昔在的圣善者,你这样惩罚,真是公义,因为他们曾经倾流了圣徒和先知们的血……'第四位天使把他的盂倒在太阳上,致使太阳似烈火炙烤世人……第五位天使把他的盂倒在那兽座上,它的王国就陷入黑暗。人痛苦地咬自己的舌头;他们因自己的痛苦和疮痍,便亵渎天上的天主,没有悔改自己的行为……第七位天使把他的盂倒在空气中,于是……遂有闪电、响声和雷霆,又发生大地震……大城分裂为三。遂递给她(巴比伦)那盛满天主烈怒的酒杯。各岛屿都消失了,诸山岭也不见了……世人因冰雹的灾祸太惨重,便亵渎天主!……淫乱、可憎……她痛饮了圣徒的血。"

*

很难理解,那一阵子,继父郭爷爷的左手,因失踪时被自己摩托车压断;头部、背部都有大伤口,医师也紧急发了"病危通知"(他因而自愿领洗,让神父为他行"终傅圣事",主保圣董文学,在他故乡湖北殉道),而不得不紧急住进某医学院附设的教学医院的加护病房。

没想到,还不到二十天,提早转到一般病房后,二楞子小哥及他霸气的儿子铁生,就瞒着荷一,偷偷替郭爷爷办出院,一下说回他老公寓疗伤，一下又说已住进港边护理之家跟老妈应兰奶奶一起——一辈子打仗、逃难、辛苦当到上校才退伍的模范军人郭爷爷，每个月能领到的终身俸，很勉强、刚好够俩老住进这一家陈旧的护理之家——母亲应兰奶奶原来住了两年的"南南护理之家"，设备较新较舒适；家属去时有"尊重隐私"的地方会客；医护人员也都受过高等教育，经验丰富，跟荷一她们母女很容易沟通……偏偏，二楞子小哥笃雄，只因为跟原来的南南护理之家一位看护，有过小冲突，就硬是坚持要住老板娘肯帮他撑腰（很荒谬的，"不许"荷一母女填单请假、陪继父陪外公去医院治疗断的手或一起去教堂），这种妨碍自由的卑劣手段（郭爷爷亲笔写过"请愿书"挂给卫生局，有文号；议员太忙，也找了助理出面，却又总是不了了之……），"南南"的医护人员是觉得，太不可思议，是在"开民主倒车"的一种羞辱 K 港、太无知太没水准的错乱！

之前，郭爷爷托给荷一保管母亲丧葬费的保单六十万元，（都是教友，以后好方便处理天主教墓园的后事），荷一看继父受伤住院，立即汇了四十万，进郭爷爷户头，默许二楞子小哥与二嫂经手去随他们开销；没想到，可能只为小哥一家人想独吞郭爷爷公寓卖掉的钱（也不过几百万吧？法定该有配偶母亲应兰奶奶的一份，荷一与妹妹都无心争取），二楞子小哥一家，竟要老板娘合作囚禁郭爷爷，方便他们不吭不气也许就私自卖掉继父的房子——荷一知道以后，她自己台北有房子，心远地自偏，本来就无心于此，如今更是什么也不想说，只希望俩老痛苦之余，还能勉强有个"感到幸福"、"感到欣慰"的

"余生"而已……但是啊,天老爷,荷一这为人子女的,对恩重如山的老爸老妈,只这么一点小小的心愿,却仿佛比登天还难哪!

既然是二嫂怂恿二楞子小哥,找这"港边护理之家"老板娘在合约之外,很荒腔走板地写了一张"但书"(其实是违法的,荷一碍于"亲情"及信仰上的"守爱德",老在犹豫要不要上法院争取"共同照顾权";唉,郭爷爷又没有被法院裁定"禁治产",怎能光天化日这样无法无天、"不许"郭爷爷去教堂或者过年一起出去吃顿年夜饭呢?……噢,更何况二楞子小哥,人还在一家"国营"的海运公司上班呢),荷一若在"港边护理之家"扶着七八十公斤的母亲,下床在屋里走动走动时,一看见二楞子小哥跑来,她就只能无奈地尽快闪躲!他任何时间,都大声在外人面前跟荷一猛吵钱钱钱……那为钱抓狂的嘴脸,完全不顾父母傻在一旁的心碎感受;荷一所遵奉的,《圣经》所说:"人不能侍奉两个主人——天主是爱,或金钱"——跟她"爱钱如命"的小哥,简直就鸡同鸭讲,完全讲不通的!不躲,还能怎样?

没想到,那个阴雨绵绵的夏日午后,荷一为避开二楞子小哥的瞎缠歪呛,已经先一步站在马路右边的大树底下,却亲眼看见,二楞子小哥很不耐烦地、半硬拖半扶着断一只手的继父郭爷爷,走在对街的背影:啊,**郭爷爷只穿一条内裤**走在大街上,任由雨水冰冷无情地淋着、浇着……怎么可能?怎么可能?其实,常去神坛到处乱拜的小哥笃雄,只是"绑着"残障的、好脾气的继父,偷偷到路上一间很黑很脏的私人"神坛"

去晃，笃雄每天逼他老人家怎么做？跟邪神下跪膜拜吗？悲伤无助的荷一不愿再多想……雨，兀自滴滴落下……天在哭吗？老天都看见了吗？人家郭爷爷以前可是"很重仪容"的、冒险在金门打仗、"保国卫民"的军官耶，如今，竟然沦落到穿一条内裤在街上淋雨？像什么话？荷一愧疚的、自责的泪水，瀑布般夺眶汩汩流下……湿透她的衣襟、烫伤她淌血的心……分不清究竟是泪是雨的那一瞬间，荷一心痛到"无言以对"，只能双手合十，在那跟郭爷爷跟母亲一样孤独的大树下，喃喃低声呼唤着天主的救赎：**"阿爸，父啊！阿爸，父啊！"**……

荷一跟她已交往数十年的西班牙籍神师谈及此情此景的哀伤与痛心时，她问了神师一句："神父，吾主耶稣'道成肉身'来到人间，祂那么良善心谦、那么深爱世人、那么自我牺牲，**最后却'衣不蔽体'**、被钉死在十字架上……我当然相信祂的复活与临在人间（有时显现、有时隐藏）——我觉得，那一天看见继父只穿一条内裤，那么贫寒、脆弱、无辜受害的被人像'待宰的替罪羔羊'、牵着鼻子在大街小巷走，还有我可怜的母亲……他们真的'肖似'吾主耶稣啊！我能不能'联想'在一起？"

神父表情也很忧伤、却笃定地回说："当然可以！耶稣来，就是希望人人修德成圣、被拯救于邪恶、越来越肖似祂；你还可以每天在祈祷中，把他们的痛苦和你的渴望，一起奉献给耶稣，结合祂的苦难，让这些痛苦都变得有价值、有意义！"

*

半个月以后，在一场盛大的演讲中，荷一面对热爱文学的数百名听众,谈到她的生命经验与美学、文学的艺术特质:"普鲁斯特在《阅读的时光》书里强调,对某人思想的崇敬,每一步都激发美,因为它不断激起对美的欲望!信仰,使他们的理解力和感受力都得到了无限提高,而且从未损害其批判力。所以,感受自我的最好方式,便是努力去感受大师之所感……小说家的主题、诗人的意象、哲学家的真理……都正是通过'把自己的思想'用于传达那意象、接近那真理……艺术家才真正变成他自己。"看到许多听众眼神的专注与热情,荷一也很受感动。

——知名历史学者戴业劳在《耶稣传》(Jesus and His Time)第八章,讲祂在世的"最后几天",我越来越能心悦诚服地相信:"依照救赎奥迹的完成,耶稣是一定要被负卖的!'吃过我饭的,也举脚踢我。'(圣咏41篇)人的一切卑鄙龌龊都要加在基督身上,这样祂的牺牲才能完成。"有不少听众,竟然流泪,哭泣不止……

*

母亲应兰奶奶自从转到港边护理之家,就不像以前那一家,看护常会扶着她下床走两步、活动活动。整天吃了睡、睡了吃(在家族间或对没耐性、天天臭个脸的外劳看护们,荷一简直就无法理解,这一屋子奄奄一息的残障老人,跟你我一样、都是有灵魂的人啊!),如史怀哲所说的"尊重生命",基本人权及家属来的探视品质,都是应该受到尊重的!可是,为什么……

有一次,九十几岁、听枢机办告解的老神父来给荷一父母送"圣体",也像过街老鼠般,被老板娘和外劳看护,嫌恶地骂过来、赶过去;圣德高超、唾面自干的老神父,不发一语,只低着头——完成他该做的"圣事"。

——荷一有时候奢想,除非把两老带去台北的失智老人护理之家,不但一个人起跳要台币六万元以上,而且父母俩相依为命、谁也离不开谁;再加上,为了郭爷爷有点终身俸,是小哥笃雄在管,他也不会放手让郭爷爷去台北(郭爷爷自己也不肯离开住熟了一甲子的K港)!荷一跟源源这一对背着十字架的"读书人"母女,除了自己在台北有房贷要付,每个月为了多陪陪受病苦折磨的父母及外公外婆,租房子及交通费等等,起码要开销个两三万——甘之如饴是还OK,问题是……荷一越来越虚弱多病的血肉之躯,不是铁打的,被看护冤枉辱骂过太多次,她还是写了一篇短文发表:

她不是屁,她是我娘
——"马总统"风光见了教宗之后

2013年3月19日若瑟日,天主教新教宗方济一世就职大典,天主保佑,"马总统"与夫人,幸运地以"国家元首"的身分,与世界各国领袖,一同前往罗马祝贺,颇受礼遇;"总统大人"满心欢喜见过教宗,也听了他的就职演说——之后呢?

方济一世,是史上第一位耶稣会士,当上教宗——除了生活简朴并热爱"在穷人、病人身上侍奉主耶稣",他还将奉行主旨、勇敢"完成"什么样的历史性任务?渴望我们多多为他祈祷的方济一世,日后将谦虚"追随"第一任教宗圣伯多禄的殉道血迹,在天主圣三的光照下,英明领导全球约十三亿子民与众多"望教友"的合一与对抗邪恶——这其中,也包含我们匆匆飞去又飞回来,不会是白跑一趟、只为观光或外交的,"马总统"。

天主教神职人员经过漫长、严格、神恩性的陶成后,决定发愿晋铎时,所宣誓的三个大愿是:"贞洁、神贫、服从",其中"神贫"的"神"字,是一种为求天国来临、自己愿意"选择"的贫穷生活——为能越来越"肖似"基督耶稣一生在物质上、精神上的"爱"与"甘于穷困"(内在的谦虚、喜乐,也都是"神贫"的果实)。因此,我们更能理解,何以新教宗在就职演说时,频频大声呼吁:"在座都是富有改善政治、社会、经济……重责大任的各国领袖,请务必致力'保护'环境、多多'照顾'最贫穷、最羸弱、最'无关紧要'的一群弱势人……正如《玛窦福音》所列举的:'去吧!去给饿了、渴了的人吃喝;把衣服送给赤身受冻的穷苦人穿;到监狱去看顾被囚的人、劝他们悔改……你们为小兄弟所做的,就是为我(耶稣基督)做。'"

经上说:"没有行为的信德是死的。"

笔者在此举个 K 城悲惨的小例子,纯粹是想提醒"马总统"及执政团队,多多"落实"教宗方济的"爱心期许"吧!

我年迈多病的双亲,从 1949 年随部队渡海来台至今,都已经接近九十岁了！我年幼时，亲生父亲为国牺牲之后，留下不到三十岁的寡母及我们四个又无知又顽皮的小萝卜头。贫困、无助、彷徨的母亲，日日以泪洗面（所以，我一直很佩服、也很心疼母亲一生像是背负着中国近代史十字架的剧烈痛苦），五年后，继父郭爷爷是军中通信上校退伍，当时他还只是中尉吧，他当年第一次结婚就娶我妈，那时他们都才三十出头；继父一辈子辛辛苦苦出钱出力，照顾我们一家大小……恩重如山。可怜他自己跟我妈生的唯一一个亲生女儿，已经去世七八年了！

如今，高龄两老一个失智、一个断一只手，都住进K港的"港边护理之家"，情况很凄凉、令人鼻酸，尤其令自己已经守寡多年的女儿，我，忧伤不已。

先夫罹癌过世这几年，因我自己上手术台开过五六种大刀，不可能独自照顾老妈，而且我一直都在教书、写作。我从小就离家独自奋斗、浪迹天涯；情感上不会依赖父母，只因主耶稣基督"在我内"深爱这两老的"圣爱"催逼着我，不能袖手旁观、不理不睬！

继父郭爷爷的窘况，暂且不提（有某大报记者，陪我去过K港的"退辅会"请求协助，似乎也是白跑……）

刚到罗马风光见过教宗方济的"马总统"大人兼"三军统帅"啊，我生父与继父都是为台湾这一块苦难"国土"流血流汗的、"少小"离家、卖命、打过仗的优秀军官，如今"年老"沦落至此，谁来拉他们一把？谁关心他们凄惨无告的悲惨晚景？

前两天,我找了计程车要接母亲去公园晒太阳、走走,岂料,这护理之家,女的看护都不出来帮忙,只来个男的;母亲以前上下车都还灵活,但被家里人转到这一家之后,这护理之家不许她下床练习走路(老天爷,拜托,一天走五分钟也好啊!),我娘老了、又重又胖,我跟怒冲冲"挤上前来"抱我娘上车的男的照护员说:"我娘会走耶,拜托每天让她走个几分钟嘛;都不让她下床下轮椅走动,久了她就不会举腿上车,忘记她有两只脚;整天整夜绑在床上,不许她动,大便也会解不出来啊……"

司机坐在前座等了很久,当着荷一她娘的面,那男的看护居然极端轻蔑地对着荷一耳朵大骂大吼:"她会走?会走个屁!"

她不是屁,她是我娘!

(2013-03-22)

8

太深太痛的悲哀与悬念,混杂着自责且怪自己那么无能的、噬心的内疚(怪自己"少壮不努力,老大徒伤悲",不听母亲劝,硬要辞掉专业教职——到头来,又写出了什么鬼名堂?),使荷一回台北以后,虽然又多读了几遍《约伯传》或《梵谷传》,仍然因为太心疼父母受苦受难的处境,她又爱莫能助而日夜在快要崩溃的边缘徘徊打转……以前那一家,肯让母亲接她打去的电话，就算母亲没有完整的句子、无法表情达意，但电话那一头，只要听到母亲还活着，还能喊她名字，咿咿哎哎、老迈沙哑的南京乡音，都像清晨喜悦的鸟叫声一样，令荷一安心好几个小时，劝自己冷静、不要太冲动、刚回台北又急着想去K港（继父耳朵的重听，越来越严重，更不可能接电话；她拜托小哥笃雄帮继父买个助听器，也不知要拖到哪一天；最后大概也是荷一要买）。

但是，"港边护理之家"不许两个老的接她电话，荷一若平均两个星期打去一次，也只能请看护转话。

荷一为了她近几年新写的长篇小说，是以二次大战为背景，而边写、边孜孜矻矻读些新到手的资料；例如，现象学大师胡塞尔的得意弟子——天主教圣衣会已被封圣的修女：圣十字·德兰本笃，是犹太人、大学教授；1942年8月7号，被解送到纳粹的奥许维兹（Auschwitz）集中营，后来死于毒气室。被毒死的有六百万人。荷一母亲应兰奶奶上一辈所遭遇的"南京大屠杀"呢？荷一早该写了发表的吧？她在犹豫什么？或者，生活实在太磨人、磨得她精疲力尽吗？另外，也有奥许维兹集中营背景的动人小说《夜》，书前是1952年诺贝尔文学奖得主——法国莫里亚克写的代序："恐怖的大屠杀中，一名男孩看着营里另一名孩子被处绞刑，背后有人呻吟着：'上帝在哪儿？'我内心发出声响：'祂在哪儿？祂就在这里，吊在这个绞架上。'"

荷一因为父母在K港所受的"剥削"（小哥笃雄不给继父郭爷爷任何一毛零用钱、不给他手机……小哥只是郭爷爷每月

终身俸的代管人而已!)与"凄凉晚景",而经常在夜里独自哭湿枕巾,更能体会小说《夜》里的悲惨画面:

"我好热……为什么你对我这么坏,儿子?……水……"
"安静点。"军官怒斥。
"埃利泽,"父亲继续哀求,"水……"
军官走近他,吼着要他住嘴,但是父亲听不进他的话,他继续叫我,军官拿起棍子往他的头重重敲了一下。
我一动也不动。我很害怕,我的身体害怕挨揍……
父亲的坟上没有祷词,也没有人点燃烛火为他哀悼。他的最后一句话是我的名字,他呼唤我,我却没有回答他。……
…………

日子不好受,荷一除了阅读还是阅读、除了祈祷还是祈祷——这是她的事奉。再多的断肠与心碎,她仍然不断呼喊:"主,我在,求祢派遣我、不要遗弃我……"就像她曾经当众说过的"异语先知话"(透过"现场"有翻译神恩的人翻出来):"把你们的眼泪奉献给我,我是施安慰和怜悯的神……"

"把你们的眼泪奉献给我,我是施安慰和怜悯的神……"

"眼泪!眼泪!眼泪/没有一颗星在发光/全是黑暗又荒凉/……流泻着眼泪——啜泣着眼泪——痛楚,被疯狂的哭喊哽塞住……但是到了黑夜,在你逃走的时候,没有人瞧着——哦,于是来了开放的海洋般的/眼泪!眼泪!眼泪!"——美国名诗人惠特曼(Walt Whitman)的诗句,虽能稍稍抚慰荷一心中汪洋般无尽的、几乎快淹没她的忧伤,与,看似没有出口的郁闷浪潮,但她还是鼓起勇气,找了一位熟悉她灵性生命是否被不断炼净的神师办了告解(和好)圣事。

荷一由衷"忏悔"自己青春期的叛逆、不孝、毕了业一当老师就远走高飞;母亲改嫁后一直抗拒父母的爱、忽略父母的孤单与伦理上的本能需要(家人相聚)……尤其,尤其,对于同母异父的妹妹荷语没尽到当姐姐的责任,她人很善良、很美、很得父母宠爱——可惜婚姻不幸,那男的家里乡下有地,类似暴发户,常会动手打她;她儿子一岁时,两人就离了婚;荷语不到四十岁过世那一年,她儿子已经念高中了。当姐姐的荷一,这几年越来越懊悔,妹妹刚离婚时的痛苦,她怎么没能拨点时间帮帮她、陪陪她、多关心她一点?只会一个劲儿忙、忙、忙……父母亲的健康,也是从荷语妹妹过世以后,打击太大,一落千丈地陆续都病倒了……等等等等……

"若还有一些一时'没想起来'的罪过,也求天主一并宽恕我、赦免我的罪、帮助我改过自新;请神父因主的慈悲为我转求,也求主降福我和家人……阿门。"无比羞愧自惭的荷一,因天主赐下"上等痛悔"而泪流满面;但她知道,神父另有行程,不能哭太久……便低着头,努力"克制"着瀑布般倾泄而下、涤净灵魂的汩汩泪水……

眼前这一位六七十岁的美籍神师姓汪,很有圣德,也是几位神父们的神师,在《依纳爵神操》方面,受过很好的专业训练,带了荷一几年。他也曾经在人烟稀少的台湾山区,实际做过二十几年本堂神父,对"牧灵神学"既热心且又有丰富的经验与来自基督的爱心——他虽然健康欠佳，但连中国大陆的许多省份，都经常邀请他去带避静，当然彼此也都十分低调。汪神父亲切和蔼地劝了荷一几句，帮助她接纳自己的限度，并代表天主，赦免她一切过犯："放心回去吧！天主已经宽恕了你，你也要愿意宽恕自己，别太自责！要全心依靠天主的慈爱，相信祂比你'更爱'你父母亲的身、心与灵魂……荷一，你台北、K港来来回回已经跑了十几年，一直在做补赎，连教书的工作有时都耽误到——永远记得，你是天主所爱的女儿；对于肉身的父母，你已经尽心尽力了，就好！你父母亲，也一定希望你活得平安、幸福、喜乐，不是吗？"

办完告解的第三天晚上，荷一独自一人，坐在沙发上边吃晚餐、边看电视。影片的节目里，是一位历经辛酸的单亲妈妈，在拿着麦克风，跟台下的教友们在作见证；背景音乐，是一首动人的圣诗吟唱……当下，千真万确的，不为了影片情节感人、也不为了配乐的凄迷……荷一却"忽然"像被谁温柔的大手碰触到！仿佛只有一秒钟，深刻的、喜悦的、她已无条件被爱被接纳的泪水，那样肆意地哗啦啦如水库泄洪般，夺眶而出……她顿时想起威廉·詹姆斯所写的《宗教经验之种种》和《高峰经验》；她听见长兄般始终呵护着她的耶稣基督，如此无私地、温柔地，安慰她说：

"荷一，别伤心了，十年来，你和女儿源源，为了照顾罹癌的老公和失智、受伤的父母亲，不辞劳苦南北奔波，我都知道！你二楞子小哥一家人，冤枉你们、诬陷你们，所受的种种劳心劳力的打击，我都看见、都清楚！相信我，我是神、我是爱，我要擦干你们的眼泪、振作你们的心神；加油，别倒下去……"——荷一刻骨铭心的喜泪（Tears of Joy），在她脸上，不停地哗啦啦一直流一直流……

那么深、那么彻底的神秘医治，分文不取，就在"和好圣事"办完之后的第三天，奇迹般发生。无边无际的巨大**平安**，如江河、如活水、如"旧我"的磐石被祂击碎，流自荷一曾经受伤、曾被邪恶深深刺痛的灵魂与心田，涌流不止……不再枯竭……

被放逐的天才但丁，在他不朽名著《神曲·天堂篇》最高一层，除了看到圣母玛利亚之外，当向导的熙笃会神父圣伯纳多，曾以他生命里最深、最痛、最奥秘的体悟，诉诸于文字："祂就是爱的赏报，且是永恒爱的永恒赏报。"——荷一此刻才真正深刻体悟到其中奥秘。

大街小巷和许多人家的院子里，时节到了，天时地利人和之际，原本相似茨冠的、秃光的鸡蛋花树，在轻柔的月光下，死而复生，又绽放出洁白的、浅黄的、艳红的或粉红色的（每棵树只开一种颜色）鸡蛋花树，饱饱且润润实实的———团团"开满"在各个曾经寂寞过、枯槁过、有过无数巨大伤痕的枝头，迎风欢唱、香气四溢……

*

"港边护理之家"的老板娘，夜里陪着二楞子小哥一起，把高烧不退的应兰奶奶叫车送进"K港国军一二三医院"。其实，荷一脚受伤，自己的左脚第五趾是断裂的，医师嘱咐起码要静养三个月以上，最好打石膏或别出门或住院一阵子——荷一都办不到。小哥笃雄传来的简讯很责怪她，胡乱跟她生气，要她马上搭高铁去医院，说母亲是败血症，医师又签了病危通知。荷一虽然提着许多行李、才刚刚回台北两天，还是"打起精神"把还没拆开的行李包及电脑，拿着就赶车去K港，直奔母亲病床旁边……万般怜惜中，忘掉自身疲惫的荷一，很难过、很伤感，却不敢当母亲面掉眼泪；怎么办？连喂母亲吃流质食物，她老人家都已无法吞咽（后来只好插鼻胃管，母亲又很抗拒那种折磨，拔管的手，又被医护人员死死绑在床沿上……）；奄奄一息中，她整个人和呼吸，都十分虚弱……但是，幸亏还认得她是荷一、是她女儿，会叫她的名字。

二楞子小哥的儿子铁生照顾白天。郭爷爷有一笔十八趴利息的几十万基金摆在银行，可支付特殊开销；铁生待业，常闲在家里，正好能"赚点"每天当他奶奶看护的1500元，当零花吧？问题是，铁生并没有受过护理的专业训练、又爱动不动"自以为是"地"呛"他姑妈几句，反正读书人兼修道人的荷一和女儿源源，从不反唇相讥。小哥笃雄下了班顾晚上。铁生为了对病房其他床的看护耍威风、耍老大，对长辈大吼小叫，活像"文革"的"小红卫兵"似的，硬是说什么也"不准"专程到K港探母的荷一，有机会"单独"跟母亲相处一小时！帮母亲祈祷？不行！神气得像个小皇帝的铁生，在荷一病恹恹睁不开眼、吊着点滴瓶、衰老无助苦苦叹息的母亲身边，大着嗓门儿吼他姑妈荷一：

"对，就是这样！连一小时也不准！你别想，哼，大爷我，就是在你旁边'在定了'！想怎么样嘛？叫警察来呀！"

一间六人床的病房，床与床之间的空隙很小、挤在一堆，大家都无法动弹……未婚、快要三十岁的铁生，大概没有意识到，他潜意识对女性的性骚扰有多么放肆！大概也因为他大学念一半就放弃不念，跟二嫂一样妒恨荷一两个念完硕博士、当老师的子女，这怎么就造成对荷一的"欲加之罪、何患无词"呢？

在病房里，荷一很难理解的是，为什么母亲应兰奶奶明明是女的——小哥笃雄这可恶的独生子，不肯帮母亲请个女的看护也就罢了，二嫂家离这一家医院，骑车五分钟就到，怎么会病危老妈"换尿布"，不许女儿及媳妇换？硬要让"男"孙子铁生，一天几次、经常围起布帘、偷情般"脱"她奶奶裤子、看……？（《圣经》上说，你们不要看自己父母亲的下体。）难道是媳妇对"倒下的婆婆"故意报仇羞辱她的诡计吗？伤心且爱莫能助的女儿，真的只能束手无策吗？放弃探视吗？母亲被继父硬送进护理之家都十年了，过年过节或假日，铁生他们母子很少去探望应兰奶奶；怎么郭爷爷一倒下、母亲又病危——铁生就"有空"守在旁边、寸步不离了呢？难道所谓的"啃老族"，就这样只关心继承权如何想办法侵占，从不关心人或不知道"人是有灵魂的"？

那一个闷热的夏日午后，荷一一边念玫瑰经、边走过种了一整排阿勃勒树的人行道；有时又踩着阳光下飘动的菩提树叶在地面映出斑斑驳驳、白色圆圆空隙的、发烫的水泥地面；痛心到欲哭无泪的她，万般无奈地一个人在教堂安安静静跪着祈祷。蒙主光照，荷一又再次读到："若因行善而受苦，能坚心忍耐；这才是中悦天主的事。"

好吧，就让他"麦子归麦子、莠子归莠子"吧——荷一当然清楚，自己也未必全然就是多好的"麦子"，而且，每个人心里，有时也同时生长着有好有坏的麦子和莠子，关键在于好好下一点"神类分辨"的功夫！"耶稣会"另一位已封"真福"的伯铎·法伯尔的祈求，当下也成为荷一离开圣堂前、内心所"渴望"的祈求："主，我恳求祢，从我的生命中移开——任何阻碍我到祢那里、或祢到我这里的人与事。阿门。"

好不容易跟二嫂慕金低头拜托，要她劝儿子铁生，第二天早上慢一点到医院，让给荷一"半个到一个"小时，单独为母亲祷告，母女两人也好亲密地处处、谈谈心……

听章护理长说，荷一母亲背后长了两个褥疮，一定很痛！而且，家属没请女看护，医院的护士可是不负责帮病人擦澡的……

痛苦不堪的荷一，与，无法言语的母亲——默默地四目相视，母女情深地互望了许久……荷一趋前、弯腰、低下头亲吻了母亲多皱浮肿的苍白脸颊，含着泪请求护理长说：

"章护理长，你现在空吗？还是找别的护士来一下？这里没有盆子，你能不能扶住我妈，把她翻成侧面，我拿毛巾到浴室弄水，帮我妈擦擦澡；你看，几天没洗澡，她一身臭汗呢，好可怜……"

"没问题，我这就把她扶成侧面，让你擦她背后。卧床卧久的老人，真的很辛苦！高龄化社会，我们以后也都难免喔……

曾老师，你气质高雅、人又和气，我们护理站的人都搞不懂，你明明是应兰奶奶亲生女儿，又专程从台北赶来，你二哥一家人，凭什么'不许'你照顾母亲？见了你就乱骂脏话、三字经！好荒谬、好残忍耶！"

万万没想到，只这么几分钟，当女儿的强忍住怜惜的泪水，为自己亲娘尽了点小小的孝心而已，明明是天经地义，却遭小哥笃雄夫妻俩从小到大宠坏的儿子——铁生，写些恶毒抹黑的简讯，传到荷一的手机里，不分青红皂白、不讲伦理地乱羞辱她一顿：

"姑妈，你根本没有权利要求跟奶奶独处！像今天早上，你就让护理人员……我们才是真正负责照顾病人的！如果你连最基本的、帮奶奶换尿布都不会……你根本不配做应兰奶奶的女儿！"——唉，明明是跟章护理长一起帮母亲擦澡、背后上药，怎会说成"换尿布"？荷一的母女关系，要劳驾他这晚辈来裁决的吗？一个"痛恨"自己母亲把他从小交给爷爷奶奶带大的"啃老族"，怎能了解、怎能相信子女对父母亲刻骨铭心的"爱与感恩"？荷一笑笑自己："他吃饱太闲了，理他干嘛？"

女儿源源在电话里听说了，深知本来就多病多痛的母亲，在故乡K港处境十分艰难窘迫，也一直写e-mail或寄卡片、打电话安慰母亲荷一，要她自己多保重，别跟这一种没水准的资本主义"小红卫兵怪兽"，气坏身子！（有一次，只因应兰奶奶不得不换了一间护理之家，铁生竟当着郭爷爷面，大骂源源、荷一母女"不要脸！"——场面僵了几分钟后，郭爷爷挥手制止孙子铁生："你看，人家大姐姐都不说话，不要这样……"）

是啊，这年头，"充满仇恨"的、愤世嫉俗的铁生之流，只不过胡乱"听"隔壁床看护"唯恐天下不大乱"的挑拨、离间两句，就当小辫子或毒剑，"居高临下"地对荷一这长辈，盲目地乱射、乱开炮攻击！章护理长也亲口对荷一说："我哪有跟你二哥的孩子铁生说过半句话？老天，我今天跟他连面都没见过耶……传简讯、瞎拿我作文章？乱来！"

*

荷一在T大的全人教育中心开了一门下学期的新课："文学·戏剧的人文与哲学基础"，特别以亚里斯多德及心理哲学家维特根斯坦（Ludwig Wittgenstein, 1889—1951）为讨论范畴。选课的学生很踊跃，荷一感到很安慰。

下了课，她习惯独自到一片幽静的树林里走走、安静一会儿；月光下，秃光的鸡蛋花树，兀自耸立着、不言不语——有花没花，差别其实不大，有根有土地有雨的滋润就好。花开花谢总无常，纵然令人伤感欲泣；好花、玉树，却只是没有灵魂的植物罢了！人呢？有灵魂的人呢？荷一当然很忧心，这世界不断在发生越来越多非理性的残酷暴行（圣奥斯定写过《论自由意志》——上帝"尊重"人硬要犯罪、往地狱狂奔的自由）。就像，叙利亚政府军，怎么会"忍心"用化学武器毒死那么多无辜百姓？尤其是毒死那么多"还来不及长大"的幼小儿童？这两天的国际新闻，又说美英可能从巡弋地中海的军舰，发射一轮长程飞弹攻势，目标对准叙利亚的军方和政府。问题是，"充满仇恨"的反抗军的组成分子，又多半是与黎巴嫩真主党或

"基地"恐怖组织有关的穆斯林兄弟会的武装部队——荷一心想，后果真是堪虑啊！

唉，人的灵魂不死不灭；最后无一幸免，人人都要接受审判的。风烛残年的余生里，可怜、无助、衰老的应兰奶奶和断一只手且被囚禁、不能自由坐轮椅去教堂敬拜天主的郭爷爷，跟你我一样，都是有灵魂的、按天主肖像所造的人啊！回到护理之家以后，荷一半蹲半跪在母亲轮椅旁，一面帮她擦着凡士林油按摩脚底，一面喃喃祈求："谁肯来听听这样痛苦的、一对牵手半世纪的白发老人的受虐、呻吟与冤屈？"

亚里斯多德所阐述的"超灵魂"、圣保禄所强调的"属灵的战争"（荷一再怎么昼夜思念先夫约帆，也遵守慈母教会"不许搞通灵"的上智规劝），还有《圣经》所说："人哪！你纵然赚得了全世界，却赔上了你的灵魂，对你有什么益处？"（路加九：25）——问题是，时下还有多少人相信、敬畏并努力研究"人类灵魂的堕落与救赎"呢？

*

——"港边护理之家"的本劳看护讲，荷一的二楞子小哥，已经用郭爷爷的钱，帮他买了助听器；但是，只许他一个人用；他来，跟继父讲完话，就把助听器带走了！所以，寂寞可怜的郭爷爷跟老伴儿和看护和医师们，都无法交谈，只能继续当个又聋又哑、几乎整天被绑在床上、在外劳眼中看来真像个"等死的老废物"！两老躺床上是绑手绑脚，不让他们自己下床；坐轮椅停在走道时，是用绳子从轮椅后面，把椅子"绑死在"栏杆上,完全动弹不得——荷一每次看了心痛、想哭,讲也没用(束缚的约定书是双方签,但每个月收四万多的"机构"无法无天,卫生局的人来看了也白看,反正老板娘认钱不认人,只让二楞子小哥签,对于伤心、内疚、无语问苍天的荷一而言,真是够离谱的百般刁难!),每次,"机构"一句话就打发了:"没有人力啊!不绑怎么办?看护难请啊……不满意,你就把人带走哇!"(但是,约又不让她签;其实一个行政命令,不就结了吗?腐败至此啊……)

——向来都颇能"随遇而安"的继父郭爷爷,大概因为湖北乡下种田人勤恳忍让的美德与习性吧,境遇虽苦,他还是随时随地笑脸迎人,对谁都很有礼貌、很有爱心的,左一声谢谢、右一声对不起、麻烦你了!有一天,却当面对女儿荷一叹道:"我……不想活了……太连累你们大家……""不会的!一点儿都不麻烦……"荷一鼻酸想哭之余,边喂父母一口一口喝她从餐厅买来的南瓜汤,边想起小时候"生气"母亲为什么要改嫁、又误认他们"偏心"跟继父亲生的妹妹荷语、而嫌弃荷一,因而经常摆个臭脸给继父和老妈看,进出都故意把家里的门"碰!碰!碰!"的大声用力关上,以示抗争、不平与愤怒!当军官,有时在外、有时回家住的继父,看在眼里从不抱怨,只默默恒心忍耐。倒是母亲气不过,常借故把忤逆的荷一用绳子吊起来,拿粗皮鞭打得她皮开肉绽,她却总是"咬住牙"只拼命掉眼泪、再痛也从不叫出声音喊饶!母亲用尽各种方法逼她悔改认错……有用吗?没有!怪的是,荷一也不大记恨母亲,每次打完、等伤口愈合、又慢慢长出新皮新肉,她就忘了，心里还是很爱母亲应兰奶奶！尤其自己也当了两个孩子的母亲以后，更深切了解，为人母的辛苦与子女叛逆不孝时的心如刀割、痛不欲生！

青春的无知与母亲的高压，如此地循环不已，让荷一才十几岁，就离家住校念书、不大肯回家。直到她毕业教书，有一天心血来潮（等她二十几岁，领洗入教，才知道是"护守天使"在她身边陪她、带她……），不知怎会良心发现而想到，与丈夫约帆一起回娘家时，给继父买了一套很贵的新西装送给他。郭爷爷低头抱着、闻着那一套崭新的新西装，一个人欣慰地躲到有菩提树的院子里、偷偷哭泣的画面，一直深埋在荷一心底。拙于表达感恩的她，如今也还是木讷木讷的老样子，不容易改……

年近九十的母亲应兰奶奶，再也没有力气把她吊起来打了！为什么？荷一心头千百种难以弥补的愧疚感，如黑雾如阴霾般挥之不去时，倒宁愿母亲有力气再狠狠鞭她一顿，还简单些吧？应兰奶奶所患的"阿兹海默"，有黄昏症候群，那时间一到，她脾气就开始比较躁动，转眼就六亲不认！只一心想睡觉，她就厌烦得频频挥手胡乱赶人："你走！你走！你赶快走！"——有时荷一台北忙得分身乏术，好不容易排除万难、又赶高铁又提着行李、背着电脑拼命转车，刚刚很开心地"冲进"护理之家，就被母亲撵苍蝇般怒斥挥赶（荷一当然知道，生病不是她老人家的错），那滋味儿也是挺不好受的，她只能乖乖对奄奄一息的病弱母亲，不舍地说拜拜、说明天再来看她！

这一天黄昏,本来是荷一把继父郭爷爷坐的轮椅,要推去母亲房间看她(两人同楼、不同房间),半路遇到老板娘,荷一停下来跟她谈了点父母亲的近况与必要的医疗;看护就顺手接过去,把郭爷爷推走了。等荷一走到母亲病房门口,她蓦然吓一大跳!怎么郭爷爷表情呆滞凝重、闷闷不乐地背对着老伴儿的床位,低着头用自己两只脚"使劲儿"在地上划呀磨的,活像个逃难的蜗牛,背着他轮椅这重重的蜗牛壳,将他骨瘦如柴的人,和,厚重如坦克车的轮椅,一起慢慢拖着拖着——已经脸朝外、移挪到母亲那一间的房门口了:"你妈妈叫我走……她不想理我、赶我走……"

啊,荷一定睛看着眼前这既熟悉、又陌生的九十岁残障老人,莫名其妙地、很冤枉地失去了自由,却把每月的终身俸及最后一点可能维护他尊严的、他名下几百万的 30 坪公寓,以慈悲心统统"割舍",让二楞子小哥去领的领、卖的卖(唉,荷一很难过地仰天长叹着,若留下房子,至少活着的时候,中秋啊,除夕啊,这儿人都走光了,总还有个"老窝"让他们苦一辈子的老夫老妻,能"牵手"回去住一晚上啊!)。有一回,郭爷爷躺在病床上,唉声叹气跟女儿荷一讲:"我也不想那么早卖房子呀,又怕拖累了你们,笃雄跟孙子吵着要卖,我不同意,行吗?"

荷一回道:"是不必那么快卖房子啊!您的终身俸,刚好还勉强够您跟妈妈住这里的费用……妈妈有重大伤残卡,您也住进来之后,她在局里排了将近一年,也许快排到补助款了……"

嗳，荷一曾经多次帮继父买手机给他，却都被笃雄他们"没收"掉！儿孙不给郭爷爷手机，护理之家也不让他打电话、接电话，只让他整天整夜躺床上"瞪着"天花板发呆！他能找谁？除了祷告，不知救兵何时能到？他能找谁？

荷一愧疚地看着"一无所有"的继父郭爷爷，却像爱他的耶稣基督一样，"富甲天下"，仍然有爱，仍然每天"不离不弃地"照顾着失智的老伴儿，随她唾弃或羞辱（虽然因为罹患阿兹海默而无法再了解别人有什么感受的应兰奶奶，自己并不知情），仍会经常用他那一只没被压伤的右手，"喂"老妻吃面包或喝汤——应兰奶奶手会一直不停地抖动、抖动……近十多年，都无法自己拿东西、进食或端碗、喝水。

脖子上始终很隐藏地挂了一串"耶稣苦像"的K金项链的荷一，也同时挂了一串"圣母圣衣"——上面还牢牢绑了一个祝圣过的"圣本笃驱魔牌"，此刻，她背转身，看看四顾无人，就暗自虔敬地亲吻了圣牌、圣衣，怕眼泪掉下来、被继父郭爷爷看到，不好。圣本笃跟隐修始祖厄里亚、施洗者若翰、圣巴西略、圣安当……等等大圣人，都很强调"修德成圣"**忌骄傲、重谦逊**的灵修生活。继父和母亲应兰奶奶，如今都是极度谦逊的、如婴儿般处处要人照顾、怜悯的病患和弱势老人（荷一深知，她和每一个人，几乎都会"面临"此情此景的悲哀，都会有这么一天）。

荷一边将继父郭爷爷推回他房间、交给看护弄他上床，边又悄悄退到港边护理之家三楼走廊的一个小角落，心底苦苦哀求，任由泪水一串串滑落衣襟，滴湿胸前好大一片：

"仁慈的父啊，唯有祢是我的力量和盾牌，求求祢大发慈悲，安慰安慰对我'恩重如山'、我却又'无以为报'的父母亲吧……"

是的，为好友拉匝禄的死，也流泪也哭泣的长兄耶稣（若十一：17—44），不但在即将被出卖、临将受钉之前，亲自谦卑地为十二门徒洗脚，而且说："你们要彼此相爱；你们要互相洗脚（仆人）。"（若十三：1—17）祂人性的软弱，也在受难前夕，大声求救呼喊："父啊，父啊！祢为什么舍弃了我？"——但祂的天主性，却能如此屈膝在山园祈祷："父啊！祢如果愿意，请为我免掉这苦杯吧！但不要随我的意愿，惟照祢所愿意的成就吧！"有一位天使，从天上显现给祂，加强祂的力量。祂在极度恐慌中，祈祷越发恳切；祂的汗如同血珠滴在地上……。"（路二十二：39—44）

忍着忍着，眼泪还是不听话地滴湿了她身上的本笃圣牌的荷一，想起圣本笃和许多圣人圣女的谦逊，都是在效法耶稣基督——祂的整个一生，只是完成在十字架上的耻辱的、谦逊的典范与训诲啊！幸好，有爱就有复活——又怎么讲得清楚呢？

独自呆坐在已经呼呼睡着的母亲应兰奶奶床边的荷一，回想着继父郭爷爷刚才那"像头疲累的老牛"一样，"自己奋力拖轮椅出去"的、神情上的沮丧、落寞与孤寂，和，语调的悲伤、绝望与无依无靠，荷一当然多多少少是很能了解个中酸楚的！

郭爷爷年初"死里逃生"、在深山里迷路失踪，大寒流天，他老人家孤孤单单、挨饿受冻五天五夜才被好心人报警救回来、躺在加护病房的时候，母亲坐轮椅被女儿荷一推到她老公旁边，见到"不再是"她以前所熟识的、高高挺挺的上校军官老公时，着急的、失智的应兰奶奶，半生气、半难以置信地涨红了脸，发狂般大喊、否认："不是！不是！我不认识他！他不是郭保乡！我要走、我要走！我不认识他……"——徒然留下泪湿眼角、伤心欲绝的郭爷爷，望着老妻离他而去的老迈背影，孤单无助地愣在氧气罩和点滴瓶下，无言以对。应兰奶奶在各种人与事的认知上，病情时好时坏；有时候又当外人面，喊着女儿荷一："她是我姐姐！她是我姐姐……"

有时候，就像荷一帮先夫约帆在教堂举行"追思弥撒"的那一次，母亲感到很奇怪地看着、紧盯着她所深爱的女婿——约帆的大张遗照，听说约帆已经死了，她也一样涨红了脸，怎么也"不肯相信"地对着女儿荷一勃然大怒："你骗我！你骗我！约帆没有死，没有死！你叫他来看我，好不好？荷一、荷一……你听见没有？叫他快来……"那一晚，荷一独自抱着约帆的遗照，整夜哭到天亮……鸡叫了，才累得迷迷糊糊昏睡过去……

*

1955年前后，只短短陪了女儿荷一五年、就过世的亲生父亲曾平，天性沉默寡言，却很爱看搭着野台、热热闹闹的"布袋戏"。几乎每天晚上下了班，都会把三四岁的小女儿荷一扛在他肩颈、脖子上，走约十分钟的石头路，带着他的心肝宝贝小公主，走路去夜市演戏的舞台前"站"一晚上，津津有味儿地跟大伙儿一起看那"一台又一台"动人心弦、赚人热泪的"布袋戏"里的生老病死。深夜散场回家的路上，小荷一时醒时睡，只懵懵懂懂感觉到、也深刻记忆着，亲生父亲对她的宠爱与独特的牵挂……1956年吧，战乱撤退时被敌军打伤的父亲吐血不止、快咽气的那一个夜晚，三更半夜，才五岁的荷一与哥哥妹妹们都正在眷村慈田路的小破屋里熟睡着（母亲不在家，荷一后来发现，年轻伤心而又绝望的母亲，一直哭泣地站在已呈弥留状态的父亲身旁），一位熟识却十分慌张惊恐、手忙脚乱的叔叔，冲进来从衣柜随便替荷一抓了一件连身衣裙穿上，抱起她就拼命狂奔、夺门而出！跑没多久，藉着路灯的照明，发现小丫头的衣服竟然是大红花花的，急着要让荷一见到父亲最后一面的叔叔，又赶紧把小荷一的衣服翻成反面、匆忙让她穿上，抱起来拔腿就跑！那一段深夜冲往太平间的黑森林，大约有两百公尺长罢！不知道为什么，后来就根深蒂固，始终成为荷一追寻生命意义、探讨人们失去所爱的"无常"与悲恸；人间究竟有没有"恒常"？种种的终极关怀，或者，渴望在安静无人的森林中，任由她独自散步沉思的一个"如影随形"的永恒场景。长大后，荷一喜欢在宁静中精读达味王的《圣咏》；喜欢读《雅歌》与圣十字若望的诗；喜欢李白和杜甫；喜欢读梭罗；酷爱老庄、《史记》与杜斯妥也夫斯基、梅尔维尔的作品，读爱默生和陶渊明；喜欢品味圣施礼华（西班牙籍、主业会创办人）的字句内涵；爱听贝多芬与巴哈无伴奏大提琴的各种版本；喜欢与世无争地写书法和画山水画；喜欢摄影，也爱看许多描述人性、格调都很诗意的艺术电影……上山、下海、读破万卷书地寻寻觅觅一辈子,仿佛都难以填补那已幻化成一坛骨灰的失落与巨大的黑洞……大概,与森林中被叔叔扛着狂奔,看到父亲大量的吐血和死不瞑目……这一段路,刻骨铭心的生命经验,都有些难以言传的神秘关联吧?

荷一婚后,与丈夫、孩子,因公因私,走遍德国机场出来之后的黑森林;住过英国巴斯全是森林密布的古堡;朝圣到义大利洛雷托圣母圣屋的纳匝肋小屋(传说、考古学也证实出,1291年,当十字军从巴勒斯坦被驱逐后,当时圣母与小耶稣住过的房屋的墙壁,先被天使运送到今日的克罗底亚,然后才在1294年12月10日,到达如今义大利的洛雷托地区……)。

时间到了,诞生在"小马槽"的那一位永恒而又真实的救赎者的奥迹,终于替代了、更新了、超越了荷一破碎心灵底层的巨大黑洞,藉着圣神(由天父与圣子的爱情所共发)无以言喻的叹息,越来越能"在她内"帮助她昼夜祈求、呼喊:"阿爸,父啊!"(慢慢能超越那血肉之躯的、人间的父;却也因为血缘之父的慈爱,使她透过这桥梁,有幸稍稍触及天父的慈爱与大能!)

9

这学期,荷一在一位G大电机资讯学院院长力邀之下,又到院里开了一门"数位艺术设计的文史哲基础九讲";其中一讲,她跟课堂七八十位、多半是主修"尖端科技"的研究所大男生谈文学谈艺术(这一班学期末,每人要交一篇读书心得报告及在课堂当场创作一篇3千到6千字的散文、书信或短篇小说,及格才能过关):

——写过《法国革命史》和《论英雄与英雄崇拜》的英国作家、历史学家卡莱尔(1795—1881)曾说:"一个艺术家……到后来可以不用观察世界,终将运用幻想来描绘世界。"——这是意识流小说大师普鲁斯特(名著:《追忆似水年华》)在《驳圣伯夫》书中所引,而且还继续发挥:"任何时候,圣伯夫好像都不明白'灵感'的特殊性和文学创作的独特性,好像不曾明白这与其他的工作、以及作家的其他事物截然不同……因为文学创作在离群索居中进行……沉默中,我们作家面对面跟我们自己握手言和,单独的努力谛听我们真正的心声,并把它表达出来,而不是交谈。"……各位同学,你们上一节课暂时离开手机、网路、程式、脸书、电玩……等等,在这一间教室一起练习"守静默"的"归心省察"和"安静写作"的体验,是什么?口头报告分了四组,是吗?

…………

——弗洛姆写的《人类破坏性研究》,特别强调人对科技、机械……种种迷恋,造成普遍而又可怕的"恋尸症"。时下许多只上网、不理人、从不亲近大自然、不了解人的反应的宅男宅女——年轻人爱拿手机、从早到晚自拍照片……是你吗?你身边所见所闻,这一类个别的或集体的恋尸倾向,已经有多严重了呢?生命的活水,是否因此而被窒息?

…………

G大有些电机资讯系所的同学，受荷一老师影响，也慢慢肯花脑筋、花时间去历史、考古、海洋生物、人类学或外文、中文、社工、哲学系……修课，再来找她讨论"人文与科技的统合"等等，挺认真的，让荷一觉得很安慰！这一阵子，由大陆出版的一本美国学者写的书，前言就说："本研究本身，在意图上，既非传记也非历史；而主要是关注'人类学家是如何写作的？'。"荷一提醒学生们，直接读英文的版本当然最好，另外如马林诺斯基、德日进、张光直……等等；要不然，台湾在1989年就曾出版过李维-史特劳斯写的《忧郁的热带》（作者曾亲访亚马逊河流与蓊郁的巴西高地森林，在丛莽深处找到还原于最基本形貌的人类社会……将这些部落放在世界脉络之中……），时下，连一些学理工、资讯、电机、生化、医学的硕博士生，都热衷于业余的拍纪录片或微电影，钻研人类学的田野调查归来，庞杂的素材，该如何变成民族志？等等等等……荷一都一并在书桌的灯下，一条一条地埋头用心出着G大期中报告的题目（暑假之前，已经跟学生指定阅读了一批书目，让他们先读了一个暑假及开学后的几个月……）：

A. 小说《大河湾》的作者，跟写《毕斯华斯先生的房子》是同一个作者——奈波尔（V.S. Naipaul，2001年获诺贝尔文学奖），跟他自己写的短篇小说《米格尔街》，风格与手法上，你认为有什么异同？另外，《大河湾》里写的非洲（复杂样态与人心的疏离，盲目的殖民政府把非洲的天然资源搜刮一空；一堆无法温饱的饥民和"非洲梦"碎的沙林的悲哀……），此书跟作家梭尔·贝罗（Saul Bellow）以非洲为背景所写的长篇小说

《雨王亨德森》(此书荷一在青春期的 1979 年就买来读过,爱不释手,跟着她一起搬过几十次家,奇迹般都还在手边,像老朋友一样读了又读;最近发现大陆有新出的,当然很开心地介绍给学生)——试述你的读后心得,与,两位优秀作家的风格异同何在?你是否还愿意谈谈你读康拉德小说《黑暗之心》,给你灵魂带来的触动与撞击吗?他在创造性的语言风格和小说艺术形式上的革新,有怎样先驱性的贡献?

B. 我们一起选读过杜甫的许多优美、悲壮的诗句,例如(若会背,请补成一首完整的诗句):"青蛾皓齿在楼船,横笛短箫悲远天……鱼吹细浪摇歌扇,燕蹴飞花落舞筵……"或如:"老妻寄异县,十口隔风雪。谁能久不顾?庶往共饥渴……所愧为人父,无食致夭折。岂知秋禾登,贫窭有仓卒。"——诗圣杜甫所描述的悲凉、凄惶与令人生出恻隐之心的怜悯,也在我们读过的日本松尾芭蕉的名著《奥之细道》里,深刻动人地呈现出"漂泊之思":

"月日者百代之过客,来往之年亦旅人也……日日行役而以旅次为家。古人亦多有死于羁旅者……,而浪迹海滨。去年秋,返回江上破屋,拂其蜘蛛老网……无计奈何;乃补缀破裤筒,更换斗笠带,艾炙三里穴,而松岛之月早悬于心矣……"

这两位大诗人,对人生如寄、如朝露般许多过眼云烟、转瞬即逝的、"无常"的深刻体悟,在类似但丁《神曲》、天主教的《又圣母经》里,也如此表达:"母后万福,仁慈的母亲……厄娃子孙在此尘世向你哀呼,在这涕泣之谷,向你叹息哭求……一旦流亡期满,使我见到你的圣子……阿们。"

试述，以上人生落寞情怀与奋战不懈的生命情境，与作家奈波尔的长篇巨著《毕斯华斯先生的房子》里的"移民创伤"（colonial trauma）和悲凉的"无根性"（rootlessness）、没有家园（home）等等的"卑微愿望"的幻灭与追寻，请简要阐明之。
…………

*

最近老在发烧、重感冒、拼命盗汗、头疼欲裂的荷一，还"来不及"出完下一题："乔哀斯（James Joyce）在长篇《尤力息斯》（Ulysses）的音乐性非常强烈，尤其第十一章海妖……"——荷一就像蜡烛将被烧尽、芦苇快被折断一样，疲累且身不由己地趴在电脑旁的书桌上，一下子就睡着了！寂静中，她有节奏的小小鼾声，与，流在电脑键盘附近、睡得香甜所流的口水……仿佛与《尤力息斯》的音乐性一唱一和，让她惊觉到快被耗尽的红灯亮起！当荷一累得趴在桌上，把自己双手睡麻、压僵掉时，她揉揉睁不开的眼睛，在笔记本上写下："主啊，如果祢那样慈悲地'隐身在'我的学生、读者、父母、子女……身上，永远都以无比的耐心，等候着、等候着……那么，就像洗者若翰说的：'祂要兴盛，我要衰亡！'照祢的旨意成就吧！"

10

写作三十多年,荷一已出版的几本文学作品,由于某经纪人的热心牵线(他在一所国际汉学中心当研究员),已谈妥,将逐一翻译成日文、德文、波兰文和英文……等等。除了几本一直常销的中、短篇小说之外;荷一边在埋头赶写一本二次大战背景的长篇小说,也边抽出时间、克服体力的限度与诸多病苦的磨难,——仔细删修整理另一本即将出版的新书:《曾荷一读书札记·随笔集》,先寄了其中一部分给英译者(已认识很久的保禄·US):

*

——法国著名的圣弥格尔山修道院,"人在水中央"的、仙风道骨般的飘逸与空灵,一直在渴慕的梦境里(像似我童年住处对面,幽静深邃的湖泊与水中那一栋高耸而又神秘莫测的古堡),深深吸引着在尘世艰难中打滚的我!听说,这恒久努力想克服虚名、找回"遗世独立"所需的宁静,好安心修道与祈祷的人间天堂,曾经托给圣本笃的会士们照顾(成立了博物馆?)建于十三世纪的歌德回廊,为了平衡重力,所有柱子都是交错排列,大约共有 227 根柱子。每天涨潮、退潮的无常变幻(潮差最大可达十四公尺;春天的两次涨潮,约在清早 6 点和下午 6 点),以前每天一涨潮,圣弥格尔山就会变成海中孤岛，和外界交通完全阻断。公元708年，阿夫兰吉地区主教，梦中得到总领天使圣弥格尔的指示，以他之名建造一座圣堂——事就这样成了！

天主创造的天使，原来都是圣善的，却有一部分天使出于自大狂妄的骄傲、自认比"造物天主"更棒更能担当众生主宰，而"堕落"成恶天使（魔鬼）；天地宇宙和人灵之间，无时无刻不在激烈缠斗的"属灵的战争"里，一切善天使的大统帅，就是圣弥格尔（若望默示录十二：7—18；二十：1—10）。我几乎在每天的早晚课里，都再三祈求我的护守天使和总领天使圣弥格尔——助我、佑我、千万别放弃我！

此圣山周围，不但有塞纳河出海口的港都小城、码头……还有诺曼地滨海度假小镇。广阔的、湿地上的牧场和羊群，夕阳西下时，虽美、虽富有诗意，但许多观光客（一年约吸引300万名）爱吃的、号称不腥不骚的烤羊腿、炖羊肉又鲜又嫩（因为羊儿所吃的草，是含盐分潮汐带、长满含碘质的植物）、配上迷人的法国红葡萄酒——你爱吗？一定要大老远跑这儿来吃吃喝喝、好回去炫耀吗？在此深山，原来住的隐遁修道人的精神，是在孤独、宁静、默观与沉思中寻找真理、智慧及爱的源头；安贫乐道、在静默中祈祷，都是容易让人"觉醒"的生命形态，在这科技挂帅、贫富差距越拉越大的冰冷无情的世代里，已几乎濒临灭绝，还有多少人"在意"或"追求"这些具永恒性的价值观呢？

我很欣赏的哲学家维特根斯坦（Wittgenstein）笃定地说过："并不是我的抽象的头脑必须得到拯救，而是我的具有情感的、似乎有血有肉的灵魂,必须得到拯救。"——他为了要把他酝酿许久的《逻辑哲学论》的核心思想用钳子拽出来(无论他疼得如何尖叫……),而跟好友罗素大吵一架;因为,维特根斯坦硬要躲到挪威独自生活两年,好好写作!而罗素担心他在挪威的孤独旅居期间,会疯掉或自杀——后来当然没有!这一类天才的、又有伯乐与千里马知遇之恩的"创造性的孤独",是否有点"相似于"圣弥格尔山修道院的隐遁(以出世的精神,做入世的工作)与自知之明?太多没道理的干扰,与,俗世纷乱纠结的误解(如人类考古学家德日进先知性的卓越论述,当代被禁,在他死后许久才被肯定而全面解禁;活着时,穷困潦倒的耶勒米亚先知、约伯、居礼夫人、司马迁、巴哈与画家梵谷或但丁……不也一样勇敢地甘于寂寞吗?)。

圣弥格尔山为保持"遗世独立"的文化传统与独特的清幽之境,也正如熙笃会隐修士麦纯所说:"身体的孤独、外在的缄默、真正的敛心,为任何愿意度默观生活的人(圣女大德兰所说 infused prayer 或圣十字若望所说'默观是秘密的、人神相恋的'爱的知识',即'神秘神学'[mystical theology]——这一类的神秘经验,威廉·詹姆斯也常研究,含括着炼净与结合,也是引发宣道的原动力,兼具默观精神和使徒热诚),都是很需要的……因此,必须记住我们寻求孤独,目的是为增长对天主和对他人的圣爱——勇于'打开'内在孤独的深渊,是由那不能用任何'受造物'来满足的'饥渴'所造成的。"

是的,腐败风气的贪吝,造成物欲横流、弄权操控、人心险恶且处处充斥着薄情寡义、烧杀淫掠……的,可怕的当下,许多"只认钱、不认人"的残酷冷漠的活死人、死活人的一堆又一堆的"恶心人渣",不就像圣弥格尔山涨潮退潮的无常与越来越厚的、肮脏无用的堆积污泥吗?为能清淤及保持"人在水中央、少受外界不必要的'闲杂耗损'与'恶意侵犯'",法国政府编列工程经费一亿九千万美金,预定2022年完工。

——月光下,秃光的鸡蛋花树,兀自孤独地矗立在窗台外,乍看以为是吾主耶稣被犹太士兵戏弄侮辱时,头上所戴的那一顶鲜血淋漓的、永恒的"茨冠"悲剧。但祂复活时的身体,五伤虽在,却不痛了!痛苦的记忆层次变成较低,复活喜乐的层次较高且全面获胜!台北有一间小教堂,设计典雅,帮助人祈祷时很容易收心,是一位已经返回德国、很有艺术细胞的万神父亲自设计监工完成的——圆圆小小的祭台桌子下方,围着一圈木质、有荆棘的茨冠;圣体龛有好几层小门,打开后,鲜血般大红的字写着:"为你";是的,主说:"我受苦,是为了你——单单只为你。"每次每次,我想到两人都病恹恹躺在港边护理之家简陋病床上的高龄父母亲大人,正在日夜奉献他们垂危衰弱的病苦,与、极大的、难以言宣的挣扎、无奈与受苦时仍然不放弃对子女们无尽的祝福……如待宰的替罪羔羊,沉默不语,是基督亲自在他们内白天黑夜地受苦受磨难!是的,那苦、那痛,为了我、我们、你们……大家!

——说到像德国的黑森林,我想起一位住在纽泽西的友人,她家就盖在森林里,好像生活在电影故事里面那么浪漫闲适(慢活如赫塞的诗句)。孩子们如果不听话犯了错(父母是不打不骂的民主作风),客厅屋顶架了一张大渔网,喜欢的玩具就会暂时被父母没收,闲置在高挂屋顶的大渔网上,不许玩就是不许玩!十天八天之后,改掉错误的言行才能"失而复得"拿下来玩,很好!

——中国人讲"万恶淫为首";有一位教宗写的书信集,也强调一般男人的"眼目之贪"较软弱,天主把男人的灵魂托给女人,希望女性在与配偶独处之外的穿着,勿太袒胸露背、极尽挑逗、卖弄风骚等的诱惑;常在台北捷运上,看见捧个手机上网玩游戏、穿条超短热裤的年轻女郎,又绷又紧的卡在阴道那儿,还露一大截肚脐眼儿附近"引人遐思"的肉肉……"姿色是虚幻,美丽是泡影。"——只单单迷恋你的美貌的男人,对你的灵魂又能了解多少呢?嗳,我对这些小女生们疼惜之余,真不知该说些什么好呢?

*

太多人嘴巴不干不净、常造口孽,为满足"只有自己是好人"的假相幻想,老喜欢在背后讲别人坏话(圣雅各伯呼吁钳制口舌,因为简直就是地狱的火),匪夷所思的是,二楞子小哥笃雄,怎么会连我非常淑女的学者女儿源源(她教毕业的学生,离开校门前画了可爱的漫画送她,贴在她研究室墙上,写着几个彩色大大的艺术字:正妹老师)都要毁谤、造谣!我想不透,他怎能忍心中伤刚刚失去挚爱的父亲约帆的——源源?(老天,人家晚辈可是口口声声、见了面就喊他二伯父的耶?王阳明所说的"良知",何在?还是……他病了?该送去医院鉴定?)

慈田路眷村拆迁贴封条那前后,他老拜托我搭高铁到K港帮他催促国防部早一点验收,他急着要拿到补偿的钱……这人见了钱就六亲不认,翻脸比翻书还快,我怎么就学不会"机警如蛇"?光是"纯洁如鸽"有啥用啊?为了照顾失智的父母,被他这近乎有虐待狂倾向的人绑手绑脚的瞎折腾这么多年,可真会把自己累死啊!圣伯纳多常讲:"**爱若不明智**,会发生许许多多难以弥补的错误。"小哥笃雄也曾多次在我面前叨叨叨,不断"抱怨"他老婆没良心,早就跟他分居十几二十年,到餐厅吃饭或孩子要交学费、需要人付账,又找他"假好"一场;为了想霸占他的退休金,光每天无理取闹、泼妇骂街,吵要大笔赡养费,退休金还没到,她说什么就是不肯签字离婚:"这种连小学都没毕业的疯老婆,比博士级的大教授还会编谎话天天骂我骂得头头是道、狗血喷头!她就是因为虐待婆婆——那一天我上班,她还叫警察来我们慈田路眷村,硬把我们七十多岁老妈绑去医院关……(我不敢相信自己耳朵,怎么K港会有这样'不讲伦常'的黑心警察?),害我妈从此气得一病不起!这一种媳妇儿,活该她第二天检验报告说是得了乳癌……"唉,笃雄连自己还没离婚的老婆都如此背后"酸"她;对我们,他还会有什么好话?想带受伤九个月、断一只手的继父去大医院看诊——台湾这号称民主自由的社会,真会很讽刺的遥遥无期吗?鸡同鸭讲,浪费我多少电话费,跟二楞子小哥或港边护理之家明明是违法的老板娘,怎么沟通法?难道就"眼睁睁"看着继父这样冤枉痛下去？他们只希望他早点死，最近还敢提要带回家自己照顾（透天厝也一样没有电梯啊，怎么可能？满脑子只有钱、钱、钱……）——笃雄受过护理的专业训练吗？没有。怎能狠心对两个又失智又断手的可怜老人、从小把他和孙子养大的父母亲，如此残酷不仁？我呢？我对自己和负担很重的源源——是否也有某种程度的残酷不仁？二楞子小哥笃雄，曾在港边护理之家扶继父走路时，把他跌得额头缝了五针……唉，一个"贪"字的歹念，又吵要把两老弄回家自己带，好"侵占"老爸郭爷爷每个月近五万元的退休俸？早死好早点儿"卖他的房子"？或怕把他手治好、装个义肢，继父郭爷爷就能恢复成往日掌管自己的终身俸及十八趴利息等钱财？有那么一天的话，笃雄这一家子人，在还有一丁点儿"废物利用"价值的父母身上，就没得"赚头"或"大权在握"了？

前两天，几年前曾经想不开而在K港跳河自杀过、幸亏很快又送医获救的妹妹荷春（当时郭爷爷亲生女儿荷语，罹癌刚刚过世，母亲应兰的住院医师又发了病危通知；一直都是单亲妈妈的荷春妹妹，一时经不起这么多沉痛的丧亲打击……），忽然独自回到K港老家（先住她朋友那儿），说是不再帮她住台北、离了婚的女儿带两个三岁、五岁的小小孩儿。还是继父郭爷爷名下的公寓房子，郭爷爷写了同意书、签了名盖了章，同意妹妹荷春先回娘家住一阵子！唉，何况我们"亲娘"还活着，中秋快到了，每个护理之家，也都希望住民过年过节由家人带回家团聚团聚，让他们看护轻松几天！但是，孙子铁生"霸"在郭爷爷屋里赖着住，硬是不给小姑姑荷春开门，管它违不违法，连警察来虚晃一招，二十多岁、啃老啃惯了的孙子铁生，还是死皮赖脸、不让他二姑姑进去；还好，个性跟她爸爸约帆一样颇有骨气的女儿源源，早就讲过："妈，外公郭爷爷的房子，无论怎么处理，我们都不用分一毛钱……"感谢天主！

是的，1949年从大陆撤退来台的外省人当中，有一部分就是我继父郭爷爷及母亲这一类无家可归的难民，少小离家、一辈子颠沛流离、穷困度日，如今伤残被囚、连一口水都不容易喝到的、年近九十的孤苦老人；外省第二代呢？有些就像年轻时美若天仙、年纪大了变成凄凉而又病弱的边缘人荷春妹妹，无处栖身（不少本省人有田有地的，一碰到开发、盖大楼或变成高铁、捷运旁边被征收的土地，马上动辄上亿的资金从天而降，一夕变成口袋鼓鼓的暴发户……），中秋节到了，荷春要拿自己家的钥匙（哥哥笃雄不给），或，里长及警方及会讲话会写字的郭爷爷都"已经同意"找锁匠去继父郭爷爷屋子另配一把新的钥匙（谁不会丢钥匙啊？）——岂料，二楞子小哥他们父子、父女，全被二嫂慕金"洗脑"洗得人不像人、兽不像兽，就是"不许"心脏动过大手术、浑身是病、无依无靠、年近六十的荷春妹妹，回自己娘家一步！曾经"动手"打过单亲妈妈荷春妹，而被荷春告进法院，让她拿到过一年"保护令"的——有"家暴"前科的二楞子小哥啊，你何时才能悔改向善？你何其幸运，在K港有房子有工作，为什么如此霸道、侵占、狠心对待弱势的亲妹妹？

我问荷春："姐姐每个月替你出点租金和生活费，你女儿出三分之一，凑个五千块钱，在 K 港可以租到一间小套房的，好吗？"

荷春很不甘心："为什么？那又不是他笃雄的房子，他们自己房产那么多，还趁继父受伤偷偷去办什么养子，脸不红、心不跳喔？奇怪耶，我们父母还活着，老爸名下的房子——为什么中秋我不能拿钥匙带老妈回家过过节？这是什么'人吃人'的黑暗世界？里长每个月拿四五万薪水，又赞成又协调——弄一堆人在里长门口白吵一顿，又怎样？里长跟少数警察，都在演戏啊？笃雄跟他老婆，狐狸样的耍奸耍诈，每天出一个馊点子猫玩老鼠，害我大热天"浪费"计程车钱跟他满街瞎跑白搞，有什么好公证的？他究竟凭什么嘛？他生病了吗？谁来拉他一把呢？……"

"上主使邪恶的人，心硬。"——难道当哥哥的，还要逼迫身处绝境、病到无法工作、只靠每个月政府发的三千五过日子（伤残卡）的荷春，再去二度三度自杀吗？主啊，除了含泪祈祷，我实在不知道该如何描写此时此刻我内心巨大的伤痛、悲愤与一筹莫展、爱莫能助的着急啊！但是，祢知道、祢必将引领这一切……

*

孙子铁生，人在继父郭爷爷屋里的那一天，因为就是不肯从里面递钥匙给小姑姑荷春、只半露一张怒骂长辈的臭脸，说什么也不肯从里面开门——两名警员来了以后，这顽固的啃老族，依然我行我素！派出所并不是法院，只要没有砍杀或流血出人命，是没什么强制力的！大家不过等于借用派出所的桌子、椅子，公开协商而已。原来以为，既然被爷爷奶奶"隔代扶养"的铁生，也是荷春姑姑从小"把屎把尿"带大的孩子，劝两句开导开导，总会心软，把爷爷房子的钥匙给二姑姑一把，让她先回家住一阵子再说？事实上，两老一天比一天衰弱无力……虽然我很希望他们走后，伤心之余，老房子还能"留下"当个纪念，逢年过节大家可以"回家"聚聚——但是，贪得无厌的二楞子小哥及二嫂，若一定要叛逆卖掉祖产，没多少钱，这一桩"伤感情"的遗憾事情，也就快落幕、归于平静了吧？

谁知道，我们一直打电话劝小哥笃雄来一起谈谈，他不理不睬，却冒出个二嫂慕金，"一屁股坐下"就用台湾话跟她一儿一女同声责骂，霸凌而又粗声大吼地"指挥"着坐她对面的可怜荷春，一个字一个字遵照慕金的意思和强硬规定的措辞，写下要自付水电费等等的字句……天哪，约帆也是外省眷村子弟，我们婚龄近四十年都讲国语，二嫂慕金十分高姿态的、故意用台语哇啦哇啦讲得好快，我真的"来不及"听懂、"又怕"神情有点儿恍恍惚惚的妹妹乱签吃大亏、被送去坐牢（小哥笃雄又来电吵说，妹妹签的文件还要去公证——嗳，什么跟什么嘛？又不是他们的房子；自家人，凭什么如此刁难暂时想回娘家住一阵子的妹妹荷春呢？）。

我又想离开这"弱肉强食"、令人寒心的尴尬现场；又百般忍耐地低头请求慕金："你讲慢一点，让她想一想再签名啊！笃雄跟你讲话都讲国语，你能不能……"

慕金当着她子女的面，又直接大声用台湾话呛我、呛给她一儿一女听：

"你是什么东西？你在我眼里，根本就不是个人！我跟你妹讲，关你屁事啊？"

除了K港是我家乡，我"爱"这里的一草一木、堕落与希望、各式各样的人以外，我一无所求，只慢慢在学习吾主耶稣（基督献出自己最大的屈辱，作为世人得救的辩护——而在十字架上，衣不蔽体地伸开双手、燃烧自己，降福所爱的全人类），是的，我找了祂几十年（以前是亲爱的约帆陪着我一起找；如今承蒙天主看得起，要我独自一步一脚印、继续寻找祂在我身上的旨意），祂时隐时现，有时候，会酷酷地用"神枯"考验我，但却经常慈悲地用"神慰"帮助我，让我还有一点点力量，在父亲、母亲、妹妹……许许多多弱势和边缘人的身上，服侍祂，只单单服侍我所爱的净配——主耶稣基督。我们人神之间的爱，随着越来越认识对方而与日俱增、永恒不变！

但是，时候未到，自小充满"性别优越感"的孙子铁生、又有很深的自卑感，不会了解我以上所肯定的价值观，也从不看我出的书、不肯安静听我讲任何一句话；而他父亲，一位只认得钱钱钱的小哥笃雄，也完全无法了解，为什么经上说，人不能侍奉两个主人？二嫂慕金所挑拨离间的恶果——对我和女儿源源的偏见、妒恨与憎恶，比带着仇恨、生存于世、制造恐怖的慕斯林们，还多了点血缘上的切割与策略性的形同陌路，这在《旧约·创四：1—16》里，描述着厄娃的儿子加音，忌妒天主惠顾了弟弟亚伯尔和他所献的祭品，而杀了放羊的弟弟亚伯尔……天主问加音说："你做了什么事？听，你弟弟的血由地上向我喊冤……"

嗯，那存心当众羞辱人（七八位警员都在场，竖着耳朵听）的茨冠，是吾主耶稣亲自"在我内"戴着、淌着血……我又想起，那迷人的夜晚，月光下，秃光的鸡蛋花树……是否孤独？是否隐隐作痛？

而她慕金老公现在的工作，是我们过世的约帆生前介绍进去的薪水十分稳当的"国营机构"——二楞子小哥已经安安稳稳做了将近三十年、月薪五六万！怎么还忍心欺凌一辈子漂泊悲苦的妹妹荷春？她慕金白白住我们祖产慈田路眷村四十年不必缴一毛钱房贷（源源任教大部分的薪水，都在苦哈哈地拼命缴房贷、当房奴孝敬银行），慕金她父亲过世，外岛祖产，留给她很大一块地，几百或上千万吧？她是人家女儿，妹妹荷春就不是？难道妹妹就是母亲从臭水沟里捡来的、不许回家？除了"国防部"赔给他们的房钱几百万之外，她慕金在K港又买了房子，跟老公笃雄很少住一起！她这台湾媳妇儿，三十年前，就把公婆郭爷爷他们赶出了慈田路眷村老家——而那是我亲生父亲配到的眷舍。笃雄和慕金他们不吭不气就用类似"伪造文书"的手段，把我和妹妹的名字除掉了！我不在乎；但是，多病多难的荷春，该何去何从？……公平正义在哪儿？在哪儿？

为了荷春及父母亲的委屈，我想到杜斯妥也夫斯基的名著《被欺凌与被侮辱的》里面辛酸的情节与人物，写得真好、真感动人；可惜我这快生锈的秃笔，也早该"识时务"地封笔啦！我重读曾任美国自然史博物馆馆长近四十年、并任教于耶鲁大学的美国人类学家克拉克·威斯勒（1870—1947）在《人与文化》里指出："文化是由人类的反思性思维发展出来的积累性结构。实施这种思维的机制，是每个人的内在素质的一部分……"作者认为，从猎杀采集到宗教战争，人类的一切社会性活动都属于文化范畴；他从民族杀戮、宗教战争、种族灭绝当中看到的是文化……他又在第十三章"文化中的个体与种族"里提到："我们的讨论应小心谨慎，因为似乎每个人都不容易冷静地对待种族问题。"

——几乎被他老婆、老婆拜的一切偶像及工作环境的工人们所"同化的"二楞子小哥，已经不是我们当年所认识的、善良上进的笃实小哥；四十年的疏离与陌生、无法互信……变化，已经太大了！是鸿沟难以跨越的"文化差异"吗？是人类天性爱犯的"七罪宗"吗？有一天，继父郭爷爷虚弱地躺在病床上，一面发高烧、一面痛苦呻吟着："我想回湖北老家看看……好不好？最后一次，谁带我去？回去看看家里人……你们怎么不带你妈回南京看看？人一辈子流浪在外，最后一次想回家啊……"

在台湾无田无产的外省人，不管是第几代——都有个该被灭绝的茨冠要戴吗？矗立在院子或路旁的鸡蛋花树啊，秃或不秃、花开或花谢的季节，天地间春夏秋冬井然有序，就像《圣经》上说，天主降雨给义人，也给不义的人，不是大家都一样，没有差别待遇吗？那么，慈悲的父啊，就赐我智慧、勇气，轻视这些算不上侮辱的小小挫折吧！

那一天傍晚，我在K港一间熟悉却无人进出的小教堂里，朝拜圣体及祈祷，将近一个多小时；很感谢我冥冥中的神修指导、熙笃会隐士圣伯纳多，又以他的灵性提醒、滋润我身心灵的枯竭与疲惫："独自一人，坐在一处，不与他人沟通……神圣的灵魂保持你的独处，为了'祂'，但不与他人来往……当情况允许独自一人，尤其在祈祷时，这并不是浪费时间。"——当耶稣所爱的洗者若翰先驱，被黑落德王砍头之后，耶稣所立即做的，不是到街头聚众抗争，而是默默退到"山园祈祷"、向祂在天上明白一切的慈父，祈求。

*

我，千万个不想上法院的曾荷一，既已被二楞子小哥全家无理取闹地百般刁难了将近十个月，仍然无法跟女儿一起帮继父请假、略尽孝心、陪他就医（至少一次就好，对于他口口声声想切除"越来越痛越萎缩"的断臂及换义肢，我们真的很想听听专业医师怎么评估，都不行？）或去教堂……其实，也不是提告，只是该去法院申请我和妹妹对父母同样有探视权和照顾权而已——不知会碰到怎么样的法官啊？有同理心、肯怜悯父母这样无助且重病的失智老人吗？有人性或公正吗？唉……我真的只能去法院提出"民事申请"及寻求"家事法庭"的协调？难道说，宗教迫害，还在自由民主的台湾上演？

为争取父母亲短暂的、余生的幸福，理性、冷静地奋战吧！问题是，我台北的书都别教了？自己的家都别管了？小说也别写了？法院一通知就要来K港跟笃雄一大家人瞎耗？K港租金付得很吃力的房子，也迟迟不能退租？高铁又涨价，我又还得买全票,怎么办呢?似乎越来越能体会,耶稣受难前夕的无助呐喊:"父啊,父啊,祢为什么舍弃了我?"

哎,负责监督及保障人权的卫生局跟警察局的相关人员,对我一个作家亲笔写的陈情信(还附有继父郭爷爷的亲笔陈情信),几乎视若无睹,到底在干什么?这些都是你我"老了"、若不得不住进护理之家(长期照顾)的未来的干枯、麻木、冰冷的生活缩影吗?

*

——曾经参加地下反纳粹主义运动、图谋行刺希特勒的德国神学家潘霍华(Bonhoeffer,1945年,在浮生堡遭处决),他给未婚妻写过许多感人肺腑的《狱中情书》;对于人的洁身自爱,潘霍华的劝言真好:"贞操的要素并非情欲的压制,而是一个人在追求生命的目标时的**全面训练**。没有这样的一个目标,贞操将沦为笑话。贞操是注意力集中、心平气和的必要条件。"——有些不贞或不洁,隐藏在内心,或意淫、或造口孽……

许多年前,台湾就翻译过日本作家村上春树的各类作品(我担任"约伯写作班"班主任那一年,帮我很多忙的副主任也是一位知名的男小说家、新手爸爸,他喜欢村上的小说,我却只能随手翻翻,无法细读下去……),如今,因为他可能得诺贝尔文学奖的呼声很高,而且新出了一本叫《多崎作……》的长篇小说,台湾为取得"繁体中文版权",给他的预付金,听说居然超过台币伍佰万元以上?我从书架上找出村上以前的小说《开往中国的慢船》，其中一段如此描写："我割草是十八九岁左右的事……我有一个同年的女朋友，我们能见面的时间，一年加起来也不过两星期。在那期间我们做爱、看电影、吃奢侈的饭、漫无头绪地聊个没完；而且最后一定是痛快地大吵一架，又再做爱……我喜欢看她把衣服一件一件脱掉、喜欢进入她柔软的阴道……不过，如此而已……"当然，我自己在小说里写青少年角色的形形色色，也会有当"角色肚子蛔虫"的种种描述；问题是，一个作家自己各阶段的终极的核心价值，在哪？高段、用功的研究者找得出来吗？我在跟某"国立艺术大学"学生上"现代小说欣赏与创作"，除了讨论到二次大战之初、出生于耶路撒冷的以色列小说家奥兹（Amos Oz）之外，也谈到风格与奥兹迥异的加拿大女性小说家孟若（Alice Munro）的作品；奥兹的《爱与黑暗的故事》、《费玛》……等，架构庞大繁复（他本人也是政论家，不断呼吁以阿和平），他所擅长的家庭悲剧、夫妻感情等主题，与身为人母人妻的女作家孟若（荣获 2013 年诺贝尔文学奖）所观察到的短篇《出走》或长篇《女孩和女人的生活》……——班上四十多位同学交来的期中读后心得报告，也一样多采多姿哪！

相对于村上的较媚俗的写法，我更喜欢赫塞在《提契诺之歌》里，对男人常换女伴、见异思迁的对"虚无"的洞察力。

*

——对人对事温和、谦卑且富洞察力的源源，经常"代表国家"出国开会，尤其欧盟各国的经济、社会、国家福利政策等等……，与全球的互动，那是她在纽约哥大博士论文研究的领域……她懂的，我不懂，她除了负担很重的教学工作、为"人师"，又一直在赶写论文或评鉴别人的论文……等等，在"她实在太忙、没空陪我"这一方面，我有时难免感到一种无奈的疏离、被冷落与淡淡的惆怅和无边的寂寞（知道她不是故意的，她是分身乏术）；偏偏，约帆走后，我并不想交结男友或考虑再嫁；但是，我能不断不断地祝福她、为她祈祷，因为是天主圣神在带！——万事互相效力，我们同在基督内的、母女情深的爱，足以"超越"一切语言、时空或别人故意分化离间的表相的隔阂；多么美好！她都用英文，在伦敦、东京、挪威、瑞典、巴黎、美国、西班牙、德国、南非……发表论文，听说经常有一两百位世界各地的学者参加，互相切磋，我很为源源高兴！相信她老爸在天上，也会感到很大的安慰——圣神所结的果实，多么美好！常常知道她很累，总在机场或欧洲一坐几个小时的火车上，抽空跟我写手机简讯：

——"亲爱的妈妈：刚到挪威，早上九点多，还有点时差；这个国家看来很简朴，气温是秋天的感觉，很舒服；希望下一次能跟妈妈一起来看看。天主保佑，女儿源源。"

——"亲爱的妈妈：今天纽约有点冷，我回到以前那一家洗头店，设计师叫我可以再剪短些，哈哈！但我只有洗洗而已！等一下和美国学弟妹见面喝咖啡，昨晚学校招待我们一百多位学者去听歌剧，蛮开心的！天主保佑。女儿源源敬上。"

…………

…………

源源从小就很独立，我总觉得帮不上她什么忙；她琵琶弹得很好，也花钱请名师正式苦练了十多年，她初中在 K 港念的是那学区最好的一间学校里的国乐班，不知道为什么，去纽约念博士学位……各种压力太大吗？为什么她返台任教后，就不弹了呢？好可惜啊……可叹而又好笑的是，她最大的发泄，似乎就是父亲过世后，每年放年假时，忽然用被子盖住脸，就放任地嚎啕大哭一场……我就闷不吭声地随她去……我身体不好，也不能陪她一辈子……还好，她曾经悄悄跟她弟弟说，最近很想弹钢琴（从小也随名师练过十几二十年）自娱，我听了当然很高兴！（正当的寄托嘛，人生许多正在面临的关口或瓶颈，一时难以解决，就暂时别理；也不是逃避，就是转移注意力、降低那难关的"杀伤力"，等候神，不受魔役。圣依纳爵《神操》也教这些，教导人灵怎样打击魔鬼的智慧与毅力。）就像我年轻时很爱弹古筝、约帆拉二胡，为什么我又半途而废不大弹了呢？怕听那曲调的幽怨哀伤吗？我从年轻时就学、就热爱的莎士比亚和戏剧原理（如亚里斯多德的《诗学》等等），是肯定"以毒攻毒"的呀！前年，在基隆订了一间预售屋，想把台北一间小房子卖掉，小换大，因地区不像台北那么热门飙涨，总价便宜些，若能平安付到明年底顺利交屋，只想在大一点（单单宽敞的客厅就有二十多坪）的屋里，摆一组好音响和一架钢琴和敬礼圣家三口的大雕像、一张能念书（尤其《圣经》）、能画画的大书桌；若是还有健康、福气，常能听到源源或小洁回家弹钢琴；或者，每天有固定的时间（已持续一二十年）独自宁静地阅读、默观祈祷——圣女大德兰谈及的默观，她称之为"灌注的祈祷"(infused prayer),而非"自修的祈祷"(not acquired prayer)、也涉及圣十字若望所肯定的"意识的转变",十分接近佛家唯识宗所说"大圆镜智";或道家庄子的"上与造物者游"、"独与天地精神往来"(《天下篇》)……啊,人生的千万种磨难、困窘与遭忌,再深、再荒谬、再不公道……也伤不到"我是按天主肖像所造"的人的本质,多让自己的"幽默"与"苦难"并存、合一;常能"偷得浮生半日闲",就很好、很幸福了……

——大约十多年前吧,约帆想辞掉高薪的工作(跟他每年五六个月的年节奖金平均起来,大约台币二十万一个月;如今,他英年早逝、忽然走了,像他这么专业的、"国家河海特考"及格又有证照及丰富实务经验的、航运工程界的大佬,由于在公元2000年曾遭人陷害,少做了十二年,竟然连退休金都没有……),可怜约帆被迫,只好试试看,是否"换个"更有生命意义与奉献价值的人生跑道?就和我一起,除了去国外攻读神哲学硕士班学程之外,因为平常就喜欢每天早晚两次的静坐祈祷、各约半小时,所以后来又在国内外好几个研习所,参加了理论与实务都颇有收获的"归心生活祈祷营——慈悲的学校",遇到几位一流的灵修导师,颇有收获。

资讯爆炸时代,更凸显人际疏离的精神荒漠(或不少人相交满天下,知音无一人);有一位神秘家提到过、我也深信:"人与人'内在'真正关系的深浅程度,只会比'这人与天主'的关系浅一些,不会更深……"人类意识提升的具体方法,当然有理论也有步骤——人的脑波,通常在肤浅的Beta层次,心智不十分明澈,只能看到事物的"表象";但若能真正地静下心来、心神专一或忘我的话,经过正统的训练与恒心实践,就能进入较深的 Alpha 层次,较易逐渐开悟或因蒙智慧的光照,而与真理相遇。(当然,生活圣洁、清心寡欲,等等,都是必要的条件。)

人的灵修与心性,从"相对界"(形而下、有形)慢慢走到"绝对界"(形而上)……最后在神灵界(复活的基督),把有形和无形交汇融合起来(无形的超越意识等等)。这也接近老子说的"归根曰静、是为复命"。——感谢天主,我一直"慢活"地乐在其中。

——另外,尤其可贵的是,杜斯妥也夫斯基的夫人,在她的自传中写道:"我找到先生在 1877 年 12 月 24 日写的记事本,要他自己终身记住:一、写俄国的老实人;二、写一本关于耶稣基督的书;三、写自己的回忆录;四、写一部有关四旬祭(复活节前四十天受考验、受钉、蒙难)的长诗。"——杜氏说,这些至少需要十年时间,而我现在已经是五十六岁了。

我呢?我这无人理睬的小角色,这些年来,为写一本长篇小说,而参考了许多与书中角色有关的背景资料,如邱吉尔写的《第二次世界大战史》、好几大本的《俾斯麦回忆录》、《波逐六十年》、《资治通鉴》、《史记》、《利玛窦中国札记》、《希特勒时代的孩子们》、《南京国民政府时期的国有企业》、《作为革命者的史达林》、《十月革命》、《托洛茨基》、《梁漱溟的最后 39 年》、《中梵外交关系史》、《战后欧洲六十年》、《战时中国各地区》、《日本海上自卫队全舰艇史》、《云南三村》、《火烧、血洗·杨家坪神慰院》、《昨日的世界》；胡塞尔、纽曼；熊十力与冯友兰、陈寅恪、傅斯年……等人的思想论著；董其昌等人的画作研究与甲骨文、圣经考古……

小说，尤其是经典小说，每年每年，一看再看的，如天上星辰闪烁，数也数不清，例如：《三国演义》、《红楼梦》、《边城》、《海隅逐客》、《复活》、《灯塔行》、《静静的顿河》、《权力与荣耀》、《爱之荒漠》、奈波尔的几本长篇、《都柏林人》、《白鲸记》、《卡拉玛助夫兄弟》、《雨王亨德森》、《追忆似水年华》、《兔子歇了》、《黑天使》、《悲惨世界》、《神圣的贫困》、《你往何处去？》、《浮士德》、《百年孤寂》、《最蓝的眼睛》、《八月之光》、《情感教育》、《华盛顿广场》；乔哀斯的《尤利西斯》与《芬尼根守灵夜》；《巴拉巴》；波德莱尔的《恶之华》；《战争与和平》；法国莫里亚克的《爱之荒漠》、《黑天使》；《大河湾》、《莫斯科的寒夜》；杜氏的《被侮辱与被损害的》；伍尔夫的《海浪》、《灯塔行》；《坎特伯利故事集》；《饥饿间奏曲》；海明威动人的《老人与海》，还有他写巴黎的《流动的飨宴》；但丁《神曲》……还有，还有，德国葛拉斯的《但泽三部曲》、《蟹行》与他的率真可爱的《诗与画》；杰出女作家莫里森、英国莱辛……的无数探究人性与呈现女性困境的几本好小说；加上，最近几年冒出来的长篇小说《自由》、《纠正》；另有，可当小说背景资料的，例如：费孝通写的《云南三村》、《乡土中国》等等；我读的时候，还要"节制"别读太久的，如柏格森的《道德与宗教的两个来源》；圣经文学、莎剧、心理学、诗、科学、建筑、音乐……等等；另外，如史景迁写的《革命与战争》、《变迁中国》等许多有关中国近代变迁的几本好书，我都读来爱不释手……喜欢读、喜欢思考——也是天主的大恩惠啊！唉，可惜念到死都念不完的一箩筐一箩筐、很想赶快念完它的书，偏偏人生苦短、学海无涯，为什么还要浪费生命、理睬"命里犯小人"的那些无聊小人？嗳，滚滚滚——滚你的小鼻子小眼、"自以为是"的、幼稚无知的刁难！是的，千真万确："受迫害的，要得百倍赏报"，主哇，佑我勇敢划出"界限"，为了祢的国来临，明智保护我所剩不多的时间、微薄的日用粮，和，如"将熄的灯心般"微弱不堪的、一点点游丝样的精力吧！所以，我越来越爱用"耶稣会"已封"真福"（日后有可能封为圣人）的伯铎·法伯尔（Bl. peter Faber, SJ）的祈祷词，求主施恩："主，我恳求祢，从我生命中移开——任何阻碍我到祢那里、或祢到我这里来的人与事。"

说到人和友谊，有些虽然没见过面、却很景仰的作者，和，颇有灵性的书中人物或与熟悉他们生平的圣人圣女之间的神交密契，不也都是朋友吗？（不排斥活着的、身旁的友人）……如此算来，当然还有许许多多堆积如山的文史哲、涉及我小说角色所从事的他的专业知识方面的书籍，以及，无数好的新诗旧诗；欧文、爱默生、梭罗及怀特的散文、随笔；各种很值得看的名人传记（如《梵谷传》、《居里夫人》以及教宗若望保禄二世自己写的自传：《礼物与奥迹》……)，都在等着我一本接一本白天黑夜兴趣盎然地读个没完、边写边滚雪球似的寻寻觅觅找个不停！长篇庞大的小说结构及人物关系、内心变化、核心价值的种种隐喻或穿插；国际关系之间的时空背景转换……我心里都有数，弄得很清楚（小说是直接在电脑上写写改改，已有近二十年，眼睛却越来越吃不消啦）！但是，一向对数字或所谓投资报酬率比较"心不在焉"的我，在这一本近百万字、分三册的巨河小说的年、月、日及众多人物表上头，倒是土法炼钢，得乖乖用全开大张图画纸一一画出详细的表格，登记清楚，才不会忘掉我在写谁谁谁！

就像读读停停、延误了好几年都还没读完的一本、费正清等人所编写的《赫德日记》，就是这样！赫德是在中国海关工作了一辈子的英国北爱尔兰人，他1859年7月1日成为广州中国海关副税务司；1863年11月，又继李泰国之后，出任中国海关的总税务司，为海关的发展筹措资金，与中国早期的现代化，关系密切；因为研究他、会写到他，又整理出——啊，生于立陶宛、后来移民美国的圣公会施约瑟主教（1831—1906），于1859年抵达中国抚顺（美国内战是1860年到1865年），1866年完成《北京官话新约全书》；施约瑟主教又于1879年，在上海创设中国第一所大学："圣约翰学院"，1905年又注册为"圣约翰大学"（St. John's University），他本人于次年蒙主恩召，一生作育英才、荣主益人！这也让我想到，一辈子渴望进入中国的耶稣会士圣方济·沙勿略，最后于1552年死在广东上川岛（年仅46岁，被封为传教区主保、东亚宗徒）——神奇的是，天主真的俯听沙勿略的祈祷：在他过世的同一年，利玛窦诞生。

有时，人看是神秘的巧合，在天主却是祂的上智且早已预订的计划;《现象学》(phenomenology) 大师胡塞尔,也曾提到神秘主义的大的背景,如德国的神秘主义神学家艾克哈(早期的海德格尔也受到他的影响)。

——有时候,生活的磨难、日子的煎熬、近人犹达斯型的"负卖"与恶毒的毁谤、中伤、霸凌与存心找碴……让我有点"沉寂"、"寒心"到,连细读《约伯传二:1—8》,都依旧感到前途茫茫、可怕的不确定:"撒殚跟天主求得许可,让它进一步狠心试探折磨天主所十分赏识疼爱的约伯;撒殚使约伯从足踵到头顶,都长了毒疮。约伯坐在灰土堆中,用瓦片刮身……"

唉,若连最后"善有善报"、"对天主忠贞不二"的约伯的美好人生经历,都无法让我得到一点喘息与信靠的神慰时,老天,怎么办好呢?曾经花开艳红或绽放洁白的鸡蛋花树已秃,已枯竭到将被耗尽(一粒麦子死了,将……???),呃,主啊,……我的大脑虽然知道德日进的《人的现象》与但丁《神曲》的《地狱篇》,知道该"因爱"而理性地奋力保持"信心"与"望德";可是可是啊,力不从心的遗憾,越来越加深我的心碎我的四面楚歌,我仿佛被遗弃在深渊里,再也找不到一直护佑我的、那一面圣洁大能的"盾牌"与"力量"!体弱多病且又无处申冤求助的我,多么渴望天主发发慈悲,早日"缩短"对我余生的考验——放我去找亲爱的、一辈子拿我当心肝宝贝呵护着的约帆吧!

不,我不是我生命的主宰,我不是造物主也不是救世主!我无权"骄傲地"结束自己尘土般卑微的生命,不要被看得见的"虚无"拖垮,还有更贵重的看不见的"永生"的赏报……

我的神师，原师承于某国际级心理学大师，他劝我，对那索命的、灰暗的黑色念头笑笑就好！笑自己，幽默些，别跟那傻念头打仗、瞎缠（我虽不是什么先知，但清楚：好几位先知，都曾软弱到跟天主求死啊！带领以民出离埃及的梅瑟，被缺水喝的百姓集体抱怨，梅瑟向天主呼号说：我要怎样对待这百姓呢？他们几乎愿用石头砸死我！《出十七：1—4》）！对，应付绝境时的灰心之魔，就是轻视它、挖苦它、讥讽它，歇一阵子，晒晒太阳、爬爬山就会好转……英国牛津学者路益师著名的《地狱来鸿》，也有不少类似的卓见，等平静下来之后，我更喜欢静下心再三研读熙笃会英勇的圣伯纳多对《雅歌·第二幕》的诠释，希望有一天，从女性的角度，"为学日益、为道日损"，我是否也能整理出新的诠释与体悟？生命里无数次无数次，绝处逢生、助我擦干眼泪、力量倍增的内文是这样的："（新娘）听，这是我爱人的声音；看，他来了：跳过山岗，跃过丘陵。我的爱人仿佛羚羊，宛如幼鹿……请你们为我们'捕捉'狐狸，'捕捉''毁坏'葡萄园的小狐狸，我们的葡萄园'正在开花'啊！我的爱人属于我，我属于我的爱人；他在百合花间，牧放他的羊群。"——我也常用这样的祈祷词，深知经文中的"他"就是"祂"，昼夜求主垂听俯允我的哀告。

或许，天主既已带走我所深爱的约帆，逆子又不拿我当个人，人生在世，我是否要学着近乎雌雄同体？我日夜劝自己加油，荷一，多读读坚强女性的所作所为：《圣经》里的《艾斯德尔传》和母子八人壮烈殉难的《玛加伯下·七》，都是女性极佳的典范！

——瑞典柏格曼所导演的名片《处女之泉》,描述一位愤怒、冤屈、很想报仇的父亲,在女儿被一群盗匪奸杀的原地站着、仰天祈祷后,以超性生命决定,如《天主经》所求:"我们的天父,愿祢的名受显扬,愿祢的国来临;愿祢的旨意奉行在人间,如同在天上;求祢今天赏给我们日用的食粮,求祢宽恕我们的罪过、如同我们宽恕别人一样;不要让我们陷于诱惑,但救我们免于凶恶。阿们。"——由于那父亲对盗匪的宽恕,他脚下所站的、因绝望而痛哭捶胸的地方,奇迹般汩汩涌出生命的活泉,一瞬间奇迹式的滋润干旱龟裂的大地与人心……

——吾主上主这样说:"………免得我百姓中,有人从自己的土地上,被赶走……"、"以后,祂领我回到圣殿门口,看!有水从圣殿门限下边涌出,流向东方……盐海中,海水遂变成好水。这河流所流过的地方,凡蠕动的生物都得以生活,鱼也繁多,因为凡这水所到的地方,百物必能生存……沿河两岸,长有各种果木树,枝叶总不凋零,果实决不匮乏,且按月结果,因为水是出自圣所;树上的果实可当作食物、枝叶可当作药材。"(《厄则克耳先知书》,第四十六、四十七章)

——"上善若水,水利万物而不争"(老子《道德篇》);"朝彻而后见独"(《庄子·大宗师》);"上与造物者游……独与天地精神往来"(《庄子·天下篇》)。

＊

——翻译？作品的翻译，只是有机会让多一点不同国籍的读者分享，促进不同文化之间的互相了解与团结（世界大同），却并不增加荷一这个人的什么光彩或价值。《圣经》所记，人的骄傲与勾心斗角等等败坏，惹火上帝，发威击倒沾沾自喜、自夸为天下最高的巴贝尔塔，带来各国语言的不通与分歧——免得帝国主义永远自高自大！

荷一与约帆都曾求得"舌音祈祷"的恩惠，约帆即将蒙主恩召之前，脸部表情那么美、那么慈祥平和，手脚却已那样令我心碎的冰冷……他奄奄一息躺在病床上，竟在氧气罩里、大声用"舌音祈祷"约二十分钟——我噙着泪万分不舍，真的隐忍着不敢哭出声音，只紧紧握着婚龄四十年的老伴儿约帆，曾经那样熟悉却又忽然变成陌生的、肥厚的大手。虽然"听不懂"他那雄浑高亢的"舌音祈祷"的内容，却完全相信约帆的"善意"、"祝福"与"真爱"的殷切！他一向这么顾家，当然很不放心这么早留下我们母女，在尘世无依无靠地忍受各种生活的煎熬与邪恶的侵袭，以及，对他绵绵无尽的思念之苦；是的，我虽无力且快崩溃、头一片黑，但是"圣神"在他内，玛利亚妈妈一定亲自在拥抱着她的好儿子约帆，也为我和源源母女以她至圣母爱的血泪祈求（约帆放下一切、咽气前，我们儿子图图、媳妇家利都还没有赶到）。

——路程只有半个多小时，唉，缘分太浅吧？但是，感谢善终主保大圣若瑟，约帆走的那一瞬间，我永远不会忘记，他天生有个希腊鼻的、英俊的脸部线条，只是睡着了，没有死，他那么美那么祥和，祥和到让我好放心，他去的地方，一定是个美好幸福的新天新地——天父慈悲，神秘地先让我看见，复活时，我们和长兄耶稣一起"喜乐重见"时的欢乐场面，我最最亲爱不舍的约帆，就是眼前这个看来十分满足的俊模样儿：温柔宁静、永远深深爱着我的、满头发亮白发的老师哥——约帆……祈求天主无边无尽的恩佑，怜悯他、救赎他……

——约帆的主保圣人是写《忏悔录》的圣奥斯定，这一位大圣人曾经如此"启示"众多彷徨不定、昼夜恐惧的"无牧群羊"："上主，求祢帮助我们早日能像圣奥斯定一样，唯独渴慕祢——真正智慧之泉；唯独追寻祢——永恒爱情之源。"我在先夫约帆主保圣人、圣师纪念日的清晨（8月28日），走在K港道路两旁、种满菩提树的人行道上，穿过公园里的大片森林，赶往一间我从小就很熟悉的圣母堂，要参加这一台平日弥撒……原来沉迷情欲、罪孽深重的圣奥斯定，由于天主的慈悲垂听与施恩怜悯，没有辜负他母亲圣曼尼，为求他早日能"浪子回头"而倾流大量血泪的至深母爱，与，等候……

*

——中秋月圆之夜，却风雨交加，无人赏月（或无月可赏？）；贴心文静的源源，专程到K港来陪我过节，也去探望了深爱她的外公外婆……月圆人缺，我们母女内心深处纵然十分思念去世多年的约帆，却也都"心照不宣"地默默埋在心底，相信有朝一日，那真正"月圆花开"的日子，一定不会太远！

我们母女俩，夜深了，一边听着CD扣人心弦的巴哈《无伴奏大提琴协奏曲》及波涛壮阔的贝多芬《第九交响曲》……一边各自在简陋的书房里"打包"书籍和东西,准备把K港的房子早点儿退租吧(我若来K港探望父母,可住源源在另一个城市的学者宿舍)。

噢,生于斯长于斯的K港啊K港——落叶归根的小小心愿,对我竟然变成一场虚幻而又奢侈、一生难圆的破碎梦境?梦醒时,我又在"被流放"的痛苦中,含泪颂念着杜甫的诗句:

——"戚戚去故里,悠悠赴交河……弃绝父母恩,吞声行负戈……出门日已远,不受徒旅欺。骨肉恩岂断……"

——"……诗卷长留天地间,钓竿欲拂珊瑚树……深山大泽龙蛇远,春寒野阴风景暮。蓬莱织女回云车,指点虚无是征路。"

嗯,无论贫富,许多中国人家庭都可以欢聚一堂的中秋团圆夜,怎么会弄成我和女儿一起、却"不能"将父母带出港边护理之家回家一趟?或者,去大医院帮老人家看一次断掉的手?"一次"都不行?就算是二哥笃雄差劲,由政府监督的护理之家的老板娘,"凭什么"替笃雄一家人搭台,支持他做坏事,伤害痛苦的父母、见死不救?就算笃雄昧着良心,为继承房产而去办养子,继父来这个家五十年,他不办(我们不屑于办,不是办不下来);今年初,继父一受伤,他就不吭不气"偷"着去办领养……至少,郭爷爷是我亲娘的丈夫、合法的配偶,为什么我们争的"与钱无关",而只是痛心,我母亲余生的幸福,当然与她老公的健康有密切关系!我和源源,竟在一个民主社会里,"眼睁睁"看着继父极不人道地如此被囚禁,已将近一年?我算什么女儿?我还是不是个人啊?对一个穷其一生爱国爱民、上校退伍的九十岁伤残老人,如此虐待到接近了刑求人犯,还要拖延多久?还要多久?

我虽病痛缠身且耽误了许多重要的工作,还是会努力下去!主,求祢伸出大能的手,帮助我们,不要放弃!别让这世界邪恶的霸主(魔鬼),打败真理吧!

独厚小哥笃雄的重男轻女?谁?这奇怪无知而又霸气的老板娘歧视女性吗?糟踏"两性平权"的民主形象,无知地在开倒车吗?最近三连霸的德国女总理梅克尔,坦承不是女性主义者,但在厨房为丈夫和家人作菜时,根本没想到总理身份;美国《时代周刊》也有53岁女的总编辑了!不是说我或者源源是女强人,而是,像源源这样经常到欧美各国用英文发表论文、颇受国际重视的、肯上进的年轻学者——她还省吃俭用,特别分五年贷款买一部六人座的休旅车(月付七八千元),为能方便载她外公外婆出去晒太阳走走……都不行?都不行?(我们母女耗时费神奔走了十个月,还滞留在原地踏步,看着继父郭爷爷断手的手掌心,皮肉模糊的烂成一团,只能叹息?是吗?只能衰叹吗?)我不懂,这到底是个什么世界啊?若是魔鬼掌权的世界——主,求祢的国来临吧!

中秋,荷春妹妹人在故乡K港,想带父母回家过节几小时,二楞子小哥一家却不给她父亲名下房子的钥匙,让她无家可归!我噙泪想到莎士比亚《李尔王》的悲剧——当他放弃权力、仍希望得到善待时,弄人却说了颇富哲理的话:"李尔选择退位,是'撵走两个女儿!因为将权力给了她们,会让她们变得无情无义和狠心背叛,只会离李尔父王越来越远……'"继父及我们都有自己十字架的姐妹俩,把权力暂时交给小哥笃雄,竟然被滥权成如此蛮横自私、以恶为荣、目中无人?

——最近,二楞子小哥一家人及那无理取闹的护理之家老板娘(她老替我小哥笃雄发言,老用不在场的"他"来"禁止"我为父母找她讲话,真不懂她是凭什么"大小眼"?可悲的文化差异吗?至少母亲是我们的亲娘,继父也是我们大家的继父啊!)——他们都"异口同声"说要把我病重虚弱的父母,接回家去自己照顾(一开始,继父他们瞒着我,把母亲送出家门,我好伤心好痛苦,再三极力反对,也挽回不了母亲命运的悲惨——那些年,约帆"于公于私"变动都很大,后来又罹癌并扩散成肝癌……我自己都慌乱得焦头烂额,只差没去撞墙而已!)。唉,如今,连继父都逐渐失智而且断手,怎么可能把两老弄回家自己照顾?(他还要上班。透天厝的小洋楼,一楼拜这拜那,只有五六坪大,怎么可能?)慢性谋杀?笃雄这一家子人啊,唯利是图,若请两个看护回家,划算吗?说穿了,笃雄及二嫂他们一家大小,目的就是"自己要赚"继父每个月那四五万元的终身俸,又能很神气地把父母亲"锁"在屋里,好方便折磨我和妹妹,"不许"我们姐妹回家进屋里去探望父母,去就骂!去就骂!骂到你们怕。老的赶快死了,这一家人卖掉继父郭爷爷的房子、马上独吞,看你荷一跟荷春敢怎么样?(上法院流程很长很累人,拖也把你给拖死掉、斗臭掉!老天,我曾荷一讲过很多次,继父的房子卖了,我跟女儿源源一毛钱也不会要！但是，别为了"小人之心"，就一次都不让我们母女或姐妹带父亲去大医院就诊！那断的手，掌心的肉都已开始腐烂……拖了十个月，怎么还是在无法无天的胡搞？）——有点儿像"立法院""朝野"两党，总找题目"为斗争而斗争"、好在报纸上作秀、露脸、搏版面！多少重要的、事关人民幸福与否的法案，长久躺那儿等啊等，堆积如山没审不要紧，努力花精神、费心思"内耗"，才有戏唱嘛！管它什么"国家前途"，建树不建树？废墟不废墟？今朝有酒今朝醉嘛！

还好还好，昨天有关单位承办人打电话给我："曾老师，你母亲郭张应兰有'重大失智伤残卡'，根据你父亲和她所有子女收入评估审核，已经通过每月补助壹万多元，会直接汇给你母亲住的护理之家；请问我的公文要寄到哪里？同时也会寄一份给你……"

啊，足足煎熬、苦等了将近十个月，终于天降甘霖，真是感谢天主慈悲——不是因为那一笔钱（我当然有一点儿惭愧，只希望日后有能力可以捐赠给更多善良的穷苦百姓），而是不必再听二楞子小哥一家人动不动就霸气地恐吓："我们要把父母接回去自己顾！老爸每个月的终身俸跟房子，都跟你们无关！我办了养子，你们姐妹靠边站！"——什么跟什么呀？那种思维模式的云泥之别，有时真会令人气得吐血。（这七八年，我每个月拖着行李，搭高铁奔波劳累，身体上比较难受的是，难以根治的脚底筋膜炎；中医所说的"盗汗"与每天暂时在服药、食欲不振的"胃食道逆流"，又都还没去看医师。）至少，二哥笃雄、二嫂慕金他们不笨，很会精打细算，若把母亲关回家虐待，这一笔补助款就会取消！我在有一丝"拨云见日"的欣慰中，想起《诗经·凯风》里美好、高尚的情操：

> 凯风自南，吹彼棘心。棘心夭夭，母氏劬劳。
> 凯风自南，吹彼棘薪。母氏圣善，我无令人。
> 爰有寒泉，在浚之下。有子七人，母氏劳苦……

——很多次很多次，胆战心惊的，父母亲的医师都对家属发过令人悲伤的"病危通知"——心情忐忑不安的七上八下里，我当然得忍住心酸、不舍，泪眼婆娑地咬紧牙关，带着凄凄惶惶与万般无奈、不孝、自责的孤独感，强迫自己"硬着头皮"跟好几家葬仪社，谈价钱、谈后事、选棺木……独自擦拭着汩汩而下、要它停也停不住的眼泪，一步步处理这些令人断肠的伤心憾事……四顾无人，心底不断呐喊："妈妈，拜托你慢一点再走吧！我真的很想再看你开心地笑一笑、陪你老人家回南京老家看看，好吗？妈，给我这不孝的女儿，最后一次机会吧！让我再陪你们一起去天主教墓园，看看你们以前最喜欢一块儿亲亲热热共骑一部摩托车、顶着大太阳花两个小时来回、去看最疼爱的、长相甜美而又善良早逝的妹妹郭荷语的骨灰坛，跟她讲讲贴心话，好吗？就像我每次跟女儿源源去她老爸坟上虔心扫墓、祈祷时，心灵深处都能获得极大的相通与安慰一样（一直想写一篇《给约帆的一封情书：如果你还能再多活一天》），好吗？我太忙、事情太多、借口也太多、又太自私……一生一世乱糟糟的荒腔走板，真的太对不起你们！我亲爱的、世上唯一的亲娘啊，等等我，让我陪你跟受苦的爸爸多吃几顿大餐、多享点福、再去公园一起开开心心地逛逛走走，好吗？别走得那么快呀……"

K港，我租屋的附近，有好几间圣堂，平日都是"台语弥撒"，人较少，若推母亲坐轮椅、一两个月去参加一次的话，比较不会像"主日弥撒"人多（各堂也有一两台国语的），怕打扰到其他教友（当然也很想带父亲去……），但是父母听不懂台语；幸亏他们所属堂区叫"本堂"，用的是国语（普通话）；很遗憾的是，本堂有个每月可"坐享"退休金的单身女子，邱NN，在堂里把持一切、耍老大，很多女教友（同性相斥？）都被她呛过或者很尴尬的常碰钉子！无论你想坐哪里、爱走哪个门进出、或想不想对着歌本唱……她邱NN都要管、都要来干扰！我天性又是个故意远离"权力核心"的自由、独立型作家，从不加入什么主教团某某委员会当委员，冠以唬人或掌权的头衔（当然也有委员是真在做事的）……平信徒身份，碰到她这种把教堂私有化、随时随地"唯我独尊"地把别人当三岁小孩、活像恶婆婆对童养媳妇儿那样，威权高傲的板着脸碎碎念碎碎念，什么都要霸气地指挥别人与横加干涉（但对神父却又是另一张无比温柔、顺从的嘴脸，常单独同一部车进进出出，送圣体啊、家庭晚祷啊……有教友很苛薄地说，怎么不干脆转去基督教，当牧师和牧师娘好啦）！仿佛教堂是她邱NN家私人开设的一样（当今教宗方济"文告"刚刚说过，"教会遍及世界各地、谨防落入将教会'私有化'的诱惑"），而她邱NN只是一个平信徒，却令人一进堂就处处觉得没有自由、时时有被她监控与操弄的束缚感,真是令人窒息难受啊(全省有几间教堂,也有类似的情况)!听说,教堂牧委会开会时,大家再也忍不住、反应几句对她的不满时,神父都闭着眼睛、假装听不懂,反而盲目地"颠倒黑白、以恶为荣"——当众帮她讲话、护短!

我很为难,也有点儿"茫茫然、不知该怎么办好?"的是,医师常给父母亲开病危通知,我也请了本堂牧委会主席、希望他能找人帮忙日后将在教堂举行的"殡葬弥撒"——主席及几位较熟的教友们,都很热心地答应了,神父在电话里却说:"牧委会主席做不了什么啊!"——他当然是在"暗示",非要邱NN做不可!我只好挂了电话,去别的教堂跪着祈祷许久,希望仁慈天主"听得见"我们的苦恼和短暂的不知所措!

有一个冬天的大清早吧,圣堂里光线很暗,我看不到经文的字;又很习惯固定坐在后区倒数第五排的位子。邱NN都坐我前面一排,有时还有另一位放假从国外回来看她先生的丁太太。

弥撒快开始了,我小小声地请问她:"邱小姐,请问我头上这一盏灯的开关在哪儿?你告诉我,我自己去开,实在看不到字耶!"没想到她马上臭了脸,凶巴巴、勃然大怒地斥责我:

"你不会坐前面去?前面开着灯啊!"

那是我的自由。我坐在原位不动。她一反常态,气呼呼地自己就跑到第一排、中间走道的位子,仅一步之隔,水汪汪的大眼睛每天紧盯着祭台上做弥撒的神父——就这样,以她强烈的、敌对性的肢体语言,每天每天像往日的柏林围墙一样,以她霸权的"背脊"挡在我和祭台之间，而且，平日弥撒都是神父发圣体、她发圣血——这全台湾空前绝后的创举，使我必须开始思考：如果父母亲要就近举办"殡葬弥撒"，该如何是好？我丧亲的心痛、心碎，还要被这女的蹂躏到什么地步？会被她"掌控"到气得中风吗？多么不值得啊！或者，根本就不要给她机会乱耍威风？……弥撒结束后，我一个人呆坐在圣堂木椅上流泪、思索：唉，我们教友们是人，人的"心境"那么容易转换吗？前十分钟才被她邱NN像骂奴才似的恶狠狠训斥过一顿，后十分钟怎能马上心服口服，上前贴近她，跟她"领受"意义崇高、活生生具有生命的"耶稣圣血"？虽然，我能以信德的眼光——超越她……

祈祷吧！把这一切都交托在天主手里吧！千万记得，圣保禄所讲"属灵的战争"："要穿上天主的全副武装，为能抵抗魔鬼的阴谋，因为我们战斗不是对抗血和肉，而是对抗率领者、对抗掌权者、对抗**这黑暗世界的霸主**、对抗天界里邪恶的鬼神……所以要站稳，用真理作带，束起你们的腰；穿上正义作甲……"（厄六：10—20）

主，求求祢，赐给我智慧和力量吧！

"梵二大公会议"在1965年11月，所公布的法令，就曾经指出，大家身在同一羊栈，职分虽有区别，使命却是一致的；教友们弥撒中虽然会跟耶稣体血下跪、表示恭敬，但跟神职人员一样分享基督为君王、司祭、先知的职务——君王的管理、司祭的圣洁、先知的教导，做了多少？尽了多少本分？某些有意、无意的亵渎的程度又如何呢？

看似无奈且又寒心、失望的那一晚,我在 K 港皎洁如雪的月光下,拍了一张很美很诗意的、"秃光的鸡蛋花树"的好照片——同时,在泪湿枕巾的孤寂(不是为自己形单影只的孤单,而是为某些人类的自私自利——难道,除了明哲保身,我就只能缄默不语……地,忍受孤寂?)与满腔义愤的黑夜里,一边听着巴哈少有的管风琴曲《D 小调展技曲与赋格》,一边翻看一页页旧的相片本,竟那样刻骨铭心地、追忆怀想着曾经跟约帆一起,到美国住过一星期的"熙笃会加州隐修母院"(我渴望自我流放到他乡异域吗?),还有那里面神父们悠扬的诵经声与数千坪大农场所种的几百万棵美丽、沉默又有经济价值的核桃树。修士、神父们专业而又定期的"接枝"与辛勤浇灌,让它们仿佛都穿了摩登新款、争奇斗艳的高跟鞋,在"天地有大美而不言"的宇宙永恒静默里,亲密无比地搭配着春夏秋冬的节拍,尽情开着充满核桃香的、丛林与丛林的狂欢舞会。

人间再多丑陋、嚣张的不公不义,也不致于"大过"天主的爱及祂慈悲创造宇宙及救赎人类的美好与希望无穷;是的,祂所创造的,就连"树枝的枯萎",爱尔兰诗人叶慈都能写出如画般动人的优美诗句:"………没有一根枝条由于严冬的寒风而枯萎;枝条枯萎是因为我对它们讲述了我的梦。……舞蹈在白浪闪耀之处,当月光在海岛空地上变冷。没有一根枝条由于严冬的寒风而枯萎;枝条枯萎是因为我对它们讲述了我的梦……"那么,其它小鼻子小眼儿的小小挫折感,又能算得了什么?

主,帮助我,我需要安静地想想,怎样为我无家可归、风烛残年的父母亲,找一间合适的教堂与真有爱德的好神父,预备着。

耶稣派遣十二门徒,对他们说:"你们在路上什么也不要带,不要带银钱,也不要带两件内衣……你们无论进了哪一家,就住在那里,直到离开。如果有人不愿接待你们,你们就离开那城,同时拂去脚上的尘土,作为反对他们的证据。……你们所求的'平安',仍归于你……"(路九:1—6)

*

——有些人渣,时时处处都"自以为是"、"爱耍老大"的傲慢人渣,可真像我们小时候眷村那两间简陋破旧的公共厕所里,一条条爬在粪便上面、令人恶心想吐的蛆虫啊!白白臭臭软软的,狐朋狗党、上上下下、削尖脑袋钻营在粪便里蠕动着、陶醉着,自得其乐……朝朝暮暮,可怜我们几百个眷村小孩儿,次次都得"强忍着"呛人的冲天臭味儿,想逃又不能逃,只好战战兢兢捂着鼻子上厕所时,幸亏这些恶心的蛆虫爬不上来!嗯,它们不会飞,不像蚊子,会叮你、咬你、吸你的血。腿酸酸地蹲在那儿,由它(蛆)去吧,小人自有小人磨!如果是大号呢,你只管在意识方面具有高度的心意集中(tremendous concentration)而不受干扰、应付你当下的急事儿,不用理它,它就没辙儿!正像一位哲学家所说:"感受上是释放和容纳的心境(receptive mode)"——嗳嗳嗳,我怎么又在移花接木啦?所谓灵修、禅定,不也有类似之处吗?这与庄子说的

"道在瓦砾"、"道在屎尿"——又有多少关联呢？

真的，人哪，洁身自爱自重、爱惜羽毛，努力把持住，别上魔鬼的当，跌进"冤枉被活活斗臭"的粪坑里就好！抽空多看看牛津学者路益师的名著：《地狱来鸿》，从中学着洞悉大魔鬼头谆谆教导还很稚嫩的新手小魔鬼，"怎么样"才可以成功地杀害人灵、绝情凶狠地陷他于不义、大批大批地拖人下地狱！

是的，饶了自己，别为这种"比粪坑的蛆都还不如"的"死活人"、"活死人"分心伤神吧！

主啊！蛆是没有灵魂的，而人有（苏格拉底坚称，判断人幸福与否，唯一要问的就是"人是否有德行"；柏拉图也在许多对话中，强调"智慧"才是指导德行的具体知识），愚昧如我，既不是救世主，就原谅我真的一筹莫展吧！主，祢来吧！祢亲自来对付这些可怕的人渣吧！

像《易经》所说："大人否亨，不乱群也"；又像圣奥斯定在《论自由意志》书里的结论："人类灵魂最大的堕落，就是'无耻'。"——想想看，一个人若已经堕落到完全没有了羞耻心，你还能"要求"他怎样？永远记得，你可以含泪代祷、祝福迫害你的人，但你曾荷一可并不是救世主啊！劝不听，就让他"麦子归麦子，莠子归莠子"吧！荷一啊，切记、切记！

当许多事、许多人生的关口与劫难"卡死人"的瓶颈无法突破，而且身边有些人的心硬、邪恶与"死不认错"所带来的低潮时期，内省承认自己"无能为力"，当然是很不容易，也需要谦德的！尤其对亲人若爱得深、却又实在"爱莫能助"的话，更会有一种心在持续绞痛的内疚与着急，如法国作家罗兰·巴尔特在母亲过世后,所写的《哀痛日记》,在1978年1月1日写道:"在于尔特村,强烈而持续的悲伤,不间断地引起不悦。哀痛在加剧、在加深。奇怪的是,开始时,我还饶有兴致地探究这种新的景状(孤独)。"

他又在1978年12月15日的日记里写着:"我在写作我的课程,最终写成了我的小说;我非常难过地想到了,妈妈最后的一句话:我的罗兰!我的罗兰!我真想哭出来(我大概会很难过,因为我不曾根据她的照片或别的什么,写过什么……)。"——如此难以释怀的呼唤,虽然与描写纳粹大屠杀时的"奥许维兹集中营的悲剧"的好小说《夜》(作者:诺贝尔和平奖得主,维瑟尔,Elie Wiesel)的时空背景、人物、遭遇都不一样;但一样的是,生我们、养我们、孕育我们骨血肉身和天赐灵魂的父母亲,年老、虚弱、无力地对你对我,那一声声噬心的叫唤……上星期,我也含着眼泪,聆听学生们在读完《夜》之后的分组心得报告。那一年的寒冬,独自在灯下阅卷评分的夜晚,书中的字句,变成有如沙漠的酷热荒凉与干渴或大片丛林失火似的,再度幽幽浮现:"我记得那个我这一生中最恐怖的夜晚:'……埃利泽,我的儿子,过来,我想告诉你一些话……来,别把我丢下不管……埃利泽,过来,别留下我一个人……'"作者又如此叙述主角当时的软弱(父子同在纳粹的集中营里):

——"我害怕。害怕再被挨打!因此我对父亲的叫喊,充耳不闻……我感觉到父亲的悲伤,但我什么都没做,只躺着,恳求上帝别再让父亲叫唤我的名字,别让他再呐喊,我多么害怕触怒SS……父亲最后的话是我的名字，一声传唤，但我没有答腔……"

*

——我母亲的先人，是经历过悲惨的"南京大屠杀"的；她自己也是在颠沛流离的战乱炮火中，不幸一生下来就沦为当养女、经历贫穷、受尽歧视、从小感染变成秃头、年纪轻轻就成为寡妇而一生忧患……而当她年近九十、病恹恹躺在港边护理之家的床上，两个老夫老妻又伉俪情深，谁也不忍心拆散她们，把其中一个带来北部！而近十年来，我自己的健康早就每况愈下，每个月如此南北奔波，大量地耗时耗力又耗钱不说，还要被二楞子小哥一家人猜忌、毁谤、辱骂、驱逐……怎么办好呢？主哇……

母亲应兰奶奶常因败血症而病危，看护们都是知道的，但有一回，我黄昏赶到，也煮了两碗南瓜汤端去，拜托看护或外劳帮忙把母亲扶到轮椅上，让我好把她推到父亲住的那一间，大家聚聚；没想到，母亲正和她房间贴壁纸的工人一起（另一床是严重半昏迷的垂危老妇人），被呛得拼命咳嗽、打喷嚏！我无法理解，她们怎么忍心把母亲放里面，而不推到客厅避一避呢？她老人家出了被子，哇呜，老天爷哪，母亲左手手臂上，血肉模糊，伤口约有一个巴掌大、刚刚被抓破、还在汨汨渗血……怎么就把她"连人带伤"一起藏在被子里？打算就这样让她在流血不止的痛苦中去睡？不怕她感染致死吗？"妈……对不起……女儿不孝，对不起你，妈……"

唉，每次"来也难、走也难"，感谢主，母亲的病情虽然时好时坏，却一直都还认得我，多次紧紧抓住我的手不放，对我哀哀哭喊"荷一！荷一！你是我女儿，你不要走……你陪陪我……不要走……"的时候，我若不是有信仰支持，真恨不得一头撞墙撞死算了！加上冤枉被囚（十个月了）的父亲郭爷爷一次又一次、痛得泪眼汪汪"求我"带他三个月去一次教堂、带他去大医院问问医师能否截肢、他很想装义肢时，我，曾荷一，都只能硬起心肠、充耳不闻、加快脚步"闪躲"到 K 港旧日熟悉的公园里，偷偷地哭泣吗？主，求祢擦干我和父母亲的眼泪吧……

杜甫啊杜甫，人生如寄，拭去泪痕，暂且跟你谈谈心吧：

"………此时对雪遥相忆……幸不折来伤岁暮，若为看去乱乡愁。江边一树垂垂发，朝夕催人自白头。"

不，可以感叹，但是不要气馁！（我跟国画大师江兆申、周澄、吴学让都学过字画，在 K 港那一个伤心而又难以排忧解闷的夜晚，我含泪祈祷后，端端正正坐在书桌前，就着水墨砚台，拿小楷毛笔在国画纸上，专心抄录着——也许有一天，会有勇气开我个人的书画展。）经上写，基督耶稣的仆人保禄，蒙召作宗徒，写给罗马人的书信说："你们要以善胜恶，不要被恶所胜……论望德，要喜乐；在困苦中，要忍耐；在祈祷上，要恒心；对圣者的急需，要分担……迫害你们的，要祝福；只可祝福，不可诅咒。应与喜乐的一同喜乐，与哭泣的一同哭泣……你们不可为自己复仇，但应给天主的忿怒留有余地……所以'如果你的仇人饿了，你要给他饭吃……'你不可为恶所胜，反应以善胜恶。"（罗十二：9—21）——有时候，"恶"不见得指别人，而是我们内心深处的某些须被努力战胜的恶念！

——修炼"爱仇"、将炭火堆在他头上、只等候主……谈何容易啊？台湾、美国、叙利亚、乌克兰、世界各地……"太阳底下没有新鲜事儿"，处处都有不少黑心的奸商或"万恶淫为首"或自私短视的政客们，"为钱为权为色"而放任自己利欲熏心，总在比拳头内斗、绑架贫困失业的无辜百姓，与，剥夺儿童的依亲及受教权；为避免生活得像野兽，互相残杀，并争取我们内心真正的自由（超脱之境），我在伤恸之余又"克己"沉潜下来，重温所喜爱的熙笃会士麦纯（Thomas Merton）的几本著作，也庆幸麦纯注意到、并提醒我们，小说家赫胥黎在《目的与手段》（Ends and Means）的书名原意就指出，我们不该用"邪恶的手段"去"寻求美好的结果"（例如，用的手段是不必要的战争、暴力、报复和贪得无厌……等等）。

同时也引用了圣十字若望（St. John of the Cross, 1542—1591）和艾克哈大师（Meister Eckhart）等神秘神学家的说法的赫胥黎指出，为达"超性"境界（不仅确实存在，而且是具体经验，近在咫尺，随手可得……），必须实行"祈祷"与"苦修"！

麦纯所属的熙笃隐修会与加尔默罗会，都是很重视"默观"（contemplation）灵修或在精神上支持一些蒙召活出此种神恩的"行动中的默观"者。

我更觉得很有亲切临场感的是，麦纯与友人在谈论此书的地点，正是在源源于纽约念书学校的附近，也是约帆和我和女儿（住曼哈顿112街）经常散步或去"哥大图书馆"的地方，充满美好幸福的鲜明回忆——麦纯如此感到欣慰："在纽约第110街及百老汇大道交叉口搭上进城的公车，绕过哈林区南边，再经过中央公园上端……。我们沿着第五街在树下边走边谈着赫胥黎……"

那情境，那氛围，是不是E.B.怀特（White）在《这就是纽约》里所相信的："有谁指望孤独或者私密，纽约将赐予他这一类古怪的奖赏。正因其大度，城市的高墙里面，才容纳了众多这一类的人……"

*

人软弱时，祂的力量才更能彰显——耶稣在十字架上，既已为你而受惩罚与鞭打，道成肉身的祂，为能无条件爱你而来到世上受苦受难，你就放心大胆地、把"账"统统算在祂头上吧！把一切"内疚"交给祂，让祂去概括承受吧！慈悲的祂，真的不会介意的（只要你好起来，过得幸福些，祂什么都会欢喜甘愿的）！

*

——教学前的备课时光，重读日本作家松尾芭蕉的散文、并研究他的写作背景资料，一直都是我的兴趣（天主也深知，我因祂的爱，爱我的读者、学生及家人……祂更深知，我的不足……）；他在天和元年（1681）秋天所作的《独寝草之户》里，被诗圣杜甫"人溺己溺、人饥己饥"的胸襟所感动而写下:"老杜有《茅屋为秋风所破歌》,坡翁为此诗所感,又作'屋漏'之句。其世之雨又打庭中芭蕉,声声可闻。独寝此草之户。"

无论是"**夜中狂风摇芭蕉……**",或松尾芭蕉也像圣方济一样,自喻为"乞食翁":"**橹声打波夜如冰,饥肠辘辘泪交流**"、"**处世正如宗祇语,艰难好比躲时雨**"、"**云雾来复去,百景一瞬间**"………

是的,"饥肠辘辘泪交流"——饥肠辘辘,饥肠辘辘,全球失业率飙涨先不说,美国最近因两党恶斗,杯葛预算,欧巴马正头痛所造成的白宫熄灯、约八十万名公务员放无薪假、挨饿在家十多天,两党才勉强打开这个死结;还有当年的"河南大饥荒"、叙利亚、"爱尔兰大饥荒";另有"当今"没完没了的叙利亚内战、乌克兰的分裂……造成叙利亚高达一百万以上小难民无家可归,多半逃亡到约旦、土耳其、黎巴嫩与埃及……暂时栖身在连绵不绝的活动拖车与帐篷里,日夜挣扎在失学和饥肠辘辘的深渊谷底,过着没有尊严可言、穷困潦倒的难民流浪生活!回头想想,——我继父郭爷爷与失智老妈这一大群与乡亲父老离散数十年的眷村浪人,算不算是流落异乡的难民呢?只有"永恒的天乡",能弥补他们巨大的失落与如此长久的伤痛吗?郭爷爷打过金门八二三炮战的退伍军人终身俸,每个月四五万元台币,几乎全给了这一家港边护理之家,我和二哥笃雄及妹妹,都反映过很多次,希望给爸爸间隔着、像别的住民一样吃点干饭和菜(我若在K港,有时带些豆浆、烧饼或水果去,父亲只短短几分钟就饥肠辘辘地把一个烧饼吃光光,表情还意犹未尽，像是给饿怕了……），我们说，他已经饿了十个月、瘦成一把皮包骨；机构上上下下却"老推说"郭爷爷断手、要人喂食，太麻烦、人手不够、喝稀饭比较快，就餐餐都跟母亲一起各自被"绑"在轮椅上（轮椅背后，还用绳子死死绑在墙边的铁干上——不让我一起签约、写明住友被束缚状况及程度，我又能奈何？），每天每顿都千篇一律只喝一碗稀饭，且365天一式一样，永不改变！

有一天午后，K港的艳阳高照且气温微凉，真的很适合推老人家出去晒晒太阳、活动活动（每次若只推母亲去公园，她都会哎哎叫，直问她老公人呢？怎么不见了……我好欲哭无泪啊！），但因为父亲是被机构莫名其妙禁足的（卫生局熟悉的医政科长，劝我直接到法院控告这一家机构违法侵犯人权及宗教自由、延误就医……等等；问题是，主啊，事情若闹大了，以后全K港哪一家机构还敢收容我的父母？会吗？可是，无能、胆怯如我这该死的女儿，难道就这样眼睁睁见死不救、昧着良心地拖下去吗？），我跟妹妹两人跟老板娘讲好，只是在机构门口的走廊上，扶两个老的练习走走路、用手机拍几张合照而已，我还"特地"把我放钥匙和钱的皮包摆她们柜台上，呃，老天爷，这阴森霸道如希特勒的无知老板娘，竟然在我们一家四口难得享享天伦之乐、十分钟不到的亲密互动里，一个明知不受欢迎的外人，她还是厚着脸皮"黏在"我们旁边，寸步不离地"全程监控"——我的眼眶里噙满泪水，恶心翻胃，翻到差一点气得当场吐出来（后来就一直每天胃食道逆流，没什么食欲）！

妹妹荷春怒声呛那无法无天、洋洋得意的老板娘：

"你在干什么？你以为你是谁呀？我们陪父母散散步，犯法吗？为什么要受你监视？凭什么？你是什么东西？一个妖魔妖怪的台湾女人，每天监视、绑住你医师老公，还不够？每个月赚我们家四五万，没良心、让老的天天喝稀饭，还要当众'欺压'我们四个外省人？我小哥笃雄是有太太的人，他只是拿我爸爸的钱在付账、养你们这没良心的鬼护理之家——除此之外，你跟他还有别的关系吗？凭什么这样'逼迫'我们四个外省人？"

她也不甘示弱："你们一堆子外省猪，早就该跳海去死！台湾海峡没盖盖子，早点去跳呀、赖在我这里干什么？"老板娘泼妇骂街、口不择言的时候，"想当然"知道，二哥独揽大权跟她签的约，荒谬的不许我们介入（怪哉，母亲是我们大家的亲娘；连继父会说话、会写字表达意见，都没有用；除非大家闹上法庭？累不累呀……其实，一句行政命令就马上能解决的，偏偏在这自由社会，居然……），嗳，为什么偏偏还硬要将我们的军？

跳河自杀过、又被救活的妹妹荷春，恼火了："你想干什么你？光欺侮我们外省人穷、在台湾无田无产？高铁站跟航空城，开到哪儿，台湾有田有地的暴发户，马上赚它几十亿！你哪在凭良心好好经营护理之家？还不是等着卖房子、炒地皮、赚大钱回家当你的姑奶奶？"

老板娘原来在我们身边演戏，假惺惺拿着一根扫把乱挥，看我妹妹敢回嘴，恶狠狠地死瞪着我们咬牙切齿，那模样是还要发火反击的；唉，我真担心我们一走，父母亲会遭到无情的报复与凌虐（我一直隐忍，为了父母，从不跟她正面冲突——免得让她逮住话柄，到处毁谤我家源源），又实在懒得跟这种人瞎吵、伤身体，我们欲哭无泪的姐妹俩，只好快手快脚、"赶紧"把两个生命早已千疮百孔的垂危老人（自己父母啊，老天……），活像逃难、又像躲轰炸机或跑地震似的，匆匆忙忙把父母亲连人带轮椅狠狈地推回她们各自的房间，像是怕挨打的过街老鼠，又仿佛踩到即将爆炸的地雷，我们"来不及"跟父母说声再见，低着头，转身拔腿就跑！

唉，但愿可悲可叹又可敬的父母亲大人（至少他们没有自杀，一直恒心忍耐着人世间的苍凉与不公不义……），蒙主恩赐，对他们"日后"到达永恒天乡"得百倍赏报"的信念与渴望，能稍稍弥补今生今世的一切憾恨、受虐与羞辱（种族歧视？）！

*

那一天寂凉、落雨的夜晚，我一遍又一遍擦干泪泪如注的、心疼父母无辜受苦的泪水，坐到书桌前，我又再三反思着艾略特在《荒原·四首四重奏》里的诗句："我跟我的灵魂说，安静，任由一种黑暗把你笼罩／而那需是出自天主的黑暗……"（圣十字若望所说所写的《心灵的黑夜》……天主在炼净我的灵魂？如木炭通传祂的爱火炎炎？）

孩子们的工作，都不在 K 港、也不在台北；独自一人，有时候碰到这一类很难过很无助的低潮幽谷（我多少涉猎过"心理综合学"Psychosynthesis，所谓的转移注意力），若不是画画，就是会把约帆罹癌、边作化疗却还边被公司老板无情"硬拖到"国外东奔西走（公司快马加鞭在准备股票上市）、他人还活着的那些年，深情而又离别依依、千叮万嘱的亲笔信，如珍宝般捧出来，一字一句的慢慢重看、重温、重又把一切委屈和孤单、彷徨，虔心祷告"交托"在天主手中——宝贝箱子里，还有，一封封我们年轻谈恋爱时候浓情蜜意或吵架言和的来往信件；再加上，约帆人还很健康那些年，出差到日本，很勤快地频频从海外各港口寄回家来的家书……啊，翻一翻，真有十几二十多封信，他写来、我写去的信封地址，都是日本爱媛县松山的地址；关于爱媛县松山的美，我发表过一些散文，但日本在地作家松尾芭蕉写的《歌仙赞》，却写得更加动人：

"伊予国（爱媛县）松山之岚气，吹响芭蕉洞之枯叶，其声如吟三十六歌仙一卷。咦，翏翏刁刁之风音，鸣玉佩，震金铁，或强或柔，且使人泣，起人思也……唯是天籁自然之芭蕉，叶破，风飘飘。"

*

——正在准备应邀下星期、台湾中部某大学的演讲稿：讲题是《大德兰的七宝楼台与人格九型》，我尤其以"谦逊"和"自我超越"为讲题的轴心。圣奥斯定在他著名的《忏悔录》里写得真好："炫耀德行的虚荣心，是一种更高更大的骄傲和危险。"——是的，人也常用"对罪人投石问罪"的私刑，来幻想、制造"假面的、藉此来圣化自己"的可悲的自欺欺人（海内外不少以营利挂帅的媒体,不都靠类似的煽情新闻,在哗众取宠吗?)。人的面具太厚(耶稣经常斥责伪善的法利赛人),也容易造成婚姻和人际关系上的破裂;若抵不住孤单的侵袭或害怕去爱(又期待又怕受伤),多半变成只玩手机、相机、汽车……或电脑游戏、虚拟世界……,当然就越来越不懂异性的心态与反应,越来越可能更自闭或自恋及深陷团体自恋(佛洛姆:《人类破坏性的剖析》);而我看过不少,同性恋之间若撕破脸分手时的妒恨、欲罢不能,所造成的血腥恶果,有时比异性闹分手,更可怕!更恐怖!

科技挂帅误导出来的假相,让人忘掉自己有灵魂,好像有没有配偶或朋友,差别不大,有些人就把猫狗、电脑或手机,当成自己亲密的另一半,没事儿还公然"自拍"个不停(不指具有"独身守贞"恩赐、圣召与智慧的人)——到老了,身体有了残缺及各种病痛,孤单一人,懊悔已迟——是啊,人若一辈子好逸恶劳、不曾付出过爱也不接受爱,晚景的凄惨,怨谁怪谁呢?

从对我们家"恩重如山"的继父郭爷爷受伤这将近一年,所碰到的人、事与种种无情无义的苛待、折磨与不公,更让我深信,人格的不成熟、灵魂未得净化,真的很伤人,也常常误了自己!"人格达到整合,才是纯真灵修的开始。"——正如心理学家荣格所指的"个体化过程——指一个人从无明地被潜意识原型牵着鼻子走,到有意识地'体认自己'的一段渐悟的过程……",这跟圣女大德兰所著灵修宝典《七宝楼台》书中,第一层"自我认识"的房间是相通的!也就是朱熹注解孔子所说:"大学之道,在明明德……"的劝言所指:"明德者,人之所得乎天……但为气禀所拘,人欲所蔽,则有时而昏;然其本体之明,则未有尝息者……"——而所谓"气禀所拘、人欲所蔽",也就是虚假沉重的"面具"啊!中国人是"最要面子"或"死要面子"的民族,怎么样谦卑诚心地发现自己的面具(假我、次人格),不但愿意且有方法"扯下面具"(荣格归纳成的三重存在状态:面具 Persona、象征 Symbols、真我 Self)。

是的,人要不断追寻自我、自我超越……才能进入荣格所指的"意识整合与提升"——在"意识整合"这个激烈无比的战场里,魔鬼军团的大魔头或无数的小魔鬼,都是说谎之父,掳人时,奸诈凶狠而又勤奋团结;靠着基督耶稣这爱我们的盾牌和祈祷苦修……等种种武器,人人都有被救赎的希望(天国的窄门,是要猛力争取的)。苦修起步的"克己"(也是中华文化里讲修身、齐家……最能立足于世界的宝贵资产——怎么连庶民百姓都能落实呢?),我最爱读的是《师主篇》和十七世纪法国 Cambrai 的大主教范尼隆所写的四十封信:《心的割礼》(Let Go),受益良多。

同样肯定苦修价值的,还有俄国大文豪杜斯妥也夫斯基,他在《卡拉玛助夫兄弟》小说的第四卷里,作者如此描述隐修的苦行者菲拉邦特神父:

——他坐在一条矮矮的板凳上,一棵硕大的榆树在他上空飒飒地轻轻作响……据说,他在长褂里边还戴着三十公斤重的铁锁链。光脚上所穿的一双旧鞋,都快烂成碎片了。

——长期严格持斋的老神父菲拉邦特(他看得见魔鬼附在

别人身上的实况,也能画十字圣号驱魔)说:"我们的膳食制度符合古老的隐修院规矩:在四旬斋期内……我可以到树林里去靠牛奶菇和野莓过日子。他们在这儿可离不开他们的面包……如今一些心术不正的人,说什么像这样吃斋没有必要,他们的论调是傲慢的邪说。"

*

二楞子小哥及二嫂慕金,是否看见他们厚厚的面具?二哥笃雄最爱听看护们虚伪地夸赞他:"你好孝顺喔!每天下了班就来照顾父母亲……"到底是爱那个人,还是爱他的钱?——为什么没钱、靠继父养的母亲应兰奶奶,被送出去那么多年,他们一家大小,理都不理母亲的心碎与哭泣?事实上,他下班累趴趴只来这儿晃个十几分钟,多半跟老板娘在咬耳朵叽叽咕咕,老婆很快就打电话把他骂回去!周休二日,他和住K港的一大家人,却又几乎很少过来,带父母出去晒晒太阳,却又奇怪荒谬的不许我们带两个老的一起出去走走……唉,"妨碍"到我和妹妹等人的天伦之乐与略尽孝道的"丑恶面具"啊,何时才能"醒悟"而"谦虚"一点地把它摘下?或者,人因"原罪"所遗留的邪恶,造成面具越戴越厚、越多元且变得更狡猾?时间表在天主那儿,我只能先自求多福、先站稳(也求主恩佑我,避免"妄断"吧!),如果找得到"余生"的诺厄方舟——就当宠辱不惊、唾面自干,别让自私的小哥笃雄、大概有一点虐待狂的白目老板娘、或媳妇儿家利、或任何人……把我跟源源这小小方舟"凿穿"十七八个洞,害我们母女被冤枉击沉、消逝于尘世茫茫大海……魔鬼爱兴风作浪，怒涛中的海啸已经够大够猛，主啊，祢是我们生命小舟既慈悲又爱我的掌舵手，祢高擎军旗站在船头，求祢仁慈带路吧！求祢"移除"我眼前的黑雾与暗礁吧！就像我一向爱读的康拉德小说《黑暗之心》里的句子："我没有时间，我必须继续推测水道的位置……我得勇敢地咬紧牙关，用锚爪刮掉可怕而又老奸巨猾的'暗礁'！"我在某大通识课程所开的一门"圣经文学·二程涵养与超越美学"的课堂上，跟学生谈到文学的象征与多元诠释时，谈到过，以康拉德小说对宇宙秩序的终极关怀而言，此处的"暗礁"，似可解读为"魔鬼"——拉丁文的"魔鬼"，原意就是"分裂者"；而天主却是"昔在、今在、永远长在"的，因祂的慈悲，使"人与人"、"人与自己"，及北宋二程兄弟的明道所说："至诚可以赞天地之化育，则可以与天地参"——合一共融的好天主！……爱海爱船的康拉德继续写着："这种暗礁会夺去脆弱船只的生命，并且淹溺所有的朝圣者……我设法不在我第一次航行时让那只船沉没。然而那对我是一桩奇迹……"——小说家如此透过生命经验，所呈现丰富深奥的象征意义，也正足以类比于圣伯纳多对《雅歌二：15》所诠释的某些精采段落：

"请你们为我们捕捉毁坏葡萄园的小狐狸，因为我们的葡萄园正在开花。"——自嘲为"四不像的隐修士"的圣伯纳多，却是但丁《神曲·天堂篇》最高一层的向导，引人见到那永恒的女性：童贞的、无染原罪的圣母玛利亚。这一位既隐修（天天默观祈祷）又常应邀"不得不"到处为人排难解纷的、十二世纪的伟大圣人，为我们指出，一个明智人的"葡萄树"，就是他的生活、他的灵魂、他的良心；而愚昧人一切都不经心，一切都是颠倒错乱，一切都是破烂不堪（我们在生命低潮的自暴自弃与"颓废"时，都有过这一类的经验，不是吗？）——愚昧人的生活，到处都长满荆棘杂草，岂能称为葡萄园？圣伯纳多的洞察力，使人难逃他圣洁而又如鹰般俯视的法眼："即使以往做过明智的葡萄园，现在却已名存实亡了！（我真的看过一些这样'昧着良心'走下坡的人，很为他们觉得可惜。）如今不过是一片荒野，哪里还有德行的葡萄枝？哪里还有善功的葡萄？哪里还有令人精神欢乐的好酒？"嗳，二者真有天壤之别啊！但是，圣人也补充说，明智人这一株葡萄树，永不能免除迫害和偷袭，才会有《雅歌二：15》的诗句，要人警惕，有狐狸在从事毁坏！

正如教宗保禄六世著名的《让我们认识父》的祷词所祈求的："主耶稣，我们不认识天主，我们的父，我们是多么需要认识祂、爱祂；我们埋伏在我们的工作中、苦难中、贫困中，不知道举目仰望祂，我们的创造者和安慰者……我们彼此之间为自私、不义及怨恨所分裂，不知幡然皈依大爱，而祂是大爱的泉源。主耶稣，求祢使我们认识父、爱我们及知道我们所需要的父。……使祂同您，我们的主及救主，偕同圣神，通过圣宠临在我们心中，指引我们困乏的生命、走上爱及得救的道路。阿们。"——这也是我每天虔心念完"信经"、"天主经"和"圣母经"之后，我心最爱的祷告词；数十年来，除了日夜勤读《圣经》及参加平日和主日弥撒外，每天各半小时早祷、晚祷时必念的经文,感谢赞美主的恩赐!

——在万万不得已的特殊情况下,中国人讲"大义灭亲",而《圣玛窦福音十:34—39》所说:"……使儿子脱离父亲、儿媳脱离婆母……所以,人的仇敌就是自己的家人。谁爱父母(儿女)超过爱我,就不配做属于我的人;谁不背起自己的十字架,就不配跟随我……"——很难,真的很难,若没有正确的解经,只看字面,当然很危险!经文的内涵,无意叫人不要爱父母或不要爱儿女,"十诫"讲得很清楚,你们要彼此相爱,要孝敬父母……唯爱永存不朽。

*

——也许因为我念初中时候的矮胖和蔼的校长,是一位鼎鼎大名的油画艺术家的因缘吧!他要我们在校园里,每班"认养"一块花圃,每天早上升旗之前,我们常有机会轮到浇花拔草的工作;画家校长都一班一班亲自边巡,边跟我们聊花、聊课业、谈美学……师生之间那么浓郁的人情味,使我们这些才十三四岁、天真纯朴的少女们,每天种花都种得很有心得、很忘我、很爱到学校念书;校长的美术课,常跟我们提起塞尚、毕卡索、米开朗基罗……书画相通,又要我们多读四书五经、唐诗宋词和俄国作家杜斯妥也夫斯基、托尔斯泰、契可夫、萧洛霍夫……等等,富有人文素养的伟大作品——嗯,小时候家里穷,买不起书,偏偏又爱看书,都在学校图书馆看完一本又一本;或者,逛到K港大街上,一整排十几家"连"在一起的书店街上,小小身躯缩在墙角或蹲或站,每家看它几十页或上百页，几天凑起来就读完了一整本；真正喜欢的句子，就偷偷抄些笔记，带回家整理成册（那时候还没有电视、电脑），念初中的、十五岁寂寞少女静默无声的假日，我总骑一辆脚踏车，到书店街去逛个大半天（那些年代的人纯朴些，书店老板们从不吭声，似乎无人干扰我这安安静静的小丫头），我总独自忙得很开心，彷徨思亲（自小丧父）的内心很有收获，在漂泊无根的煎熬里，蹲在书店享受许多伟大心灵的启发，感到有点小小的归属感……

*

——多年以前，全家出游时，天性乐观幽默的约帆，被女儿源源从他侧面拍到一张很传神的照片：高高帅帅、留个小胡子的他，笑嘻嘻地、神情很亲切很接纳一切人地"蹲坐"在台湾南部风景区——"四重溪"的一块大石头上，旁边还有一条潺潺流水及许多溪边卵石；如今看来，他真像已在天堂门口忠心耿耿地充当侍卫、当小兵陪着"掌管天堂钥匙"的圣伯铎，欢天喜地地等候着我们蒙主恩召的那一天！有一回，在极端痛苦中，我问我的神师："二楞子小哥一家人及那无理取闹的护理之家老板娘，违背情理法，剥夺我和妹妹照顾父母的基本人权；还有，我媳妇儿家利冷冰冰的，用不让我见孙女小洁来对付我，隔绝我们母子相聚的天伦之乐（高铁车程十几分钟，一个月才见一次，多半也是为了带小洁望弥撒，给孩子良好的品格教育啊！）。神父，约帆走了，我已算独居老人，又被人狠心剥夺天伦之乐，我能不能在祷告中，求天主早点儿接我去呢

(不少先知如此祈求——虽然我未必是先知;当然不是违反'十诫'的自杀)?"

这一位明智而又幽默的心理学大师级神父,很快回道:

"不急啊!你在人世间,还有很多任务没有完成呢!至少,女儿源源为天主、为她的研究跟学术生涯,好像是选择了'独身守贞'的奉献生活——像你目前一样。放宽心,天主很祝福你们母女的互爱互助啊!跟你其他所牵挂的人,就算现在见得太少,迟早有一天会在'永恒天乡'永远朝朝暮暮常相聚的……"——我心里清楚,因为确有复活主的恩宠临在,神师这话如暮鼓晨钟、醍醐灌顶,顿时给了我很大的神慰与安定的、不想再抱怨的美好感觉。

之后,我更加自我约束并求主恩赐"节制"的圣神果实,保持每天早晚约二十分钟的"归心祈祷"(默观祈祷,接近"坐忘"),有一点像是阿根廷诗人波赫士(Jorge Luis Borges, 1899—1986)在《诗艺》里谈到的"原著与翻译"的高下或互为表里的议题,也是我跟研究文学和戏剧的学生,还有,我跟从专科时就念英文系的女儿源源(毕业后,插班考进台大,她选择了自己更喜爱、更愿意奉献一生的科系就读,我虽小有遗憾——她不走文学之路——却也十分尊重她为自己生命成长所选的道路,她老爸也为她高兴),所经常关切的议题。波赫士觉得,克鲁斯的作品已臻于化境:

"克鲁斯能够写出**人类灵魂所能达到的最高境界**——像是狂喜的经验,人类灵魂与'圣灵'融合的体验,以及与上帝'融为一体'的体验。在他亲身经历过这些无法用言语表达的体验之后，他多少必须要用比喻的方式才能够表达。之后他觉得他已经可以写出《歌中之歌》（Song of Songs）这样的诗了，接着他把性爱的意象看成是人类与他们的上帝之间神秘联系的意象（波赫士说，很多神秘主义者都这么做过，是吗？），然后他才动手写诗……"——啊，这一类如圣女大德兰"神魂超拔"的神秘经验，使我想起，在1995年，我早已精疲力尽花了好几年时间、刚写完一本新的长篇小说时，却因种种原因而迟迟不肯发表的关口上，我鼓起勇气，约了当时正在台北某大学"英美文学所"任教的谈SY教授（美籍神父，已故），跟他恳谈了两次，才终于排除万难，愿意让这一本小说在报上连载和出版；谈教授语气很严肃、所讲的一段话，当时我听来十分惊讶（却类似上述波赫士的说法）："合法婚姻里，一夫一妻的男女的性生活，尤其是神妙无比的'性高潮'，为延续人类的新生命（彼此在真心相爱的磐石上，天人合一）……这恩赐，和神父们自愿'牺牲'美好的婚姻生活、一辈子献身给慈母教会，每天在弥撒祭台上，恭恭敬敬'举扬'耶稣基督圣体圣血——是一样的崇高、庄严、美好、喜悦而又圣洁的……加油，荷一！我支持你勇敢地发表你这一本新写好的长篇小说！"——是的，美国心理学家威廉·詹姆斯，也很关注这一类的宝贵经验；其中所指的，当然不是婚外情之类的偷欢或男盗女娼或邪恶的灵媒（搞通灵）……等等的"人与情境"。

*

又是"神枯"吧——心绪寂凉到有一点坐立难安……不知

是秋凉时节雨纷纷呢，还是……女儿源源又被邀请到纽约她毕业的母校，跟世界各地的学者们一起去开会、交流、用英文发表论文——十天才能返台，我不习惯没有约帆、也暂时失去源源的生活吗？灵修、灵修……我是修假的吗？怎么软弱依旧呢？或是，由于我"即将"写完一本新书所惯有的、淡淡的失落感，与，忧喜参半的、无以名之的惆怅吧？周末，我没赶上清晨七点"特敬圣母"的弥撒，就干脆放自己半天假，转高铁及接驳的火车（加起来约四十分钟），带着书，一路悠闲地"慢活"到日夜刮大风的Q城。车上，除了看风景看稻田，也照我自己每天"必读"中外名诗的老习惯，又读到女词人李清照的风烛残年："病起萧萧两鬓华，卧看残月上窗纱……枕上诗书闲处好……木犀花。"

来Q城，是真的想念PP街那两棵高大瘦长、气韵典雅、树叶朝夕迎风款摆、婀娜多姿的高大枫树，以及，枫树所蕴含所见证的许许多多美丽的回忆——前后大约持续了二十多年，每年这修会的"堂庆"三日敬礼，先夫约帆都会请假开车载我，从雨港基隆住处专程到Q城来参加，台湾已经少有这么大、这么空旷幽静的一楼院子可以两人伉俪情深、一起在月光下散步、念"玫瑰经"了！八十多岁的老院长艾神父，是一位早期在北京辅大毕业的侨民，又慈悲又很接纳每个人，和蔼可亲。不但满头白发，连他长长的眼睫毛都是雪白的，他的人、他的操守，真像是爱尔兰诗人叶慈在《凯尔特的薄暮》书中所写的"仙人"：

"也许，土星把你驱赶进森林，月亮将你推向海边……当我挣脱杂乱的争辩之丛后，我告诉自己，仙人们确确实实存在，只有我们这些既没有单纯心灵，也缺乏智慧的人才会否认这一点……我们只要能让自己保持单纯本性，不失激情，死后就可以加入他们。但愿死亡把我们与一切传奇相联……"难怪圣十字若望在《灵歌二十九》肯定地说："纯洁的爱，对于天主和灵魂都是更为宝贵的、且更有益于圣教会，远胜于其他所有工作的总和。"——世间这"纯洁的爱"，如十二门徒爱圣母爱耶稣、如子女们出于纯正的孝道与感恩、如父母对子女无私无我的牺牲和付出、如神秘家之间高尚无比的圣爱……等等境界，当然不包含违犯规诫的肉欲或金钱或权力上的操控。"真福八端"也说："哀恸的人是有福的，因为他们要受安慰……怜悯人的人是有福的，因为他们要受怜悯……'心里洁净'的人是有福的，因为他们要看见天主。"

某种情况下，人不但要"纯洁如鸽"，而且要"机警如蛇"。

另外，我知道，很多隐居深山的修院神职人员，敦请艾神父去帮他们住处寻觅水源，他都会尽量抽空上山下海，热心帮忙（他老人家随身带个神秘的小工具，有时也半真半假地教教我），很快完成任务，还能祈祷叫水改道，别往人屋子的方向流呢！神得很！当然，信仰不是为了追求这些（大德兰说，七宝楼台，后面从第四重住所起，都是超性的修持，都因有"超自然能力"的介入所产生的心灵经验；一般人稳稳地修德成圣就好，此艰苦危险之路，真的不必强求啊！）——只是艾神父以九十多岁高龄、已去世多年的今天，我忍了很久，一直想去Q

城那熟悉的老地方，再听听那两棵比五层楼还要高大的、诗意盎然的枫树树叶，被风吹得飒飒作响的、庇荫似的抚慰，和，月光下昔日年年与约帆在教堂院子里并肩而坐、缓缓荡秋千的恬适、自在与无比舒畅的喜乐！约帆走后，我还能有一点体力坐车到 Q 城的 PP 街的教堂里，关掉手机，一个人安安静静地朝拜圣体——那无人打扰的宁静时光，只单独与主相约密谈，多么美好！多么幸福！多像是人间天堂——痛苦最深处的核心，有时真能遇到如磐石被击碎后、涌流出活水的喜乐之泉啊！

艾神父曾在树下跟我夫妻谈起，所谓"探测锤测量技术"的国际性组织，是能用来寻找失踪人口、石油、地下水、考古物、潜水艇……还能测试土壤和耕种区所种食物和饮水的纯度与品质……等等（大前提是，内心的出发点要正直，不能有歪念头或为牟利）。

二十多年交情，个子矮小精干的艾神父，总是万般体贴约帆开车来回两三小时太辛苦（每年的三日敬礼都是晚上，主赐这修会的神恩，特别替人替自己"恳求"善生安死、通得过天堂这窄门的种种严酷考验……）

前一阵子，我儿子今图跟媳妇儿家利，为我庆生吧，很难得也来了 Q 城，他们去逛街买东西，把一岁半的外孙女小洁交给我一下下。活泼可爱的小洁，皮肤白晰，眉毛又长又浓，衬出她"若有所思"的一双乌黑的大眼睛，总是又圆又亮晶晶地看着你……小美女，可真要好好教啊！这反应灵敏的小家伙，最会说、也说得最字正腔圆的几个字（她通常还只能讲两个字两个字、片片段段的词儿），居然是"十字架"，而且很喜欢亲吻挂在她脖子上的"显灵圣母牌"或十字架。

带她在喷水池边玩玩水，离开的时候，她竟然深情地跟"喷泉水"摇着小手，"目不转睛"地再三说着"拜拜"！

曾经一起在"阳明山"某饭店的餐厅吃饭，一口一口正吃得好好的，小洁竟会被透明窗外"风吹树动"的陌生景象，吓得大哭起来！所以，这一次我紧紧抱着她，祖孙俩坐在教堂院子角落的秋千里，轻轻地摇晃着、欣赏着围墙边上夕阳西下的灿烂晚霞。一阵大风来袭，小家伙又被两棵高大枫树的"风吹树动"，吓得想哭，我赶紧温柔耐心地讲给她听、哄着她、直说："不怕！不怕！小洁在婆婆怀里，风爷爷爱你喜欢你，在跟你呵呵笑耶！风爷爷不会下来吃你的，不怕哦，不哭不哭，小洁安全地在婆婆怀里……"我亲亲她凉凉的小脸颊、握紧她微微颤抖的小手，如此这般的一阵安抚之后，小洁才慢慢稳定下来，"敢于"抬头定睛看着两棵高大的枫树强烈地随风摇摆着，不再哭泣——我们成年人，对于天父在我们身上所发生的许多"料想不到"的变故，不也常这样胆怯，怀疑祂的爱与临在，做不到"只管信、不要怕"吗？

但是啊，我今天独自再去Q城时，却由于不习惯PP街教堂新来的一位中年神父，他欠缺对人性的充分了解，讲话又太尖锐，而没有走进PP街那一间熟悉而又经常怀念的老教堂，只让那两棵令我终身难忘的高大枫树，如海浪般澎湃的旋律，永远留驻在我的梦里，飘摇款摆（如诗人叶慈所写：枝条枯萎，是因为我对它们讲述了我的梦？），我，只去了Q城里另外一家富有中国古老建筑"太极风格"的圆形教堂，朝拜圣体之后，搭车平安回到台北。

*

再度凝视才两三岁（1949年）就在逃难时由舅舅陪同、跟着母亲从湖北老家"逃难"到香港、辗转来台、吃尽苦头却一生都对人和蔼可亲、彬彬有礼的约帆——我俩相濡以沫真心爱过四十年的约帆啊……全家出游，他正在看着孩子们欢乐嬉戏时，曾经被我暗中拍到，一个人那样满足地、坦荡而又深情地、笑呵呵地蹲坐在四重溪水边的珍贵照片；每看一次，都能真切"感染到"他谦谦君子的喜悦与温柔，因为确信我们属于同一羊栈、且终必会再相见而带给我极大极深的安慰！他那模样，像在等人，仿佛日夜陪在掌管天堂钥匙的伯多禄的身旁，在痴痴地等着我们（罗马圣伯多禄大殿里，这第一位教宗雕像的一只脚，早已被请他主前代祷的信众们，摸成扁扁的啦！）。

我一直记得很清楚，约帆以前每天黄昏五点多、准时下班回家时，因为在学校教书的我，比他早到家，孩子们也还没放学，我多半赶紧"课余"利用时间，先一个人在屋里伏案写作。约帆虽然自己有家里钥匙，也许是怕忽然进门会吓到我吧，他总在没电梯的四楼公寓底下，先开开心心地大声"吹口哨"，预告男主人到家了！（我们当时都太年轻吧，从没考虑过，邻居们会怎么想、怎么看？）——妙的是，我们家"屋顶花园"养了一公一母两只日本小鸡，还孵蛋生了十来只可爱的小鸡宝宝。有一次，约帆响亮的口哨一吹一长串，魅力无穷，竟让一只为人父母的日本鸡（忘了是公是母）"神魂颠倒"地，突然从我家五楼屋顶飞跃而下，一连好几天都行踪不明（不知情的约帆，当时急着上楼"解放"尿尿，没来得及去追它）。全家大小都有点儿难过地四处找小鸡，找了一个多星期，有一天居然奇迹出现，还"真有"一位好心邻居平安把跳楼走失的五彩小鸡，送回来还给我们啦！

我家练武功、飞檐走壁的宝贝小鸡，当然不是1982年诺贝尔奖得主——小说家马奎斯笔下那一只命运坎坷、令主人牵肠挂肚、可用来签赌的斗鸡。在《没有人写信给上校》里，可怜兮兮、捧着家里那一只斗鸡、总在"想尽办法"既要维持人性尊严、缺钱又开不了口，但又"不得不"用斗鸡当最后的救命财物、一心打算卖了它、跟人借贷的贫困上校，与，一辈子都在操烦"没有米下锅"的妻子之间，虽是"贫贱夫妻百事哀"、却仍然彼此忠贞不二的坚忍恩情，真令人感动落泪啊！

在"现代小说欣赏与创作"的课堂上，我跟学生们一起讨论马奎斯所写充满苦难却不失幽默、无奈而令人唏嘘的结局，读来真是"爽"得很：

——"每个人都可以用这只公鸡获胜，唯独我们不能，因为我们是唯一没有一毛钱可以下赌注的人。"

——"在内战期间，你拼死拼活冒了危险后，你也有权领到退役金。如今人人获得生活保障，你却即将死于饥饿、孤独无助。"（上校的妻子颠颠倒倒地说个不停……）

——"那是说公鸡斗胜了的情形（付给上校夫妇百分之二十的抽成），"女的说，"如果它败了呢？你没有想到你的公鸡会败。"

…………

"再也想不出办法来"的上校回答说:"狗屎。"

伯多禄在鸡叫之前,三次不认耶稣的背叛与悔改——那一只人类历史上"幸运的公鸡",是否还在你我心中?

*

女儿源源习惯晚睡晚起,我没叫醒她——中秋第二天清晨才六点出头,K港的路上行人稀少,只有许多小鸟在枝头啾啾跳跃,有时围绕着还沾有露水的蜘蛛网,看了又看,仿佛十分"惊讶"那小小丝线的坚韧与白净。公园黑色粗大的树干上,偶或出现一两只可爱灵巧的松鼠,跟我捉迷藏"玩着"倒立的好本领(顽皮得不让我看见它),一下子忙着在树干身上,爬上爬下高兴地吃东西;一下子又咽咽咽咽发出低沉的连续叫声,真像是火车出站慢慢在启动的鸣笛声,回荡在幽静的树丛间,呼应着打太极拳的人们的"慢活"节拍。

马路右边,东方的旭日已经升起,炫丽的阳光还不太刺眼;左边,还没消失的、昨夜曾照亮几株鸡蛋花树——无花无叶、写满沧桑与漂泊的,月亮啊月亮,还如圣洁的百合花似的,圆圆满满高挂在天际,展现那一团恬静贴心的微笑,好美好洒脱地预备着属于它的退隐……天边,高悬孤立的那一颗淡淡的北极星,再度勾起荷一频频为所爱的人祈祷的渴望:"圣母妈妈,求你指引指引小哥笃雄一家大小和那自以为是、纵情囚禁病弱老人的糊涂老板娘,早日悔改吧!帮助我有能力爱笃雄和老板娘他们。赏赐爱你、也爱主耶稣基督的继父郭爷爷和母亲一起,早日得到被释放的自由(尤其内心的自由)吧……主啊!求求你……"——最近常常心痛如绞、受惊受吓、上吐下泻而经常无助哭泣的我,更加珍惜人生短暂,无论是悲是喜、顺境或逆境,靠着"加强我能力"的那一位,软弱怠惰如我,却都阻挡不了"看似"我一个人、在喧嚣尘世奋力加快的脚步,边预备进堂,边默默歌赞欢呼的甜蜜祷词(啊,圣方济·亚西西都能在失明之痛、印五伤的考验中,写出感人肺腑的《太阳歌》呢!):

"是的,天主是爱,天主的轭是柔和的,担子是轻省的;感谢天主,赞美圣母,赐下如此日月同庆的美好时光!"

—— (全文摘要结束)

*

十一月的炼灵月,为追思亡灵,荷一在为约帆所献的弥撒中,特别为她亲爱的先夫约帆买了两束他生前最爱的鲜花:深紫浅紫的桔梗、洁白绽放的香水百合、纤细柔美的满天星,加上透明的包装纸和酒红色的缎带……还有,经纪人送来的、已译成英文、德文、日文……的新作:《曾荷一读书手札·随笔集》,一起放在祭台上,虔心献给:无论是艰难地攀爬峭壁、孤独地走过沙漠、日子云淡风轻或惊恐地潜水逃亡……都对她不离不弃、终日"陪伴"着她的圣母玛利亚;第二天清晨,也搭车把这两束鲜花、水果和她的新书,一起带到安葬约帆的台北三峡墓园,沉思久久……直到朦胧轻柔的月亮,自天边无声地依稀升起……路旁的鸡蛋花树，秃或不秃、开不开花，已经变得不那么重要了……

晚祷中，荷一独自跪在家里的祈祷室，泪流满面："主，求祢以牛膝草洒我，使我皎洁……天主啊，求祢按照祢的仁慈怜悯我；依祢丰厚的慈爱，消灭我的罪恶……"(圣咏51篇)

2013年6月29日·圣伯铎、圣保禄两位宗徒节日　完成初稿

2013年8月15日·圣母升天节庆日　二稿

2013年10月15日·圣女大德兰（主保感恩）·圣师纪念日　定稿

2014年2月22日　修订完成，哈里路亚！

附　录

(上图)作家许台英与夫婿在北台湾合影。

(下左图)作家许台英黑白艺术照。
(下右图)作家许台英的夫婿写给她的圣诞卡片。

从《爱在瘟疫蔓延时》看许台英的《陶俑》

张系国

马奎斯《爱在瘟疫蔓延时》写的是爱情故事——不是年轻人的爱情故事,而是老年人的爱情故事……两人因郎才女貌而结合,当初并不相爱,彼此折磨了一辈子,到老却终于磨出了爱情……一般作家不会处理霍乱岁月的爱情,似乎只有少数具有宗教信仰的作家涉及这样的题材。许台英的《陶俑》和《白帕》是比较特出的例子……故事最突出的部分,是结尾……怜悯他、称他为"我甜蜜的负担"。这种以宗教情操来处理背弃和爱情的作品,在中国小说里并不多见……我们都会衰老、都会恐惧死亡……是现代人都必须面对的问题。

(该文为张系国教授原文摘要;张系国教授,美国匹兹堡大学电机系教授、名小说家)

写给明昭的一封信

许台英

明昭：

最近的心情还好吗？甚念。自从四川出殡以后，就曾几次提笔想写这信，却总因为怕你难以忍受伤口抹盐的痛楚，而拖延至今，实在抱歉。

那天在圣家堂的殡葬弥撒结束后，上千的亲朋好友一一列队走近四川的棺木前，向他安详可敬的遗容投注最后一眼。我在人群里蓦然瞧见你那五岁的儿子嘉纬，虽然跟你一样穿着黑色丧服，人却不知愁地躲在你背后又蹦又跳，仿佛跟朋友在玩捉迷藏的游戏——一股酸楚直涌喉头，哽在那儿。

家父去世那年，我也跟你嘉纬一样，才五岁，弄不懂母亲怎么会那样伤心欲绝（她仍未领洗），等自己慢慢大些，才能体会她的孤苦。巧的是，我父亲也跟四川一样吐血而死，死的年纪又同样才四十多岁。不同的是，我父亲因为无缘认识耶稣，死时不肯瞑目，走得很不放心。他的肝是战乱时在大陆被敌人用枪杆捅烂过，临终前，群医束手无策，把他孤伶伶地放在军医院太平间一条长板凳上，随他大口大口痛苦地吐满一地鲜红的血。旁边有个工人提桶水不断在冲、在洗……那个安静无声的凄楚画面，始终清晰的盘旋在我脑海。

没想到，那晚在"基服团"年会的分享中，意外听见周护理长放声大哭谈起四川吐血而终的挣扎细节，使我感触十分复杂。接着又听见许多团员回忆四川的种种善表，明昭，有这样充满基督爱的丈夫，实在是你的福气啊！当然，爱的喜悦和痛苦永远都是形影不离的双胞胎。谈起"金宝电子公司"基层男女员工与这位贫苦出身总经理的情同手足，以及"内湖成人职工会"的情况，也使我意识到天主在督促我们，应该多去深入了解并传扬资本家与劳方之间的和谐之爱，以免被人挑起阶级仇恨。

只可惜，我们从高雄搬到台北才一年多，跟你们匆匆聚首的次数那么少，他就走了、你就搬了（移居美国）——人生的变数和常数之间，该怎样寻找天主的旨意？

跟四川除了在"耕莘文教院"有过几次团体性的讨论外，印象最深的，就是今年（1990年）四月十五号复活节那天"基服团"的月会上，外子和我，在美基（欧晋德夫人）与四川的再三鼓励下，第一次顶着强劲的大风大雨摸索到会场，我俩已经淋成两只互相取笑对方的落汤鸡。我们正好坐在四川旁边，减轻不少陌生的惶恐。外子和我被主席介绍之后，会议中，只见四川一面光着脚、勇敢地踩按摩用的钢刀（那一定很痛），一面低着头勤勤恳恳地把在场二三十位团员的姓名、学经历等资料，密密麻麻写满一大张，笑咪咪地塞给我们；还不够，他还一个一个"按名字"把人指给我们看。当时，我的眼眶就湿了。明昭，你丈夫啊，他的脚在陪耶稣克己苦身，他写字的手却握满他对每位团员的爱（后来主席又一一介绍给我们认识）。那张单子，我们珍藏着，也因此格外惭愧我们对耶稣的"以爱还爱"，做得太少。

虽然碍于种种困难（如外子常被派往世界各港口），我们短期内不一定有福气加入这个温馨杰出的团体，却看见耶稣明显地"临在于"成员之间。看你在纪念专集以真情以血泪所写的"不思量、自难忘"，真佩服你在节哀顺变上的平和。我们没有资格同情你，只能多跟你学习坚忍。你回忆四川和你开始交往的情形，真绝，连我这写小说的人都编不出那过程：你们初识在生活团。有一天，他在公车上遇见你，邀你参加毕业舞会，你没兴趣，却留了地址欢迎他到你和父母同住的家中聊聊。（也可看出你的厚道，怕他难忍被拒的窘迫。）当晚这人就果真去了……

这种不是出于舞会肌肤之亲的好的开始，加上他最后几年病在床上、受你吃苦耐劳的服侍和擦洗，都证明你们的结合是来自耶稣的、灵魂胜于肉体之欢的结合——这才具有持久的、不变的、永生相聚的可能性。这也使我想起圣奥斯丁的描述："当我爱你时，我究竟爱什么？绝不是有形的物体之美，和它们易于消逝的丰采，……更不是花草的芳香和用以吻抱的肢体。我爱天主，我便不爱这一切；但我爱天主时，我爱那住在我内心者的光、声、香、吻……"

配偶间因耶稣而真心相爱时，深知彼此临在于对方心灵深处，那与肉体的结不结合真的没什么大关系。类似的感觉，尤其当外子在国外期间，我最能感应到："看不见而信的，真是有福。"——由人与人，而体悟人与天的关系。

就像你在电话里孤单无助的倾诉："四川走了，忽然觉得好多事没有人可以商量……走在街上、坐在车上，都会想念他啊……"我懂，普天下无数"相爱却又面临生离死别"的人，一定都懂。

外子从七月中旬就到日本三个月，监造新船。像你一样，我只好独自应付里里外外各种工作和生活的压力。今年尤其得要照顾文藻毕业的长女参加插大考试。她考高中就曾落发落得人见人怜，常到皮肤科头顶注射，受很多罪，放完榜才长头发（听说你大女儿也有某些官能障碍，真难为你啊！）。这次长女考前又闹胃痛，上吐下泻，不吃不睡，瘦成一把骨头……先生不在身边，辛苦之余，最感到安慰的，就是"确知"我们在不同的国家却能恭领同一的圣体，正如圣保禄所说："已复活的耶稣现今在天主右边，不断代我们转求——那么，谁能使我们与基督的爱隔绝？是困苦吗？是迫害吗？是孤独吗？是危险吗？"明昭，除了罪恶，什么都不足以隔绝我们在基督的爱内"合而为一"，是吧？

不管十字架有多么沉重，天主也能助佑我们奉献眼泪，进而超越形体（四川忍受病苦也应该是），完全以无形无像无声（苦不堪言）的"心神"与祂交通，因此而产生喜悦与巨大的平安。

八月中旬，女儿考完，我就带她搭机飞到日本千里探夫，一起到日本的教堂参与弥撒时，深深体悟教宗保禄二世在劝谕中指出的："圣体是教友婚姻的爱的泉源，它是婚约内在的结构,并且不断使之更新。基督徒家庭的责任,惟有在天主不停的助佑下才能达成,必须谦逊而又诚恳地求。"

女儿这次能侥幸考取理想的学校与她自己喜欢的科系,实在是出于天父的仁慈眷顾啊!

我们夫妻虽然不配、不堪承受天主那么大的恩宠,却因许多神父、修女和教友们的帮助与代祷,而比新婚时更珍惜相濡以沫(有时吵完就努力祈求宽恕)的"有限岁月"。相隔两地,次数频繁的越洋电话和信件也不足抵消那份思念之苦,反倒是我带着孩子虔心诵念早晚课时,特别"意识到"因着耶稣临在,外子的心灵"此刻"也比真人更真实地与我们紧紧相聚在一起,产生力量。不少离乡背井的外籍神父、修女也因奉献了思念亲友之苦,而与耶稣有更深的结合吧!明昭,当你觉得孤独无依的时候,我能想像你带着三个孩子祈祷时,四川的灵魂一定千真万确与你们长相左右、永不分离。

相信我,以我三十多年坎坷、受辱却又平安的生命作证:天父永远是特别特别眷顾孤儿和寡妇的仁慈的天父。

前些日子从电视上看见日月潭翻船惨剧,未亡人手持死者照片,声嘶力竭地哭嚎、喊冤……实在令人鼻酸。和四川入土那天真有云泥之别啊!他盖棺之前,人人趋前献上一束白色菊花,"圣神的风"狂劲地吹刮着塑胶顶棚,阳光很强却又下雨(在他入土前后),墓碑前大理石造的善天使又白又安详……后来在凉亭休息又听见轰隆隆的雷响——一切都如《圣咏》所描写的天主威能的显现,提醒我们:

"不要怕,只管信!"

相较之下，我父亲的骨灰放在"澄清湖"忠烈祠，每年两次公祭的奏哀乐和遗眷集体恸哭，对年幼而无信仰的孤儿们造成的心灵伤痛（那年代又没什么咨商、辅导……）实在很深。只有基督要治愈我们，因为伤痛剥夺我们爱的能力；伤痛常常使我们听不到祂的话、看不见祂要我们看的。

感谢主，透过这些经历，助我长期"默想死亡"（终极关怀），也能稍稍体会你在期待与四川天堂重聚的愿望，有多强烈。

这几年苦不堪言的磨难，使我深信："去天堂的路途是凭心愿的强弱，而不是凭距离来衡量。"每次恭领圣体，耶稣或隐或显。最近一次是在八月二十八日圣奥斯丁瞻礼那天早上，弥撒中，我一把圣体放进口中，心神就那样上升、上升……全心全意"渴望回到天父怀里安息"——甚至流下喜泪。千真万确的喜泪啊！

明昭，何其幸运，我们及家人都能有相同的渴慕与等待。若只是爱上死亡，那是病态。感谢天主光照我们相信：死亡是复活之门。正如保禄所说："我正夹在两者之间，我渴望求解脱而与基督同在一起……死亡乃是利益（不指自杀或安乐死）……但存留在肉身内，对你们却很重要……"明昭，在圣荷西，你会去教书或多写点东西？那次见面，你很有兴趣地跟我谈起用文字传福音的事。你出身中文系，且有丰富的人生和写作经验，希望常能读到你的作品，让我们互相勉励。

写作最要忍受孤独和他人的妄断。人本心理学之父马斯洛曾经剖析某些"创作的人"："他本身就是整合者（既是矛盾特质的综合体，弄不好当然会分裂），常常既自私又无私、既成熟又像小孩、既热情又冷静（这人本身就像昼夜或四季，有变化也有统合——统合来自圣神），因为支配他们的是各人'内在性格'的法则，而不是'社会规范'……"上述括号内的文字，是我的心得。既不受社会规范所支配，当然就容易得罪人、受人妄断；内在法则或受圣神或受精神与魔鬼的左右，差别自然很大。不大理睬社会规范（不盲从才能独创），就要特别能够自我约束并且保持脚踏实地的入世，使"默观与使徒工作"得以统合。走上写作之路十年以来，无论在教外或教内，我都是经常被人误解、被人妒恨的边缘人（当然也是被耶稣所爱的罪人）——只能以"爱"背负这十字架。反正人间本有太多表面的恶事，底下隐藏真善，例如大仁不仁；有些表面的好事，其实又恶到极点，例如大伪若忠。只有天主能裁判！

有人也许纳闷："圣神的果实就是喜乐，你干嘛总写人的痛苦过程？"神学、文学与心理辅导，神恩不同，各有专精领域，理当彼此尊重。这问题，卢云神父曾说："托尔斯泰（我绝无意思自比于他）描写逼使艾玛自杀的复杂情绪，正因深入凝视人的痛苦，反给人类的灵魂带来治疗和力量。"不是吗？"复活"并没有消灭基督身上的"五伤"，但它们却变成又美又光明的五伤。另外，亚里斯多德对"悲剧"下的定义是（我当然也羡慕有人会写上乘的喜剧）："……时而引发起哀怜与恐惧之情绪，使读者这种情绪得到发散。"这种"以毒攻毒"的净化方式，不但不会助长人的负面情绪，且使人心灵中潜在的郁积情绪得以解脱，因而产生平静和愉悦。明昭，也希望天主护佑你走过伤痛,早日成为肖似基督的"负伤的治愈者"。

最后,诚如保禄所说:"我要克己苦身,免得我给别人报捷、传福音,自己反而落选。"——恳求你和读到这信的人,都能为我这"脆弱的瓦器"代祷,求主慷慨放入祂的宝贝,为光荣祂的圣名!谢谢!

祝福你和三个孩子

平安 喜乐

台英 敬上
一九九〇,九,台北

我读小说家许台英的大作

蔡石方

在"教友生活周刊"读到了一封不平凡的信,引我深思默想,我想把我读到的片断,想到的点滴,公诸同好分享。

一、人物简介

丈夫死了,作者给她朋友未亡人写了一封信。写信的许台英女士是位台湾作家,她是"写小说的人"又自称是"脆弱的瓦器"(圣保禄宗徒语)。她请读者为她祈祷,免得"自己反而落后"。谦虚的作家,亦应只有我们教会里有,希望你多写些作品"为别人报捷,传福音",天主会成全你。作者的心是多么细腻!为了避免未亡人面临感受"难以承受的伤口抹盐的痛楚"而拖延了几天,没有太早写信给她,这种姐妹间的关心,是令人感动的!多么庆幸台湾教会有许台英这样杰出的姐妹。

未亡人明昭女士亦是一位杰出的教友,看她和她未来丈夫姚四川第一次见面的故事,就看到她是多么完美智慧的姑娘,许女士信中说,"你回忆四川和你开始交往的情形,真绝!连我这写小说的人都编不出那个过程。"这是在世俗场中，另外在今日所谓开放世界，是仅有的。看明昭处理得多么完美体贴！"有一天，他在公车上遇见你，邀你参加毕业舞会，你没兴趣，却留下了地址，欢迎他到你和父母住的家中聊聊。（也可看出你的厚道，怕他难忍被拒绝的窘迫。）当晚他果真去了。"多好的姑娘，亦许只有在我们教友家中还有这样的美好姑娘，这次见面，就订下了他俩日后结婚的基础。

关于这次见面，许女士作这样的感想说："这是好的开始。"许台英说："这种不是出于舞会肌肤之亲的好的开始，加上他最后几年病在床上，受你吃苦耐劳的服侍和清洗，都证明你们的结合是来自耶稣，灵魂胜于肉体之欢的结合，才是具有持久的，不变的，永生相聚的可能性。"意思是说：没有灵魂结合，次数再频繁的肉体之欢的结合，亦保证不了"具有持久的、不变的永生相聚的可能性"。在这"讲性不讲爱"的今日，对男女青年，是多么响亮的警钟！

亡者是姚四川先生，他死后，"教友生活周刊"登过讣告说："前全国传协副理事主席，基督服务团总团长姚四川先生，六月二十六日（九〇年）蒙主宠召，云云，先生是位热心教友，也是位青年企业家，噩耗传来，教内弟兄与至亲好友，无不痛心哀悼，云云。"

还介绍他是许多大企业的理事主席或副理事主席，副总经理或总经理，是个杰出的企业管理经营人才（与许胜雄先生等人，一起创办金宝、仁宝等电子公司），他虽然只活了四十五年，却做了这么多行业！他的学历："国立台大"电机系毕业，美国麻省理工学院研究,"国立政治大学"企业家管理发展进修班结业,一代英才过早地逝世了,遗下夫人和三个孩子,最小的只有五岁,许台英介绍这最小孩子说:"那天在圣家堂的殡葬弥撒结束后,上千的亲朋好友一一列队走近四川的棺木前,向他安详可敬的遗容投注最后一眼,我在人群里蓦然瞧见你那五岁的儿子嘉玮,虽然跟你一样穿着黑色丧服,人却不知愁地,躲在你背后又蹦又跳,仿佛跟亲友在玩捉迷藏,一股酸楚直涌喉头,哽在那儿。"她怜悯穿着黑色丧的母子,一个在忍受"伤口抹盐的痛楚"一个还太小,不懂事,"怜悯人的人是有福的!"好心肠的许女士!

二、两个死亡

四川的死,令许台英回忆起她爸爸的死,"我父亲也跟四川一样吐血而死,死的年纪又同样才四十多岁,不同的是,他因无缘认识耶稣,死时不肯瞑目,走得很不放心。"亡者自己走得不放心,叫送他终的人也不放心,我们认识、相信耶稣的人,知道死只是复活之门,死是去见天主父,多少教友都是"含笑安宁而死去"的,这样的死,怎会不叫未亡人得到安心。

四川的遗容"安详可敬"正由于他认识了耶稣,且爱上了耶稣,许台英和她也是天主教友的丈夫,在四川的鼓励下,有一次参加"基督服务团"的月会,许台英观察到"会议中,只见四川一面光着脚猛踩按摩用的钢刀（那一定很痛，许台英说）把在场二三十位团员（包括欧晋德夫妻等弟兄姐妹）的姓名、学经历等资料，密密麻麻地写满一大张，笑咪咪地塞给我们夫妻俩看，当时我的眼眶就湿了，明昭，你丈夫啊，他的脚在陪着耶稣克己苦身，他写字的手里充满他对每位团员的爱！那张单子，我们珍藏着。"四川的巨大形象，顿时站立在我眼前，这片断情节说明多少事，他像耶稣基督一样，在痛苦中学习顺命；在痛苦中还会安慰人，给人以甜蜜的"笑咪咪"，死后，他的遗容"安详可爱"，决不是偶然的。

许台英总结得多好，"不管十字架有多么沉重，天主也会帮助我们，奉献眼泪，'破涕为笑'，进而超越形体，以无声无形的心神与祂（天主）交通，产生喜悦与巨大的平安。"四川遗给他亲人、朋友，连我们看到他素描的人就是这"巨大的平安"，甚至"喜悦"。这也许是不认识耶稣的人无法完全理解的。

许台英为了另一件事触景伤情，她说："前些日子从电视上看见日月潭翻船惨剧，未亡人手持死者照片，声嘶力竭哭嚎、喊冤……实在令人酸鼻。"这是圣保禄说的，没有信仰的人对死亡的绝望，真叫人伤心；为有信仰的人，却完全是另一样心情，许台英说："和四川入土那天，真有云泥之别啊！他盖棺之前，人人趋前献上一束白色菊花。'圣神的风'狂劲地吹刮着塑胶顶棚，阳光很强却又下雨，墓碑前大理石造的善天使，又白又安详……后来大家在凉亭休息，又听见轰隆隆的雷声，一切都如《圣咏》所描写的天主威能的显现与答复，提醒我们'不要怕，只管信'。"

这是信主者的心情，任凭什么气候，什么情景，都摇动不了一个信者的心，他总是安定、真实、不怕！小德兰在世时，就是喜欢欣赏电光闪闪，雷声隆隆，她说："堂哉皇哉威震寰宇！"她一点都不惊惶，反觉天威咫尺与人近而高兴，她确实与众不同，只是由于她"生来有信心"。信友都应是有信心的人。

三、两情久长

诗人说：两情若是久长时，又岂在朝朝暮暮（宋·秦观），人之相结合，最重要的是灵心与爱心之间的结合，不是朝朝暮暮，一定要肉体相聚在一块儿。

许台英引用了圣奥斯丁的一句话，圣人们向耶稣基督说："当我爱你时，我究竟爱什么？绝不是有形的物体之美，和易于消逝的丰采……我爱天主，便不爱这一切外在的。"耶稣爱我，亦不是爱我的容貌姿色。许台英又说："配偶间因耶稣而真正相爱时，深知彼此在于对方心灵深处，那与肉体的结合或不结合，真的，没有太大的关系。"许台英透澈完美地解释了秦观的这句诗，两情久长，不在乎朝朝暮暮，她又巧妙地说："类似的感觉，尤其当外子在国外期间（因公），我最能感应到，由人与人，体悟到人与天主的关系。"

明昭女士在电话里对许台英倾诉："四川走了，忽然觉得好多事没有人可以商量。走在街上，坐在车上，都会想念他啊……"许台英说："我懂，普天下无数相爱却又面临生离死别的人，一定也懂，且亦体验过互相想念爱慕，那不是结合在一起吗？这样，两情一直天长地久在一起。"

两情在一起，尤其分隔在两地、两人领圣体时，许台英说："先生不在身边，辛苦之余，最感到安慰的，就是'确知'我们在不同的国家，都能恭领同一的圣体。正如圣保禄所言：'那么，谁能使我们与基督的爱隔绝？是苦么？是迫害么？是孤独吗？是危险么？'明昭，除了罪恶，什么都不足以隔绝我们在基督的爱内合而为一，是吗？由于两人经常领圣体，而一直在主内合而为一，还有什么比这更生动更牢靠的保证？"许台英又恰当地引证了教宗的话："圣体是教友夫妇的爱的泉源，是婚约内在的结构，并且不断使之更新。"两地两人经常领圣体，便是两情久长的保证。

圣体之外，还有祈祷，依靠祈祷，我们"比新婚时更珍惜相濡以沫（有时吵完就努力祈求宽恕）的有限岁月"。下面一段写得特别精采："相隔两地，次数频繁的越洋电话和信件也不足抵消那份思念之苦，反倒是我带着孩子虔心诵念早晚课时，特别'意识到'因着耶稣临在，外子的心灵此刻也比其人更真实地与我们紧紧相聚在一起，产生力量。"多宝贵的"意识到"！主耶稣确说过："当你们两三人因我的名聚在一起祈祷时，我必垂听。"他没有说一定要在同一块地方，"我必和你们在一起。"又一次，由于主而两地两人"合而为一"，又一次，两情久长，我们千里共圣体，千里共祈祷罢！

许台英继续和明昭对话："明昭，我能想像你带着三个孩子祈祷时，四川的灵魂一定千真万确与你们长相左右，永不分离。"这是家庭祈祷的威力和安慰，愿台湾兄弟姐妹的好榜样，带动我们建立宝贵的"家庭祈祷"。

最后许台英诚恳地说："相信我，以我三十多年坎坷、受辱，却又平安的生命作证：天父永远是特别眷顾孤儿和寡妇的仁慈的天主。"这是许台英的经验，亦是明昭女士的经验，既然她三个孩子是没父亲的孤儿，而她是寡妇，我相信都是天下孤儿寡妇的经验，只要他们依靠这最慈爱的、天上的父亲。

月有阴晴圆缺，人有悲欢离合，此事古难全。但愿人长久，生死共天宴，天上慈父永远是"负伤的治愈者"。

一九九一年二月于美国

作者小注：直到蔡石方神父在美国去世，作者都不认识他，也从未见过面；此文由纽约某神父转寄。

遗憾之余，也求天主赏赐蔡神父安享永生，并不断在主身边为我们有限、卑微的善功及一切神形所需，代祷。"愿主名受显扬，主爱的人都能在世享平安。"

二〇一二年六月于台北

坐忘之云——许台英创作观之（一）

许台英

若以"玻璃窗"来比喻我这卑微女子乏善可陈的前半生，也许可以粗略分为：死也不肯拉开窗帘的孤寂与啜泣（童年期），鸵鸟般糊满七彩贴纸的自以为是（少女期），饱受风吹雨打、随夫各港口到处搬家，倒也幸福喜乐（少妇期），逐渐窗明几净（并不保证永不再脏）的阴雨天（中年期）和……偶尔惊见"雨过天青彩虹现"的自我超越（空巢期）……

人在接受赞美或羞辱的时候，就好比洁净的玻璃窗在接受阳光。羞辱未必就不是阳光。光线越真切越强烈，你就越少注意到玻璃（慢慢学习宠辱不惊）。爱默森提到过："当个人脱离宇宙的超灵魂（Over-Soul）而独自存在时，便是意志薄弱的开始。"又说："文学之为用，是能提供一个高台，使人站在上面俯视目前的生活。我们可用'文学作品的起重机'来移动生活……"咬紧牙关，忍受柴米油盐冷酷无情的鞭挞、本着文学良知苦苦笔耕长篇小说，每一本都要跟自己奋战不懈许多年，除了用思想、用感情，恐怕更要接受"自由意志"的神学课题之高难度挑战吧？！

科技挂帅当前，使人过于流连触目惊心的花花世界，而少有勇气"承担"珍珠必先经历痛苦的等候与隐晦的煎熬，才能吐出光华，使人灵茁壮到足以"掌控""自己"内外一切官能。我也常常同样缺乏勇气和忍耐。科技发达虽有能力提高人的物质生活，但是啊，最完美的电脑也无法为我们启示事物的内涵——只有深入自己的本质，才能感受——这就是文字工作者的十字架吗？"轻人文、重科技"倾向，使人生活于他自己的边缘、被写成方程式而予以控制。"创作"却要面对难捉摸、没方程式的奥秘。幸好我不必当救世主，只"分享"他的创造力而已。演变至今，人生之船的婚姻之锚定在哪儿？有时倚靠在何种层次的港湾？出于原罪之伤的疗程中，似已治愈"少年维特"的浪漫病，而趋向"浮士德"式的古典，进入"双方知道自己没有对方也可活得很好（包括尊重身体是圣神的宫殿）——虽然不愿没有对方"。决定终身厮守的男女，先要确定能靠自己独立生存（物质的、精神的），才能"付出"给对方。因为，一切无奈的生老病死和"爱别离、怨憎会"所引发的"不能再靠"的伤感，都常使人错把生命视为私产而忘记生命的主宰是谁，很快就沦为暴力和毁灭。

路益师说："除非能服从上帝，否则爱神不是失踪，便是沦为恶魔。"上帝的真理只光照谦逊人，理想破灭的失望，一走偏就发展成顽强的骄傲——选择堕落、无耻的绝对悲哀，而不肯从造物主手中接受与十字架并存的喜乐。唯有谦逊能克服失望。许多空巢期的男女对自己的衰老失望、对生离或死别恐惧，更要靠灵性修持把肉体结合提升到"重新组合"（超脱之苦）的属灵层次，成为"重生性"的合而为一。这么难的关口，多少人能够逾越呢？作家无法对每个生命提供答案，却要有勇气诚实指出生命的境况，提供一座高台，与读者的心灵"同在"（神修陪伴）——人与人心灵的"同在"，源自何处？举个例吧，两年前基隆山上、花源五街的住处，朝夕能从阳台欣赏到的层峦叠峰，如今"每座山头"都被盖房子的怪手铲成又秃又平的丑八怪，埋怨、控诉，管用吗？大冷天凌晨四点起来写稿，在山巅孤寂的狼声哀号中，蓦然惊见使天地合一的、云海般的白色大雾，遮除了所有人为的破败和狼狈……哦，那朵"爱到深处无怨尤"的晦暗却又光明的"坐忘之云"啊！但愿我以渴慕之箭向那滋养静观之爱的"坐忘之云"射去时，别从云端跌它个鼻青脸肿才好！

（刊于一九九五年一月《联合报》副刊）

难以抗拒的召唤——许台英创作观之(二)

许台英

年岁日增,"经验"让我越来越肯定,正如亚里斯多德、斯宾诺莎、德日进、爱默森或歌德、托尔斯泰……所终身探讨的人生主题:人的灵魂不死不灭,透过种种牺牲、忍耐、等候……或无法无天的狂妄、妒恨……最终,都是要受审判的(按照你爱了多少)!

热爱文学、渴望了解人性的恩赐,使我随着"形貌衰,心智开",而能慢慢更加看得清楚,人都是"按祂的肖像所造、也是因原罪而被损伤的罪人——等候被救赎的尘世充军之旅,竟是多么不容易的'一趟'而已啊?"我这只拙笔,又能传达几分神似多样人生的背叛、悔改、内省、矛盾、分裂、愈合……与奇迹式的释放,与您在孤灯下有缘静静分享呢?

患有恋尸症的极权主义者希特勒,带着地狱的气味——因反抗他,而被处绞刑的潘霍华说:"当基督呼召一个人,祂是召他来为祂死。"我透过创作,试图摸索,为什么许多残酷、无辜的"忧患"与"迫害",不能摧毁饱受考验的、类似圣保禄或约伯或甘地或居礼夫人、圣女采琪?人类意识提升与演化的奥秘,使作家甘愿在基督爱的催逼下,背着镜子(自己心底要先有平静与明智），四处为读者映照出无数本"天光云影共徘徊"、从泥淖中挣扎向上的高尚灵魂……如此困窘、寂寞、没有掌声反要经常忍受唾面自干的，工作与召唤，幸好我最最亲密的主保圣女大德兰形容过："默观（写作）时，你的感官能力立刻凝聚一处，好似蜜蜂返回窝巢，同心协力地酿蜜……"——如果我卑微的、渗血的"伤口"因着祂的爱能经由文学，变成你灵魂的"珍珠"，像蜜、像清晨蜘蛛网上的滴滴露水……都要感谢、赞美天主圣三的慈悲啊！

二〇〇九·五·二一

许台英作品一览表

(一)《**岁修**》(中篇小说)——联经出版公司出版

——一九八二年八月初版

——一九八六年元月第三次印行

——二〇一二年五月增订四版（电子书）

电子书：http://reading.udn.com/reading/introduction_ebook.do?id=41003

——一九八一年八月十五日下午三点，至六点五十分，由朱炎、张系国等五位决选委员热烈讨论后，决议通过《岁修》入选联合报中篇小说奖（字数限七万字以内）。

本届是《联合报》第三届征文，共收到中篇小说五十七篇，初选后，有二十八篇晋入复选；经复选委员严格评选后，共有九篇晋入中篇小说决选!

决选会议开始后,下午三时三十五分的"假投票"结果,以小说《岁修》、《零》、《人生行路》获高票四票,委员们认真、专业地展开一下午热烈之讨论。

——张系国教授(美国匹兹堡大学电机系教授、名小说家)

《岁修》叙述已婚女子在婚姻与事业、名利与归隐间的彷徨和挣扎,写得很真切动人!作者未明写几位主角的性格缺点或手腕,是高明处。

——朱炎(作家、台大外文系教授、"中研院"欧美所所长、"国科会"副主委)

文字控制已达艺术之境的中篇小说《岁修》,是我评选的第一名作品!以船要定期进坞岁修,比喻人生历程总要挨得过种种严苛的磨难。人若由于经历各种愈挫愈勇的考验,而懂得内省、悔改,就能进而一步步修德成圣。作者非常了解人性,没有把女主角砚羚讲得十全十美;她人长得很可爱,很热情,有她自己的理想。夫妻之间的感情也维持得相当不错,砚羚是个很可爱的女孩!

作者许多章节,对灵与肉的磨练、现实与理想的冲突、爱与恨的交织、男女之间真伪感情的分辨……等等,都处理得很好!以船来引申人一生的奋斗过程,用小说艺术呈现,由困厄到发达、由无名至有名、从绚烂到平静……女人本来有那么多渴望,一种女性挣扎的心路历程,写得相当细腻感人——厨房、家庭与事业之间的矛盾，都极为写实、也如司马先生说的，极有创意！

我评鉴小说，一看是否读后在脑中留下深刻印象，二看作品是否能创造自己的世界，这些杰出小说的艺术特质，《岁修》都具备了！

——孔令信（大学副教授、曾任"中时"副总编辑）

《岁修》是一本动人的成长小说！创作的主轴，是一位女性石砚羚——写她的成长与挣扎……等等，台湾各方面都正在起飞的、那段蜕变的黄金岁月……别忘了，小说里，这一艘象征性的船，就叫做"永生轮"。

女作家一旦抛夫别子，一人孤身独立创作之时，天啊！女作家的书，写得再多再好再享盛名，这一位一向淡泊名利、天生具有隐修性格、仰慕陶渊明和爱默生的女主角——石砚羚，对家的感觉就更是渐行渐近、更一百个想回家照顾家人！因为事业亨通之前，她已经"先选择了"投入婚姻……小说里写着经营一个家的欢乐、痛苦与泪水——这种种经验的辛酸、甜蜜，你我都有！角色中，也有些独身守贞的生活，也很美啊……家（包含天乡），是在来回之间、爱与不爱之间，愈趋完整和成熟。

…………

《岁修》写一位女性，她想要做自己、表达受过高等教育的时代女性普遍的困境……正像她虽然受限于家，可是透过牺牲的爱，反而使她更加深爱"基督是我家之主"的台风眼——

家的宁静、宁静的家！写作与信仰，丰富砚羚的人生，也给予她更深邃的智慧与一步步加深天人合一的方向。

中篇小说《岁修》，以近乎先知性讯息发表时（见书中约第一四七、一四八页），海峡两岸还在戒严状态，由联经出书六年以后，两岸才有历史性的破冰开放与交流！

……正如"国立东华大学"治学严谨的英美文学系——曾珍珍教授对女作家许台英女士二〇〇八年发表的短篇小说《长崎·山口的爱与死》所评介的："她这种悲天悯人的书写能力与勇气，界定了许台英作为华文世界罕见的宗教小说家所具备的格局与天赋。"祝福她！

……

我认识许台英女士，是在纪念傅伟勋教授逝世十周年的研讨会上（"中研院"刘述先教授，很夸赞她的作品风格与境界），作家许台英女士，大大方方在东方讨论生死观的学术会议上，朗诵圣女大德兰临终前的爱主遗言，让我印象十分深刻！（若有兴趣的读者，可参阅孔教授的全文，刊于许台英女士所著、联经最新出版的《岁修》增订版电子书之"名家推介"。http://reading.udn.com/reading/introduction_ebook.do?id=41003）

（二）《茨冠花》(短篇小说集) ——洪范书店出版

—— 一九八五年七月初版

——一九八六年三月初版三刷

——此书为许台英从事文学创作以来第一本精选作品之结集,包括她最有价值的短篇小说六篇,体会深刻,新意盎然,无论主题的涵盖和风格笔法的开创都具有挑战的意味和雄心,观察广泛、写实入微,显然有力为现代短篇小说之艺术推展一种新风格,为洪范所乐于推荐。

——书中《蟹行人》获联合报七十年度短篇小说推荐奖(评审委员:白先勇、田原、朱西宁、余光中、叶石涛),书中另一篇杰出小说将由"中华民国笔会"翻成英文。

(三)《**水军海峡**》(中篇小说)——联经出版公司出版(评审意见摘要)

—— 一九八六年三月初版
—— 一九八六年五月再版
—— 二〇一二年五月增订三版为《水军海峡二重奏》(电子书)
电子书:http://reading.udn.com/reading/introduction_ebook.do?id=41001

——齐邦媛教授(台大外文系教授)

"七十三年度《联合报》副刊中篇小说奖评审推荐":"同得第二高分的是《水军海峡》和《桩哥》。令人难忘的《水军海峡》书中主角颜仲跂虽是一个流落海外的造船工人，他到日本做工，是为了寻找被日本人拐走的妻与子。颜仲跂是个感觉敏锐的人，用诗人的情怀感伤自身的困境，也用一双鹰眼环视一切。这是一本难得的、充满了阳刚之气的作品，题材、背景在现代文学上都有独特的价值。"

——黄庆萱教授（师大中文研究所教授）

论许台英《水军海峡》的危机意识——兼论观念小说的成功因素

一本小说之是否"伟大"，不仅仅是"修辞"与"技巧"问题；尤其重要的是：作者的世界观是否广阔、正确、而且卓越。这些年来，许多小说呈现的，常只是个人的悲欢离合，一方小小的天地；而《水军海峡》却以其激昂雄辩，迫使我们去正视辽阔而充满危机的当前世界。

作为一本小说，《水军海峡》的情节也许是一个"无中生有"的故事……但是作为一个地理名词，它是存在的，位置就在日本四国岛，面对着濑户内海国立公园。水军，原是水师或非正规的海军的意思，事实上就是中国人所说的"倭寇"。水军海峡，正是当年倭寇出入的通道，是日本三大激流之一。峡中许多小岛，也正是倭寇的老窝所在。用这么一个地名作书名，其用意是不言可喻的……小说中出现的中国人，重要的有："盐巴——颜仲跂"、"邱三元"、"老马"、"矢野"。"盐巴"是东北人，当他还在妈妈肚子里，爸爸就被日本人押运到日本作矿工，死在日本。……"矢野"父亲是东北人，母亲是日本关东军的女儿，在大陆长大，文革时干过红卫兵，随父母来到日本后生活苦闷，终于跳海自杀了。这使盐巴猛然醒悟：文革把矢野生命的根草革掉了；而自己有中国传统诗画指引，才能在苦闷中存活下来。看来作者的人物安排，隐隐中似有微言大义在。

小说暴露了台湾造船业和航运业一些问题……轮船公司大老板，宁可向日本订造运木材船，并且在印尼买山，买林地，建木材工厂；却拒绝付款向光船领回造好的新船，希望政府让步，无息贷款。而船员们，一方面由于新船设备自动化，人力需求相对就减少了……廉价劳工的竞争，谋职越来越困难。这些，都有生动的描述……

日本人把淘汰的旧渔船，在K港倾销；但拒绝把新型拖网船卖给台湾。一根滚珠导螺杆，原价五万元，当台湾研制成功，立即以一万二出售，打垮台湾制造者……作者对又谦恭又傲慢、又崇文又黩武、又多礼又野蛮的日本民族性中的双重人格有深入分析。

……一段灵肉冲突的描写有点"超凡入圣"。盐巴在悠子主动邀请下共去"松山城"（在四国岛爱媛县）游玩。……"人在堕落时，通常都会以别人的恶行来掩饰自己的龌龊。"决定"宁可人负我，我不负人"，终于悬崖勒马，却让悠子意识到自己敞露的乳沟被冰水滴得凉凉的屈辱……

在小说布局方面，寻仇访妻是主要的线索。在第一章就提到："在K港，桂花恨透了他在船坞里搭鹰架。"……第三章写的，全是伏笔。全书的艺术营构，作者显然用过心思。

某些事物，颇富象征意味。如："岸边有块岩礁上，栖坐着一只鸬鸟——嘴巴正衔着刚从海里捞获的一条鱼。没想到，倏地飞来一只稳若泰山的大老鹰，睁着双滚圆深邃的大眼睛，迅速从鸬鹚口中把鱼儿'抢劫'掉，旋即舞动锐利如匕首的钩爪，神气十足地腾空而上。"（第四章）……我想：小说开始，盐巴作了一个恶梦，梦到自己站在冰山顶，下面竟是黑漆漆的万丈深渊！冰块在迅速融化，每化掉一角，就有人凄厉地"啊——"一声尖叫，踩空了脚，转眼就跌落得无影无踪。同伴们接二连三地滑落，冰块越融越小，剩下的人更是你推我挤，一个个落下去：是个意义深长的隐喻。第一章中借老马的嘴，就说出了："为了国家"、"忧国忧民"等语汇。我们可以说感时忧国的情怀，贯串着整部小说……

……一百年多来，许多社会主义写实小说和存在主义小说，事实上都可视为观念小说。前者如俄国作家车尔尼雪夫斯基的长篇小说《怎么办——新人的故事》……后者如法国作家卡缪的《黑死病》，借一场瘟疫，剖析现代人良心的种种问题……

就作者世界观来说，世界可分社会现实世界和人类内心世界。作者对社会现实的认知相当辽阔。倭寇之为害，关东军之横暴，以及今日日本以经济为手段的财富掠夺，史实斑斑，事实俱在……以光船为代表的台湾工商业的重重危机；以专买旧车旧电器的越南船员为代表的社会主义计划经济制度衍生的贫穷；以科技落后的印尼为代表的第三世界所受日本更严酷的经济剥削……这一部分的描述，是全书最精采之所在……

就作者的艺术境界来说，小说情节安排，形象塑造，都下过工夫。……同样在第一章出现的日本清洁妇，要到第七章部长在家宴客，才被发现竟是部长太太，还是旧老板的亲妹妹。布局伏线，悬宕有致。融解冰山上相挤而失足坠落的恶梦，暗示当前危机之严重……这些形象浅明的暗喻，提高了小说的艺术境界。……

作为一位读者，小说既不乏知性又强烈诉诸感性的语言倒很能引起读者共鸣。我个人读后深受感动，感受到作者忧国忧民的那番苦心，也对学院之外危机重重的世界睁大了自己的眼睛。

——原刊于一九九四年九月二十二日、二十三日《中央日报·副刊》
——摘要自东大出版《与君细论文》一书

（四）《长崎·山口的爱与死》

——曾珍珍教授（东华大学英美文学系教授）

读完了许台英最新发表的书信体小说：《长崎·山口的爱与死》，除了被女主角雅琴达·S对失踪却仍因爱而通信不断的癌末丈夫所发出的真情呼唤感动（但也觉得不可思议）之外，觉得信中涉及日本和远东地区天主教圣徒传教史的部分，以及二次世界大战带给汉和民族的苦难书写，更是动人。雅琴达·S，对丈夫的怜悯，已因此历史视野的植入，扩充成对普天下苍生的怜悯，写出了宗教文学的深度和广度！

早在三十年前，就因获大报文学奖而由"洪范书店"、"联经"、"联文"等出版社，出过多部中长篇小说的女作家许台英，近半辈子除照顾家庭、尽心尽力栽培子女之外，始终醉心于小说创作。近来除了努力撰写以二次大战为背景的长篇小说《船舱》，同时也将凄美动人的家庭故事《长崎·山口的爱与死》（一位癌末的丈夫选择用失踪来表达对妻女的爱）写成隐隐彰显基督之爱的书信体小说！

从小说写作艺术的角度来考量，这故事含有令人不解的谜，作者选择以第一人称叙事并以反讽的写法一层层拨开云雾，允为上策！写私情小说，且能不断扩充史识从多重面向探究现实，折冲于个人存在困境与时代变局之间透视人性的卑微与尊贵，这种悲天悯人的书写能力与勇气，界定了许台英作为华文世界罕见的宗教小说家所具备的格局与天赋。

许台英曾邀请我阅读这本小说的初稿，让我提供改进意见。当时，个人认为以作者杰出的写作能力与三十年的写作经验，若能将《写给奥斯定·H的情书》这一系列作品稍加润饰，赋之以虚构的创意形式，它有可能成为像王文兴《家变》一样的经典杰作！虚构的小说，仍然可以采用书信体，小说的第一人称身份是个女小说家也无妨，只是作家的真名不必直接出现在作品中。《黄色壁纸》这篇十九世纪末的经典名篇，采日记体，具高度自传性，但小说中的女主角始终没有说出自己的名字。

现在，《长崎·山口的爱与死》终于完成并且出版问世，恭喜小说家许台英更上一层楼,又写出了一篇佳作!

二〇一二年四月六日

——张恒豪(文学评论者)

有幸在《文学台湾》杂志上,读到一九八一年就以中篇小说《岁修》及短篇小说杰作《蟹行人》(收入洪范出版的短篇小说集《茨冠花》)荣获《联合报》中、短篇小说奖的名编剧许台英女士二〇〇八呕心沥血的新作:《写给奥斯定·H的情书》(系列之一)——《长崎·山口的爱与死》。

读完,想必许多读者都会跟我一样,感到极大的震撼!

整个情书,与其说是情书,毋宁说是女主角雅琴达·S混合着爱与痛苦的心灵告白!旁征博引的信仰、见证及隽语处处、家庭与老夫老妻的生活历练……通篇充满智慧的火花以及知性的反思!真是台湾文坛近年罕见的小说杰作!

我个人以为,隽语是外在的,应再更细致地转化或内化成雅琴达·S的独特思维,个人的、夫妻的、家庭的部分,应着墨较多一点,而且应细描!尤其长崎、山口的回忆与生命经验,应进一步做现实及象征性的文学性处理!爱与死是浪漫、引人动容的名词,然而,男主人翁奥斯定·H仍活在世间,为生命在奋力搏斗,总是有希望的!说爱的点点滴滴总是好的,另一个字就少说一点啰!

然而,无论评家或读者,不解的是,奥斯定·H是如此深爱历史、宗教、人文科学;却又因从小家庭的经济因素,被迫念了轮机,在航运界有不错的收入和很高的成就,无奈因工作之故，经常很孤单地出国到世界各港口奔波劳碌；与相爱的妻子虽聚少离多，但内在属灵的生命则是灵犀相通的！这么多年来的相知相惜，如此的共修，如此的感召默化，无论是人世的欣喜悲苦、生命的灵性，都当有极大的蜕变和成长（也许我们的盲点，都有太多误解他悲剧英雄近乎伟大、像精神巨人那一面的局限？如文中所述，都什么时候了，癌末的他，还在帮船公司老板忙着张罗股票上市、公司少不了以专业领军的他？唉，可怜的、令人鼻酸的、着急的家人呢？如何自处？）怎么回事？何以在身有重病之际，竟离群索居？（真被软禁、当人头？）癌症化疗及服用先进药物，连生活费一个月少说要花二三十万台币是跑不掉的！他跟现实低头？还是除了老板及公司都少不了他，且另有"人"罔顾病患死活，耍手段处心积虑要榨干他的剩余价值、霸占他船舶管理公司总经理的位置并累积当主管的资历好预备跳槽，却又少不了奥斯定·H专业技术上的临在吗？邪恶的黑暗恶势力，使一向爱家顾家的奥斯定·H忍痛割舍最爱与天伦之乐而失去了自主性吗？他究竟有多少难言之隐，在沉默中独自受苦而无语问苍天？

*

智慧就是力量，走在正确灵修道路的人，总是有一股大无畏的行动力，去坚持自己命运。妻子呼唤他，女儿翘望他（小说中，日本长崎·山口……等乡间小径，父母远远无声看着长大的长发女儿、快乐单纯地骑着自行车与风追逐嬉戏的描写，很美！），至亲之人望穿秋水等候他，希望他回来！或许他可以一边养病、一边完成他所热爱的《台湾航运史》。然而，一切的一切，却变成或许是大病大痛的考验，似乎暂时让他做不了自己，而受制于某些小人或恶劣的环境吗？到底，隐衷何在呢？放眼世界，优秀而又风格独特的小说家，都能同时写出兼顾人类"共相"与"殊相"的好作品！《长崎·山口的爱与死》就是这样！

作者许台英女士，以丰富的人生经验、长期精修而又持之以恒的专业探索（她从二十几岁开始，就在"台视"和"中影"编写许多播出后脍炙人口的好剧本！），就因为这样，在作者基于文学艺术价值考量所经营出的书信体小说里，奥斯定·H和雅琴达·S这一对白手起家的患难夫妻所面临的生离死别、有爱就有巨痛……等等，灵魂是否得救的难题，当然不仅是个案！其实，隐藏在世界每一角落都有不少类似的人生困境与问号。发表成书，其艺术性、宗教性和社会性、甚至于探讨人与人的医病关系等等，都有极大的正面意义与普世性价值！

托尔斯泰《论文艺》书里说："艺术的任务，就是建立人类之间圣洁的、兄弟姊妹般互爱互助的团结。"就文学艺术而言，由于作家许台英数十年来作品创新连连、写作态度真诚、创作技巧娴熟，使我们深受感动之余，真会"忘我地"融入到男主角奥斯定·H的善良、挣扎与苦难之中，而当他是你我的亲兄弟！以创作的艺术经营来看，不知他那"亲笔写来的、高高的一叠子信"是否会很快陆续出现在许台英女士写作计划中一系列的《写给奥斯定·H的情书》里？至少，《长崎·山口的爱与死》所引用的这位爱家好男人的信，就是那样感人地、无私无怨无尤地牺牲小我："老伴儿，永远记得，你在这个家中的角色和地位都是最重要的！你活得快乐，我们大家都会高兴。只是……"

愚蠢如我，都会奋不顾身去拥抱所爱；聪慧又刚毅木讷的奥斯定·H啊，何以会有不同的选择呢？至恸无言，也许这就是人间之谜、雅琴达·S所说的"人的奥秘"吧？

（五）《**人生放异彩**》(散文集)——林白出版社（版权已由作者收回）

—— 一九八六年九月初版

——吴鸣教授（名散文家、政大历史系教授）曾评荐于《文讯》月刊。

（六）《**怜蛾不点灯**》(短篇小说集)——联合文学出版社

—— 一九八八年四月初版
—— 一九九六年元月初版三刷
—— 二〇〇七年元月重印、四刷
—— 二〇一二年十二月增订四版（电子书）
电子书： http://reading.udn.com/v2/bookDesc.do? id

＝47729

——叶石涛教授（《国立成功大学》台湾文学研究所博士班教授、名小说家）

◎ 每当我读许台英的小说的时候，我总觉得奇怪……我所知道的许台英是规规矩矩的家庭主妇，每天一定会为许多零零碎碎的家庭杂务忙碌不堪……她对现实社会细微精密的观察……是作家天赋条件之一，显然她具有这极具优秀的观察力和洞察力。当然她也勤于搜集材料……从她著名的小说《蟹行人》以来，她的小说都以精确的写实著称；那背后隐藏着多少她的血泪！许台英的大多数短篇犹如坚石构筑的城堡一样，无懈可击，就是归功于……

◎ 这本短篇小说集压卷之作，当然是《陶俑》。这是八〇年代台湾文学不可多得的一篇力作，小说里优秀的性格描写树立了一个典范……许台英所创造的几个角色，几乎可以和张爱玲小说中的人物媲美……她创造了有血有肉、承担各种生命苦难的老人……给小说点上一盏永不熄灭的救赎之光。

——张系国教授（美国匹兹堡大学电机系教授、名小说家）

马奎斯《爱在瘟疫蔓延时》写的是爱情故事——不是年轻人的爱情故事，而是老年人的爱情故事……两人因郎才女貌而结合，当初并不相爱，彼此折磨了一辈子，到老却终于磨出了爱情……一般作家不会处理霍乱岁月的爱情，似乎只有少数具有宗教信仰的作家涉及这样的题材。许台英的《陶俑》和《白帕》是比较特出的例子……故事最突出的部分，是结尾……怜悯他、称他为"我甜蜜的负担"。这种以宗教情操来处理背弃和爱情的作品，在中国小说里并不多见……我们都会衰老、都会恐惧死亡……是现代人都必须面对的问题。

（七）《寄给恩平修女的六封书信》——联经出版公司

—— 一九九五年十月初版
—— 一九九六年二月初版第二刷
—— 二〇一二年九月增订三版（电子书）

电子书：http://reading.udn.com/reading/introduction_ebook.do?id=44389

——关永中教授（台湾大学哲学研究所教授）

贝多芬创作第九交响曲的心路历程，与小说家许台英女士书写《寄给恩平修女的六封书信》的坎坷经历，有着很多不谋而合的地方！许台英女士是因一九八一年，小说获《联合报》短篇小说推荐奖，而饱受迫害、忍痛辞去专任教职并全家迁居……看得出来，全书在行文方面，字字斟酌、句句精炼……作者那份对文学的热爱与敬重，不下于贝多芬对作曲的诚挚。创作者的颠危困逆，往往是伟大作品出现的前奏！贝多芬在创作第九交响曲之同时，曾为了身无分文而被迫谱写室内乐以糊口、也曾因为个人的不善逢迎而……同样地……

《寄给恩平修女的六封书信》真正最有文学价值的地方，也在于其主题的崇高、意境的圣洁、感情的真挚，与，将所有人、事、物、天人交战……等等，煞费苦心，以高度的写作技巧和超凡的胸襟，看似行云流水地穿插交织成"六封信"寄自不同时间、地点的创意、功力与构思上的细腻！

其寓意的深远，比纯理论的哲理更具震撼力……这本许台英女士呕心沥血、笔耕六年的力作，真是两岸文坛上，难得一见的大光芒！

——李乔（名小说家、电视节目主持人）

综观台湾文学史，论作品的探讨、理论的研究，迄未做过神学的反省或追索！台湾的宗教界或文学界（前任外语学院康士林修士等人曾经开过几届会议）似乎也未就宗教底，尤其《圣经》或本土神学底文学诠释，或台湾文学的本土神学描述，加以深刻探讨。这对台湾文学及正统神哲学都是严重的损失，这情况没有理由继续，问题是如何搭桥？

直写宗教经验，在台湾文学界可谓凤毛麟角！写得最精致完整的，首推许台英女士的《寄给恩平修女的六封书信》。这部小说，含有浓厚的天主教色彩，以天人之间灵性的爱为主干，穿插夫妻之爱、父母之情、朋友之义；书中所引，也让我们反省教宗保禄六世在《论夫妻爱》通谕谈到："夫妻爱使男女肖似天主"（若分辨确是圣召，能够独身守贞，也是一种很幸福的见证）。最后暗示女主角对隐修生活的憧憬，以及对默观潜修的向往。(神学或灵修史上,也有些圣人是隐显双修的!)"联经"出版的长篇小说《寄给恩平修女的六封书信》确是一本中国两岸文学史上,难得一见的、涉及基督宗教文化的一流的好作品!

公元二〇〇五年三月

二〇一二年十二月三日天主教耶稣会/圣方济·沙勿略神父庆日/完成《怜蛾不点灯》增订本

(八)《月光下,秃光的鸡蛋花树》——收入河南大学版《怜蛾不点灯》

——二〇一四年九月版

——陆建德教授(著名英语文学学者、文学批评家)

许台英的小说在台湾素获好评,这次河南大学出版社推出她的集子,让我想到《诗经》里的诗句"凯风自南"。本书收了《怜蛾不点灯》(1988)中的四篇短篇小说和首次发表的《月光下,秃光的鸡蛋花树》,都是耐读的心血之作,代表了作者文学创作的境界。许台英笔下上世纪八十年代的台湾不会让大陆读者感到陌生。初看之下,那是一个物欲横流而且不必有所掩饰的社会,但是表象背后还是有温暖的人情..作者有意作为一位虔诚的天主教徒来写作,企图从比较粗糙的生活质料中提炼出纯净永恒的元素。消隐自我意识,超越源自个人生活的愤好之私,使信仰演化为一种本能一般的感受、观察世界的方式,确实是值得尝试的。

二〇一四年四月十五日北京

——曾珍珍教授(东华大学英美文学系教授)

许台英的许多作品风格独特、颇能透视人性的卑微与尊贵……如今,许台英不但更上一层楼,写出意境幽邃、痛切反省孝道与"终极关怀"等充满普世价值的新作,而且首度登陆、出版她颇富创意的最新小说集:《月光下,秃光的鸡蛋花树》,饶具意义。

二〇一四年五月·花莲